HEYNE <

Das Buch

Schweden hat einen neuen Shootingstar: Carlos Fernandez, ein junger, überaus eloquenter Politiker mit Migrationshintergrund, der sich über alle Parteigrenzen hinweg großer Beliebtheit erfreut. Als Fernandez eines Tages vor seiner Haustür erschossen wird, ist die Nation geschockt. Kommissarin Susanne Dahlgren wird mit dem Fall betraut. Ihr zur Seite steht der Anwalt Mattias Berglund. Beide sind überzeugt, dass der Tat ein politisches Motiv zugrundeliegt, doch dann weisen ihre Ermittlungen in eine Richtung, mit der niemand gerechnet hätte.

Der Autor

Thomas Bodström, ehemaliger Fußballprofi, Anwalt und Vater von vier Kindern war von 2000 bis 2006 schwedischer Justizminister. Er ist heute in der Opposition aktiv und zählt zu den bekanntesten Politikern Schwedens. Bodström lebt mit seiner Familie in Stockholm.

THOMAS BODSTRÖM

DAS ELFTE GEBOT

Thriller

Aus dem Schwedischen
von Knut Krüger

WILHELM HEYNE VERLAG
MÜNCHEN

Die Originalausgabe *Idealisten* erschien 2009
bei Norstedts, Stockholm

MIX
Papier aus verantwortungsvollen Quellen
FSC® C014496

Verlagsgruppe Random House FSC-DEU-0100
Das für dieses Buch verwendete
FSC®-zertifizierte Papier *Super Snowbright*
liefert Holmen Paper, Hallstavik, Schweden.

Vollständige deutsche Erstausgabe 03/2012

Printed in Germany 2012
Redaktion: Ulrich Thiele
Umschlagfoto: © Rhoberazzi / GettyImages
Umschlaggestaltung: Eisele Grafik Design, München
Satz: Greiner & Reichel, Köln
Druck und Bindung: GGP Media GmbH, Pößneck

ISBN 978-3-453-26670-4

www.heyne.de

Für meinen Sohn Ture

Zur Linken erstreckte sich Slussen mit seinen leuchtenden Neonreklamen, in der Ferne sausten Autos über die Västerbrücke, daneben ragte das Zeitungshochhaus von *Dagens Nyheter* auf. Hinter ihm brauste ein Zug in Richtung Hauptbahnhof. Der Wind heulte in den schmalen Bäumen, die sich vor der Insel Riddarholmen aufreihten. Sein Opfer lag auf der Seite, der weißen Brücke zugewandt, die zum Helikopterlandeplatz führte.

Der Junge schaute sich um.

Erst jetzt ließ seine Wut nach.

Sein Atem beruhigte sich allmählich, während er den Steppanorak enger um die Schultern zog.

Als er einen Blick auf den leblosen Körper warf, fuhr ihm der Schreck in die Glieder.

Das Gesicht war mit Blut verschmiert, die Jacke auch. Er bückte sich und sah, dass die Augen halb geöffnet waren. In ihnen war nichts als ein gebrochener Blick. Kein Zweifel: Er atmete nicht mehr.

Er war tot. Erschlagen.

Der Junge richtete sich auf. Was hatte er nur getan? Seine Kehle verengte sich, ihm stockte der Atem.

Ohne weiter nachzudenken, stieß er mit dem Fuß gegen die Leiche. Erst einmal, dann immer wieder. Behäbig rollte der Tote auf den Rücken. Der Junge gab ihm einen letzten Stoß, und er fiel über die Kante, hinein ins schwarze Wasser.

Nur ein leises Platschen, dann war er verschwunden.

OKTOBER

1 »Dann sehen wir uns am Donnerstag um zwei am Flughafen. Ich bitte um pünktliches Erscheinen.«
Gerda Lundin klopfte mit dem Hammer auf den Tisch und nickte den Reichstagsabgeordneten zu, die zu beiden Seiten des ovalen Konferenztisches saßen.

Sie war guter Dinge. Hier im Reichstag gefiel es ihr, hier gehörte sie hin. Die schwedische Bevölkerung schien derselben Meinung zu sein, denn die Regierung, der sie angehört hatte, war abgewählt worden. Doch selbst im Fall eines Wahlerfolgs wäre Gerda wohl nicht wieder im Kabinett, sondern unter den Abgeordneten des Reichstags gelandet. Noch während ihrer Amtszeit als Justizministerin hatte ihr der Parteivorsitzende mehrfach angeboten, Regierungspräsidentin, Botschafterin oder Generaldirektorin einer staatlichen Behörde zu werden. Aber Gerda hatte sich an ihrem Posten festgekrallt, wohl wissend, dass viel passieren musste, ehe ein Ministerpräsident eine Ministerin während eines Wahljahrs entließ.

Der Raum, in dem der Justizausschuss getagt hatte, wirkte trotz der Kristallleuchter an der Decke recht trostlos. Einzig eine blaue Glasskulptur und einige wie Blumenvasen geformte Karaffen mit Trinkwasser sorgten für etwas Abwechslung.

Nach und nach verließen die Mitglieder des Justizausschusses den Saal, während die Büroangestellten weiter hinten sitzen blieben.

»Jan-Olov!«, rief Carlos Fernandez. »Es wäre schön, wenn wir uns noch kurz zusammensetzen könnten!«

Viele hielten erstaunt inne. Nicht etwa, weil hier ein Kollege mit einem anderen reden wollte, sondern weil ein Mitglied der Volkspartei einen Sozialdemokraten um ein Gespräch unter vier Augen bat. Auch Gerda wunderte sich. Was hatten die beiden miteinander zu schaffen? Wenn Carlos Gesprächsbedarf über die Parteigrenzen hinweg sah, sollte er erst einmal innerhalb der offiziellen Gremien darüber diskutieren. Aber so waren sie halt, die neuen Abgeordneten. Dabei sollte auch Carlos die festen Grenzen zwischen den politischen Blöcken akzeptieren, Grenzen, die nicht mir nichts, dir nichts überschritten werden konnten. Wie sieht das denn aus, dachte Gerda und stand auf. Bei nächster Gelegenheit würde sie ihm einen kleinen Vortrag über politische Umgangsformen halten. Wenn man schon Kontakt mit dem politischen Gegner aufnahm, dann diskret. Man rief nicht einfach quer durch den Raum.

Doch nun redete Carlos unbeschwert auf Jan-Olov Pettersson ein, ja er gab ihm sogar einen freundschaftlichen Klaps auf den Rücken, als sie den Raum verließen! Sein sozialdemokratischer Kollege, eines der langjährigsten Mitglieder des Reichstags, wirkte ein wenig irritiert. Dennoch nahmen die politischen Gegner gemeinsam den Lift nach unten und spazierten einträchtig zur Parteizentrale der Volkspartei hinüber.

Obwohl Jan-Olov Pettersson seit achtzehn Jahren im Reichstag saß, hatte er nie einen Fuß ins Feindesland, also in eine Zentrale einer sogenannten bürgerlichen Partei gesetzt. Wenn man sich mit dem politischen Gegner traf, dann auf neutralem Boden, vorzugsweise in der Reichstagskantine. Allerdings weckten solche Zusammenkünfte stets die Neugier der Journalisten, die sich ständig in der Kantine aufhielten. Wie Jan-Olov wusste, lungerten viele von ihnen von früh bis spät im Reichstag herum, nur um vielleicht irgendeine berichtenswerte Neuigkeit aufzuschnappen.

Jetzt betraten sie einen der Verbindungsgänge, die zur Altstadt führten, der sogenannten Gamla Stan. Wie Maulwurfsgänge zogen sie sich unter dem Reichstag und der Regierungskanzlei hindurch, bis unter die halbe Stockholmer Innenstadt. Am Schwimmbad des Reichstagsgebäudes nahmen sie den Lift zur Zentrale der Volkspartei, gingen durch einen Korridor, der mit Wahlplakaten tapeziert war, und kamen in einen Versammlungsraum. An der Wand hing das Bild einer großen Kornblume.

»Das hier ist unser Klubzimmer«, erklärte Carlos und stellte ein paar seiner Mitarbeiter vor, die sich gerade im Raum aufhielten.

Auch Carlos' Leute wirkten erstaunt. Was machte denn der Sozi hier? Der Allgemeinheit war Jan-Olov weniger vertraut, doch im Reichstag war sein Gesicht altbekannt. So aufschlussreich hatte ich mir das gar nicht vorgestellt, dachte Jan-Olov, als er den Kollegen von der Volkspartei zunickte und Carlos auf einen weiteren Korridor folgte.

Jan-Olov hatte einen langen Atem bewiesen. Schon während er zu Hause in Värmland als Maler gearbeitet hatte, hatte er sich gewerkschaftlich engagiert. Bald hatte sich die Partei bei ihm gemeldet und um Unterstützung bei der politischen Arbeit gebeten. Eine Bitte, der er gern nachkam, denn für ihn gab es nur eine Partei – die Sozialdemokraten. In seiner Familie war seit jeher sozialdemokratisch gewählt worden. Allmählich wuchs sein

Aufgabenbereich, bald kümmerte er sich um gezielte Mitgliederwerbung und große Gewerkschaftsveranstaltungen im gesamten Regierungsbezirk. So ging es ein paar Jahre weiter, bis ihm eines Tages ein Posten als Ombudsmann seines Bezirks angeboten wurde. Zwar wäre er lieber seinem Beruf treu geblieben, doch für ihn war es eine Selbstverständlichkeit, dem Ruf der Partei zu folgen. Den Kontakt zur Malergewerkschaft und zum Schwedischen Gewerkschaftsbund erhielt er dennoch aufrecht, denn er zählte sich entschieden zum linken Flügel der Sozialdemokraten. Wenige Jahre später staunte er nicht schlecht, als ihm auf einmal ein Reichstagsmandat in Stockholm in Aussicht gestellt wurde. Es geschah nicht alle Tage, dass einem Provinzpolitiker ein solches Amt angetragen wurde; abseitigere Regierungsbezirke wurden meist von gebürtigen Stockholmern vertreten. Dass sich seine politische Karriere so lange hingezogen hatte, machte ihm nichts aus. Umso mehr Erfahrung hatte er vorzuweisen, und das Wohl der Partei stand ohnehin über jedem Privatinteresse. Wenn er eines nicht ausstehen konnte, dann diese Quereinsteiger ohne jegliche Verankerung in der Partei. Dieser Bodström war sogar ohne Parteibuch Minister geworden!

Normalerweise hätte er sich niemals auf Carlos' Vorschlag eingelassen, denn im Grunde betrachtete Jan-Olov alle rechten Parteien als erbitterte politische Gegner. Doch er hatte dem gemeinsamen Projekt aus einem ganz bestimmten Grund zugestimmt: Nach achtzehnjähriger Reichstagszugehörigkeit hatte ihn die Partei in den Justizausschuss abgeschoben, und das nahm er ihr persönlich übel. Wie die meisten Sozialdemokraten zog er Arbeitsmarkt-, Wirtschafts- und Finanzausschüsse vor. Kriminalfragen interessierten ihn herzlich wenig; damit konnten sich die Konservativen herumschlagen.

Niemand hatte ihm gesagt, warum ausgerechnet er in den Justizausschuss strafversetzt worden war. Aber auch hier galt das eherne Gesetz: Wenn die Partei rief, folgte man ihrem Ruf widerspruchslos.

»Setz dich doch«, sagte Carlos und zeigte auf den Besucherstuhl, während er selbst hinter seinem Schreibtisch Platz nahm.

Sofort fiel Jan-Olov die penible Ordnung in Carlos' Büro auf. In seinem eigenen Büro regierte das Chaos, türmten sich Aktenberge auf dem Tisch. Er räusperte sich. »Du willst also, dass wir eine Initiative gegen Rassismus ins Leben rufen.«

Carlos nickte.

»Ich glaube, wir verleihen der Sache am meisten Gewicht, wenn wir gemeinsam dafür einstehen. Das Wichtigste ist doch, die Lebenssituation der Migranten zu verbessern. Die ständigen Diskriminierungen müssen aufhören.«

Jan-Olov strich sich über den grau melierten Bart.

»Jedes Jahr werden über dreißigtausend Anträge gestellt, aber fast nie über die Parteigrenzen hinweg.«

»Findest du das nicht auch merkwürdig? Dabei sollte in den grundlegenden Fragen doch Einigkeit herrschen. Selbstverständlich werde ich auch die anderen Parteien um Unterstützung bitten.«

Jan-Olov lachte. »Du bist neu im Reichstag, das merkt man. Normalerweise halten wir die Reihen eng geschlossen.«

*

Rechtsanwalt Mattias Berglund verließ an der Seite seines Mandanten das Stockholmer Amtsgericht.

Auf der großen grauen Steintreppe blieben sie stehen. Unten auf der Straße drängten sich wie immer Busse und Autos,

Passanten hasteten über die Bürgersteige, Laub segelte von den Bäumen und blieb in Haufen auf dem Boden liegen. Der Wind blies so kalt, dass Mattias den Reißverschluss seiner Jacke zuzog.

»Ich glaube, wir können zufrieden sein«, sagte er, »vor allem angesichts der Tatsache, dass Sie zweifach vorbestraft sind.« Sein Mandant war soeben wegen Trunkenheit am Steuer und unerlaubten Führens eines Fahrzeugs zu einer Bewährungsstrafe verurteilt worden.

Wie gewohnt achtete Mattias darauf, sich nicht allzu übereilt von seinem Mandanten zu verabschieden. Er wollte einen guten Eindruck hinterlassen, zumal der Mandant erneut straffällig werden und seine Hilfe benötigen könnte. Aus demselben Grund bot es sich stets an, dem Kunden vor Augen zu führen, dass sein Anwalt ein gutes Urteil herausgeholt hatte. Nur war das natürlich nicht immer ganz einfach.

»Ich weiß ja, dass ich zufrieden sein sollte«, entgegnete der Mann und verzog das Gesicht. Das Gericht hatte eingesehen, dass er ein Alkoholproblem hatte, eine ärztliche Behandlung aber für unnötig gehalten.

Wieder mal ärgerte sich Mattias, dass so viele Menschen zwischen die Stühle fielen, wenn es um Alkoholmissbrauch ging. Seine Kollegen in der Kanzlei lächelten darüber – das würde doch neue Aufträge generieren! Aber er weigerte sich, so zu denken. »Normalerweise landet man dafür im Gefängnis«, sagte er jetzt. »Und einer der Schöffen hat sich ja auch für eine Haftstrafe ausgesprochen.«

»Wird der Staatsanwalt Berufung einlegen?« Der Mann wirkte beunruhigt.

Mattias schüttelte den Kopf. »Kann ich mir nicht vorstellen. Der hat viel zu viel um die Ohren.«

»Und mein Führerschein?«

»Der wird bestimmt noch länger eingezogen bleiben, und danach müssen Sie die Fahrprüfung wiederholen.«

Da konnte er seinem Mandanten auch nicht helfen. Es gehörte nicht zu den Aufgaben eines Anwalts, gegen ein Fahrverbot wegen Trunkenheit am Steuer in Revision zu gehen. Mattias wusste aus eigener Erfahrung, dass er damit ohnehin nur wenig Aussicht auf Erfolg gehabt hätte. Vielmehr galt es, sich einen neuen Auftrag zu sichern, der extra bezahlt wurde; andernfalls konnten beide Seiten nur verlieren.

Das Gesicht des Mannes verfinsterte sich. »Dann kann ich denen auch nicht helfen!«

Mattias zog die Augenbrauen zusammen. »Wen meinen Sie?«

»Dieses ganze Pack! Die Polizei, die Sozialtussis, die ganzen anderen Idioten.« Er knirschte mit den Zähnen. »Aber danke für Ihre Mühe.« Nach einem kurzen Handschlag eilte der Mann die Stufen hinunter.

Mattias blieb stehen und sah zu, wie sein Mandant entschlossenen Schrittes zu den Autos marschierte, die entlang der Scheelegatan geparkt waren. Der Anblick war nicht ungewohnt, und doch wunderte er sich mal wieder, dass ein Mann ohne Fahrerlaubnis mit dem Wagen zum Amtsgericht gekommen war.

Und nach seiner Verurteilung mit demselben Wagen davonfuhr.

2

Mattias grüßte einen offensichtlich verspäteten Kollegen, der an ihm vorbei ins Gerichtsgebäude hastete, und setzte sich in Bewegung. Vom Amtsgericht zu seiner Kanzlei in Kungsholmentorg war es nicht weit – ein entscheidender Vorteil, da das Gericht gerne Aufträge an nahe Kanzleien vergab, um nicht für den Zeitausfall aufkommen zu müssen. Der Nachteil war, dass neunzig Prozent seiner Kollegen genauso dachten; in Kungsholmen wimmelte es von Anwaltskanzleien.

Er schlenderte zum Ica-Supermarkt, kaufte sich ein warmes Fertiggericht und eine Zeitung und ging weiter zur Kanzlei. Kaum war er durch die Tür, meinte seine Sekretärin, ihm sei ein neuer Fall zugetragen worden.

Der erste neue Fall seit drei Wochen.

»Worum geht's?«, fragte Mattias.

»Um versuchten Betrug. Vier Bulgaren, wurden vorläufig festgenommen. Die Untersuchungsverhandlung findet morgen statt.«

Mattias hielt inne. Brauchte er im Moment weitere Informationen?

»Am Nachmittag können wir Akteneinsicht nehmen«, erklärte die Sekretärin, die sich angewöhnt hatte, Mattias' Gedanken zu lesen. »Es geht um Skimming. Die Typen haben versucht, Bankautomaten zu manipulieren.«

»Okay. Sitzen sie in Kronoberg ein?« Vermutlich handelte es sich um Ausländer ohne jede Verankerung in Schweden, überlegte er. Die meisten seiner Kollegen würden sich nicht mal halb so stark engagieren wie für einheimische Mandanten.

Die Sekretärin nickte. »Am späten Nachmittag hätte ich noch einen anderen Fall für dich, aber da hast du ja schon was vor.«

»Stimmt«, seufzte Mattias und ärgerte sich wie jedes Mal, wenn ihm ein Fall durch die Lappen ging. Er nickte der Sekretärin zu und blätterte zerstreut im Terminkalender, bevor er sich ein paar Akten unter den Arm klemmte und auf sein Büro am Ende des Gangs zustapfte.

Als er den heißen Würstcheneintopf vom Aludeckel befreit hatte, klopfte sein Kanzleikollege Eric Olivecrona an den Türrahmen und trat ohne weitere Aufforderung ein.

Wie üblich trug Eric ein weißes Hemd, einen unauffälligen Schlips und einen dunklen Anzug. Immerhin kam er vom Mannheimer Swartling, einer der drei großen Wirtschaftskanzleien Schwedens. Eric war als Ersatz für Douglas Malm in die Kanzlei eingetreten, der letztes Jahr wegen Steuerbetrugs im großen Stil verurteilt worden war.

»Ich hätte da eine kurze Frage«, sagte er, stützte sich mit beiden Händen auf Mattias' Schreibtisch und beugte sich weit vor.

»Und die wäre?«, fragte Mattias, der sich unwillkürlich zurücklehnte.

»Bei MSA hatten wir ja keine Strafsachen, und jetzt frage ich mich, wie viel ihr so für den Zeitausfall in Rechnung stellt.«

»Unter einer Stunde bekommst du nichts, danach 1015 Kronen«, erklärte Mattias, während er sich wunderte, warum der neue Kollege überhaupt solche Fragen stellte. Eric Olivecrona war eingestellt worden, um Wirtschaftsprozesse an Land zu ziehen, die wiederum neue Familien- und Strafsachen generieren sollten. Stattdessen wurde er offenbar selbst mit Straffällen betraut.

Ein Grinsen breitete sich auf Erics Gesicht aus. »Ihr seid schon ein bisschen komisch im Strafrecht. Euer Zeitausfall wird ja fast genauso gut bezahlt wie die eigentliche Arbeit!«

»Tja«, entgegnete Mattias, der keine Lust hatte, sich wieder mal anzuhören, wie unprofitabel Strafsachen doch wären. Freilich hatte er noch weniger Lust, einem weiteren Vortrag über die ungeheuren Verdienstaussichten von Wirtschaftsanwälten zu lauschen. Ihm war schon klar, dass die angesehensten Wirtschaftskanzleien bis zu 5000 Kronen pro Stunde berechneten, was ja fast 100 Kronen pro Minute waren!

Eric Olivecrona lachte schallend, murmelte etwas von wegen »große Arbeitsbelastung« und zog sich zurück.

Jedenfalls hat er immer gute Laune, dachte Mattias und ließ sich den Würstcheneintopf schmecken. Er ärgerte sich über die Raffgier der meisten Wirtschaftsanwälte. Noch mehr ärgerte ihn allerdings, dass er sich selbst immer öfter mit dem Thema Geld beschäftigte, obwohl er sich geschworen hatte, genau das nicht zu tun. Sein Engagement für Anwälte ohne Grenzen hatte nachgelassen, und die Vorstandssitzungen des Flüchtlingsrats besuchte er schon seit einem halben Jahr nicht mehr. Konnte man wirklich kein engagierter Anwalt sein, ohne ständig ans Geld zu denken?

In diesem Moment klingelte das Haustelefon: Seine Sekretärin teilte ihm mit, dass sein neuer Mandant erschienen sei.

Mattias seufzte. Familienangelegenheiten konnte er eigentlich nicht ausstehen, aber wenn keine Strafsachen anstanden, musste er seinen Terminkalender wohl oder übel damit auffüllen. Was leider allzu oft der Fall war. In den Tagen vor Weihnachten und Mittsommer wurde er oft von verzweifelten Mandanten angerufen, die am Flughafen standen und vergeblich auf ihre Kinder warteten, und wenn man den Anwalt der Gegenseite dann überhaupt an den Apparat bekam, hieß es meist lapidar, das Kind sei krank geworden oder der Mandant weigere sich aus irgendeinem Grund, den Nachwuchs herauszugeben. In solchen Fällen galt es, ein Umgangsrecht für den eigenen Mandanten zu erwirken, was sich jedoch über den gesamten Sommer hinziehen konnte, und selbst wenn man schlussendlich Erfolg hatte, war die Ferienzeit längst beim Teufel. Nach Mattias' Erfahrung waren wohlhabende Eltern mit guter Ausbildung am schlimmsten – sie verfügten über bessere Kontakte, hatten weniger Respekt vor den Behörden und wussten, wie empfindlich und behäbig der Rechtsapparat sein konnte.

Er ließ seinen Mandanten wie immer ein paar Minuten, aber nicht übertrieben lange warten. Einerseits sollte sich der Kunde glücklich schätzen, einen so gefragten Anwalt ergattert zu haben, andererseits das Gefühl vermittelt bekommen, wichtiger zu sein als alle anderen.

»Und warum brauchen Sie einen Anwalt?«, fragte Mattias, indem er den Mann musterte, der ihm gegenüber Platz genommen hatte: ein unauffälliger junger Vater.

»Weil ich meine Tochter seit neun Monaten nicht mehr gesehen habe.«

»Wie alt ist Ihre Tochter?«

»Sechs. Sofia ist jetzt sechs Jahre alt.«

Also genauso alt wie Rebecka – Mattias spürte einen kleinen Stich. Schon der Gedanke, seine Tochter nicht mehr zu sehen, war ihm unerträglich. »Und warum haben Sie Ihre Tochter so lange nicht gesehen?«

Der Mann seufzte. »Weil ich eine neue Freundin habe.«

»Das ist doch kein Grund.«

Wieder seufzte der Mann.

»Okay, Sofias Mutter sieht das Ganze sicher anders. Aber es hat alles angefangen, als ich mit meiner Freundin zusammengekommen bin.«

»Und was sagt Sofias Mutter?«

»Dass ich Sofia schlage, dass ich sie einschüchtere, dass ich sie sexuell missbraucht habe. Das ganze Programm. Sie hat eine Anzeige nach der anderen erstattet.«

»Und haben die Anzeigen zu irgendwas geführt?«

»Nein. Die Ermittlungsverfahren wurden allesamt eingestellt. Aber meine Tochter darf ich trotzdem nicht sehen, und bald wird sie mich ganz vergessen haben.« Dem Mann traten Tränen in die Augen.

Mattias spürte Zorn in sich aufsteigen, doch er musste einen kühlen Kopf bewahren, wenn er gute Arbeit leisten wollte. Manchmal war es nicht leicht, die notwendige Balance zwischen innerem Engagement und professioneller Distanz zu finden.

Einige Minuten später füllte er die formale Auftragsbestätigung aus, die sein neuer Mandant soeben unterschrieben hatte. Bei ihrem Abschied schien der Mann zumindest ein bisschen Hoffnung geschöpft zu haben. Mattias hatte versprochen, der Gegenseite gleich heute Nachmittag einen Brief zu schreiben und innerhalb weniger Wochen eine Klageschrift einzureichen, falls er weiterhin keinen Umgang mit seiner Tochter pflegen durfte.

Aber vorher musste er sich um etwas anderes kümmern: Vor zwei Wochen war seine Frau Lotta beim Ausparken aus der eigenen Garage mit ihrem Zweitwagen kollidiert – sie hatte es also fertiggebracht, ihre beiden Autos gleichzeitig zu demolieren. Folglich hatten sie jetzt zwei Versicherungsschäden am Hals …

Mattias hatte eine Idee. In Lottas Namen schrieb er eine Schadensanzeige, in der er erklärte, der andere Wagen habe falsch geparkt; nur deshalb hätte sie ihn beim Zurücksetzen versehentlich gestreift. Danach verfasste er eine zweite Schadensanzeige in seinem eigenen Namen, in der er erklärte, sein Wagen habe ganz unschuldig an Ort und Stelle gestanden, als ein anderes Fahrzeug in ihn hineingerast sei.

Die Versicherung durfte entscheiden, wer den Unfall verursacht hatte, aber eine Selbstbeteiligung wurde in keinem Fall fällig.

Zufrieden wählte Mattias die Nummer seiner Frau, um ihr von seinem Coup zu berichten. Sie lachte und bezeichnete ihn als »Trickser«.

»Dir ist doch nichts dazwischengekommen?«, fragte sie, als das Gespräch versiegte.

»Nein, nein. Wir sehen uns um vier im Krankenhaus.«

»Wie schön, dass du pünktlich bist«, sagte Lotta und gab ihm einen flüchtigen Kuss.

»Ich war nur ein einziges Mal zu spät, und das war, als ich nicht rechtzeitig vom Oberlandesgericht weggekommen bin«, verteidigte sich Mattias.

»Egal, Hauptsache, du bist da.«

Lotta war im sechsten Monat schwanger und ging so sehr in ihrer Rolle auf, dass die sechsjährige Rebecka bereits eifersüchtig wurde.

Sie gesellten sich zu zwei anderen Paaren, die schon in der Kuschelstube saßen, und warteten auf die Hebamme. Auch die Männer versuchten, ein wenig Smalltalk zu machen, was Mattias jedoch als ziemlich verkrampft empfand. Die Frauen gingen viel natürlicher miteinander um, als fühlten sie sich durch ihre großen Bäuche verbunden.

Margareta, die Hebamme, kam fast eine halbe Stunde zu spät. Heute trafen sie sich zum vierten Mal, und Mattias hatte schon beim ersten Mal bemerkt, dass Margareta in einer Tour quasselte, ohne je etwas Substanzielles zu sagen. Lotta hatte darauf entgegnet, er würde eben das typische Schwarz-Weiß-Denken eines Juristen an den Tag legen. Eben nicht, hatte er gedacht, simples Schwarz-Weiß-Denken ist doch eher Sache der Journalisten. Aber er hatte sich den Kommentar verkniffen.

Hier konnte er wenigstens nicht einnicken wie neulich, als sie auf weichen, blauen Matratzen in einem schummrigen Raum gelegen waren und Atemübungen gemacht hatten. Damals war er erst wieder zu sich gekommen, als Lotta ihm einen Ellbogen in die Seite gestoßen hatte.

»Heute wollen wir uns mit den verbleibenden Monaten bis zur Entbindung beschäftigen«, erklärte Margareta, ließ sich auf einem Stuhl in der Mitte des Raums nieder und bat die anderen, sich im Kreis um sie herum zu setzen.

Wie bei den Anonymen Alkoholikern, dachte Mattias.

Margaretas Stimme wurde sehr sanft, sie legte den Kopf schief. »Ich möchte, dass ihr von euren Gefühlen angesichts des großen, magischen Ereignisses erzählt, das euch bevorsteht.«

Die drei werdenden Mütter plapperten gleichzeitig drauflos, während die Männer auf ihren Stühlen hin und her rutschten. Es folgte eine fünfunddreißigminütige Diskussion, zu der Mattias kein einziges Wort beitrug. Vielmehr ging ihm durch den Kopf, was er in der nächsten Zeit alles zu erledigen hatte.

»Und wie denkst du darüber … Martin?«, fragte Margareta plötzlich.

»Mattias!«

»Ach ja, richtig. Was denkst du, Mattias?«

Er konnte ja schlecht zugeben, dass er gerade an die Arbeit dachte. »Ich weiß nicht … Also manchmal nehme ich eine Klopapierrolle und halte sie an Lottas Bauch, dann kann man den Herzschlag hören.« Am liebsten hätte er sich auf die Zunge gebissen. Warum erzählte er hier, was er und seine Frau im Schlafzimmer trieben? Aus dem Augenwinkel sah er, wie die beiden anderen Väter in spe grinsten.

Aber Margareta war ganz hingerissen. »Wunderbar, Mattias, das ist eine wunderbare Art, Kontakt zu deinem Kind aufzunehmen.« Ihre Stimme wurde sanfter denn je, und Mattias beschloss, von nun an und bei allen zukünftigen Treffen die Klappe zu halten.

3 »Siebzehn, achtzehn, neunzehn. Ausgezeichnet, wir sind vollzählig«, stellte Gerda an der Passkontrolle in Heathrow fest – wie die Lehrerin einer Schulklasse, die zum ersten Mal auf Klassenfahrt ging. Einige Reichstagsabgeordnete störten sich offenbar an der strengen Behandlung, doch wenn man sie nicht an die Kandare nahm, dachte Gerda, konnte wer weiß was passieren.

Die gemeinsame Auslandsreise zu Beginn der Legislaturperiode war ihre Idee gewesen. Als frisch gebackene Vorsitzende des Justizausschusses wollte sie sogleich ihre Tatkraft unter Beweis stellen, um jeder Kritik, sie sei zu passiv, von vornherein den Wind aus den Segeln zu nehmen. Derlei Vorwürfen war sie in ihrer Zeit als Ministerin allzu oft ausgesetzt gewesen. Egal, jetzt waren sie erst mal in London, wo sie der örtlichen Polizei sowie dem Strafgerichtshof, dem sogenannten Old Bailey, einen Besuch abstatten und nebenbei das Zusammengehörigkeitsgefühl stärken wollten. Gerda war zufrieden; die Reise ließ sich gut an.

»Ich gehe davon aus, dass Sie alle Ihren Pass dabeihaben«, sagte sie jetzt. »Sie wissen ja bestimmt, dass England das Schengener Abkommen nicht vollständig …«

»Großbritannien!«, unterbrach ein weibliches Mitglied der Linkspartei.

»Bitte?« Gerda hatte den Faden verloren.

»Sie waren doch auf tausend EU-Versammlungen in Brüssel. Da sollten Sie eigentlich am besten wissen, dass Großbritannien eine gemeinsame Außenpolitik hat.«

Gerda ließ sich nichts anmerken. Später würde sich schon noch eine Gelegenheit ergeben, die kleine Kommunistin zurechtzuweisen. So ein vorlautes Auftreten war sie aus ihrer Zeit als Ministerin nicht gewohnt. Innerhalb der Regierung wurde zumindest ein höflicher Umgangston gepflegt, während sich manche Reichstagsabgeordnete benahmen, wie es ihnen gerade in den Kram passte. »Wir nehmen die U-Bahn«, fuhr sie fort, um sogleich wieder die Initiative zu ergreifen.

»Ist die auch sicher?«, fragte ein junger Liberaler. »Ich meine, bei der heutigen Terrorgefahr hat man da schon ein mulmiges Gefühl.«

»Badewannen fordern mehr Opfer als Terroranschläge«, bemerkte Carlos. »Ganz zu schweigen von den vielen Verkehrstoten.«

Carlos Fernandez war der Shootingstar der Volkspartei, und auch Gerda schätzte ihn außerordentlich. Hätte die Koalition die Wahl gewonnen, wäre er mit Sicherheit Minister geworden. Selbst seine schärfsten politischen Gegner setzte er aus Prinzip nicht persönlich herab, und daran, fand Gerda, konnten sich die meisten seiner Kollegen ein Beispiel nehmen. Manche Politiker hatten sich geradezu darauf spezialisiert, andere zu diffamieren, statt den eigenen Standpunkt deutlich zu machen.

Unterdessen hielt die Diskussion um das geeignete Verkehrsmittel unvermindert an.

»Taxi kommt nicht infrage«, sagte Jan-Olov Pettersson kategorisch. »Darf ich daran erinnern, dass *Expressen* all unsere Auslagen penibel kontrolliert?«

»Mit der U-Bahn geht's sowieso viel schneller«, ergänzte die Büroleiterin, worauf sich der gesamte Tross in Bewegung setzte.

Beim Einchecken im Hotel kam es zu erneuten Unstimmigkeiten hinsichtlich der weiteren Programmgestaltung. Einige begnügten sich mit der Hotelbar, andere wollten sich lieber in der Stadt vergnügen. Gerda musste vor allem darauf achten, niemanden aus den Augen zu verlieren und selbst nicht in schlechte Gesellschaft zu geraten. In manchen Ausschüssen blieben die Parteikollegen auch auf Reisen streng unter sich, doch heute betrachtete sie es nicht als ihre Aufgabe, die Parteigrenzen aufrechtzuerhalten. Ich habe genug getan, dachte sie.

Als sie gerade überlegte, wie sie den Abend verbringen sollte, kam Carlos zu ihr herüber. »Kommst du mit auf ein Bier?«

»Ja, ich weiß nicht …«, erwiderte sie, aber ihre Freude über die Einladung war nicht zu übersehen. »Eigentlich wollte ich noch ein bisschen lesen.«

»Ach, komm schon!« Carlos lachte. »Ich würde mich wirklich freuen, wenn du uns Gesellschaft leistest. Außerdem gibt es da noch eine Sache, die Jan-Olov und ich mit dir besprechen möchten.«

Gerda lächelte verlegen und nickte.

Wie erwartet war es im Pub brechend voll. Das Politikergrüppchen konnte gerade noch drei Hocker an der Bar ergattern.

Gerda fand sich in einer ungewohnten, aber spannenden Umgebung wieder. Hinter der Bar hing ein riesiger Spiegel, auf den Regalbrettern drängten sich zahllose Flaschen. Die Wände bestanden aus roten Backsteinen, offenbar handelte es sich um ein altes Fabrikgebäude. Auf einem großen Bildschirm lief irgendein Fußballspiel, das von der Hälfte der Gäste, fast ausschließlich Männer mittleren Alters, lautstark kommentiert wurde.

»Interessierst du dich für Fußball?«, fragte Jan-Olov mit einem Blick auf den Fernseher.

»Eher weniger«, entgegnete Gerda. »Der einzige Sport, mit dem ich was anfangen kann, ist Eiskunstlaufen«.

»Nicht mal, wenn Bajen spielt?«, hakte Carlos nach.

»Du meinst Hammarby.« Gerda nippte an ihrem Bier.

So gutmütig, wie Carlos und Jan-Olov nickten, wollten sie ihre Ausschussvorsitzende anscheinend wirklich nicht auf den Arm nehmen. Ach, wären doch alle Reichstagsabgeordneten so sympathisch, dachte Gerda.

Allerdings trank Jan-Olov sein Bier auffällig schnell. Als er das Glas binnen weniger Minuten leerte, erinnerte Gerda sich, dass sie schon öfter von einem ernsthaften Alkoholproblem des Sozialdemokraten gehört hatte. Auch nach dem Festakt zum Beginn des neuen »Reichstagsjahrs« war er angeblich alles andere als nüchtern gewesen, und das vor den Augen sämtlicher namhafter Journalisten! Er hatte sich wohl nur so glimpflich aus der Affäre ziehen können, weil er ein Mann war. Frauen mit Alkoholproblem hatten es da deutlich schwerer, dachte sie in Gedanken an Gudrun Schyman.

»Wie wär's mit einer zweiten Runde?«, fragte Jan-Olov und wischte sich mit dem Handrücken Schaum von der Oberlippe.

»Schaut euch mal die Tattoos an.« Gerda machte eine Kopfbewegung in Richtung Barkeeper, der glücklicherweise viel zu beschäftigt war, um mitzubekommen, wie die drei schwedischen Gäste die grün-schwarzen Figuren auf seinen schwellenden Oberarmen studierten.

Jan-Olov deutete auf Carlos' Oberarm. »Sind Tattoos eigentlich weit verbreitet in Argentinien?«

»Nein. Ich hab mir meins in Schweden machen lassen, als ich sechzehn war.«

»Igitt!« Gerda verzog das Gesicht.

Carlos lachte. »So kann man's natürlich auch sehen.«

»Und was für ein Tattoo ist das genau?«, fragte Jan-Olov.

Gerda bemerkte den glasigen Blick, mit dem der Sozialdemokrat seinen Kollegen anstarrte. Wie schnell der Alkohol doch wirkt, dachte sie, dabei hatten wir es eben noch so gemütlich. Natürlich gerieten Politiker ständig aneinander, aber doch auffällig häufig auf internen Parteifesten oder wenn unter Alkoholeinfluss über wichtige Posten diskutiert wurde. Und bei Streitereien in ihrem Bekanntenkreis war ebenfalls meist Alkohol im Spiel.

Auch Carlos hatte bemerkt, dass die Stimmung kippte, und schien sich nicht ganz sicher zu sein, ob er Jan-Olovs Frage beantworten sollte. »Ein Name«, meinte er schließlich. »Petronella.«

Jan-Olov lachte und orderte noch drei Bier, obwohl die Gläser vor Gerda und Carlos noch mehr als halb voll waren.

»Für mich nicht«, sagte Gerda, doch Jan-Olov überhörte sie einfach. Anscheinend hatte er im Lauf des Tages schon einiges getrunken, sonst hätten die beiden Biere nicht so heftig gewirkt. Eigentlich kannte sie ihn kaum, stellte Gerda fest, obwohl sie lange gemeinsam im Reichstag gesessen hatten. Normalerweise vermittelte er einen freundlichen, korrekten und zurückhaltenden Eindruck – solange er nichts getrunken hatte. Unter Alkoholeinfluss konnte er offensichtlich vom einen auf den anderen Moment sehr persönlich werden. Wie sie wusste, hatte er vor langer Zeit ein Kind verloren, ein tragisches Schicksal, das er allerdings bei passender Gelegenheit jedem unter die Nase rieb. Das muss ich mir nicht schon wieder anhören, dachte sie, als Carlos das Thema wechselte.

»Jan-Olov und ich haben ein gemeinsames Projekt beschlossen: eine Initiative gegen Rassismus über alle Parteigrenzen hinweg. Wir werden die verschiedensten Teile der Gesellschaft aufrufen, uns zu unterstützen.«

»Und es wäre sehr schön, wenn du dich auch einbringen würdest«, fügte Jan-Olov hinzu, während er sich ein paar Erdnüsse in den Mund warf. Plötzlich wirkte er wieder absolut entspannt; seine gute Laune war genauso schnell zurückgekehrt, wie sie verschwunden war.

Gerda wusste nicht, wie sie reagieren sollte. Im Grunde war sie weder analytisch veranlagt noch besonders reaktionsschnell. »In meiner Position als Ausschussvorsitzende könnte das ein wenig schwierig sein«, entgegnete sie schließlich – womit sie sagen wollte: Ich kann mich nicht zu einer parteiübergreifenden Zusammenarbeit äußern, ohne mich mit dem Fraktionsvorsitzenden beraten zu haben. Solche ehrenhaften Vorschläge klangen immer ganz toll, aber Gerda hatte sich mit der Zeit eine gesunde Skepsis angewöhnt.

»Na ja«, meinte Carlos. »Wir werden schon mal unseren Aufruf starten, du kannst ja später immer noch zu uns stoßen.«

»Das wird eine große Sache.« Jan-Olov zog einen Stift und ein schwarzes Notizbuch aus der Tasche, das er offenbar stets bei sich trug, und notierte rasch irgendetwas. Dann schlug er mit Carlos ein und lehnte sich über die Theke. »Three more beers, please.«

4

»Neben meiner Arbeit für die Polizeipräsidentin Carin Götborg, die natürlich noch einen eigenen Pressesprecher hat, bin ich auch für das Landeskriminalamt zuständig«, erklärte Petra Holm und steckte sich eine Gabel Thunfischsalat in den Mund.

Susanne Dahlgren nickte schweigend.

»Meiner Meinung nach werden wir uns oft fragen müssen, ob wir uns an die Medien wenden oder eine Sache lieber intern behandeln sollten«, fuhr Petra fort. »Im Zweifelsfall liegt die Entscheidung natürlich bei dir.«

»Mmh.« Irritiert blickte Susanne zum Nebentisch, an dem eine Gruppe junger Polizisten in Uniform einen solchen Radau veranstaltete, dass man kaum sein eigenes Wort verstand. Warum mussten Männer nur immer so einen Krach machen?

Susanne und Petra saßen im Restaurant Pflaumenbaum im Polizeipräsidium auf Kungsholmen, wo sich Polizisten im Schichtdienst schon in aller Frühe am Frühstücksbüfett bedienen konnten. Hier hatte auch der frühere Reichspolizeichef nach seinem Rausschmiss seine Abschiedsrede gehalten. Susanne war nicht besonders gern im Pflaumenbaum, denn hier ging es oft zu wie in einer Schulmensa; wie so viele ihrer Kollegen spazierte sie lieber zu Bee's Thai Food auf der anderen Seite der Kungsholmsgatan hinüber. Na ja, wenigstens wirft niemand mit Essen um sich, dachte sie.

»Rede ich zu viel?«, fragte Petra unterm Kauen.

Susanne zuckte zusammen.

»Nein, nein, entschuldige. Ich war nur in Gedanken. Du hast also für die ehemalige Justizministerin gearbeitet?«

»Ja, aber nur, bis sie abgewählt wurde. Im Reichstag haben die Parteien ihre eigenen Presseleute, und ehrlich gesagt will ich da auch gar nicht arbeiten. Lieber hier. Übrigens werde ich die erste Pressesprecherin der Stockholmer Polizei sein, die nie Uniform tragen wird. Ich bin schließlich keine Polizistin.«

Susanne nickte. Die neue Pressesprecherin gefiel ihr – sie wirkte temperamentvoll und spontan, was Susanne auch gerne von sich behauptet hätte. Doch sie konnte es sich einfach nicht verkneifen, ihren Tagesablauf stets bis ins kleinste Detail durchzuplanen. Immer musste sie alles unter Kontrolle haben, unvorhergesehene Ereignisse hasste sie wie die Pest.

»Und wie lautet dein offizieller Titel?«, erkundigte sich Petra.

»Einsatzleiterin im Dezernat für Gewaltverbrechen beim Landeskriminalamt.«

»Ups, da kann ich wohl nicht ganz mithalten.« Petra angelte einen Notizblock und einen Stift aus der schwarzen Tasche, die neben ihr auf dem Stuhl lag.

Ja, Susannes neuer Job hatte einen ziemlich umständlichen Namen, das musste sie zugeben. Außerdem hatte sie bereits am eigenen Leib erfahren, wie schwer es war, plötzlich eine Führungsposition einzunehmen – vor allem wenn man eine große Gruppe von Mitarbeitern dazu bringen musste, an einem Strang zu ziehen. Ihre Leute gehörten verschiedenen Generationen an und hatten sich oft ganz unterschiedliche Arbeitsstile angewöhnt. Und wenn es eine durch und durch konservative Berufsgruppe gab, dann die der Polizisten. Hier galt das elfte Gebot: So haben wir es schon immer gemacht, und so werden wir es auch weiterhin machen. Ältere Beamte misstrauten den Ausbildungsmethoden der »modernen« Polizeihochschulen, während die jungen Kollegen die Alteingesessenen als rückständig betrachteten.

Susanne hatte unzählige Personalfragen zu klären, darunter mehrere Anzeigen wegen angeblicher Dienstvergehen, vor allem im Zusammenhang mit übertriebener Gewalt bei Festnahmen. Die meisten waren unbegründet, aber viel zu viele hatten doch ihre Berechtigung, und das vor dem Hintergrund des starken Korpsgeists, der nach wie vor in der Polizei herrschte. In ihren Augen gab es nichts Abscheulicheres als Mitarbeiter, die sich gegenseitig deckten.

Ihr Teller war noch halb voll, als Petra sich entschuldigte: Sie habe noch einen Termin bei der Polizeipräsidentin, einige Jugendliche seien zu Besuch im Amt. Und schon war sie verschwunden.

Susanne grüßte noch ein paar Kollegen aus dem Drogendezernat, das ebenfalls zum Landeskriminalamt gehörte, ehe sie aufstand und ihr Tablett wegbrachte. Abgesehen von der Kantine gefiel ihr das neue, deutlich frischere Polizeipräsidium sehr gut. Hier kam man viel leichter in Kontakt mit den Kollegen.

Ein paar Minuten später saß Susanne hinter ihrem Schreibtisch im sechsten Stock.

Wieder mal fiel ihr auf, wie sehr sich ihre Arbeit verändert hatte, seit der frühere Chef des Landeskriminalamts, Christian Pedersen, zum Generaldirektor der nationalen Strafvollzugsbehörde befördert worden war. Während seiner Amtszeit hatte er die Arbeit des LKA ebenso effektiv wie skrupellos vorangetrieben. Rechtssicherheit für Angeklagte hatte nur auf dem Papier existiert, Vorschriften wurden rücksichtslos umgangen, zumal das Risiko, entdeckt zu werden, verschwindend gering war. Kein Wunder, dass Pedersen Erfolge vorweisen konnte, die sich bis zur Regierung herumsprachen, was ihm schließlich den prestigeträchtigsten Job des schwedischen Justizapparats eingebracht hatte. Einerseits war Susanne empört, dass er die Karriereleiter mit solchen Methoden emporgeklettert war, andererseits war sie heilfroh, den Typen endlich los zu sein. Sie fühlte sich, als hätte jemand ein Fenster aufgestoßen, und nun fegte der Wind durch die Räume und vertrieb den Mief vergangener Tage. Ihre Pläne, wieder als Staatsanwältin zu arbeiten, hatte sie sofort ad acta gelegt, und bald war die Beförderung gekommen.

Als sie ihr Mailprogramm öffnete, entdeckte sie eine Nachricht des Staatsanwalts, mit dem sie zusammenarbeitete: Er beantragte die erneute Vernehmung von vier Personen, die derzeit in Untersuchungshaft saßen. Aber warum? Ihrer Meinung nach sollte er entweder Anklage erheben oder die Leute auf freien Fuß setzen. Mit dem neuerlichen Verhör wollte er vermutlich auf Zeit spielen, ein taktischer Winkelzug, der nur dazu führte, dass Menschen länger hinter Gittern blieben als nötig.

Am Anfang hatte ihre Zusammenarbeit reibungslos funktioniert, vielleicht weil Susanne selbst aus der Staatsanwaltschaft kam. Doch inzwischen empfand sie ihren Werdegang eher als Nachteil. Gerade im Umgang mit ermittelnden Polizisten versuchte ihr männlicher Kollege ständig, den Platzhirsch zu spielen.

Sie schüttelte den Kopf. Warum gerate ich nur immer in solche Situationen? Das muss doch auch an mir liegen.

Dieser Gedanke verunsicherte sie so sehr, dass sie sich doch nicht gegen die erneute Vernehmung der betreffenden Personen aussprach. Stattdessen drängte sie nur zur Eile, auch weil sie sich erinnerte, wie sehr sie sich früher geärgert hatte, wenn sie sich während der Voruntersuchung mit sturen Polizeibeamten herumschlagen musste.

Von der Staatsanwaltschaft gingen nun mal die entscheidenden Maßnahmen aus. Punkt.

Außerdem hatte ihr ein Rechtsanwalt gemailt, um sich nach dem Ergebnis einer DNA-Untersuchung zu erkundigen. Post von Rechtsanwälten war eine Seltenheit, und bei diesen seltenen Gelegenheiten musste sie jedes Mal an Mattias Berglund denken.

Während ihrer kurzen Affäre hatten sie sich immer per Mail verabredet, meistens in ihrer Wohnung.

Natürlich war ihre Beziehung von Anfang an zum Scheitern verurteilt gewesen: Mattias war verheiratet, ein junger Vater. Und sie ließ sich aus Prinzip nicht mit verheirateten Männern ein.

Nach ein paar Wochen war sie zur Vernunft gekommen. Sie hatte sich eine Reise nach Barbados gegönnt, um über Mattias hinwegzukommen, und gleich am ersten Abend einen anderen Mann kennengelernt.

Er nannte sich Stefan, was sie ihm keine Sekunde lang abnahm, und sie behielt Recht: Bald stellte sich heraus, dass er sich den schwedischen Justizbehörden entzog. Der typische Steuerbetrüger. Als er begriff, dass sie für die Polizei arbeitete, ging er sofort auf Distanz, und eines Morgens war er plötzlich spurlos verschwunden.

Die nächste Mail stammte von einem Mann, der sich seit ein paar Wochen um sie bemühte. Er hieß Anders, arbeitete als

Polizeidirektor in Söderort, hatte erwachsene Kinder und war seit einigen Jahren geschieden. Sie hatten sich auf einer der vielen Konferenzen für das Führungspersonal der Polizei kennengelernt.

Bisher waren sie nur einmal essen und einmal ins Theater gegangen. Wahrscheinlich wollte er sich damit ein wenig kulturinteressierter geben als die meisten seiner Kollegen, was bei der Polizei allerdings kein Kunststück war.

Eigentlich wusste sie, dass daraus niemals eine richtige Beziehung werden konnte. Es war eher ein Flirt in Ermangelung einer besseren Alternative.

Seufzend antwortete sie ihrem Verehrer, sie habe dieses Wochenende keine Zeit – eine glatte Lüge. Mit zwei erwachsenen Kindern, die sich noch dazu auf anderen Kontinenten aufhielten, hatte sie an den Wochenenden alle Zeit der Welt. Daneben hatte sie ein paar Freundinnen, die sich in ihren Ehen langweilten, und Ewa, die ebenfalls geschieden, aber bedeutend abenteuerlustiger war als sie. Bei ihren sonntäglichen Spaziergängen im Park erzählte Ewa mit Vorliebe von ihren neuesten Eroberungen, und Susanne hörte stets geduldig zu, denn sie fand die Geschichten wirklich aufregend. Oft hatte sie hinterher das Gefühl, selbst an den nächtlichen Abenteuern mit Männern teilgenommen zu haben, die sonderbare sexuelle Vorlieben hegten oder verzweifelten, wenn sie im Bett versagten.

Ewas Auswärtsspiele – ein kindischer Ausdruck, den Susanne hin und wieder gebrauchte – waren so ganz anders als ihre eigenen Erlebnisse. Wenn sie, was selten genug vorkam, einem Mann nach Hause folgte, ging es meist sehr konventionell und eher langweilig zu. Nur mit Mattias war es anders gewesen.

War es nicht merkwürdig, dass sie ihm noch nie auf der Straße begegnet war? Sie arbeiteten doch beide mitten in Kungsholmen. Da sollte man sich eigentlich zwangsläufig über den Weg laufen.

Nicht dass sie ihn vermisste. Ganz und gar nicht, redete sie sich ein. Ihr Beschluss war endgültig, selbst wenn er wider Erwarten noch einmal Interesse an ihr zeigen sollte.

Doch einem 44-jährigen Single fiel es eben schwer, das Fehlen einer intimen Beziehung nicht als Mangel zu empfinden.

Oder das Fehlen von Liebe.

5 Sechs Tage später veröffentlichten Carlos Fernandez und Jan-Olov Pettersson ihren Aufruf in der Zeitung *Dagens Nyheter.*

Jan-Olov wusste, dass es unmöglich war, die Reaktion der Medien vorauszuahnen. Unzählige Politikerinitiativen verliefen im Sande, ohne die geringsten Spuren zu hinterlassen – wie durchdacht und klug sie auch sein mochten.

Und eine Antirassismus-Kampagne war beileibe nichts Neues. Doch die Initiative bekam unerwartet Rückenwind durch eine brutale, rassistisch motivierte Tat, die sich vor zwei Tagen in Trollhättan ereignet hatte: Zwei dreizehnjährige Flüchtlingskinder waren von mehreren Skinheads brutal verprügelt worden, was in den Medien für großen Wirbel gesorgt hatte. Polizisten, Staatsrechtler, Historiker und nicht zuletzt Politiker debattierten schon im Frühstücksfernsehen über das Verbrechen, allerdings ohne neue Erkenntnisse zutage zu fördern. Man war sich lediglich einig, dass der Kampf gegen den Rassismus intensiviert werden müsse.

Doch dann veröffentlichten Carlos Fernandez und Jan-Olov Pettersson einen Aufruf, der sich explizit an die gesamte Nation wandte und unabhängig von der politischen Ausrichtung konkrete Maßnahmen forderte, die sich nicht nur auf die Polizeiarbeit, sondern auch auf den Informationsfluss am Arbeitsplatz oder den Schulunterricht bezogen. Selbst Sportvereine und Kirchen sollten ihren Beitrag leisten.

Das Timing war perfekt, die Resonanz enorm.

In Funk und Fernsehen wurde der Aufruf zur Meldung des Tages, in der Radiosendung *P1 am Morgen* kamen Carlos und Jan-Olov live zu Wort.

Alle waren voll des Lobes für die Initiative, die sich bald überall herumgesprochen hatte: Der Reichspolizeichef kündigte an, das Thema auf der nächsten Konferenz für Führungskräfte zur Sprache zu bringen; der Vorsitzende des schwedischen Sportbunds wollte sämtliche Sportvereine des Landes anschreiben; und selbst der Ministerpräsident konnte seine Begeisterung kaum zügeln. Dass der Vorstoß nicht aus der Regierung, sondern aus dem Reichstag kam, deutete er kurzerhand zum Vorteil um. Er wollte die Kampagne sogar auf der nächsten EU-Versammlung in Brüssel vorstellen, um andere Staaten zur Mitarbeit zu bewegen.

Man hätte meinen können, es hätte sich nie zuvor irgendjemand zu diesem Thema geäußert. Als hätte es all die früheren Konferenzen, Beschlüsse und Maßnahmen nie gegeben.

Carlos und Jan-Olov wurden als Helden gefeiert. Dass sich Jan-Olov in seiner achtzehnjährigen Reichstagskarriere noch nie auf diesem Gebiet profiliert hatte, gereichte ihm fast zum Vorteil. Carlos hingegen, ohnehin einer der beliebtesten schwedischen Politiker und überaus bewandert in Integrationsfragen, wurde mehr denn je als erfrischendes Gegenmodell zu den oft langweiligen und profillosen Abgeordneten bejubelt. Noch am selben Nachmittag versprachen die Stadträte von Stockholm, Göteborg und Malmö, das Thema auf kommunaler Ebene voranzubringen.

Am Abend nahm Carlos an der Talkshow *Kvällsöppet* teil, die live im Fernsehen ausgestrahlt wurde.

Wie vor jeder Fernsehsendung hatte er sich minutiös vorbereitet, da er genau wusste, wie wichtig ein überzeugendes Auftreten in den Medien für einen Politiker sein konnte. Und sein Aussehen war dabei mindestens so entscheidend wie seine Äußerungen: Er trug ein unifarbenes Hemd, da gestreifte Hemden auf dem Bildschirm zum Flimmern neigten, und darüber ein Sakko. Auf die Krawatte verzichtete er im letzten Moment, um etwas legerer rüberzukommen.

Im Studio erwartete ihn eine kleine Zuschauertribüne, auf der ein ausgewähltes Publikum saß, darunter einige geladene Gäste, die ebenfalls zu Wort kommen sollten. Zentral davor stand ein Tisch, von dem aus Moderator Lennart Ekdal die Diskussion zwischen Carlos und dem Schwedendemokraten Carl Struwe leiten würde. Struwe war der einzige Politiker, der sich öffentlich gegen den Aufruf äußern wollte.

Bald hatten alle ihre Plätze eingenommen, die Sendung würde in wenigen Minuten beginnen.

Die meisten Zuschauer rutschten nervös hin und her, weil sie an einer Liveübertragung teilnehmen sollten, während sich die geladenen Gäste vor allem darum sorgten, ob sie auch genügend Redezeit abbekommen würden. Sie durften sich mit Handzeichen melden, was jedoch gleichermaßen diskret vonstattengehen musste. Die beiden Diskutanten standen bereits hinter ihrem Pult, ein Glas Wasser vor sich. Carl Struwe trommelte nervös auf der Tischkante herum, Schweißtropfen glänzten auf seiner Stirn. Mehrmals musste eine Mitarbeiterin der Maske herbeieilen, um ihn frisch zu pudern.

Unterdessen war Carlos die Ruhe selbst – er plauderte mit dem Moderator über Fußball. Auftritte im Fernsehen machten ihn nicht nervös, ganz im Gegenteil. Er empfand sie als inspirierend.

Die Produzentin rief den Kameraleuten ein paar letzte Kommandos zu, während sie die Minuten bis Sendebeginn herunterzählte. Eine Kamera war an einem großen schwenkbaren Arm befestigt, der sich nun in Bewegung setzte wie eine mechanische Schlange.

Kurz darauf lief der Countdown der letzten zehn Sekunden, als stiege jeden Moment eine Weltraumrakete in den Himmel.

Und los.

Lennart Ekdal ging ein paar Schritte auf die Kamera zu, begrüßte die Zuschauer im Studio und zu Hause vor dem Fernseher und erklärte, worum es heute Abend gehen würde. »Wir wollen uns heute einem einzigen Thema widmen: der von Carlos Fernandez und Jan-Olov Pettersson gemeinsam ins Leben gerufenen Kampagne gegen Rassismus. Erst kürzlich hat uns der brutale Übergriff auf zwei Kinder von Asylbewerbern schmerzlich vor Augen geführt, wie aktuell dieses Problem ist. Als Diskussionspartner von Carlos Fernandez begrüßen wir Carl Struwe, der dem Führungskreis der Schwedendemokraten angehört.«

Die Kamera schwenkte über die Zuschauer hinweg und rückte die beiden Diskutanten ins Bild, die dem Publikum zunickten.

»Herr Fernandez«, begann der Moderator, indem er sich Carlos zuwandte. »Könnten Sie den Hintergrund Ihrer Initiative erläutern?«

Carlos wartete eine Sekunde, ehe er antwortete. »Ich bin im Argentinien der Siebzigerjahre aufgewachsen. Ich weiß, wie es ist, in einem Land zu leben, in dem es weder Demokratie noch Menschenrechte gibt. Doch selbst hier in Schweden, dem demokratischsten Land der Welt, haben wir mit Rassismus zu kämpfen. Auch hier gibt es Fremdenhass, sei es in offener oder latenter Form, und das können wir nicht hinnehmen.«

»Was hat Sie dazu veranlasst, eine parteiübergreifende Allianz zu schmieden?«

»Ich denke, dass allen Parteien daran gelegen sein sollte, dieses Problem in den Griff zu bekommen. Da haben wir von der Volkspartei den Sozialdemokraten oder der Umweltpartei nichts voraus. Und ein gemeinsames Anliegen sollte man auch gemeinsam angehen.«

Lennart Ekdal nickte und wandte sich an den Schwedendemokraten, der schon ungeduldig mit den Füßen scharrte.

»Doch Sie sind gegen die Initiative, Herr Struwe?«

»Wir sind der Meinung, dass man sich lieber um die Lebensbedingungen der Rentner oder die Situation in den Krankenhäusern kümmern sollte. Verlogene kommunistische Parolen helfen da nicht weiter!«

Wieder nickte Lennart Ekdal. »Lassen wir nun unsere weiteren Gäste zu Wort kommen.«

Zunächst meldete sich ein Historiker, der auf nazistische Gruppierungen spezialisiert war. Seine Aussage war klar auf Struwe gemünzt: »Minderheiten und gesellschaftliche Problembereiche gegeneinander auszuspielen, gehört seit jeher zu den typischen Strategien der extremen Rechten.«

»Indem sie gemeinsame Anliegen der Volksparteien als kommunistische Propaganda diffamieren«, fügte ein Politologe der Universität Göteborg hinzu, »entlarven sich die Schwedendemokraten selbst: Sie entwerfen das reinste Zerrbild unserer politischen Kultur.«

Lennart Ekdal nickte wohlwollend. »Was sagen Sie dazu, Herr Fernandez, dass die Situation der Rentner gegen Ihre Initiative in Stellung gebracht werden soll?«

Carlos' Blick wanderte in aller Ruhe vom Moderator zu Struwe. »Ich denke, dass Herr Struwe ein berechtigtes Anliegen formuliert. Sicher kann man darüber streiten, ob hier die richtigen Prioritäten gesetzt werden. Und selbstverständlich muss es jedermann möglich sein, seine Meinung ungehindert zum Ausdruck zu bringen. Die Meinungsfreiheit ist unser höchstes Gut. Allerdings glaube ich, dass gerade unsere älteren Mitbürger aufgrund ihrer Erfahrungen aus der Zeit des Zweiten Weltkriegs sehr genau wissen, was Rassismus bedeuten kann.«

Lennart Ekdal verzog das Gesicht. Natürlich sollten sich die Diskutanten nicht gegenseitig beschimpfen oder einander fortwährend ins Wort fallen, aber allzu große Einigkeit war noch schlimmer. Da griffen die Zuschauer schnell zur Fernbedienung.

Währenddessen wirkte Carl Struwe vor allem verwundert. Anscheinend wusste er nicht, dass Carlos prinzipiell auf persönliche Attacken verzichtete. Struwe war erhitzte Debatten gewohnt; eine andere Art der Auseinandersetzung beherrschte er nicht, und entsprechend fiel seine Reaktion aus. »Ich finde es schon merkwürdig, dass jemand, der nicht mal in diesem Land geboren ist, uns Schweden sagen will, was wir zu tun haben! Eine solche Person sollte überhaupt nicht im Reichstag sitzen! Es gibt genug andere, die mit unseren Traditionen viel besser vertraut sind. Wenn Typen wie Sie im Reichstag das Sagen haben, werden schwedische Frauen bald Burka tragen müssen!«

Ein empörtes Raunen ging durchs Publikum, mehrere Gäste hoben die Hand, um eine bissige Erwiderung loszuwerden. Der ehemalige Direktor des Österåker-Gefängnisses konnte sich nicht beherrschen. »Wenn Sie glauben, dass man in Argentinien Burka trägt, disqualifizieren Sie sich selbst!«

Während die anderen immer noch verzweifelt Handzeichen

gaben, war Carlos erneut das Wort erteilt worden. »Hin und wieder sagen wir doch alle Dinge, die inhaltlich falsch sind. Natürlich will ich nicht, dass der Reichstag eines Tages eine Burkapflicht für schwedische Frauen beschließt. Allerdings bin ich überzeugt – bei allem Respekt, Herr Struwe –, dass es nicht so weit kommen wird. Vielmehr würde ich es begrüßen, wenn mehr Abgeordnete mit Migrationshintergrund in den Reichstag einziehen würden.«

So ging es eine Weile weiter.

Carl Struwe griff blindwütig an, Carlos wehrte sämtliche Attacken höflich und gelassen ab und fand darüber hinaus Zeit, eigene Gedanken zur Antirassismus-Kampagne zu entwickeln.

Am Ende der Sendung waren die Sympathien des Publikums klar verteilt. Der charmante Verfechter der Initiative hatte noch die letzten Zweifler überzeugt. Zum Schluss gab es ein allgemeines Händeschütteln unter geladenen Gästen und Zuschauern. Nur mit Carl Struwe wollte niemand etwas zu tun haben – außer Carlos, der sich in aller Form bei seinem Diskussionspartner bedankte, ehe er das Studio verließ.

Fünfundzwanzig Minuten später war er zurück in seinem Einfamilienhaus in Nacka. Zu seiner Enttäuschung hatte sich seine Frau Anna bereits schlafen gelegt. Kurz überlegte er, ob er sie wecken sollte, setzte sich dann aber lieber an den Computer, um nachzusehen, was die Internetausgaben der Zeitungen über die Talkshow schrieben. Zufrieden nahm er das Ergebnis einer Onlineabstimmung zur Kenntnis: Er war zum eindeutigen Sieger der Debatte gekürt worden. Sicherheitshalber gab er noch eine Stimme für sich ab, druckte das Ergebnis aus und heftete es ab.

Carlos streckte sich. Hinter ihm lag ein sechzehnstündiger Arbeitstag. Er konnte zufrieden sein.

6 »Zunächst möchte ich auf eine Direktive der Polizeipräsidentin zu sprechen kommen.«

Das Gemurmel im Konferenzzimmer wurde kaum leiser.

Susanne blickte über die Schar aus ungefähr dreißig Polizisten hinweg. Wie jeden Morgen waren die Mitarbeiter ihres Dezernats zusammengekommen, um aktuelle Anliegen zu besprechen, wenn auch nicht mehr ganz so früh am Morgen: Da man sich als moderner Arbeitgeber sah, der den Kollegen mit Familie Gelegenheit geben wollte, ihren Nachwuchs zuvor in Krippe, Kindergarten oder Schule zu deponieren, hatte man die allmorgendlichen Treffen inzwischen auf Viertel nach acht verschoben.

Bei der Polizei fing man seit jeher früh an. Schon vor sieben herrschte im Präsidium geschäftige Betriebsamkeit, während sich die Räume im Lauf des Nachmittags zusehends leerten. Susanne passten diese Arbeitszeiten ausgezeichnet. Sie war eine Frühaufsteherin, die jeden Morgen vor der Arbeit trainierte.

Jetzt klopfte sie dezent auf den Tisch.

Wie immer hatten sich zwei ältere Polizisten in den hintersten Winkel des länglichen Raums zurückgezogen, um ihre Distanz zu den anderen zu dokumentieren. Statt sich an der allgemeinen Diskussion zu beteiligen, unterhielten sie sich lieber untereinander. Wahrscheinlich ging es ihnen gegen den Strich, eine weibliche Vorgesetzte zu haben, und Susanne wusste nicht recht, wie sie sich ihnen gegenüber verhalten sollte.

»Wie ich schon sagte«, wiederholte sie und hob die Stimme, »gibt es eine Anweisung der Polizeipräsidentin …« Sie zögerte. Wirkte es nicht ein wenig lächerlich, gegen das Geschwätz der anderen anzureden? Aber einfach nur dazustehen und darauf zu warten, dass die beiden älteren Kollegen ihr Privatgespräch beendeten, wäre noch peinlicher gewesen. Mit den beiden muss ich mich mal unter vier Augen unterhalten, dachte sie, während sie versuchte, ihre Irritation zu überspielen.

Allmählich kehrte Ruhe ein, bis nur noch das vereinzelte Geklapper der Kaffeetassen zu hören war.

»Vielleicht haben Sie schon von der Antirassismus-Kampagne der Reichstagsabgeordneten Carlos Fernandez und Jan-Olov Pettersson gehört.«

Ungefähr die Hälfte der Polizisten nickte, während die anderen fragend in ihre Richtung blickten.

»Es geht darum, dem Rassismus auf breiter Front entgegenzutreten«, fuhr Susanne fort, »und natürlich kommt der Polizei dabei eine entscheidende Rolle zu. Jeder Regierungsbezirk ist aufgefordert, konkrete Maßnahmen zu ergreifen, und zwar sowohl intern als auch bei der Bekämpfung von Hasskriminalität und Rassismus auf der Straße.«

»Wahrscheinlich dürfen wir jetzt nicht mal mehr ›Neger‹ sagen!«, rief einer der älteren Polizisten und schaute sich um. Sein Kollege grinste.

»Dieses Wort benutzen wir schon lange nicht mehr«, erwiderte Susanne.

»Versteh ich nicht. Astrid Lindgren hat doch in *Pippi Langstrumpf* auch ›Negerkönig‹ geschrieben.«

Vereinzeltes Gelächter.

Susanne spürte, wie ihre Verärgerung wuchs. Dabei wusste sie, dass die beiden älteren Polizisten nicht mal sonderlich beliebt waren: Sie waren faul und bekannt für schlampige Ermittlungsarbeit. Solche Typen ziehen die Leistung des gesamten Dezernats herunter, dachte sie. Aber warum amüsierten sich die Kollegen dann über ihre schwachsinnigen Kommentare? War das Lachen gegen sie gerichtet? Sie räusperte sich. »Das Buch ist sechzig Jahre alt. Heute würde Astrid Lindgren dieses Wort bestimmt nicht mehr benutzen.«

»Ach, ich dachte, Frau Lindgren wäre schon tot?«, brummte der Polizist und schaute sich wieder um, doch anscheinend hatten die meisten genug von seinen Späßen. Nur sein Kumpel zwang sich noch zu einem Kichern.

»Ich persönlich stehe voll hinter dieser Kampagne«, sagte Susanne. »Und sollte irgendjemand anderer Meinung sein, dann möge er sich bitte vergegenwärtigen, dass es sich um eine Anweisung von höchster Stelle handelt.« Sie ließ den Blick über die Runde schweifen und dachte, dass sie sich mit einer typischen Vorgesetztenphrase aus der Affäre gezogen hatte.

Der ältere Polizist verdrehte die Augen, hob aber die Hand, um zu signalisieren, dass er die Situation akzeptierte. Offensichtlich waren die beiden Herren sogar zu faul, um sich richtig mit ihr anzulegen – ein Glück. Ihre ständigen Nadelstiche waren schon schmerzhaft genug.

Zurück im Büro war Susanne extrem unzufrieden.

Das heißt, mit ihrer eigentlichen Ermittlungsarbeit war sie durchaus zufrieden. In diesem Punkt wurde sie von allen respektiert, was sicher auch an ihrer unzweifelhaften juristischen Kompetenz als ehemalige Staatsanwältin lag. Dadurch konnte sie so manchem Staatsanwalt Paroli bieten, wenngleich sie sich in der Regel eher zurückhielt. Doch die morgendlichen Versammlungen zehrten sehr an ihren Nerven, und vor allem ein Gedanke nagte tagtäglich an ihrem Selbstbewusstsein: Ich tauge nicht zur Chefin.

Diese Zweifel ließen sie einfach nicht los, so sehr sie sich auch bemühte, positiv zu denken.

Gründlich, wie sie war, hatte sie mehrere Bücher über moderne Mitarbeiterführung gelesen, aber die waren auch keine große Hilfe gewesen. Zuhören, analysieren, entscheiden – theoretisch ein Kinderspiel. Aber in der Praxis?

Sie setzte sich an den Computer und schickte Anders eine Mail: Sie hätte am Wochenende doch Zeit. Im nächsten Moment ärgerte sie sich. Warum wollte sie einen Mann treffen, der ihr nicht das Geringste bedeutete? Zu spät, dachte sie, und stand abrupt auf.

*

»Deine Zeit läuft ab, verdammter Kanake!«

Carlos las das Blatt nochmal und seufzte.

Eigentlich hatte er nichts anderes erwartet, aber mit so vielen Briefen hatte er nicht gerechnet. Und die negativen Reaktionen waren deutlich in der Überzahl.

Er stand in seinem Büro in der Parteizentrale und ging die Post der vergangenen zwei Tage durch. Durch die Fenster schien die bleiche Herbstsonne, ohne den schummrigen Raum sonderlich zu erhellen. Verglichen mit seinem Büro an der Technischen Universität, an der er eine Professur bekleidet hatte, war dieses Dienstzimmer ein deutlicher Abstieg. Der Schreibtisch nahm fast den gesamten Raum ein, nur ein paar Topfpflanzen sollten ein wenig Behaglichkeit vermitteln.

Schon während des Wahlkampfs war ihm mitunter Verachtung entgegengeschlagen, obwohl er seine politischen Gegner stets mit dem größten Respekt behandelte, und einige Male war er sogar konkret bedroht worden. Außerdem hatte er verschiedene Artikel von einem Versandhandel erhalten, die jemand in seinem Namen bestellt hatte.

Aber diese Briefe hatten eine neue Qualität.

Hier schlug ihm eine Härte entgegen, eine Wut, ein Hass, wie er sie noch nie erlebt hatte. Aus einem weiteren Brief zog er ein Stück Zeitungspapier und faltete es auseinander: Quer über die Seite stand sein Name geschrieben, darüber befand sich ein schwarzes Kreuz. Jetzt reicht's, dachte er, rief die Zentrale an und ließ sich mit dem Sicherheitsdienst verbinden. Nach mehreren Warteschleifen hatte er endlich die zuständige Person an der Strippe.

»Carlos Fernandez hier. Ich habe Drohbriefe erhalten.«

»Die sollten Sie in jedem Fall ernst nehmen«, entgegnete Erik Åhlander, Chef des Reichstags-Sicherheitsdienstes.

»Wollen Sie die Briefe haben, oder soll ich sie der SÄPO schicken?«

»Das übernehme ich. Ich leite sie an die Sicherheitspolizei weiter.«

»Und wer trägt die Verantwortung?«

»Hauptverantwortlich für die Sicherheit im Land ist die SÄPO, aber wir sind für die Sicherheit der Reichstagsmitglieder verantwortlich.«

Carlos leuchtete das nicht ganz ein, aber er verkniff sich einen Kommentar. »Dann gebe ich die Briefe in die Hauspost.«

»Tun Sie das. Am Montag sehen wir weiter.«

Als Nächstes wählte er die Nummer von Jan-Olov Pettersson. Wie erwartet hatte auch er mehrere Drohbriefe erhalten.

»Wir müssen uns so schnell wie möglich treffen«, sagte Jan-Olov. »Es gibt etwas zu besprechen.«

»Hat das nicht Zeit bis nächste Woche?«

Ein paar Sekunden herrschte Stille in der Leitung. »Morgen wäre mir lieber.«

»Morgen ist doch Samstag!«

»Es wäre schön, wenn du die Zeit trotzdem erübrigen könntest.«

Carlos dachte nach. »Du kannst gern zum Abendessen kommen.«

»Danke für die Einladung, aber ich glaube, wir treffen uns lieber im Reichstag.«

»Da ist doch am Samstag kein Mensch.«

»Eben. Da haben wir unsere Ruhe.«

Nach kurzem Überlegen schlug Carlos neunzehn Uhr vor.

»Perfekt!«, rief Jan-Olov.

»Ich nehme Kopien von meinen Drohbriefen mit, dann können wir vergleichen.«

»Ja, warum nicht?«

Nach dem Gespräch blieb Carlos noch eine Weile mit dem Hörer in der Hand stehen. Sein Kollege hatte so anders geklungen als sonst. Und was gab es so Wichtiges zu besprechen?

*

Aus den Lautsprechern, die im Wartezimmer aufgestellt worden waren, dröhnten Hits der Siebzigerjahre in ohrenbetäubender Lautstärke. Selbst Gäste mittleren Alters, deren Bewegungsfreude von keinem Rhythmusgefühl getrübt wurde, bevölkerten die improvisierte Tanzfläche. Aber egal, in der

Kanzlei wurde nun mal kräftig gefeiert – also gegessen, getrunken und getanzt.

Zumal alles gratis war.

Zu essen gab es das übliche italienische Büfett: Mozzarella-Tomaten-Salat, Parmaschinken, Artischocken und getrocknete Tomaten. An einem anderen Tisch schenkte Catering-Personal pausenlos Bier und Wein aus.

Manche waren schon gegen elf so hinüber, dass sie sich nur noch schwankend auf den Beinen halten konnten. Mattias hatte bereits zwei Taxis kommen lassen, die allzu angeheiterte Juristen nach Hause kutschierten.

Bei den meisten Gästen handelte es sich um Anwälte anderer Kanzleien, daneben hatten sich ein paar Mitarbeiter des Untersuchungsgefängnisses, vereinzelte Staatsanwälte und einige wenige Richter eingefunden. Und dann waren da die Damen vom Amtsgericht, die so großen Einfluss darauf hatten, welche Rechtsanwälte als Pflichtverteidiger bestellt wurden. Die Party war Eric Olivecronas Idee gewesen. »Ein einziger großer Drogenfall, und wir haben die Kosten wieder drin«, hatte er zufrieden angekündigt.

Mattias war weniger begeistert gewesen, aber die anderen hatten angesichts der dürftigen Auftragslage für den Vorschlag gestimmt. Dabei galten die Mitarbeiterinnen des Amtsgerichts als absolut integer, Erics Vorhersage war also mehr als optimistisch. Und Mattias hasste es, sich bei irgendjemandem anzubiedern – in diesem Fall musste man fast schon von Bestechung sprechen.

Trotzdem ging er nun von Raum zu Raum und versuchte, sich zu amüsieren. Was allerdings gar nicht so einfach war, da er sich gleichzeitig dafür verantwortlich fühlte, dass die Party nicht völlig aus dem Ruder lief. In der Küche traf er auf Eric und zwei Kollegen aus dessen ehemaliger Kanzlei. Schon an ihren teuren Anzügen und Seidenkrawatten erkannte er sie als Wirtschaftsanwälte.

Eric grinste ihm entgegen. »Darf ich vorstellen? Mattias, der Star unserer Kanzlei.«

Normalerweise hatte Eric zurückgekämmte Haare und wässrig blaue Augen. Jetzt hingen ihm die Haare strähnig ins Gesicht, und seine Augen wirkten wässriger denn je.

»Ich wusste gar nicht, dass du dich auch mit Strafsachen befasst«, sagte einer seiner Freunde, ohne Mattias zu beachten.

Eric wirkte ein wenig verlegen. »Ach, du weißt doch, dass es nicht schaden kann, sich ein bisschen mit Wirtschaftsverbrechen zu beschäftigen. Vor allem im Hinblick auf Firmenfusionen.«

»Was war das nochmal für ein Fall, den du heute hattest?« Mattias konnte sich einfach nicht zurückhalten.

»Ach das ... äh ... ja, das war so ein kleiner Ladendiebstahl.«

Erics Freunde brachen in schallendes Gelächter aus. »Na, in gewisser Hinsicht ist das doch auch ein Wirtschaftsverbrechen«, sagte der eine, der mit seinen runden Augen und der Hakennase sehr an eine Eule erinnerte.

Natürlich hätte Mattias noch mehr Salz in die Wunde streuen können; beispielsweise hätte er berichten können, dass sich die Kanzlei hauptsächlich mit unbedeutenden Delikten wie Ladendiebstahl, Widerstand gegen die Staatsgewalt oder Alkohol am Steuer herumschlug. Aber er hatte Eric schon genug gequält.

Doch die Eule war noch nicht fertig. »Ehrlich gesagt verstehe ich nicht, warum ihr euch überhaupt mit Fällen abgebt, bei denen nicht das Geringste zu holen ist. Ich meine, wahrscheinlich kann die Hälfte eurer Mandanten nicht mal die Rechnung zahlen!« Mattias hatte keine Lust auf diese Diskussion, erst recht nicht mit diesem Typen. Und jetzt wollte er auch noch einen Witz erzählen. »Wisst ihr eigentlich, was am schnellsten Geld in die Kassen spült? Wenn ein Mandant eine Rechnung bekommt, zum Telefon greift, die Nummer seines Anwalts wählt, aber vor der letzten Ziffer wieder auflegt!« Daraufhin brach er in wieherndes Gelächter aus, in das seine Kollegen begeistert einfielen.

Mattias entschuldigte sich unter irgendeinem Vorwand und floh aus der Küche.

Stunden vergingen, die Party nahm ihren Lauf. Das Büfett war längst geplündert, auf dem Boden lagen Essensreste, Bier und Wein waren Whisky und Gin Tonic gewichen, und die Musik schlug ruhigere Töne an. Jetzt wurde geschwoft, geschmust und gefummelt. Auch Erics Freunde schwangen das Tanzbein.

Mattias überließ die Pärchen ihrem Schicksal, ging in den Eingangsbereich und sammelte die halb vollen Plastikbecher ein. Zwei Rechtsanwälte gerieten so heftig aneinander, dass er dazwischengehen musste, um eine Schlägerei zu verhindern. Die Kolleginnen vom Amtsgericht und die Staatsanwälte waren längst aufgebrochen, und er wünschte, die anderen würden ihrem Beispiel folgen.

Nachdem er noch einem zu Boden gegangenen Anwalt aufgeholfen hatte, sagte er sich: So, ab jetzt muss sich eben ein anderer kümmern. Doch als er seine Jacke holen wollte, stellte er fest, dass die Stühle, die er zur Abwehr ungebetener Besucher vor die Tür seines Büros gestellt hatte, zur Seite gezogen worden waren – und als er über die Schwelle trat, merkte er sofort, dass hier etwas nicht stimmte. Aus dem Kleiderschrank drangen dumpfe Geräusche.

Auf Zehenspitzen schlich sich Mattias zur geschlossenen Schranktür, hielt ein paar Sekunden inne und riss sie ruckartig auf.

In der Dunkelheit erkannte er eine Frau mit hochgezogenem Kleid und einen Mann, dem Hose und Unterhose um die Fußgelenke schlackerten.

Beide erstarrten.

»Oh Gott, wie peinlich!«, schrie die Frau, zog das Kleid herunter und ergriff die Flucht.

Zurück blieb der Mann, der Slip und Hose nach oben zerrte und den Hosenstall zuknöpfte. Jetzt erkannte Mattias auch, wen er vor sich hatte: Erics Freund, die Eule.

»Du solltest jetzt lieber verschwinden«, sagte er. »Und zwar nicht nur aus meinem Schrank, sondern von der ganzen Party.«

Die Eule nickte betreten. »Du verrätst mich doch nicht, oder?«

Er schüttelte den Kopf. »Mir ist völlig egal, mit wem du's treibst, aber mein Arbeitszimmer ist tabu.«

Während die Eule aus dem Kleiderschrank stolperte und von dannen eilte, ließ sich Mattias in seinen Schreibtischstuhl fallen. Als hätte ich ein Recht, auf irgendjemanden herabzuschauen, dachte er.

SAMSTAG, 1. NOVEMBER

7 Es war acht Uhr früh an einem Samstagmorgen, doch Mattias war schon voll im Einsatz – als Coach von Rebeckas Fußballmannschaft.

Das Spiel fand auf der Sportanlage am Bollmoravallen statt, und zwar ausgerechnet an einem dieser regenverhangenen Tage, an denen es gar nicht richtig hell werden wollte.

Obwohl Mattias wenig Ahnung von Fußball hatte, gefiel ihm seine Aufgabe. In seiner Heimat Norrland zählten vor allem Eishockey, Skifahren und Motorsport. Nun stand die taktische Ausrichtung bei sechsjährigen Mädchen natürlich weniger im Mittelpunkt, aber irgendetwas Vernünftiges wollte er ihnen schon mit auf den Weg geben.

»Geht raus und habt Spaß«, lauteten seine üblichen Worte. Aber das mit dem Spaß war gar nicht so einfach umzusetzen, weil die Mädchen viel lieber gewannen als verloren. Deshalb griff er häufig zu einer kleinen List: Da es zwei Aufstellungen gab, die sich alle fünf Minuten abwechselten, aber niemand die Zeit kontrollierte, ließ er die stärkere Mannschaft fast sechs Minuten auf dem Platz, während er die schwächere schon nach gut vier Minuten runternahm.

Dabei hoffte er nicht einmal auf einen Sieg; nein, er wollte nur die Niederlage in Grenzen halten. So sehr sich die Mädchen auch bemühten, meist zogen sie doch den Kürzeren.

An diesem Wochenende stand der Reiskorncup an, eines von vielen Turnieren. Mattias hatte nichts dagegen, einen Teil seiner Freizeit bei den Fußballspielen seiner Tochter zu verbringen, aber er fragte sich doch, warum das erste Match um acht Uhr morgens, das zweite um halb eins und das letzte um halb fünf stattfinden musste. Mannschaften, die sich für die nächste Runde qualifizierten, waren darüber hinaus den gesamten Sonntag im Einsatz, worüber sich Mattias als Trainer des Mälarhöjden IK allerdings nicht den Kopf zerbrechen musste.

»Kopf hoch, Mädels!«, rief er, als sie ein weiteres Tor kassierten. »Noch ist nichts verloren!«

Ein Spielstand von 0:6 acht Minuten vor Schluss sprach jedoch eine andere Sprache, was den Mädchen selbstverständlich bewusst war. Auch Rebecka konnte sich bei diesem Match nicht besonders auszeichnen. Manchmal hatte Mattias den Verdacht, dass sie nur ihren Freundinnen zuliebe dabeiblieb. Auf jeden Fall rechnete er nicht mit einer langen Fußballerinnenkarriere seiner Tochter, doch so lange sie spielen wollte, war er gerne ihr Trainer. So hatten sie ein gemeinsames Hobby, zumal sich Lotta praktisch um alles andere kümmerte. Aber das würde sich vielleicht bald ändern, wenn ihr zweites Kind zur Welt kam. Zumindest hoffte er es. Angeblich entwickelten Väter oft ein besseres Verhältnis zum ersten Kind, wenn das zweite geboren wurde.

»Wenigstens war es keine zweistellige Niederlage«, versuchte er die tapferen Mädchen aufzumuntern, als sie nach dem Abpfiff einen Kreis bildeten.

»Als Nächstes spielen wir gegen Hammarby«, bemerkte eine Freundin von Rebecka. »Die sind noch besser.«

»Ach, das kann man vorher nicht sagen. Jedes Spiel ist anders.« Womit er natürlich niemanden überzeugte, am wenigsten sich selbst. »Jetzt geht erst mal zu euren Eltern, und wir treffen uns um zwölf wieder.«

Die Mädchen liefen auseinander, Mattias und Rebecka blieben allein zurück. »Ich will nicht mehr mitspielen«, jammerte sie und biss in den Ärmel ihres Trikots, das ihr viel zu lang war.

Mattias beugte sich zu ihr hinunter. »Komm, wir gehen da vorn ins Zelt. Du bekommst ein Stück Kuchen und ich einen Kaffee.« Er nahm seine Tochter an die Hand und schlenderte quer über den Platz, obwohl gerade ein neues Match angepfiffen werden sollte.

Auf dem Weg zum Zelt, wo es Würstchen, Kaffee und alles andere gab, was zu einem zünftigen Fußballturnier dazugehörte, überraschte ihn eine altbekannte Stimme. »Hallo, Herr Anwalt! Wie läuft's denn so für Ihr Team?«

Als er sich umdrehte, blickte er in das Gesicht von Christian Pedersen, dem Generaldirektor der nationalen Strafvollzugsbehörde. Mattias verachtete Pedersen, seit dieser in seiner früheren Funktion als Chef des Landeskriminalamts in Stockholm versucht hatte, Mordermittlungen zu manipulieren. Aber vor allem erinnerte er ihn an eine Zeit, die er am liebsten aus seinem Gedächtnis gestrichen hätte – an die paar Wochen, in denen er vollkommen den Kopf verloren und sich in eine wilde Affäre mit einer Kollegin von Pedersen gestürzt hatte. Susanne Dahlgren hatte sie geheißen. Glücklicherweise war sie klüger gewesen als er. Hätte sie die Beziehung nicht beendet, wäre vermutlich seine Ehe in die Brüche gegangen. Er hatte sehr viel länger gebraucht, sie zu vergessen, als er gedacht hätte.

Mattias begriff, dass er sich nicht einfach so davonstehlen konnte. Also schüttelte er Christian Pedersen die Hand und erklärte, dass sich der Erfolg seiner Mannschaft in Grenzen halte.

»So, so, Sie coachen also die Mädels von Mälarhöjden«, sagte Pedersen, der selbst einen gelb-roten Trainingsanzug des Tyresö FF trug. Der Tyresö FF gehörte zu den Mannschaften, gegen die Rebeckas Team noch nie gewonnen hatte.

»Ja, das erste Match haben wir leider verloren.«

»Ich hab mir die Ergebnistafel angeschaut. War ja 'ne richtige Klatsche.« Er schlug Mattias lachend auf die Schulter. »Na ja, neues Spiel, neues Glück!«

»Und wie habt ihr gespielt?«

»9:1. Für uns.« Pedersen warf einen Blick auf die Uhr. »Tja, leider muss ich los.« Damit ließ er Mattias und seine Tochter stehen.

*

Nach seinem Treffen mit Jan-Olov legte Carlos die Strecke vom Reichstag zu seinem Heim in Nacka in nur fünfzehn Minuten zurück, denn stadtauswärts hatte er beinahe freie Bahn. Bei der Abzweigung nach Björknäs bog er ab und folgte dem Värmdövägen in sein Wohngebiet. Wo einst gemütliche Sommerhütten gestanden hatten, reihte sich nun Fertighaus an Fertighaus. Ein paar Jugendliche lümmelten am Kiosk herum, ansonsten waren die Straßen menschenleer.

Doch Carlos hatte Schwierigkeiten, sich aufs Fahren zu konzentrieren. Das Treffen mit Jan-Olov hatte sich tief in sein Gedächtnis eingebrannt. In seinen Achselhöhlen sammelte sich Schweiß, er litt unter hämmernden Kopfschmerzen. Ehe er nach Hause kam, musste er sich unbedingt sammeln.

Die Kinder lagen sicher schon im Bett – sofern Anna sich an die Regeln hielt, die sie vereinbart hatten. Und sie hatten exakte Regeln aufgestellt: wann die Kinder ins Bett gehen mussten, wie viel Süßigkeiten und Limonade sie in der Woche bekommen sollten und so weiter. Zumindest Carlos führte genau Buch über die Einhaltung dieser Bestimmungen.

Er schwenkte in die Garagenauffahrt ein, seufzte gedehnt und stieg aus.

Die Luft war klar, die Wolken hatten sich so weit gelockert, dass zum ersten Mal seit Tagen Sterne am Himmel leuchteten. Statt direkt ins Haus zu gehen, schaute Carlos noch beim Kaninchenstall an der Hecke vorbei.

Seit Jahren hielten sie sich jetzt Kaninchen, obwohl die Kinder längst das Interesse daran verloren hatten. Trotzdem waren sie nach wie vor für die Sauberkeit des Käfigs und das Füttern zuständig, Aufgaben, die sie anfangs begeistert wahrgenommen hatten, inzwischen aber nur noch als lästige Pflichten betrachteten.

Carlos dachte an die Drohbriefe, die er an den Sicherheitsdienst weitergeleitet hatte. Was waren das für Menschen? Irgendwelche jungen Spinner, die nicht wussten, was sie taten? Oder Erwachsene mit ernsthaften rassistischen Überzeugungen? Seit er Abgeordneter im Reichstag war, wunderte er sich über die Flut an Briefen, die sich tagtäglich in sein Postfach ergoss, ganz zu schweigen von den unzähligen Mails, sicher fünfzig am Tag und meist völlig belanglos. Mit der Zeit hatte er eine interessante Beobachtung gemacht: Die positiven Äußerungen kamen von Frauen, die negativen von Männern. Die rassistischen waren zwar meist anonym, stammten aber höchstwahrscheinlich auch von Männern.

Blieb die Frage, ob tatsächlich Grund zur Sorge bestand. Ging von den Rassisten eine ernsthafte Gefahr für sein Leben aus? Gab es eine konkrete Bedrohung, und konnte er sich auf den Sicherheitsdienst verlassen? Oder sollte er lieber selbst

Kontakt zur SÄPO aufnehmen und von seinen Ängsten berichten?

Denn er hatte wirklich Angst. Nicht nur um sich selbst, sondern auch um seine Kinder. Wer konnte schon wissen, wozu diese Verrückten imstande waren? Dass jemand seine Adresse ermittelte, einen Brief schrieb und abschickte, zeugte ja schon von einer gewissen Initiative. Und dieser Tatendrang konnte sich womöglich auch anders äußern.

Er stand mitten auf dem Rasen, als er ein Geräusch hinter der Hecke hörte. Er zuckte zusammen.

Am liebsten wäre er sofort ins Haus gerannt, aber dann hätte er den ganzen Abend mit dem Gefühl leben müssen, dass irgendetwas nicht stimmte. Nein, lieber sah er gleich nach dem Rechten.

Auf leisen Sohlen ging er zurück zur Garageneinfahrt. Weil das Haus in einer Sackgasse lag, in der es keine Straßenlaternen gab, war es trotz des sternklaren Himmels stockdunkel. Nur aus den Fenstern der Nachbarhäuser drang ein bisschen warmes Licht.

Vorsichtig spähte er um die Hecke – und glaubte zu sehen, wie sich eine Gestalt in die Büsche drückte.

Carlos nahm seinen ganzen Mut zusammen. »Hallo, ist da jemand?«

8

»Warst du schon mal in den USA?«, fragte Anders und stützte sich auf die Ellbogen.

Susanne legte ihr Besteck auf den Teller. Der Wallenbergare, den man ihr als Spezialität des Hauses empfohlen hatte, war verschwunden. Sie saßen im Prinsen, einem Lokal, das sie bisher nur vom Hörensagen gekannt hatte. Wie ihre Freundinnen ging sie normalerweise nicht in der Innenstadt essen, sondern zog Söder und Vasastan vor, wo ihr die Restaurants wesentlich sympathischer waren als rund um den Stureplan. »Ja, zwischen Abitur und Jurastudium«, antwortete sie.

Wie üblich bei solchen Dates fragten sie sich ein bisschen über ihr Leben aus, allerdings eher aus Höflichkeit denn aus echtem Interesse. Über irgendetwas mussten sie ja reden, um keine peinliche Stille entstehen zu lassen.

Natürlich hatten sie bereits über die derzeitige Situation bei der Polizei gesprochen und die Ahnungslosigkeit des Führungspersonals beklagt, was die Arbeit des einfachen Beamten anging. Doch Susanne, die jetzt selbst eine Führungsposition einnahm, kamen solche Klagen zunehmend schwerer über die Lippen. Wurde nicht gerade von leitenden Angestellten erwartet, dass sie Verantwortung übernahmen und die Hierarchie verteidigten? Anders schien da weniger Probleme zu haben.

Als er ihr Wein nachschenken wollte, wehrte sie ab. »Danke, ich hatte wirklich genug.«

»Aber das waren doch nur zwei Gläser.« Er lachte.

»Das ist schon mehr, als ich sonst trinke.« Selbstverständlich wusste Susanne, dass er sie mit dem Alkohol rumkriegen wollte, auch wenn er sich alle Mühe gab, seine Taktik zu verschleiern. Er war eben wie die meisten Männer: In ihrer einfachen Welt ging es vor allem um Sex, allein davon hing Erfolg oder Misserfolg eines Dates ab. Dabei hatte sie sich bereits entschieden, ihn nach Hause zu begleiten. Das letzte Mal, dass sie mit einem Mann geschlafen hatte, lag fast ein Jahr zurück, was sie als deutlich zu lang empfand. Anders entsprach zwar nicht ganz ihrem Ideal, sah aber nicht übel aus und machte einen frischen, gepflegten Eindruck. Ungepflegte Männer waren ihr ein Graus.

»Gehst du oft ins Kino?«, fragte Anders.

»Leider komme ich nicht so oft dazu.«

»Und warum nicht?«

Erneut kehrte Stille ein.

Susanne überlegte. An fehlender Zeit konnte es jedenfalls nicht liegen. Trotz ihres ausgeprägten Pflichtbewusstseins war sie kein Workaholic. Sie hatte viele freie Abende, an denen sie eigentlich ins Kino gehen konnte, im Grunde fast jeden Tag, wenn sie ehrlich war. Aber dann ging sie doch nur, wenn ihr Sohn zu Besuch war; ihre Tochter setzte sich lieber in ein gemütliches Café. Und jetzt lebten die beiden sowieso im Ausland. Doch in einer Gesellschaft, in der sich alle über mangelnde Freizeit beklagten, wollte sie nicht das Gegenteil behaupten.

»Wie wär's mit einem Dessert?«, fragte Anders.

Nachdem sie kurz in der Karte geblättert hatten, bestellten sie beide Tiramisu und Kaffee.

Eigentlich ist das Prinsen ganz nett, dachte Susanne. Das

leise Summen der Gäste vermittelte Gemütlichkeit. Heute, am Samstagabend, war das Lokal bis auf den letzten Platz besetzt, und das Personal schien stolz darauf zu sein, hier zu arbeiten. Ja, hier gefiel es ihr – ganz anders als in den vielen Kneipen und Restaurants, in denen sich fast ausschließlich junge Leute aufhielten, die gerade erst volljährig geworden waren. Oder bin ich bloß langweilig und bequem geworden, grübelte sie, wollte Anders aber lieber nicht an ihren Gedanken teilhaben lassen.

»Noch einen Kognak oder Calvados?«, fragte er, als das Dessert serviert wurde.

»Nein danke, so scharfe Sachen vertrage ich nicht.«

In der Arbeit achtete Susanne nicht so sehr auf ihr Aussehen; sie schminkte sich nur dezent und steckte die Haare hoch. Nie im Leben hätte sie sich herausfordernd angezogen, ihre Kollegen sollten schließlich Respekt vor ihr haben. Doch wenn sie ausging, war das natürlich etwas anderes. Viele Männer fanden ihre blonden Haare, hohen Wangenknochen und tiefblauen Augen attraktiv, das wusste sie. Allerdings hatte sie immer ein wenig Angst, für langweilig gehalten zu werden, und wünschte sich, sie wäre etwas mehr wie ihre beste Freundin Ewa, ein bisschen wild und verrückt. In Ewas Gegenwart fühlten sich immer alle wohl, während Susanne eher das Gefühl hatte, ihre Mitmenschen zu verunsichern. Bestenfalls wurde sie als geheimnisvoll empfunden, ansonsten musste sie sich auf ihr Aussehen verlassen.

Anders fand sie auf alle Fälle attraktiv. Nachdem er die Rechnung bestellt hatte, beugte er sich weit über den Tisch, während Susanne trotz seiner lautstarken Proteste darauf bestand, die Hälfte zu bezahlen. Für sie ging es dabei ums Prinzip. Außerdem hatte sie dann ein besseres Gefühl, ihn nach Hause zu begleiten.

Als er den restlichen Wein aufteilte, wehrte sie sich nicht. Der Wein schmeckte zwar ein wenig säuerlich, verbreitete aber eine wohlige Wärme im Körper.

»Und was machen wir jetzt mit dem angebrochenen Abend?«, fragte Anders. »Es ist ja erst halb neun. Magst du noch auf einen Drink zu mir kommen?«

Susanne leerte ihr Glas und stellte es auf den Tisch. »Vielleicht ein andermal«, hörte sie sich sagen. »Aber danke für den schönen Abend.«

9 Mattias nippte an seinem Caipirinha.

Aus unerfindlichen Gründen war er nervös, und auf jeden Fall hatte er nicht die geringste Lust auf ein Abendessen mit Lottas Journalistenfreunden. Früher mal hatte er mit dem Gedanken gespielt, seine Kollegen aus der Kanzlei zum Essen einzuladen, diese Idee aber bald wieder verworfen. Allein die Vorstellung, Eric Olivecrona, dieser oberflächliche Angeber, könnte sich die ganze Zeit über Autos, Boote und Golf verbreiten, war ihm unerträglich. Mit den anderen Kollegen hätte es keine Probleme gegeben, doch mit Eric verband ihn wirklich nur die Arbeit und nichts als die Arbeit.

Bei Lotta war das anders. Obwohl sie und ihre Kollegen mit harten Bandagen um die wenigen freien Stellen und Aufträge kämpften, waren sie praktisch befreundet.

Nun stand Mattias in der Küche und servierte die Drinks. Irgendwann hatte Lotta die ewigen Gin Tonics sattgehabt und ihm ein Buch über Cocktails geschenkt. Sobald die Unterhaltung etwas in Fahrt gekommen war, lief er rasch in den Keller, um sich zu vergewissern, ob bei den sieben Kindern, die aufgereiht vor dem Fernseher saßen und eine DVD guckten, auch alles in Ordnung war. Sie wirkten ein wenig befangen, wie so oft, wenn Kinder nur wegen einer Verabredung ihrer Eltern zusammengewürfelt wurden – was Mattias als Zeichen ihrer natürlichen Integrität betrachtete. Außerdem bezweifelte er, dass sich fremde Kinder ausgerechnet beim DVD-Schauen kennenlernten.

Wie hätten seine Eltern das gemacht, vor dreißig Jahren? Wie hatten sie ihre Kinder beaufsichtigt, so ganz ohne Videos?

Aber in Örnsköldsvik gab es auch keine oberflächlichen Pseudobeziehungen, dachte er, als er die Treppe hinaufstieg. Dort traf man sich mit Nachbarn und Verwandten, und alle Kinder kannten einander. Lotta warf ihm oft vor, seine Kindheit zu idealisieren, womit sie sicherlich Recht hatte. Aber manches war früher eben wirklich besser gewesen.

Inzwischen waren die Gäste ins Wohnzimmer umgezogen, wo für sechs Personen gedeckt war. Lotta hatte die Sitzordnung so gestaltet, dass keiner neben seinem Partner landete, was Mattias jedoch ziemlich egal war. Bis auf ihn saßen nur Journalisten am Tisch, sie würden einander also ohnehin ständig ins Wort fallen. Aber er beschloss, sich zusammenzunehmen. Im Grunde war er doch ein positiver Mensch, auch wenn ihn die letzten Monate irgendwie verändert hatten. Immer öfter, bei der Arbeit wie zu Hause, hatte er schlechte Laune. Aber warum eigentlich? Das war ihm selbst ein Rätsel, zumal er bald zum zweiten Mal Vater werden sollte. Er hielt die Flasche hoch. »Noch etwas Wein?«

»Ja, gern«, antwortete seine Tischdame zur Rechten, eine Journalistin von *Ekot*. Schon beim Aperitif war ihm aufgefallen, dass ihre Zähne beim Trinken gegen das Glas schlugen – wie bei einer Alkoholikerin.

Jetzt reiß dich mal zusammen, sagte er sich. Sei offen, statt ständig nach Fehlern zu suchen.

Obwohl er aus Norrland stammte, kannte Mattias die Codes, die in ihrem sozialen Umfeld galten. Ein Haus in Mälarhöjden war einigermaßen okay, galt aber als deutlich weniger attraktiv als ein eingetragenes Wohnrecht in Södermalm, möglichst nahe am Nytorget. Wer besonders hip sein wollte, nannte die Gegend SoFo, South of Folkungagatan, eine wirklich alberne Bezeichnung. Und wer ein bisschen außerhalb wohnen wollte, zog am liebsten nach Bromma, dessen kulturelles und intellektuelles Niveau sowohl Djursholm als auch Lidingö überlegen war. Auch Enskede war in Ordnung und Nacka in gewisser Hinsicht akzeptiert, obwohl es doch schon sehr weit ab vom Schuss war.

Selbst innerhalb von Mälarhöjden gab es große Unterschiede. Die besten Grundstücke lagen am Pettersbergsvägen direkt am Wasser, wo keine Häuser verkauft, sondern von Generation zu Generation vererbt wurden. Mattias und Lotta wohnten in einem Backsteinhaus in einer kleinen, idyllischen Straße. Sozial gesehen waren sie damit durchaus auf der sicheren Seite, doch nur hundertfünfzig Meter weiter ging Mälarhöjden in Bredäng über, und das hatte einen deutlich niedrigeren Status. Die Armen, die jenseits des Schildes zu Hause waren, behaupteten deshalb gerne, dennoch in Mälarhöjden zu wohnen.

Innerhalb der Zollgrenze zu leben war allerdings ein Muss, dazu gab es – vielleicht mit Ausnahme von Hammarby – keine Alternative.

Schon merkwürdig, dachte Mattias, während er sich Wein nachschenkte, dass ausgerechnet Journalisten, die so gern über die Engstirnigkeit der schwedischen Gesellschaft klagen, so einen begrenzten Horizont haben. Ob sie an diesem Abend wohl noch über etwas anderes als ihre Arbeit sprechen würden?

Solange alle in der Stadt gelebt hatten, hatte die Wahl des Wohnorts sämtliche Unterhaltungen dominiert. Dann waren die ersten Kinder gekommen, und alle hatten nur noch mit den Fortschritten der eigenen Sprösslinge geprahlt. PEKiP, musikalische Früherziehung und Babyschwimmen bestimmten die Gespräche, Aktivitäten, die mit der Geburt des zweiten Kindes meist ein Ende fanden. Mattias und Lotta waren die große Ausnahme – sie waren als Letzte in ihrem Bekanntenkreis Eltern geworden, und lange hatte es so ausgesehen, als sollte Rebecka ein Einzelkind bleiben.

Erst jetzt, sechs Jahre nach ihrer Geburt, erwarteten sie ihr zweites Kind. Zuvor hatten sie verschiedenste Untersuchungen über sich ergehen lassen, ohne dass irgendeine Besonderheit festgestellt worden wäre. Und kaum hatten sie begonnen, ernsthaft über eine Adoption nachzudenken, war Lotta schwanger geworden.

Bei Eltern ab drei Kindern war die Angeberei in der Regel einer ewigen Klage über das ach so anstrengende Familienleben gewichen. Ständig mussten die Kleinen hierhin und dorthin kutschiert werden, mussten Kindergeburtstage organisiert und Elterntreffen besucht werden. Die Zeit, die man *für sich selbst* hatte, ging da natürlich gegen null. Manchmal fragte Mattias sich, warum sich all diese Leute überhaupt Kinder angeschafft hatten.

Er blickte in die Runde und stellte fest, dass er ein Fremdkörper war. Da er allerdings genauso ungern mit Juristen zusammengesessen hätte, überlegte er, ob er nicht überall ein Fremdkörper war.

*

Carlos blieb wie angewurzelt stehen und starrte in die Dunkelheit. Hatte er richtig gesehen?

Oder hatte er sich geirrt?

Nein, da war definitiv jemand. Da hinten bei der Hecke.

Plötzlich wusste er nicht mehr, was er tun sollte. Und was war das für ein Geräusch gewesen, als er am Kaninchenstall gestanden hatte? Er wagte nicht, näher heranzugehen, konnte aber auch nicht weglaufen.

Erneut rief er in die Finsternis. Keine Antwort.

Die Hecke ging nach etwa drei Metern an der Grenze zum Nachbargrundstück in einen Zaun über. Und irgendwo dort in der Ecke hatte er die Gestalt gesehen. Glaubte er zumindest.

Er blickte auf die Fenster der gegenüberliegenden Häuser, hinter denen er die Konturen einiger Menschen ausmachte. Die konnten ganz bestimmt nicht sehen, ob sich jemand auf der Straße aufhielt oder nicht. Wie ungeschützt man hier doch lebt, dachte er. Jederzeit konnte irgendjemand durch die Scheibe schießen, ohne jemals erkannt zu werden.

Wieder starrte er auf die Stelle in der Hecke und tastete sich ein paar Schritte vor. Doch, natürlich stand dort jemand. Und nicht nur das. Die Gestalt hatte etwas in der Hand, und über der Hand leuchtete ein roter Punkt. Carlos bewegte sich nicht vom Fleck. Am liebsten wäre er sofort losgerannt, aber das wäre zu riskant gewesen.

Trotzdem, irgendwie musste er ins Haus gelangen.

Auch die schemenhafte Gestalt rührte sich nicht. Jetzt konnte er sogar ihre Atemzüge hören.

Langsam zog Carlos sich zurück, ohne den Blick von der Hecke abzuwenden. Er musste es nur um die Ecke schaffen, dann wäre er in Sicherheit. Aber da die Tür verschlossen war, lief er Gefahr, wertvolle Zeit zu verlieren, während er nach dem Schlüssel kramte. Er musste strategisch vorgehen, er konnte sich nicht einfach umdrehen und losrennen, denn auf der geraden Strecke zum Haus würde er eine ideale Zielscheibe abgeben.

Nein, er musste sich ganz behutsam zurückziehen.

Als er plötzlich Schritte hinter sich hörte, fuhr ihm der Schreck in die Glieder. Panisch rannte er los.

In diesem Moment fiel der erste Schuss.

10 Susanne ging von der U-Bahn-Station Hornstull zu ihrer Wohnung auf Reimersholme. Sie war verwirrt. Eigentlich hatte sie Anders nach Hause begleiten wollen, doch als die entscheidende Frage gekommen war, hatte sie instinktiv anders reagiert. Im nächsten Moment hatte sie sich darüber geärgert, aber da war es bereits zu spät gewesen. Normalerweise blieb sie ihren Entschlüssen treu, doch in puncto Liebe war alles anders.

Dabei hätte sie Ewa zu gern einmal von einem eigenen Abenteuer berichtet, statt immer nur die gute Zuhörerin zu spielen.

Aber daran war jetzt nichts mehr zu ändern. Und wenn Anders wirklich an ihr interessiert war, würde sich schon eine neue Chance ergeben.

Susanne beschloss, dem Bergsunds strand zu folgen, der direkt am Wasser entlangführte, vorbei an einem Kino und einem kleinen Schwimmbad, die beide stets von der Schließung bedroht waren. Auf der anderen Seite des Wassers lag Liljeholmen. An der Bushaltestelle neben der Brücke, die nach Reimersholme hinüberführte, standen ein paar grölende Jugendliche mit Bierdosen in der Hand. Die Jungs waren definitiv unter achtzehn, aber Susanne wollte sich jetzt nicht einmischen. Selbst für sie gab es Grenzen.

Ihre eigenen Kinder waren inzwischen einundzwanzig und

dreiundzwanzig und tranken, so viel oder wenig sie wollten. Abgesehen vom feuchtfröhlichen Aufnahmeritual eines Gymnasiums, das auf der Notaufnahme geendet war, hatte es auch nie Probleme gegeben. Susannes damaliger Mann, ein Anwalt, hatte die Schule daraufhin wegen Vernachlässigung ihrer Aufsichtspflicht angezeigt, was natürlich zu nichts geführt hatte. Ihr war die ganze Angelegenheit schrecklich peinlich gewesen.

Vermutlich vermisste sie ihre Kinder sehr viel mehr, als diese ihre Mutter vermissten. Aber das war eben der Lauf der Dinge. Spätestens wenn sie selbst Nachwuchs bekamen und hin und wieder einen Babysitter brauchten, würde sich der Kontakt schon wieder intensivieren.

Sie spazierte den Anders Reimers väg entlang, durchquerte eine seltsame Passage durch einen Gebäudekomplex und setzte ihren Weg an der Wasserkante fort. Auf den Straßen wimmelte es von Leuten. Ihr gefiel dieses muntere Treiben, wenngleich man sich als Single ein wenig einsam und verloren fühlen konnte.

Im Grunde war sie sehr vom akademisch-kleinbürgerlichen Milieu ihrer Heimatstadt Uppsala geprägt worden. Uppsala war keine kleine Stadt, wirkte aber im Vergleich zu Stockholm stets etwas zurückhaltend und bescheiden. Ihr erstes Kind hatte sie mit Anfang zwanzig bekommen, ohnehin eine Seltenheit in größeren Städten, und unter ihren Kommilitoninnen war sie fast die einzige Mutter gewesen. Das typische Studentenleben, von dem viele in den höchsten Tönen schwärmten, war ihr weitgehend entgangen, ohne dass sie dem Verlust groß nachgetrauert hätte. Aus praktischen Erwägungen hatte sie in ihrer Heimatstadt studiert, und zweifellos war es ein Vorteil, dass ihre Kinder bei ihrem Start ins Berufsleben bereits aus dem Gröbsten raus gewesen waren. Als sie direkt nach dem Studium eine Anstellung am Amtsgericht in Uppsala erhielt, war dieser Vorteil umso augenfälliger geworden. Da sie beste Noten vorweisen konnte, hatte sie nahezu freie Wahl unter den Gerichtshöfen gehabt, und so familienfreundlich, wie stets behauptet wurde, ging es dort wahrhaftig nicht zu. Am schwersten hatten es Väter kleiner Kinder, die sich ununterbrochene Sticheleien von ihren älteren Kollegen gefallen lassen mussten.

Der Job in der Staatsanwaltschaft war dann wie geschaffen gewesen für ihre weitere Karriere. Sowohl die Arbeit selbst als auch ihre Kollegen gefielen ihr außerordentlich gut, und ihr Mann hatte einen extrem lukrativen Job als Wirtschaftsanwalt. Er arbeitete zu viel, aber das störte sie kaum. Sie führten ein normales Familienleben, verbrachten den Sommer in ihrem Häuschen auf Öland und mieteten sich im Winter eine Hüte in Idre. Alles ging seinen geregelten Gang, was ihrem Leben einen festen, harmonischen Rahmen verlieh. Vielleicht fehlte ihrer Ehe ein wenig Leidenschaft, doch insgesamt war Susanne beruflich und privat vollauf zufrieden.

Bis ihr Mann vor drei Jahren nach Hause kam und gestand, eine Affäre mit einer jungen Mitarbeiterin aus der Kanzlei zu haben.

Für Susanne brach eine Welt zusammen.

Ihre Kinder waren quasi erwachsen, ihre Tochter wohnte bereits im Studentenwohnheim. Ihr Sohn wollte für sie da sein, doch was wusste ein Achtzehnjähriger vom Schicksal geschiedener Frauen jenseits der vierzig?

Andere Menschen wären wahrscheinlich zusammengebrochen. Nicht so Susanne. Sie hatte sich durchgebissen, sie hatte keinen einzigen Tag in der Arbeit gefehlt. Vom Mitleid ihrer Kollegen wollte sie nichts wissen. Stattdessen beschloss sie, den Arbeitgeber zu wechseln und bei der Polizei anzuheuern.

Bei der Staatsanwaltschaft, wo man Polizisten generell für stur und träge hielt, stieß sie damit auf blankes Unverständnis. Doch Susanne blieb bei ihrer Entscheidung und lehnte jede weitere Diskussion ab.

Zu früh für einen Samstagabend, dachte sie, als sie zur Tür hereinkam. Selbst für meine Verhältnisse.

Sie schenkte sich ein Glas Wein ein und ging auf den Balkon. Über den Bäumen auf Långholmen ragten die Hochhäuser von Marieberg auf. Susanne wohnte im dritten Stock, unter ihrem Balkon lief ein Trampelpfad am Wasser entlang.

Während sie am Wein nippte und sich eine Zigarette anzündete, ertönte eine Polizeisirene. Das Schrillen kam von der Västerbrücke und setzte sich in Richtung Södermalm fort. Im nächsten Moment entdeckte sie ein Blaulicht auf der Stadtautobahn Essingeleden, die im Dunkeln kaum zu erkennen war.

Susanne beschlich ein mulmiges Gefühl. Da musste etwas wirklich Großes passiert sein.

*

Um 21.23 Uhr war der Alarm ausgelöst worden.

Carlos' Frau Anna hatte ihren Mann vor dem Haus gefunden und war schreiend auf die Knie gesunken. Ihr Vater Åke Ekström, der im Haus nebenan wohnte, war binnen Sekunden zur Stelle gewesen. Glücklicherweise war er geistesgegenwärtig genug, sofort die Polizei zu verständigen.

Nach wenigen Minuten war der erste Streifenwagen eingetroffen. Als Åke die 112 gewählt und berichtet hatte, was geschehen war, hatte das Landeskriminalamt dem Fall sofort höchste Priorität eingeräumt.

Die beiden Beamten, die aus dem ersten Wagen stiegen, ein

Mann und eine Frau, hatten nicht viel tun können. Der Polizist hatte noch einen Wiederbelebungsversuch unternommen, doch der Kiesweg, den Carlos in den letzten Minuten seines Lebens entlanggekrochen war, war bereits rot vom Blut. Mittlerweile hatte der Beamte von ihm abgelassen. Mit weit aufgerissenen Augen lag Carlos auf dem Rücken, das Gesicht bedeckt von getrocknetem Blut.

Der Polizistin war es mit sanfter Gewalt gelungen, Anna von ihrem toten Mann fortzuziehen. Åke hatte ihr geholfen, seine Tochter zurück ins Haus zu bringen. Dort warteten die verängstigten Kinder, die den Schrei ihrer Mutter gehört und sofort begriffen hatten, dass etwas Schreckliches passiert sein musste. Beim Anblick ihrer Mutter brachen sie ebenfalls in Tränen aus, die Situation entglitt der Beamtin mehr und mehr. Åke hatte vorsichtshalber die Haustür abgeschlossen, um zu verhindern, dass die Kinder ihren toten Vater im Kies liegen sahen.

Von allen Seiten drangen Sirenen auf das Haus ein. Das Blaulicht der Streifen- und Krankenwagen, die immer zahlreicher eintrafen, erleuchtete das Wohnzimmer. Nach ein paar Minuten musste Åke die Haustür wieder aufsperren. Mehrere Polizisten und Sanitäter kümmerten sich um die Familie, so gut es ging. Åke rief seine andere Tochter an, berichtete in knappen Worten, was passiert war, und bat sie, möglichst rasch zu kommen und sich der Kinder anzunehmen. Die Sanitäter lauschten dem Gespräch mit skeptischen Mienen; vielleicht wollten sie Anna und die Kinder lieber gleich mitnehmen.

Immer mehr Polizisten trafen am Tatort ein, der inzwischen weiträumig abgesperrt war. Einige Passanten unterbrachen ihren Abendspaziergang und blieben vor dem blau-weißen Absperrband stehen. In der Nähe bellte ein Hund, der Wind heulte in den Bäumen.

Fünfundzwanzig Minuten, nachdem die Polizei den Tatort erreicht hatte, und eine Viertelstunde, nachdem Carlos' Leichnam abtransportiert worden war, kamen die ersten Journalisten. Natürlich waren *Expressen* und *Aftonbladet*, die per Funk ständig auf dem Laufenden blieben, als Erste vor Ort. Die zugehörigen Fotografen bemühten sich um aussagekräftige Bilder vom Grundstück. Vergeblich versuchten ein paar Polizisten, den Presseleuten ins Gewissen zu reden.

Und noch immer gellten Sirenen durch die stille, sternklare Nacht.

*

»Mir will einfach nicht in den Kopf, dass ihr Annika Lantz immer noch auf *P1* bringt.«

Mattias warf dem Mann, der ihm schräg gegenübersaß, einen erstaunten Blick zu. Martin schrieb für *Focus*, eine Zeitschrift, die er vielleicht einmal durchgeblättert hatte.

Mattias' Tischdame vom Radiosender *Ekot* fühlte sich bemüßigt, auf diese Bemerkung einzugehen. Sie schien Martins Ansicht zu teilen. »Ich weiß, das ist eine sehr unkluge Entscheidung.«

»Und warum?«, fragte Mattias, der nicht wusste, wo das Problem lag.

»Weil ihre Sendung komplett auf P4 zugeschnitten ist.«

Alle nickten eifrig, auch Lotta, während sich Mattias wieder mal über das prätentiöse Insidergewäsch ärgerte.

Lotta bemühte sich sogleich, das Thema zu wechseln, damit ihr Mann nicht durch weitere unqualifizierte Bemerkungen auffiel. »In der Küche gibt's noch was zu essen!«

Pflichtschuldig nahmen einige Gäste noch ein wenig Quinoa-, Kichererbsen- oder Avocadosalat mit gerösteten Kürbiskernen und Raita. Bei einem Paar handelte es sich nämlich um Vegetarier, was sie auch bei jeder Gelegenheit breittraten. Mattias, der sich nach einem saftigen Steak sehnte, war mehr als genervt von dieser kindischen Attitüde.

Die Kinder hatten sofort nach ihrer Ankunft Würstchen mit Pommes bekommen, als wollte man sie möglichst schnell in den Keller verbannen. Wie üblich hatte Mattias nur heimlich davon genascht, um nicht zu zeigen, dass ihm das Kinderessen besser schmeckte als der vegetarische Fraß.

Plötzlich piepte ein Handy, darauf ein zweites, und innerhalb weniger Sekunden hatten alle außer Mattias eine SMS erhalten. Die Mitarbeiterin von *Ekot* war die Erste, die ihr Handy erfolgreich aus der Handtasche gefischt hatte. Dass die Mitteilungen nahezu zeitgleich eintrafen, konnte nur bedeuten, dass etwas wirklich Wichtiges vorgefallen war.

»Das gibt's doch nicht!«, rief Frau *Ekot*, als sie die SMS las.

»Oh, mein Gott …«, begann Lotta und starrte apathisch auf das Display.

»Carlos wurde ermordet«, murmelte Martin von *Focus*.

»Welcher Carlos?«, rief Mattias, angesteckt von der allgemeinen Aufregung.

»Carlos Fernandez«, antwortete Frau *Ekot*. »Er wurde vor seinem Haus erschossen.«

Mattias zuckte zusammen. Ein ermordeter Politiker.

Frau *Ekot* stand auf. »Ich muss sofort in die Redaktion.«

»Ich auch«, sagte Lotta, die seit einem halben Jahr eine Vertretung bei *Dagens Nyheter* innehatte, lief zum Telefon und bestellte sich ein Taxi.

Am Ende blieben nur Mattias und Martin übrig. Mattias

schlug vor, den Fernseher einzuschalten, um auf dem Laufenden zu bleiben. Im selben Moment fiel ihm ein, dass bereits sieben Kinder vor dem Fernseher saßen, für die er nun offenbar die Verantwortung trug.

11

Auch Susanne saß vor dem Fernseher.

Und fragte sich, warum das Programm am Samstag immer schlechter sein musste als am Freitag.

Wohl oder übel nahm sie mit *Kommissar Beck* vorlieb, obwohl sie wusste, dass sie sich einmal mehr über die zahlreichen sachlichen Fehler ärgern würde.

Gähnend überlegte sie, ob sie sich nicht doch lieber hinlegen sollte. Da sie unter der Woche um halb sechs aufstand, brauchte sie an den Wochenenden ihren Schlaf. Einmal richtig ausschlafen, überlegte sie.

Da meldete sich ihr Handy.

Zuerst dachte sie, einem ihrer Kinder wäre etwas zugestoßen. Dann kam ihr Anders in den Sinn, der wahrscheinlich beschwipst war und einen letzten Versuch starten wollte. Damit würde er sich allerdings endgültig disqualifizieren – auf zudringliche Männer mit Alkoholproblem konnte sie gut und gerne verzichten.

Sie lief in der Wohnung hin und her, immer wieder in die Irre geleitet vom Klingelton. Erst beim vierten Schrillen fiel ihr ein, dass ihr Handy noch immer in der Handtasche auf dem Flur steckte. Kurz bevor die Mailbox ranging, drückte sie auf die Antworttaste.

Ihre unmittelbare Vorgesetzte meldete sich, Margareta

Linderoth, die seit ein paar Jahren das Landeskriminalamt in Stockholm leitete. Sofort wusste Susanne, dass etwas Schlimmes passiert sein musste, und dachte an das große Aufgebot an Einsatzfahrzeugen, das vorhin über die Autobahn gerast war.

»Wahrscheinlich weißt du sowieso schon Bescheid«, fing Linderoth in ihrem breiten Stockholmer Dialekt an. Ihre Stimme klang so angespannt, dass Susanne auf einen Schlag hellwach war.

»Nicht so ganz …«

Viele ihrer Kollegen in ähnlichen Führungspositionen wurden unverzüglich per Handy informiert, wenn sich im Distrikt ein schweres Verbrechen ereignete, doch Susanne verzichtete freiwillig darauf, um nicht ständig gestört zu werden. In der Regel war es ohnehin immer dieselbe Leier: Überfälle auf Geldtransporter, Vandalismus, Morde im Verbrechermilieu.

Margareta Linderoth schien sich nicht daran zu stören, dass sie offensichtlich keine Ahnung von nichts hatte. Sie kam sofort zur Sache. »Carlos Fernandez wurde ermordet.«

»Der Politiker?«

»Genau der.«

»Wann?«

»Vor einer Stunde.«

Susannes Knie wurden weich. »Wie … wie genau?«

»Das wissen wir noch nicht. Auf jeden Fall wurde er aus geringer Distanz erschossen und starb unmittelbar vor seinem Haus.«

»War seine Familie zu Hause?«

»Ja, seine Frau und die zwei Kinder. Den Rest kannst du dir denken.«

Es wurde still in der Leitung. Susanne zwang sich, ruhig zu atmen. »Wie geht es jetzt weiter?«

»Wir übernehmen die Ermittlungen. Damit sind unsere Kollegen in Nacka überfordert. Ich habe schon mit Götblad gesprochen – sie ist derselben Meinung.«

»Und das gibt keinen Ärger?«

»Natürlich gibt das Ärger, aber darauf können wir jetzt keine Rücksicht nehmen. Ein erschossener Reichstagspolitiker, das ist zu groß für die Einsatzkräfte vor Ort. Die sollen sich schön weiter um ihre Verkehrskontrollen kümmern. Die Leute ins Röhrchen blasen lassen und so weiter.«

Natürlich hassten die meisten Kollegen Verkehrskontrollen wie die Pest. Diese ewigen Kompetenzstreitigkeiten innerhalb der Polizei gingen Susanne gehörig gegen den Strich. »Und wie komme ich ins Spiel?«

»Du leitest die Ermittlungen.«

*

Im Wohnzimmer der Familie Fernandez saß Anna auf dem Sofa, ihren siebenjährigen Sohn auf dem Schoß. Ohne richtig zu verstehen, was geschehen war, schien er sich sehr um seine Mutter zu sorgen. Sein neunjähriger Bruder hockte regungslos auf der Sofakante, offensichtlich stand er unter Schock. Auch als sein Großvater mit ihm reden wollte, starrte der Junge nur apathisch vor sich hin. Annas Schwester war unverzüglich aus Enschede gekommen; jetzt servierte sie Tee und belegte Brote.

Das Sozialamt war bereits eingeschaltet worden, doch Anna hatte sich jeden Besuch verbeten. Allerdings hatte sie nicht verhindern können, dass zwei Polizisten im Haus geblieben waren.

Da es kaum Streifenbeamte über dreißig gab, waren zwei ältere Kommissare eingesprungen. Sie hatten bereits ein erstes Gespräch mit Anna geführt, das jedoch kaum neue Erkenntnisse zutage gefördert hatte.

Den Schuss habe sie nicht gehört, vermutlich hätte der Täter einen Schalldämpfer benutzt. Hingegen habe sie mitbekommen, wie ihr Mann mit dem Auto vorgefahren sei. Dass er nicht sofort ins Haus ging, habe sie nicht weiter gewundert; sie sei davon ausgegangen, dass er noch irgendetwas in der Garage zu erledigen hätte. Nach einer halben Stunde sei sie dann doch etwas unruhig geworden.

»Deshalb bin ich rausgegangen … und da lag er dann.« Annas Stimme versagte, die Vernehmung musste unterbrochen werden.

Aber Åke, der seine Enkel kaum aus den Augen ließ, hatte noch Fragen an die Polizisten. »Und was geschieht jetzt?«

Einer der Beamten trat an das Sofa heran. »Wir werden Wegsperren errichten und eine Großfahndung einleiten.«

»Was heißt das genau?« Åke schien nur pro forma zu fragen, damit Annas Schluchzen nicht das einzige Geräusch in der Stille war.

Offenbar wollten die Kommissare nicht über Details sprechen. Sie wussten selbst nicht genau, was nun passieren würde; ihr Auftrag lautete, sich um die Familie zu kümmern und eine erste Vernehmung durchzuführen. Eigentlich warteten sie nur noch auf die Ablösung, wollten den Menschen, die gerade einen so schweren Schicksalsschlag erlitten hatten, aber auch nicht die kalte Schulter zeigen.

Also bemühte sich der Beamte mit dem dicken, rötlichen Schnurrbart um eine Erklärung. »Natürlich wird erst mal der Tatort untersucht. Dann werden die Nachbarn befragt und alle Personen erfasst, die eine persönliche Beziehung zum Opfer hatten.« Er blickte zu Anna hinüber. Sie zeigte keinerlei Reaktion.

»Was ist mit Informationen von anderen Kriminellen?«, fragte Åke Ekström.

Der Polizist nickte. »Ab und zu wird uns etwas zugespielt, ja.«

»Von Denunzianten?«

Der Polizist runzelte die Stirn. »Wir bezeichnen diese Personen als Informanten.«

»Bekommt man dafür Geld?«, fragte Åke mit skeptischer Stimme.

Damit hatte er eine heikle Frage gestellt. Oft konnte man einen Fall nur lösen, indem man einen Informanten bezahlte, aber dazu wollte sich kein Polizist näher äußern. »Das kann man nicht so pauschal sagen«, meinte der Beamte und warf einen Blick auf die Uhr.

»Noch eine letzte Frage.« Åke beugte sich vor. »Werden solche Morde in der Regel aufgeklärt?«

Die beiden Polizisten tauschten einen ratlosen Blick aus, bis sich derselbe Beamte zu einer Antwort durchrang. »In der Regel schon.«

In diesem Moment zuckte Anna zusammen. Sie öffnete den Mund, als wollte sie etwas sagen, überlegte es sich aber im letzten Moment anders.

*

Wie die meisten sozialdemokratischen Reichstagsabgeordneten hatte Jan-Olov Pettersson ein Büro im sogenannten Cephalus, einem vierstöckigen Rundbau mit großem Innenhof. Der Flur, an den die Zimmer der Abgeordneten grenzten, beschrieb einen großen Kreis – ziemlich praktisch für Eltern kleiner Kinder, die hier immer im Kreis laufen konnten, ohne verloren zu gehen.

Wie immer am Samstagabend war das Gebäude verwaist. Viele Abgeordnete verließen schon am späten Donnerstag die Hauptstadt. Manche widmeten sich am Freitag der Arbeit im Wahlkreis, andere starteten bereits ins Wochenende.

Nicht so Jan-Olov. Er wohnte inzwischen ständig in Stockholm, hatte dort aber nur wenige Freunde, mit denen er sich am Wochenende treffen konnte. Deshalb suchte er häufig unter irgendeinem Vorwand den Reichstag auf – um einen Bericht zu lesen, einen Antrag zu formulieren oder was auch immer.

Hauptsache, er saß nicht allein in seiner Wohnung.

Sicherheitshalber hatte er stets eine Flasche Whisky im Büro deponiert, auch wenn er sorgsam darauf achtete, nicht während der politischen Arbeit zu trinken. Er hatte miterlebt, wie sich angetrunkene Kollegen in Interpellationsdebatten einmischten, vor allem, wenn sich diese bis in den späten Abend hinzogen. Dabei kam nichts Gutes heraus.

Eigentlich hatte Jan-Olov nach dem Treffen mit Carlos bald nach Hause gehen wollen. Carlos hatte einen gefassten Eindruck gemacht, als er ihm von seiner Entdeckung erzählt hatte, fast als hätte er nichts anderes erwartet. Nach ihrem Gespräch war Jan-Olov allein in seinem Büro zurückgeblieben. Er hatte ein-, zweimal zur Flasche gegriffen. Dann hatte er den Videotext eingeschaltet – und den Schock seines Lebens bekommen.

Carlos war ermordet worden. Eine halbe Stunde, nachdem sie sich verabschiedet hatten.

Der Mord musste mit ihrer gemeinsamen Initiative zusammenhängen. Womit sonst?

Er begriff, dass er die Polizei über ihr Treffen informieren musste.

Aber er hatte getrunken, und er konnte doch nicht beschwipst aufs Revier gehen. Lieber wartete er bis zum nächsten Morgen. Dann würde er frisch und ausgeruht sein.

Und vor allem nüchtern.

Natürlich würden sich die Journalisten sofort auf ihn stürzen. Das musste er verhindern, zumindest vorerst. Also konnte er nicht in seine Wohnung; dort warteten sie bestimmt schon in Scharen auf ihn. Da ihm nichts Besseres einfiel, blieb er einfach in seinem Büro im Reichstag sitzen – wo sie ihn am allerwenigsten vermuten würden. Welche Ironie.

Sein Auto stand in der Garage. Für einen Augenblick überlegte er, nach Enköping zu seiner Tochter zu fahren, um seine Ruhe zu haben. An diesem Abend hatte die Polizei sicher alle Hände voll zu tun, da wurden keine Alkoholkontrollen durchgeführt. Andererseits wurden bestimmt die Ausfahrtsstraßen überwacht, und was sich ein schwedischer Politiker keinesfalls erlauben durfte, war Alkohol am Steuer.

So klar konnte Jan-Olov auch in seinem umnebelten Zustand noch denken.

Carlos' Tod veränderte alles.

Mit wackeligen Beinen stemmte er sich hoch, trug eine letzte Bemerkung in sein schwarzes Notizbuch ein, löschte das Licht und ging auf den Flur.

Wo er plötzlich ein Geräusch hörte. Anscheinend aus der Küche. Er blieb stehen und lauschte.

Langsam setzte er sich wieder in Bewegung. Vielleicht ein Einbrecher? Aber hier gab es doch nichts zu stehlen.

Mit tastenden Schritten schlich er weiter, vorbei an langen Buchregalen, Informationstafeln und Fotos vom letzten Wahlkampf. Er wollte jetzt wirklich keinem Einbrecher über den Weg laufen, aber war es nicht auch verkehrt, sich einfach so zu verdrücken? Irgendetwas musste er tun. Vielleicht war es der Alkohol, der seinen Mut steigerte und sein Urteilsvermögen beeinträchtigte.

Er kam zu dem Tisch, wo sich Zeitungen und Hauspost stapelten. Lautlos spähte er um die Ecke in die dunkle Küche und kniff die Augen zusammen. Stand da nicht eine Gestalt am Kaffeeautomaten? Doch nach ein paar Sekunden, als sich seine Augen an die Dunkelheit gewöhnt hatten, musste er einsehen, dass er sich geirrt hatte.

Egal, beschloss er im nächsten Moment, ich gehe jetzt. Um etwaige Eindringlinge konnte sich das Wachpersonal kümmern, er hatte das Seinige getan. Er ging zurück ins Büro. Über der Stuhllehne hing sein altes Jackett mit den ausgefransten Ärmeln. Er schlüpfte hinein und zog den Wintermantel darüber, den er bereits seit vierzehn Jahren trug. Wenige Minuten später war er auf dem Innenhof, und kurz darauf lief er schon den Riddarhustorget entlang.

Von Södermalm, aus östlicher Richtung, hörte er eine Polizeisirene.

12

Es war, gelinde gesagt, ein merkwürdiger Abend. Wie auf Knopfdruck waren alle Journalisten in Taxis gestiegen und in ihre Redaktionen enteilt.

Und Mattias und Martin waren mit sieben Kindern zurückgeblieben.

Auch Martin wäre gern verschwunden, doch als Mitarbeiter eines Wochenmagazins hatte er wirklich keinen Grund, sofort aufzubrechen.

Sie hatten die Kinder mit Eiscreme versorgt, ehe Mattias einen neuen Film eingelegt hatte.

Die beiden Erwachsenen sahen sich die Nachrichten auf dem kleineren Fernseher im Obergeschoss an. In den Reihen der Polizei schien große Verwirrung zu herrschen. Ein Sprecher der Polizei wirkte ziemlich nichtsahnend, dauernd flüchtete er sich in Allgemeinplätze. Allen stand der Schock ins Gesicht geschrieben.

»Ich geh mal runter und schau nach den Kindern«, sagte Mattias und stand auf.

Im Keller lagen die Kinder kreuz und quer auf dem Sofa, ausnahmslos vom Schlaf übermannt. *Shrek* war zu Ende; nun flimmerte ein ums andere Mal der Trailer über den Flachbildschirm.

Behutsam nahm er seine Tochter in den Arm und trug sie

hinauf in ihr Bett. Wie viele Kinder die ganze Nacht bei ihnen verbringen würden, wusste er nicht.

Martin glaubte offenbar nicht mehr daran, dass seine Frau noch hierher zurückkehren würde, und bestellte ein Taxi für sich und seine drei Kinder. Mit größter Mühe zog er seinem benommenen Nachwuchs Overalls, Handschuhe und Mützen an und verabschiedete sich.

Kaum war er aus der Tür, kam Lotta nach Hause. Sie wirkte ziemlich niedergeschlagen. »Sie haben mich nicht mehr gebraucht.«

Mattias fragte sich, ob sie überhaupt gebraucht wurde, verkniff sich aber jeden Kommentar.

Dagegen schienen ihre Gäste sehr gefragt zu sein. Jedenfalls hatten sie Lotta angerufen, um sich zu erkundigen, ob sie ihre Kinder auch später in der Nacht abholen könnten.

Sie setzten sich in die Küche, wo Mattias seiner Frau ein Glas Orangensaft einschenkte.

»Die Redaktion ist fast übergequollen«, meinte sie, »aber für die meisten gibt es nichts zu schreiben.«

»Irgendwelche Neuigkeiten?«

»Nur dass die Polizei versucht, eine entscheidende Information geheim zu halten. Allerdings ohne Erfolg.« Lotta nippte an ihrem Saft. »Sollen wir die Kinder hochtragen und zu uns ins Bett legen?«

»Später. Was ist denn so wichtig?«

»Dass es auf der Skurubrücke einen Unfall gegeben hat, eine halbe Stunde vor dem Mord. Seitdem ist die Brücke in Richtung Stadt gesperrt.«

»Und das heißt …«, fragte Mattias, der nur eine sehr begrenzte Vorstellung von der geografischen Lage der Stockholmer Vororte hatte.

»Das heißt, dass sich der Mörder nach wie vor in Nacka oder Värmdo aufhalten muss! Die Skurubrücke ist die einzige Verbindung zur Stadt, und in diese Richtung wurden sämtliche Straßen gesperrt.«

*

Susanne war hellwach.

Sie zog sich rasch um und machte sich auf den Weg zur Arbeit. Sie hatte keine Zeit zu verlieren. Margareta Linderoth hatte sie angehalten, ihre Ermittlungsgruppe so schnell wie möglich zusammenzustellen.

Im Dezernat für Gewaltverbrechen des Landeskriminalamts herrschte hektisches Treiben. Immer mehr Polizisten tauchten auf und wurden von Susanne in den sogenannten Katastrophenraum gebeten, wo man sich nach besonders schwerwiegenden Ereignissen versammelte, beispielsweise nach Terroranschlägen. Ihr war von Anfang an klar gewesen, dass dieses Verbrechen weit über einen gewöhnlichen Mord hinausging.

»Ich leite die Ermittlungen in diesem Fall«, begann sie. »Selbstverständlich werden wir externe Verstärkung erhalten, aber unser Hauptquartier befindet sich hier, und viele von Ihnen werden unmittelbar in die Ermittlungen einbezogen werden.«

Niemand lehnte sich bequem zurück, niemand führte Privatgespräche. Stattdessen lauschten ihre Kollegen auf jedes Wort.

»Hat sich das Reichskriminalamt schon geäußert?«, fragte ein Polizist.

»Bisher nicht«, antwortete Susanne. »Aber es wird mit Sicherheit zu Auseinandersetzungen mit dem Reichskriminalamt und unseren Kollegen in Nacka kommen. Egal, wir werden einfach unsere Arbeit machen.«

»Der Reichspolizeichef hat bestimmt eigene Vorstellungen«, warf ein anderer ein.

»Schon möglich, aber wir werden uns voll und ganz auf unsere Arbeit konzentrieren.« Womöglich würde dieser Fall sogar das Zusammengehörigkeitsgefühl des Dezernats stärken, dachte Susanne. Vielleicht würden endlich einmal alle an einem Strang ziehen. »Es handelt sich zwar um einen Mord an einem prominenten Politiker, aber wir werden nicht von unserem üblichen Vorgehen abweichen. Alles läuft wie bei anderen Mordermittlungen auch.«

Susanne ging zum Kartenständer und entrollte eine Karte des gesamten Regierungsbezirks. Als sie vor ein paar Jahren von der Staatsanwaltschaft zur Polizei gewechselt war, hatte sie sich sofort über den Überfluss an Karten gewundert. In fast jedem Büro hing eine Karte von Stockholm, von Schweden oder von der ganzen Welt.

»Hier sehen wir die Skurubrücke, die heute Abend aufgrund eines Verkehrsunfalls einseitig gesperrt wurde«, fuhr sie fort. »Polizisten aus dem gesamten Distrikt helfen mit, jedes einzelne Auto zu kontrollieren, das die Brücke passieren will. Außerdem wurden bei Malinsbo im Süden und Vik am Skärgårdsvägen Wegsperren errichtet. Ich will, dass sich so viele Zivilbeamte wie möglich entlang Södra Lännersta postieren, dem schnellsten Übergang nach Saltsjöbaden.« Susanne nickte dem Chef der Fahndungsgruppe zu.

»Hatte dieser Politiker … Ich meine natürlich das Mordopfer … hatte er Familie?«, fragte ein jüngerer Beamter.

»Eine Frau und zwei Kinder«, antwortete Susanne mit unbewegter Miene. »Sie werden gut betreut. Im Moment sind zwei erfahrene Beamte bei ihnen, die bereits ein erstes Gespräch mit der Frau des Opfers geführt haben – allerdings ohne großen Erfolg. Die Spurensicherung ist selbstverständlich vor Ort und durchkämmt die gesamte Umgebung. Momentan warten wir noch auf Informationen von Kuten, eventuell haben die nachrichtendienstlichen Ermittlungen schon erste Ergebnisse gebracht. Kollegen aus Nacka haben bereits mit den Nachbarn gesprochen.«

Bisher hatte Susanne nur die Maßnahmen anderer zusammengefasst – jetzt musste sie selbst die Initiative ergreifen. Bei diesem Gedanken wurde ihr ein wenig schwindelig, doch vor ihren Kollegen wollte sie keine Schwäche zeigen. Vielmehr war sie stolz auf ihre Position und fest entschlossen, das Vertrauen in sie zu rechtfertigen. Zumal sie das Gefühl hatte, den Start ganz gut hinbekommen zu haben und von den anderen als Chefin akzeptiert zu werden. Sie machte eine kurze Pause und trank einen Schluck Wasser.

Mit gestärktem Selbstvertrauen ergriff sie wieder das Wort. »Natürlich müssen wir vollkommen vorurteilsfrei und auf möglichst breiter Front ermitteln. Ich lege großen Wert auf Kreativität. In diesem Raum darf stets über neue Ideen diskutiert werden.«

Einer der älteren Polizisten, die ständig was zu meckern hatten, hob die Hand. Susanne nickte ihm zu. »Aber der Mord hat doch sicher mit dieser Initiative gegen Rassismus zu tun, die das Opfer mit diesem anderen Politiker ins Leben gerufen hatte.«

»Sie meinen Jan-Olov Pettersson«, erwiderte Susanne, der wieder einmal auffiel, dass Polizisten meist keinen Hehl daraus machten, sich kein bisschen für Politik zu interessieren. Dennoch wollte sie, dass er seinen Gedanken weiter ausführte, wenn er schon das wahrscheinlichste Motiv zur Sprache brachte. Außerdem kam es ihr gelegen, dass sich sogleich einer ihrer schärfsten internen Kritiker zu Wort gemeldet hatte. Sie nickte ihm aufmunternd zu.

»Also, ich meine, wahrscheinlich sind irgendwelche Neonazis oder andere Rassisten im Spiel.«

»Ich denke, das ist eine gute Hypothese«, sagte Susanne, »wenngleich wir uns nicht auf eine einzige Theorie versteifen sollten.«

»Aber vielleicht darf ich noch hinzufügen, dass sich die Nazis am liebsten in Gustavsberg treffen. Das liegt nur wenige Kilometer vom Tatort entfernt.«

»Und auf der richtigen Seite der Skurubrücke«, murmelte Susanne.

Susanne saß allein in ihrem Büro.

Vor sich hatte sie die sogenannte Mordbibel, ein Kompendium über das optimale Vorgehen bei Mordermittlungen, das sogar online verfügbar war. Unter anderem ging es um die Analyse des persönlichen Umfelds des Opfers, um die Befragung von Personen aus der näheren Umgebung, die eventuell wertvolle Hinweise liefern konnten, und um Techniken der Spurensicherung.

Parallel verfolgte sie die Nachrichten, die über den Flachbildschirm flimmerten, den sie zur Beförderung bekommen hatte. In ihrer Position musste sie ständig über die Berichterstattung in den Medien informiert sein, so fehlerhaft und spekulativ sie auch sein mochte.

Gerade hatte sie mit Petra Holm gesprochen, die wie immer gute Ratschläge parat gehabt hatte. So hatten sie vereinbart, den Verkehrsunfall auf der Skurubrücke nicht länger zu verheimlichen. Natürlich hätten sie darauf setzen können, dass der

Mörder immer noch nichts von dem Unfall wusste, doch nachdem die Zeitungen lang und breit darüber berichtet hatten, ergab die Geheimhaltung keinen Sinn mehr.

Sie hatte schon oft über das fehlende Verantwortungsgefühl der Medien nachgedacht. Sosehr sie an der allgemeinen Pressefreiheit hing, so konnte sie doch nicht begreifen, warum eine Meldung, die den Erfolg der Ermittlungen gefährdete, nicht für ein paar Stunden zurückgehalten werden konnte.

Einige Journalisten hatten vor Wut geschäumt, als die Behörden den Tod von Anna Lindh für mehrere Stunden verheimlicht hatten. Dabei hatte man nur zunächst die Angehörigen informieren wollen. Von einer Bedrohung der Demokratie hatten sie schwadroniert. Susanne betrachtete die Sache andersherum: Für sie waren gewisse Journalisten eine Bedrohung der Demokratie.

»Wir können ja nicht wissentlich die Unwahrheit erzählen«, hatte sie zu Petra gesagt.

»Das nicht, aber man muss auch nicht alles erzählen, was wahr ist«, hatte Petra so rasch entgegnet, dass Susanne eine Augenblick brauchte, um zu verstehen, was sie meinte.

Nun war es zwei Uhr nachts. Immer noch gellten Sirenen durch die Dunkelheit, Streifenwagen fuhren zwischen den verschiedenen Straßensperren hin und her. Gleichzeitig wurden bereits Wohnungen mutmaßlicher Täter durchsucht. Verdächtig waren alle, die im Polizeiregister als kriminelle Wirrköpfe oder politisch motivierte Straftäter verzeichnet waren. Auch psychisch kranke Gewaltverbrecher kamen infrage.

Zum ersten Mal, seit sie ihren neuen Job angetreten hatte, war Susanne wirklich erschöpft. Dabei hatte sie sich noch gar nicht richtig klargemacht, dass sie die Ermittlungen in einem Mord an einem Reichstagspolitiker leitete – Ermittlungen, die mehr Aufmerksamkeit auf sich ziehen würden als alle anderen Mordfälle der letzten Jahre. Aber jetzt wollte sie auch nicht darüber nachdenken. Jetzt wollte sie möglichst bald nach Hause, um wenigstens ein paar Stunden zu schlafen.

Susanne hatte eine gute Ermittlungsgruppe zusammengestellt. Morgen früh um neun würden sie sich wiedersehen.

Nun stand nur noch eine Besprechung mit dem Geheimdienst auf dem Programm. Als sie sich gerade fragte, wie lange sie noch warten sollte, klopfte es an der Tür. Herein kamen zwei Männer, beide über fünfzig, beide mit Hemd, Krawatte und Strickjacke. Typische Geheimdienstleute, dachte Susanne, während sie die beiden bat, Platz zu nehmen, und ihnen eine Tasse Kaffee anbot. Den Kaffee lehnten sie dankend ab.

Einer der Männer zog ein Dokument aus seiner schwarzen Aktentasche und reichte es über den Tisch. In der Ecke prangte ein roter Stempel mit der Aufschrift »VERTRAULICH gemäß Geheimhaltungsgesetz über die Sicherheit des Reiches, Kap. 2, § 1«. »Ein erster Bericht der Sicherheitspolizei«, sagte er.

Rasch überflog sie die drei Seiten, die Männer warteten schweigend.

Der Bericht enthielt keinerlei Überraschungen. Er listete rechtsradikale Gruppierungen auf, daneben auch einige linksradikale Organisationen, die seit den Sechzigerjahren von der SÄPO beobachtet wurden, insbesondere im Zusammenhang mit den gewalttätigen Demonstrationen in Göteborg 2001. Danach kam er auf kriminelle Splittergruppen zu sprechen, die ein Interesse an der Beseitigung eines Reichstagsabgeordneten haben könnten, weil der Reichstag erst kürzlich schärfere Maßnahmen zur Bekämpfung des organisierten Verbrechens beschlossen hatte.

Letztere Theorie verwarf Susanne auf der Stelle, ohne ihre

Gedanken laut zu äußern. »Haben Sie Kontakt zu Jan-Olov Pettersson aufgenommen?«, fragte sie stattdessen.

Die beiden Männer rutschten verlegen hin und her. »Leider wissen wir nicht, wo er sich derzeit aufhält. Wir haben es sowohl bei ihm zu Hause als auch unter seiner Handynummer versucht.«

»Haben Sie es schon im Reichstag probiert?«

SONNTAG, 2. NOVEMBER

13 Die fette schwarze Überschrift der *Göteborgs-Posten* war nicht zu übersehen: »Carlos Fernandez ermordet«. Gerda ließ sich auf den Küchenstuhl sinken. Ihre Gedanken liefen in alle Richtungen, sie schnappte nach Luft. Die Neuigkeit des Tages nahm die gesamte Titelseite in Anspruch, und in der Mitte war ein großes, im Dunkeln aufgenommenes Foto zu sehen: ein Haus und eine Straße, die von einem blau-weißen Band abgesperrt waren. Das musste der Tatort sein.

Mit zitternden Händen begann sie zu lesen, doch nach ein paar Minuten konnte sie nicht mehr. Sie machte eine Pause, lehnte sich zurück und schloss die Augen.

Carlos tot. Das kam ihr so unwirklich vor.

Wie ein Wirbelwind war er durch den Ausschuss gefegt, hatte alle neuen Kollegen im Handumdrehen kennengelernt und mit völlig neuen Ideen beeindruckt. In den wenigen Monaten seiner politischen Karriere hatte er mehr konkrete Vorschläge gemacht als sie selbst in den letzten dreißig Jahren.

Er war immer guter Laune, voll übersprudelnder Energie gewesen. Gerda dachte an ihre Reise nach London, an ihren gemeinsamen Besuch im Pub. Carlos hatte sie stets mit großem Respekt behandelt, das hatte sie sehr an ihm geschätzt. Er hatte feste Prinzipien gehabt, an denen sich viele seiner Kollegen in der harten Welt der Politik ein Beispiel nehmen sollten.

Plötzlich fiel ihr ein, dass er ihr in London erstmals von seiner Antirassismus-Kampagne erzählt hatte. Ihr schauderte bei dem Gedanken, seine Einladung zu einer Zusammenarbeit abgelehnt zu haben. Dabei stand sie der Initiative durchaus positiv gegenüber, ihr war das Ganze nur zu riskant gewesen. Aus Dingen, deren Folgen man nicht überblicken konnte, hielt man sich lieber heraus.

Keine Risiken eingehen, sondern auf die sicherste Karte setzen. So hatte sie all die Jahre ihrer politischen Karriere überlebt.

Eigentlich merkwürdig, dachte sie, dass sich noch niemand bei mir gemeldet hat. Als Ministerin war sie über alle wichtigen Ereignisse auf dem Laufenden gehalten worden. Mit Schrecken erinnerte sie sich an den Anruf eine halbe Stunde nach der Ermordung des früheren Generaldirektors der nationalen Strafvollzugsbehörde. Jetzt war es anders – alles war anders in der Opposition, was Vor- und Nachteile hatte. Vor allem Vorteile, dachte Gerda.

Niemals einsam, immer einsam, wie Göran Persson zu sagen pflegte.

Als Vorsitzende des Justizausschusses musste sie wirklich nicht über alles Bescheid wissen. Ihre Kollegen, die einen halben Tag nach dem Mord an Carlos immer noch nichts von sich hatten hören lassen, waren offenbar derselben Meinung.

Gerda las sämtliche Artikel über die polizeilichen Ermittlungen sowie Würdigungen und Nachrufe von Parteikollegen und politischen Kommentatoren.

Schließlich wanderte sie gedankenverloren in den Flur. Da ihr Mann gerade Tennis spielte, war es vollkommen ruhig in der Wohnung. Auf dem Tisch neben der Tür entdeckte sie ihr Handy: Der Pressesprecher ihrer Partei hatte ihr eine SMS geschrieben, um ihr mitzuteilen, dass die Nachrichtenagentur TT

Kontakt mit ihr aufnehmen wolle. Ihr Handy war auf Stumm geschaltet gewesen.

Wenigstens will irgendjemand mit mir sprechen, dachte sie. Obwohl sie das Licht der Öffentlichkeit scheute, war es ein schönes Gefühl, nicht völlig vergessen zu sein. Und die Meinung der ehemaligen Justizministerin kann ja auch so uninteressant nicht sein, fügte sie im Stillen hinzu.

Der Schock saß immer noch tief, es fiel ihr schwer, ihre Gedanken zu ordnen. Aber da sich die politische Lage seit den Wahlen grundlegend geändert hatte, blieb ihr nichts anderes übrig, als *TT* zurückzurufen. Dort sagte man ihr, dass derzeit keine Reporter verfügbar seien. Es konnte also noch eine Weile dauern, bis sie ihrer Bestürzung Ausdruck verleihen konnte. Offenbar hatten die *TT*-Journalisten wirklich alle Hände voll zu tun, da ihr am Telefon keine weiteren Fragen gestellt wurden.

Während der Wartezeit sinnierte sie über das kommende Wochenende. Auf dem Programm stand ein Besuch des Schifffahrtsmuseums mit ihrem Lieblingsenkel Rasmus. Das Problem war nur, dass Rasmus solche Unternehmungen nicht mehr halb so spannend fand wie früher. Dann werde ich ihn eben mit Eis und Süßigkeiten bestechen, dachte Gerda. Sie selbst liebte das Museum. Wenn man in Göteborg lebt, muss man sich doch mit Seefahrt auskennen, sagte sie immer. Nächsten Sommer wollte sie einen Optimist kaufen, damit Rasmus segeln konnte, wenn sie draußen in Lysekil waren. Rasmus, der inzwischen elf war, wollte viel lieber ins Erlebnismuseum Universum gehen, doch das konnte Gerda nicht ausstehen, zumal ihr Enkel dort andauernd verloren ging. Außerdem wurde sie dort ständig mit Menschen konfrontiert, die sich ein spöttisches Grinsen nicht verkneifen konnten, entweder weil ihre Partei die Wahl verloren hatte oder weil sie für eine schlechte Ministerin gehalten wurde. Natürlich grinsten ihr die Leute nicht direkt ins Gesicht, aber ihre unterschwellige Abneigung war deutlich zu spüren.

Ihr Handy piepte – eine Mitteilung ihres Fraktionsvorsitzenden: »Morgen außerordentliche Sitzung. Wir müssen die Initiative ergreifen«, und nichts weiter.

Gerda seufzte.

*

Susanne ließ den Blick über die neue Ermittlungsgruppe schweifen, zu der auch Leute von der Sicherheitspolizei und vom Reichskriminalamt gehörten. Sie sollten sämtliche Entscheidungen gemeinsam treffen. Auch der Chef des Kriminalnachrichtendiensts Kuten war zugegen, der unter anderem für V-Männer und Maulwürfe in Reihen der Polizei zuständig war. Ein weiterer Beamter sortierte sämtliche Tipps und Hinweise aus der Bevölkerung, meist bloße Erfindungen oder Halluzinationen ausgemachter Spinner. Darüber hinaus waren zwei Kollegen anwesend, die in der Nachbarschaft von Carlos Fernandez von Tür zu Tür gegangen waren und eine Reihe von Personen befragt hatten.

Wie Susanne feststellte, war sie die einzige Frau in der Gruppe. Ansonsten fiel ihr nichts Besonderes auf. Sie war müde, hatte nur wenige Stunden geschlafen. Nachdem sie um halb drei nach Hause gekommen war, hatte sie das Adrenalin noch eine ganze Zeit lang wach gehalten.

Dieses Treffen würde anders verlaufen als die üblichen Morgenversammlungen. Susanne wusste, dass Polizisten in Krisenzeiten gerne auf bewährte Hierarchien zurückgriffen. Doch erst einmal warteten alle ab, was sie zu sagen hatte.

Sie überflog die neuesten Fahndungsberichte und legte sie vor sich auf den Tisch. »Vom Mörder gibt es nach wie vor keine Spur. Die Kriminaltechnik hat Schuhabdrücke sichergestellt, aber keine Fingerabdrücke. Die Kleidung des Toten ist zur DNA-Analyse an die SKL weitergeleitet worden. Carlos Fernandez wurde von vier Schüssen getroffen, mindestens zwei davon tödlich. Die vorläufige Untersuchung hat ergeben, dass es sich um eine AK4 oder AK5 handelte, also eine militärische Handfeuerwaffe, die unter Schwerverbrechern weit verbreitet ist. Die Nachbarn haben nichts gehört, nicht einmal ein anfahrendes Auto. Da sich das Haus in einer Sackgasse befindet, hat sich der Mörder wahrscheinlich zu Fuß genähert. Unsere Hundestaffeln suchen weiterhin nach Spuren, aber am Sonntag geht eben alles ein bisschen langsamer.«

Einige nickten, niemand sagte etwas.

»Die Fahndung hat sich nach Nacka und Värmdo ausgedehnt. Von dort kann uns eigentlich niemand entkommen. Wir kontrollieren systematisch alle Sommerhäuser in der Gegend. Seit einer halben Stunde haben wir auch Hubschrauber im Einsatz. Wenn er sich dort versteckt hält, werden wir ihn finden.« Susanne stellte fest, dass sie von einem männlichen Täter ausging.

»Suchen wir auch im rassistischen Milieu?«, wollte ein Mitarbeiter des Reichskriminalamts wissen.

»Auf jeden Fall. Aber vorerst sollten wir auf möglichst breiter Front ermitteln. Nach dieser Besprechung wird die Ehefrau vernommen. Wer ist dafür zuständig?«

»Lindgren und Johansson«, antwortete der Beamte, der die Vernehmung der nächsten Angehörigen leitete.

Susanne nickte. »An der ersten Vernehmung werde ich selbst teilnehmen.«

Einige Kollegen runzelten die Stirn. Zum ersten Mal hatte Susanne aktiv den Unwillen ihrer Mitarbeiter provoziert.

»Ich weiß, das ist ungewöhnlich, aber ich will mir ein eigenes Bild machen«, erklärte sie.

Niemand protestierte, obgleich Susanne wusste, dass ihr Vorgehen mehr als ungewöhnlich war. Sie war sich über das Risiko im Klaren, sich als Ermittlungsleiterin zu sehr ins operative Geschäft einzumischen – eine Versuchung, der man leicht erlag, wenn die mediale Aufmerksamkeit zu groß wurde.

»Was ist mit den Neonazis in Gustavsberg?«, fragte derselbe Mitarbeiter des Reichskriminalamts. »Gibt es da schon neue Erkenntnisse?«

Susanne nickte. Am frühen Morgen hatte sie mit einem V-Mann gesprochen, der vor Monaten ins rechtsextreme Milieu eingeschleust worden war und sich schon heftige Auseinandersetzungen mit der AFA und anderen linksradikalen Gruppierungen geliefert hatte. Gleichzeitig wunderte sie sich über die Beharrlichkeit des Vertreters des Reichskriminalamts. Wollten die etwa die Ermittlungen an sich reißen?

»Wie unser Informant in Gustavsberg berichtet, findet dort heute Abend eine rechtsextremistische Veranstaltung statt«, gab ein Mitarbeiter von Kuten bekannt.

»Können wir das Lokal nicht verwanzen?«, fragte der SÄPO-Mann.

Susanne schüttelte den Kopf.

»Natürlich befinden wir uns in einer Ausnahmesituation, aber eine solche Maßnahme würde kein Staatsanwalt und kein Richter genehmigen.«

Einige in der Runde zogen enttäuschte Gesichter. Offenbar konnten sie nur schwer akzeptieren, dass ihre Arbeit aus formaljuristischen Gründen behindert werden sollte.

»So was haben wir früher selbst in die Hand genommen«, warf der SÄPO-Mann ein.

»Das will ich nicht hoffen«, entgegnete Susanne.

»Aber klar, und zwar ohne lästige richterliche Genehmigung!« Er lachte, als hätte er gerade einen brillanten Witz gerissen.

»Das kommt nicht infrage. Keine Mordermittlung hat es verdient, dass ihretwegen Gesetze gebrochen werden.«

Manche Kollegen schüttelten den Kopf.

*

Jan-Olov erwachte mit heftigen Kopfschmerzen und ausgetrocknetem Mund. Als er sich umblickte, fiel ihm wieder ein, wo er war: im Hotel Oden.

Was genau passiert war, nachdem er den Reichstag verlassen hatte, wusste er nicht. Er war den Sveavägen entlanggegangen und hatte jeder einzelnen Kneipe einen Besuch abgestattet.

Irgendwann war er am Odenplan gelandet, wo er sich unter falschem Namen ein Zimmer genommen hatte. Für tausend Kronen extra musste er sich nicht legitimieren. Vermutlich eine überflüssige Vorsichtsmaßnahme, da die wenigsten Stockholmer die Namen ihrer Reichstagsabgeordneten kannten. Mit weiteren fünfhundert Kronen hatte er den Portier dazu gebracht, in die geschlossene Küche zu gehen und eine Flasche Wein zu holen.

Einsam und voller Angst hatte er sich die ganze Flasche genehmigt. Jetzt lag sie auf dem Boden, und der hellblaue Teppich hatte einen roten Fleck. Schon der Gedanke an Wein verschlimmerte seinen Kopfschmerz.

Er drehte sich auf die Seite und blickte zur Armbanduhr hinüber, die auf dem Nachttisch lag. Viertel nach neun – zumindest hatte er ein paar Stunden geschlafen.

Nachdem er noch ein bisschen mit sich gerungen hatte, kämpfte er sich hoch und schwang mühselig die Beine aus dem Bett. Der Fußboden war eiskalt.

Zu tief greifenden Analysen war er mit seinem dröhnenden Schädel nicht imstande. Aber es brauchte auch gar keine tief greifenden Analysen. Falls Carlos von Rassisten ermordet worden war, stand er als Nächster auf der Liste.

Also konnte er die Kampagne auf keinen Fall fortsetzen. All die Arbeit, die er sich gemacht hatte, war vergeblich. Nach dem Mord an Carlos musste die Sache stillschweigend begraben werden.

Jan-Olov biss die Zähne zusammen, setzte die Füße auf den kalten Boden, trottete zum Fenster und spähte durch die Gardine. Auf der Straße war kaum etwas los, kein Wunder am Sonntag. Der Himmel war grau und wolkenverhangen, das Zimmer klein und ungemütlich. Neben dem Bett stand ein Schreibtisch mit einem kleinen Stuhl sowie ein hässlicher Sessel, in dem er gestern stundenlang getrunken hatte.

Er schauderte vor Unbehagen, stapfte ins Bad und stellte sich unter die Dusche. Zehn Minuten lang ließ er das Wasser auf sich herabrieseln. Eigentlich war er groß und schmächtig, und trotzdem hatte er Fettpolster an den Hüften entwickelt. Auch sein Bauch, den sein Arzt hartnäckig als Wanst bezeichnete, war im Lauf der Jahre viel zu dick geworden.

Allmählich kehrte seine Energie zurück, und der Kopfschmerz ließ nach.

Auf dem Weg in den Frühstücksraum fasste er einen Entschluss: Er würde sofort Personenschutz beantragen. Sonst würde ihn bald dasselbe Schicksal ereilen wie seinen Reichstagskollegen.

Für einen Moment überlegte er, ob er die Notrufnummer 112 wählen sollte. Aber er wusste nicht, wie die schwedischen Zeitungen darauf reagieren würden.

Stattdessen wählte er die normale Nummer der Polizei, wo jedoch ständig besetzt war. Nach mehreren Versuchen gab er es auf.

Dann gehe ich eben zu Fuß aufs Revier, dachte er und zog seinen alten Mantel über, auf dessen Rücken seit gestern ein großer Schmutzfleck prangte.

14

Susanne nahm beide Hände der Frau. »Es tut mir sehr leid.«

Anna Fernandez schüttelte stumm den Kopf.

»Ich weiß, das ist kein Trost«, fuhr Susanne fort, »aber ich verspreche Ihnen, wir werden alles Menschenmögliche tun, um den Mörder Ihres Mannes zu finden.«

Sie standen im Eingangsbereich des Hauses der Familie Fernandez. Draußen hatte die Spurensicherung gerade ihre Arbeit beendet, aber das Absperrband war noch nicht entfernt worden. Die Kinder hatten bei ihren Cousinen Unterschlupf gefunden, außer Susanne und Anna war nur Annas Vater Åke Ekström vor Ort. Er verhielt sich abwartend, ließ seine Tochter aber keine Sekunde aus den Augen.

Susanne wandte sich an Åke Ekström. »Susanne Dahlgren vom Landeskriminalamt. Das sind meine Kollegen Janne Lindgren und Stefan Johansson.« Sie deutete auf die beiden Polizisten, die sich bisher im Hintergrund gehalten hatten. Jetzt traten sie einen Schritt vor und gaben Anna und Carlos' Schwiegervater die Hand. Für Susanne waren alle, die an den Ermittlungen teilnahmen, Kollegen. Anders als die meisten männlichen Chefs musste sie nicht ständig den Boss raushängen lassen.

»Setzen wir uns doch ins Wohnzimmer«, schlug Anna vor. »Möchten Sie einen Kaffee?«

»Machen Sie sich keine Umstände.«

»Also ich hätte gerne einen Kaffee«, sagte Åke. »Wir haben ja kaum geschlafen. Und als altes Mitglied der Heimatschutztruppe weiß man, dass Kaffee die einzig wahre Medizin ist.«

Sie gingen die Treppe hinauf in ein klassisch möbliertes Wohnzimmer: eine Sitzgruppe aus Leder, ein Glastisch, ein Fernseher sowie ein Bücherregal über die gesamte Wand. In der Ecke thronte eine antike Standuhr, und im ganzen Raum herrschte penible Ordnung, als sollte auch in dieser schweren Stunde ein perfektes Zuhause präsentiert werden. Åke verschwand in der Küche, während Anna in einem Sessel und die beiden Polizisten auf dem Sofa Platz nahmen.

»Wohnen Sie schon lange hier?«, fragte Susanne, um überhaupt etwas zu sagen.

»Im Dezember sind es vier Jahre«, antwortete Anna. »Aber jetzt werden wir wohl umziehen müssen, nach …«

Sie will es nicht aussprechen, dachte Susanne – mehr als verständlich. In Anbetracht der Tatsache, dass ihr Mann gerade ermordet worden war, wirkte Anna sogar äußerst gefasst. Susanne hatte schon bei früheren Ermittlungen beobachtet, dass Menschen oft eine erstaunliche Fähigkeit zeigten, akute Krisen zu bewältigen. Richtig kritisch wurde es meist erst später, wenn sich alles ein wenig gelegt hatte und der Alltag wieder einkehrte.

Wenn die Leere kam. Und die Einsamkeit.

»Mein Vater, also der Großvater der Kinder, wohnt im Haus nebenan«, sagte Anna. »Das war die praktischste Lösung nach dem Tod meiner Mutter vor ein paar Jahren. So haben wir auch immer jemand, der auf die Kinder aufpassen kann.«

»Wo arbeiten Sie?«, fragte Susanne.

»Ich bin Laborassistentin an der Technischen Universität. Dort habe ich auch Carlos kennengelernt.«

Anna hätte offenbar gern weitererzählt, wäre in diesem Moment nicht ihr Vater mit dem Tablett erschienen. Er setzte sich, stellte Tassen auf den Tisch und schenkte Kaffee ein. Als er aufschaute, begegnete er Susannes Blick.

»Sie werden die Sache doch bestimmt aufklären. Etwas anderes verkraften wir nicht. Was meinen Sie, wie stehen die Chancen?«

*

Als Mattias aufwachte, zeigte der Radiowecker Viertel nach sieben an.

Warum kann ich nicht einfach ausschlafen?, dachte er. Was ist das nur, das mich nach vier Stunden aus dem Schlaf reißt?

Neben ihm lag Rebecka, die manchmal mitten in der Nacht zu ihren Eltern ins Bett krabbelte. Er betrachtete ihre feinen, weichen Züge. Ihr linkes Augenlid zitterte ganz leicht.

Wovon träumt ein sechsjähriges Mädchen? Welche Eindrücke vom gestrigen Tag tauchen in ihren Träumen auf? Wie eine Woge schlug die Liebe zu seiner Tochter über Mattias zusammen.

Kurz lauschte er den ruhigen Atemzügen seiner Frau, bevor er sich vorsichtig auf den Flur schlich.

Erst jetzt fiel ihm wieder ein, was gestern Abend geschehen war: Ein schwedischer Politiker war ermordet worden, wie damals Anna Lindh. Er eilte nach draußen und holte die Zeitung, machte sich eine Tasse Tee, setzte sich an den Küchentisch und begann zu lesen.

Offen ausgesprochen wurde es nicht, aber die Polizei ging anscheinend von einem rechtsextremistischen Hintergrund der Tat aus. Kein Wunder angesichts der Antirassismus-Kampagne, die Carlos Fernandez ins Leben gerufen hatte.

Mattias überlegte, welche Anwälte wohl infrage kommen würden, sollte sich ein Verdächtiger finden und Anklage erhoben werden. Zweifellos würden sich viele berufen fühlen, doch nur einer konnte den Job bekommen. Dabei kamen fast immer dieselben Kandidaten ins Spiel: Leif Silbersky, Peter Althin und Claes Borgström. Eine ziemlich überschaubare Schar, wenn man bedachte, dass es in Schweden fast fünftausend Anwälte gab.

Beim Weiterlesen zuckte er zusammen. Mitten im Text wurde der Name der Ermittlungsleiterin genannt: Susanne Dahlgren. Ihr Name stand einfach so in der Zeitung.

Er fuhr hoch und tigerte durch die Küche. Offenbar spukte sie immer noch in seinem Kopf herum, allen guten Vorsätzen zum Trotz.

Völlig undenkbar, ausgerechnet jetzt den Kontakt wieder aufzunehmen, da er zum zweiten Mal Vater werden sollte.

»Ausgeschlossen!«, sagte er laut.

»Seit wann führst du Selbstgespräche?«, fragte Lotta, die im Bademantel in die Küche tapste.

*

»Der Mörder hat also wirklich einen Schalldämpfer benutzt?«, fragte Anna.

Ihre Stimme klang unerwartet fest. Susanne war beeindruckt – so kurz nach der Ermordung ihres Mannes eine Vernehmung durchzustehen, war eine reife Leistung. Wie verabredet stellten die beiden Polizisten die Fragen, während sie vor allem beobachtete.

Susanne musterte Åke Ekström, der neben seiner Tochter saß. Er hatte ein zerfurchtes Gesicht mit freundlichen Augen, ein sympathischer Mann. Susanne fragte sich, was es wohl für ein Gefühl war, plötzlich den Boden unter den Füßen zu verlieren. Zu wissen, dass das Leben nie wieder so sein würde wie früher. Auch ihren eigenen Kindern konnte jederzeit etwas zustoßen, und dann … Sie schob den Gedanken beiseite. Jetzt war sie im Dienst, da war kein Platz für eigene Gefühle.

»Warum sind Sie aus dem Haus gegangen?«, fragte Stefan Johansson, der ältere der beiden Ermittler. Er führte die Vernehmung, während sein Kollege hier und da eine Frage einwarf.

»Ich hatte ja schon gehört, dass Carlos heimgekommen war. Manchmal erledigt er noch irgendwas in der Garage, aber diesmal hat es ungewöhnlich lange gedauert. Da habe ich mich gewundert und bin vor die Tür gegangen, und da … da lag er dann. Auf dem Rücken. Und die Augen, die waren so …« Anna hielt inne und wandte den Kopf ab.

Die beiden Ermittler warteten, während Åke die Hand seiner Tochter drückte. »Soll ich dir ein Glas Wasser holen?«

Anna nickte. Ihr Vater stand auf, ging in die Küche und war im nächsten Moment wieder da.

Der wird hier wahrscheinlich vorübergehend einziehen, dachte Susanne. Im Moment kommt sie einfach nicht ohne ihn zurecht.

Anna trank einen großen Schluck Wasser, räusperte sich und nickte den Polizisten zu. Offenbar wollte sie die Vernehmung fortsetzen.

»Hat Ihr Mann irgendeine Bedrohung erwähnt?«, fragte Johansson.

Anna zögerte eine Sekunde. »Ich dachte, Sie wüssten davon. Ein paar Tage vor seinem Tod hat er einige Drohbriefe erhalten.«

Susanne ließ nicht durchblicken, dass ihr diese Information völlig neu war. »Was hat er mit den Briefen gemacht?«

»Er hat sie an die Sicherheitsabteilung des Reichstags weitergeleitet.«

Susanne wusste, dass derartige Briefe letztendlich automatisch bei der SÄPO landeten, die dann eventuelle Gegenmaßnahmen ergriff. Eigentlich mussten bei der Sicherheitspolizei sämtliche Alarmglocken läuten, wenn ein bekannter Politiker, der zudem für sein antirassistisches Engagement bekannt war, Morddrohungen erhielt.

Aber das war offenbar nicht geschehen.

Nicht einmal sie selbst, die seit einem halben Tag die Ermittlungen leitete, hatte davon erfahren. Warum hatte der SÄPO-Typ während der Besprechung heute Morgen die Drohbriefe mit keinem Wort erwähnt?

Wenn alles nach Plan gelaufen wäre, hätte Carlos womöglich Personenschutz erhalten. Dann wäre er jetzt noch am Leben.

15

Mit unsicheren Schritten stapfte Jan-Olov den Bürgersteig entlang.

Sein Kater hatte kaum nachgelassen, und noch dazu fühlte er sich auf offener Straße immer unsicherer. Eine verheerende Kombination, die ihn dazu brachte, jeden Passanten als potenziellen Feind zu betrachten.

Außerdem dachte er seit gestern Abend ununterbrochen an Carlos.

Seit ihrem Treffen, und erst recht seit er spätabends im Reichstag von seinem Tod erfahren hatte.

Ein Mord an einem Reichstagsabgeordneten war ein Angriff auf die gesamte Demokratie, doch davon war nichts zu spüren. Er ging die Dalagatan in Richtung Norra Bantorget entlang, vorbei am Vasapark, wo sich Kinder und Erwachsene auf der quadratischen Eisfläche drängten. Rentner fröstelten auf den Bänken, Hundebesitzer zogen ihre Vierbeiner an der Leine hinter sich her.

Wie an einem ganz normalen Sonntagvormittag.

Er wusste nicht, was er sich eigentlich erwartet hatte, aber irgendein Unterschied müsste doch zu spüren sein?

Auf der Barnhusbrücke, dem windigsten Ort in ganz Stockholm, wehte wie üblich eine frische Brise. Unter ihm brauste ein Zug in Richtung Norden.

Ein Mensch war gestorben, und das war alles? Man hält den Finger in ein Wasserglas und zieht ihn wieder heraus. Für einen kurzen Moment kräuselt sich die Oberfläche, dann kehrt erneut Ruhe ein.

Als wäre nichts gewesen.

Sein Kopfschmerz pochte noch immer, als er die Kungsholmsgatan 43 in Norrmalm erreichte.

Er ging die Treppe zum Polizeirevier hinunter und kam in einen großen Warteraum. Hinter einer Glasscheibe befand sich die Rezeption. Normalerweise hätte Jan-Olov eine Nummer gezogen, sich auf eine der Bänke gesetzt und gewartet, bis er an der Reihe war. Ein Reichstagspolitiker drängelte sich nicht vor, schon weil die Gefahr zu groß war, erkannt zu werden. Ein rücksichtsloser Volksvertreter war ein gefundenes Fressen für die Presse. Doch jetzt war alles anders. Er lief zum Schalter, stellte sich vor und bat um ein Gespräch mit dem Dienststellenleiter.

»Ich fürchte, das wird heute schwierig. Sie sehen doch, wie es hier zugeht.«

Offenbar ging dem Mann am Empfang kein Licht auf. Vielmehr schien er drauf und dran zu sein, ihm zu sagen, er solle sich gefälligst hinsetzen und warten wie alle anderen.

»Ich habe mich mit Carlos Fernandez getroffen. Eine halbe Stunde vor seiner Ermordung.«

Sein Gegenüber starrte ihn mit großen Augen an. Dann zuckte der Beamte zusammen und griff zum Telefon, und wenige Minuten später saß Jan-Olov im fünften Stock einem Kriminalinspektor gegenüber.

»Der Mitarbeiter der Sicherheitspolizei wird in wenigen Minuten hier sein. Gut, dass Sie zu uns gekommen sind. Man hat schon versucht, Sie telefonisch zu erreichen. Anscheinend hatten wir eine falsche Nummer.«

Jan-Olov hatte sein Diensttelefon wie üblich im Büro liegen lassen. Als Reichstagsabgeordneter war er Bestandteil eines komplizierten Kommunikationssystems, meist musste er mehrere Nummern vorwählen, um ein Privatgespräch führen zu können. Wie die meisten Kollegen hatte er sich deshalb ein zweites Telefon zugelegt, das er ausschließlich für Privatgespräche nutzte. Die Angst vor einer Unregelmäßigkeit auf der Telefonrechnung war viel größer als die Angst, einen politischen Fehler zu begehen. Letzteren konnte man wieder ausbügeln – falls er überhaupt bemerkt wurde. Doch eine falsche Reisekostenabrechnung oder eine Zweckentfremdung des Diensttelefons war unverzeihlich.

Jan-Olov lehnte sich zurück und blickte sich um. Das enge Dienstzimmer war äußerst dürftig möbliert. An der Wand hing eine große Landkarte von Schweden.

Kurz darauf betrat ein Mitarbeiter der Sicherheitspolizei den Raum, gab Jan-Olov die Hand und setzte sich.

Er kam sofort zur Sache. »Ab sofort genießen Sie vollständigen Personenschutz. Innerhalb des Reichstags sind ohnehin zahlreiche Wachmänner postiert. Sobald Sie das Parlamentsgebäude verlassen, werden Ihnen zwei Leibwächter auf Schritt und Tritt folgen. Sie können sich vollkommen sicher fühlen. Außerdem werden wir bei Ihnen zu Hause eine Alarmanlage installieren und ein paar andere technische Vorkehrungen treffen.«

Jan-Olov nickte, viel zu müde, um noch einen Kommentar abzugeben. Immerhin war er jetzt in Sicherheit, ein beruhigendes Gefühl.

»Jetzt hoffen wir natürlich, dass Sie zum Erfolg der Ermittlungen beitragen können«, sagte der Kriminalinspektor und fingerte an einem Aufnahmegerät auf dem Tisch herum.

»Ja. Ich habe mich mit Carlos Fernandez getroffen, eine halbe Stunde vor seinem Tod.«

»Worum ging es bei diesem Treffen?«

Jan-Olov blickte die beiden Männer lange an, ehe er antwortete. »Carlos Fernandez war nicht der, der er zu sein schien.«

*

Susanne hatte sich gerade ins Auto gesetzt, als ihr Handy klingelte. Am Apparat war die Polizeichefin von Nacka.

»Hier spricht Marianne Rundgren.« Die Stimme klang schroff, und ehe Susanne etwas entgegnen konnte, fuhr sie fort. »Ich muss Sie sprechen.«

»Aha.« Susanne zögerte. »Sehr gern, aber ich weiß nicht, ob das heute noch …«

»Doch, heute wäre gut.«

Susanne ließ den Motor an und schaute auf die Uhr. Eigentlich wollte sie so schnell wie möglich ins Präsidium und danach weiter zu einem Treffen mit dem V-Mann aus Gustavsberg, der am Abend an der rechtsextremistischen Veranstaltung teilnehmen sollte. Außerdem wollte sie mit dem Einsatzleiter des Sonderkommandos über den Ablauf der geplanten Aktion sprechen. Aber sie wusste auch, wie wichtig es war, sämtliche Teile der Polizei zusammenzuhalten. Sie hatte gehört, wie sehr die Ermittlungen im Mordfall Anna Lindh unter internen Streitigkeiten gelitten hatten. Sowohl das Reichskriminalamt als auch die SÄPO verfolgten bereits eigene Interessen, und auch die Polizeichefin von Nacka war nicht ungefährlich. Über diese Probleme hatte sie auch mit Petra gesprochen, die ihr daraufhin eine Grundregel für den Umgang mit Vorgesetzten in Erinnerung gerufen hatte: *Keep your friends close, but your enemies closer.*

»Ich bin gerade in Nacka, wir könnten uns also gleich irgendwo in der Nähe treffen«, sagte Susanne.

»Am besten kommen Sie direkt zu uns. Unsere Adresse lautet Nacka strand …«

»Ich würde gerne eine Kleinigkeit essen.«

»Meinetwegen«, brummte die Polizeichefin. »Am Värmdovägen, linker Hand in Richtung Stadt, gibt es ein Café. Also dort in zehn Minuten.« Damit legte sie auf.

Susanne war zufrieden. Sie hatte sich selbst überrascht, indem sie sich auf das Treffen eingelassen hatte, aber gleichzeitig darauf geachtet, dass es zu ihren Bedingungen geschah. Normalerweise kannte sie sich als konfliktscheuen Menschen, der allzu schnell nachgab. Doch sie spürte, dass sich das gerade veränderte.

Sie wusste bereits, worüber die Polizeichefin mit ihr reden wollte, auch wenn sie ihr eigentliches Anliegen niemals offen aussprechen würde. Es ging ihr nicht um eine möglichst effektive Ermittlungsarbeit, sondern um die Verteidigung ihres Reviers. Als Polizeichefin von Nacka wollte sie wissen, welche Rolle sie in dem Fall spielen würde. Deswegen hatte Susanne auch auf einem Treffen außerhalb bestanden. In ihrem eigenen Büro hätte die Kollegin einen psychologischen Vorteil gehabt.

Mit den Leuten vom Reichskriminalamt und von der SÄPO musste sie genauso klug umgehen. Ganz zu schweigen von der Reichspolizeileitung, die auch noch auf die Idee kommen konnte, sich ernsthaft in die Ermittlungen einzumischen.

Jedenfalls lerne ich dazu, dachte sie zufrieden und trommelte auf dem Lenkrad herum.

*

Gerda schaute aus dem Fenster und stellte fest, dass es regnete. Wie üblich.

Sie und ihr Mann wohnten in einer Dreizimmerwohnung in Masthugget, einem Stadtteil von Göteborg. Höhepunkt der Wohnung war der große Wohnraum mit Blick auf den Fluss Göta Älv. Auf der anderen Seite lag Hisingen, wo in den letzten Jahren ein regelrechter Bauboom ausgebrochen war.

Gerda war stolz darauf, aus Göteborg zu kommen, auch wenn sie nicht wirklich wusste, warum. Nicht dass sie Stockholm nicht gemocht hätte. Aber die Stadt war ihr einfach viel zu groß und kalt, und noch dazu wirkten die Stockholmer ständig gestresst.

Sehr viel idyllischer ging es Göteborg freilich auch nicht zu. Überall brodelten Konflikte und Gewalt, und Schießereien gab es in Göteborg sogar häufiger als in Stockholm.

Auch den besonderen Humor der Göteborger, von dem so viel die Rede war, hatte sie nie richtig verstanden. Was war so lustig an den ewigen Geschichten von Kal und Ada?

Aber das behielt sie lieber für sich. In der Öffentlichkeit wurde sie nicht müde zu betonen, dass sie an der schönsten Küste Schwedens lebte, definitiv auf der Schokoladenseite des Landes. Womöglich etwas abgedroschen, aber es funktionierte.

Jetzt stand sie am Fenster und blickte über das Gewimmel des Hafens. Unter niedrigen Wolken wurden Schiffe nach Dänemark beladen. Der Regen peitschte gegen die Scheibe.

Tief betrübt dachte sie an die Ermordung von Carlos, deren Tragweite sie sich erst allmählich vor Augen führen konnte. Vor allem eines irritierte sie: diese verflixte SMS des Fraktionsvorsitzenden. Was für eine Initiative sollte sie denn ergreifen? Als Ministerin im Regierungssitz Rosenbad hatte sie eine ganze Schar Mitarbeiter um sich gehabt, die ihr in solchen Situationen mit Rat und Tat zur Seite standen. Oft war sie sich gar nicht sicher gewesen, ob sie selbst auf die Lösung eines Problems gekommen war oder ob sie vielmehr ihrem Stab danken musste – allen voran ihrer Pressesprecherin Petra, die inzwischen bei der Polizei arbeitete. Schrecklich, wie abhängig sie von ihr gewesen war.

Jetzt war sie auf sich allein gestellt, Hilfe bekam sie allenfalls in administrativer Hinsicht. Im Reichstag wurde erwartet, dass man alles selber machte.

Durch das Chaos, das urplötzlich ausgebrochen war, verschob sich auch ihr Programm mit Rasmus nach hinten. Jetzt konnten sie nicht mehr gemeinsam ins Schifffahrtsmuseum gehen; stattdessen würde sie bei seinem Eishockeyspiel aufkreuzen müssen, worauf sie keinen gesteigerten Wert legte. Sie konnte sich Schöneres vorstellen, als in einer kalten, feuchten Halle zu stehen und einer Horde Jungs zuzuschauen, wie sie ein Spiel spielten, von dem sie nicht die geringste Ahnung hatte. Außerdem waren die Jungs immer so dick eingepackt, dass sie ihren Enkel gar nicht erkannte. Die ewig schreienden Mütter waren auch keine große Hilfe. Eigentlich hätte sie gedacht, die Väter wären schlimmer, aber die grummelten nur vor sich hin, während die Mütter ihre Kinder lauthals anfeuerten. Etwas Unweiblicheres konnte sich Gerda gar nicht vorstellen.

Zur Belohnung durfte sie hinterher mit Rasmus Kaffee trinken gehen, während er in einer Tour von seinem Match erzählte.

Gerda schüttelte sich und wandte sich vom Fenster ab. Es hatte keinen Sinn, die Sache länger aufzuschieben.

Also wählte sie die Nummer der Büroleiterin, die schon nach dem ersten Freizeichen abhob. Nachdem sie sich ein wenig über den schrecklichen Vorfall ausgetauscht hatten, kam Gerda auf ihr Anliegen zu sprechen.

»Ich … äh … ich dachte, wir sollten morgen vielleicht eine außerordentliche Ausschusssitzung einberufen.«

Es wurde still in der Leitung, und schon bereute Gerda ihren Anruf. Aber noch war es nicht zu spät. Sie konnte immer noch behaupten, die Nachricht des Fraktionsvorsitzenden falsch verstanden zu haben. Außerdem hatte sie weiß Gott Wichtigeres zu tun, als den Anweisungen irgendwelcher Parteikollegen zu folgen.

»Du meinst wegen des Mordes?«, fragte die Büroleiterin schließlich.

»Ja, genau.«

»Der Reichstagspräsident wird am Dienstag eine Schweigeminute abhalten. Ansonsten sollten wir es der Regierung überlassen, weitere Maßnahmen zu treffen.« Die Büroleiterin zögerte. »Ehrlich gesagt verstehe ich den Sinn einer außerordentlichen Sitzung nicht ganz.«

Da sind wir schon zwei, dachte Gerda, wollte aber nicht zugeben, dass sie nur der indirekten Aufforderung ihres Fraktionsvorsitzenden nachkommen wollte. »Ich dachte, so ein Treffen … kann doch nicht schaden.«

»Willst du die Ministerin vor den Ausschuss zitieren, oder was?«

Um Himmels willen, nein, dachte Gerda. Eine missglückte Befragung in einer solchen Sache konnte in einer Katastrophe enden. »Nein, ich denke nur, in der gegenwärtigen Situation könnte es doch vielen ein Bedürfnis sein … einfach über alles zu diskutieren.«

Glücklicherweise war die Büroleiterin eine entgegenkommende Person, die begriff, wann es keinen Sinn mehr hatte, weitere Fragen zu stellen. »In Ordnung, wenn du darauf bestehst, sehe ich keinen Hinderungsgrund. Dann schreibe ich jetzt eine Rundmail an unsere Abgeordneten. Was soll ich als Tagesordnungspunkt angeben?«

»Ach, nichts Besonderes. Schreib einfach, dass der Ausschuss … sagen wir … morgen um neun zusammentritt.«

»Ich glaube, elf Uhr wäre besser. So früh sind viele noch unterwegs.«

»Also gut, dann um elf.«

Auch die Büroleiterin klang erleichtert, als sie endlich auflegen konnten.

16 Mit einem unguten Gefühl im Bauch ging Susanne dem Akalla entgegen, wie der Presseraum des Polizeipräsidiums genannt wurde. Er lag gleich neben dem Eingang, aber ein Stück abseits von der Rezeption, damit die Besucher keine lästigen Sicherheitskontrollen durchlaufen mussten. Außerdem konnten sich die Übertragungswagen von Funk und Fernsehen direkt vor das Fenster stellen, wo sie optimale Bedingungen hatten.

Neben ihr schritt Petra deutlich selbstsicherer aus. Hinter vorgehaltener Hand wurde viel darüber geredet, dass die ehemalige Justizministerin Gerda Lundin auf ganzer Linie gescheitert wäre, hätte sie nicht Petra an ihrer Seite gehabt. Böse Zungen fügten hinzu, das wäre allen sofort klar gewesen, allen außer der Frau Ministerin selbst.

Doch auch Petra hatte die Wahlniederlage ihrer Regierung nicht verhindern können. Und als es so weit war, war ihr und den übrigen Pressesprecherinnen und Staatssekretären nichts anderes übriggeblieben, als ihre Büros in der Regierungskanzlei zu räumen. Einige von ihnen waren im Reichstag gelandet, andere hatten bei Unternehmungsberatungen oder öffentlichen Behörden angeheuert. Petra war sofort in ihre neue Rolle beim LKA geschlüpft, als hätte sie nie etwas anderes gemacht. Plötzlich stand sie nicht mehr flüsternd hinter irgendwelchen Ministern, sondern ergriff selbst das Wort, eine Aufgabe, die sie bisher mit Bravour gemeistert hatte. Ja, sie schien sogar Spaß daran zu haben. Susanne war froh, Petra bei der für drei Uhr anberaumten Pressekonferenz an ihrer Seite zu wissen.

Zunächst hatten auch Polizeipräsidentin Carin Götblad und Margareta Linderoth, die Leiterin des Landeskriminalamts, an der Pressekonferenz teilnehmen sollen, aber das hätte die Erwartungen womöglich zu sehr in die Höhe geschraubt. Von Carlos' Mörder gab es noch immer keine konkrete Spur. Susanne wollte vor allem die Öffentlichkeit informieren, ohne zu viel preiszugeben.

»Alles okay?«, fragte Petra.

»Geht so.«

»Denk dran: immer die Oberhand behalten. Lass die Journalisten nicht das Heft in die Hand nehmen.«

Susanne schluckte. »Ich müsste lügen, wenn ich sagen würde, dass ich vollkommen ruhig bin.«

»Angst ist ein schlechter Ratgeber«, entgegnete Petra. »Denk dran, niemand ist so gut wie du!«

Als sie den Raum betraten, drängten sich die Journalisten bereits dicht an dicht. Ganz vorne standen Fotografen mit riesigen Objektiven, es klickte und blitzte aus allen Richtungen. Susanne, die keinerlei Fernseherfahrung hatte, wurde immer mulmiger.

Der Raum war auf fünfzehn Sitzplätze ausgelegt, doch jetzt waren sicher doppelt so viele Personen anwesend. Viele Journalisten lehnten hinten an der Wand. Susanne und Petra nahmen die beiden Rednerpulte ganz vorne in Beschlag.

Routiniert öffnete Petra eine Mineralwasserflasche, reichte sie an Susanne weiter und nahm sich selbst eine. »Ich begrüße Sie zur heutigen Pressekonferenz«, begann sie und trank erst mal einen Schluck Wasser. »Ich darf Ihnen Susanne Dahlgren vorstellen, die Leiterin der Ermittlungen. Unterstützt wird sie von Mitarbeitern des Reichskriminalamts sowie der Sicherheitspolizei, die …«

»Soll das heißen, dass die Ermittlungen eigentlich von der SÄPO geleitet werden?«, fiel ihr ein Journalist ins Wort.

Mehrere Journalisten warfen ihrem Kollegen ungehaltene Blicke zu. Während der einleitenden Worte rief man nicht dazwischen, das war ein ungeschriebenes Gesetz. Später waren Unterbrechungen durchaus in Ordnung, doch selbst dann bemühte man sich bei kritischen Fragen in der Regel um eine gewisse Raffinesse.

Petra sprach unbeirrt weiter, bis die Diskussion nach zehn Minuten für Fragen geöffnet wurde.

»Wie stehen die Chancen, den Fall zügig aufzuklären?«, wollte ein älterer Fernsehjournalist wissen, dessen Name Susanne entfallen war.

»Wir sind guter Hoffnung«, antwortete sie.

»Gehen Sie wirklich davon aus, dass sich der Mörder immer noch in Nacka oder Värmdö aufhält?«

Susanne dachte nach. Wie viel durfte sie verraten? Da die Straßensperre an der Skurubrücke allgemein bekannt war, gab es keinen Grund, irgendwelche Informationen zurückzuhalten. »Wir werden die Straßensperre für alle Fälle aufrechterhalten.«

»Wie soll das morgen früh funktionieren, wenn Zehntausende zur Arbeit wollen?«

Darüber hatte sie noch gar nicht nachgedacht. Schon jetzt bildeten sich lange Schlangen vor der Brücke, und im dichten Morgenverkehr würde vermutlich das totale Chaos ausbrechen. »Wir werden uns Gedanken machen, wie wir das Problem lösen können«, antwortete sie.

Die Journalisten wirkten eher unbeeindruckt. »Und Sie sind sich wirklich sicher, dass niemand aus Nacka oder Värmdö entkommen kann?«, fragte ein junger, langhaariger Kerl in verschlissener Jeansjacke.

»Da wir über einhundert Polizisten im Einsatz haben, denke ich, dass die Lage unter Kontrolle ist.«

»Darf ich Sie darüber aufklären, dass es uns von *Expressen* gelungen ist, zehn Mitarbeiter aus dem abgesperrten Gebiet herauszuschleusen? War ein Kinderspiel. Die Polizei hat nicht das Geringste bemerkt, weder direkt an der Brücke noch sonst wo.«

Susanne seufzte. Die Titelseite von *Expressen* konnte sie sich bereits bildhaft vorstellen, in der Mitte ein Foto von einem Haufen grinsender Journalisten vor der Skurubrücke.

Schnell schaltete sich Petra mit einem kleinen Vortrag über die gesellschaftliche Verantwortung der Medien ein, aber es war schon zu spät. Nicht einmal sie konnte verhindern, dass die Journalisten Oberwasser gewannen. Sie bombardierten Susanne und Petra mit Fragen nach dem Sinn einer Straßensperre, die man so leicht überwinden konnte. Susanne trat der Schweiß auf die Stirn. Der Reichspolizeichef oder der Chef der SÄPO hätten eine noch attraktivere Zielscheibe abgegeben, doch als Leiterin der Ermittlungen gehörte auch sie zu den Lieblingsopfern der Journalisten.

»Bitte eine Frage nach der anderen«, mahnte Petra. Für eine Sekunde war alles ruhig, dann hagelten wieder Fragen auf die beiden Rednerinnen ein. Susanne warf Petra einen verstohlenen Blick zu – selbst ihre medienerfahrene Kollegin wirkte jetzt äußerst angespannt.

»Ist die Wegsperre nicht bloß eine populistische Maßnahme, die den Leuten vorgaukeln soll, dass die Polizei das Heft in der Hand hat?«

»Ganz und gar nicht!«, rief Susanne.

»Aber Sie müssen doch zugeben, dass Sie bislang völlig im Dunkeln tappen?«

Susanne spürte, wie ihr Hals flammend rot wurde. »Ich möchte betonen, dass wir absolut vorurteilsfrei und methodisch vorgehen.« Sie blickte über die Zuhörer hinweg, von denen sich viele auf ihren Stühlen vorbeugten. Wie ein Mob, der Blut geleckt hat. Das Selbstvertrauen, das sie sich in den letzten Tagen erarbeitet hatte, war wie weggeblasen, binnen weniger Minuten waren ihre Selbstzweifel zurückgekehrt. Sie konnte ihre Atmung kaum noch kontrollieren. Bloß weg hier, schoss es ihr durch den Kopf.

»*Can you repeat that in English, please?*«, rief eine Dame von den hinteren Plätzen. »*I am from* Herald Tribune.«

Stille kehrte ein.

»Du brauchst nicht auf Englisch zu antworteten«, raunte Petra ihr zu. Sie wusste, dass es im Fiasko enden konnte, wenn schwedische Politiker versuchten, ins Englische zu wechseln – besonders in Stresssituationen.

»*No problem*«, erwiderte Susanne und stürzte sich in eine längere Erklärung über verschiedene Details der Fahndung, die Arbeit der Spurensicherung, die Straßensperre und die bereits durchgeführten Vernehmungen. Ein halbwegs genauer Bericht über den Stand der Ermittlungen, der aber nicht allzu viel verriet. Unter den Zuhörern war es mucksmäuschenstill geworden. Das war mal etwas Neues: eine Polizistin, die fließend Englisch sprach.

»*Könnten Sie das auch auf Deutsch sagen?*«

Und so wiederholte Susanne alles bereitwillig auf Deutsch, zwar nicht ganz so flüssig wie auf Englisch, aber gut genug, um die Journalisten zu beeindrucken. Vergessen waren die kritischen Fragen über sinnlose Straßensperren oder populistische Maßnahmen. Das Opfer war der Meute entkommen, die Jagd vorerst eingestellt.

Eine Viertelstunde später spazierten Petra und Susanne zum Konferenzzimmer.

»Unglaublich, wie du die Sache noch in den Griff gekriegt hast«, sagte Petra und lachte. »Eine Zeit lang sah es ja nicht besonders gut aus.«

Susanne nickte.

»Wo hast du so gut Deutsch und Englisch gelernt?«

»Tja, manchmal lohnt es sich eben, ein fleißiges Mädchen zu sein.«

»Am Fleiß allein kann es ja wohl nicht liegen.«

»Okay, ich war als Austauschschülerin in Massachusetts, und ein paar Semester meines Jurastudiums habe ich in Hamburg absolviert.«

»Und dann landest du ausgerechnet bei der Polizei? Was für eine Verschwendung!«

*

»Dann rufen Sie einfach diese Nummer an«, sagte der Leibwächter und drückte Jan-Olov einen Zettel in die Hand. »Jederzeit, auch mitten in der Nacht, wenn Sie das Gefühl haben, dass etwas nicht stimmt.«

»Das wird sicher nicht nötig sein«, entgegnete Jan-Olov, der natürlich nicht erzählt hatte, wie lange er gestern durch die Straßen geirrt war, ehe er schließlich ein Zimmer im Hotel Oden genommen hatte.

»Morgen werden wir eine Alarmanlage in Ihrer Wohnung installieren, heute Nacht wird eine Wache vor der Tür postiert.«

Jan-Olov stand auf dem Bürgersteig, neben den beiden Leibwächtern, die ihm gerade zugeteilt worden waren. Zu seiner Verwunderung hatte er erfahren, dass es sich um ein zehnköpfiges Team handelte; nur so konnte man gewährleisten, dass stets zwei Leute im Dienst waren.

»Wir werden hier in der Nähe eine Wohnung anmieten.«

Auf Jan-Olov kam ein völlig neues Leben zu. Von nun an würde er rund um die Uhr überwacht werden, vermutlich bis ans Ende seiner politischen Laufbahn. Ein beklemmendes Gefühl. Er wusste, wie eingeschränkt die Privatsphäre von Politikerkollegen war, die unmittelbar im Licht der Öffentlichkeit standen. »Darf ich fragen, warum Sie an Ihrem Wagen doppelte Seitenspiegel haben?«, erkundigte er sich mit einem Blick auf den dunkelblauen Volvo.

»Damit sich niemand unbemerkt von hinten heranschleichen kann. Außerdem verfügt das Fahrzeug über kugelsichere Scheiben und gepanzerte Türen. Deshalb lassen sie sich auch so schwer öffnen.«

Jan-Olov nickte und trommelte auf dem Autodach herum.

»Eines müssen Sie noch wissen«, fuhr der Leibwächter fort. »Sollte eine akute Gefahr bestehen, werden wir Sie sofort aus der Gefahrenzone bringen. Danach wird einer von uns versuchen, den Angreifer auszuschalten, entweder mit der Schusswaffe oder mit dem Auto.«

»Mit dem Auto?«

»Ja, das ist eine ausgezeichnete Waffe.«

»Noch etwas, das ich wissen muss?«

Die Leibwächter sahen sich an. »Sie haben einen neuen Namen, den Sie ab und zu von uns hören werden.«

»Und wie lautet mein neuer Name?«

»Adam 50.«

Jan-Olov brummelte vor sich hin – es war gar nicht so leicht, all die neuen Informationen zu verarbeiten. »Dann gehe ich mal rauf in meine Wohnung«, sagte er schließlich.

Seit zwei Jahren wohnte er jetzt in Södermalm. Vor seinem Umzug nach Stockholm hatte er durch die Vermittlung des Reichstags eine Dienstwohnung in der Altstadt gehabt. An der Tür blickte er sich noch einmal um, konnte jedoch nirgends Journalisten entdecken. »Halten Sie diese pausenlose Überwachung nicht doch für übertrieben?«, rief er in Richtung der Leibwächter.

»Das entscheiden nicht wir.«

Vielleicht war es doch besser so, dachte Jan-Olov. Carlos würde noch leben, hätte er gestern Abend ebenfalls Personenschutz gehabt.

17

Vor Susanne saß ein Mann mit kahl geschorenem Kopf, groben Gesichtszügen und Ring im Ohr. Er trug ein ausgeblichenes T-Shirt mit drei goldenen Kronen auf der Brust, den schwedischen Tre Kronor, dazu eine Hose in Tarnfarben und schwarze Stiefel.

Kaum zu glauben, dass es sich um einen Polizisten handelte – was offiziell auch nicht der Fall war. Bei der Steuerbehörde, wo man glaubte, dass er keine Einkünfte hatte und von der Sozialhilfe lebte, war er unter falschem Namen gemeldet, und aus dem Verkehrsregister ging hervor, dass sein Führerschein vor zwei Jahren eingezogen worden war.

Der Kollege arbeitete als V-Mann im kriminellen Milieu. Käme heraus, dass er seit neun Jahren bei der Polizei angestellt war, wäre sein Leben in akuter Gefahr. Derzeit hielt er sich vorzugsweise in Gesellschaft von Hooligans und verschiedenen rechtsextremen Gruppierungen auf. Mehrfach war er mit der Polizei in gewaltsamen Konflikt geraten und einmal sogar vorübergehend in Untersuchungshaft gelandet, nachdem er eine Polizistin während eines Fußballderbys als »alte Fotze« beschimpft hatte. Auch bei dieser Gelegenheit durfte er seine wahre Identität nicht preisgeben; stattdessen wurde er regelrecht aus dem Untersuchungsgefängnis herausgeschmuggelt. Kutens Leute hatten die Details geregelt.

Susanne wusste, dass V-Männer immer Gefahr liefen, sich irgendwann mit den Kriminellen zu solidarisieren und die Seiten zu wechseln. Einen solchen Fall hatte es in Stockholm zuletzt vor ein paar Jahren gegeben.

Eben hatte Susanne mit dem Einsatzleiter des Sonderkommandos gesprochen, das die heutige Operation durchführen sollte. Normalerweise bestand seine Truppe aus bis zu fünfzig Personen, doch so viele waren heute Abend gar nicht nötig. Obwohl der Einsatzleiter für den praktischen Ablauf zuständig war, trug Susanne die übergeordnete Verantwortung. Darum wollte sie persönlich sichergehen, dass der V-Mann mit der Vorgehensweise des Sonderkommandos einverstanden war.

Jetzt hockte er ihr im Café Riazzo im Hauptbahnhof gegenüber. Am Nebentisch saß eine Frau mit ihrer etwa vierjährigen Tochter. Die Mutter nahm eine Serviette und hielt sie dem Kind vor die Nase, das sich daraufhin angestrengt schnäuzte.

Da sie sich nicht auf dem Polizeipräsidium treffen konnten, hatten sie sich an einem möglichst unauffälligen Ort verabredet. Der V-Mann wirkte wirklich furchterregend, er passte also exakt in das Milieu, das er unterwandern sollte. Susanne und er gaben bestimmt ein sonderbares Paar ab.

»Und wann steigt die Party?«, fragte sie.

»Um halb neun. Wenn ich das richtig verstanden habe, soll die Ermordung von Carlos im Speziellen und die weiße Rasse im Allgemeinen gefeiert werden.«

Susanne nickte. »Glauben Sie, dass irgendwas für uns herausspringt?« Ihre Frage kam ihr ein wenig naiv vor. Mit verdeckten Ermittlungen hatte sie seit jeher ihre Schwierigkeiten, weil sie nicht mit ihrer Vorstellung von Rechtssicherheit in Einklang zu bringen waren, und Rechtssicherheit stand für sie immer an erster Stelle. Noch schwieriger war der Umgang mit Informanten, die wirklich aus dem kriminellen Milieu stammten. Wenn man sich auf deren Angaben verließ, kamen allzu oft Unschuldige zu Schaden.

Der Mann zuckte die Schultern. »Wenn sich was Interessantes tut, melde ich mich.«

»Bei Ihrem Signal dringt das Sonderkommando sofort in den Laden ein.«

»Okay, ich rechne mit Flashbangs.«

»Womit?«

»Na, mit Flashbang-Granaten. Machen den Gegner orientierungslos. Wenn es gleichzeitig blitzt und knallt, sind die Leute wie paralysiert.«

Die Aktion wurde Susanne immer unsympathischer. Sie bevorzugte eine seriöse Polizeiarbeit, bei der man stets die volle Kontrolle behielt.

»Also das wär's dann wohl«, sagte der Mann und stand auf. »Ich geh jetzt nach Hause, damit ich nachher aus der richtigen Richtung komme.«

»Viel Glück.«

Der Mann lachte. »Wird schon schiefgehen.«

Und schon war er verschwunden.

*

»Weißt du schon, wer neue Pressesprecherin der Polizei geworden ist?«, fragte Lotta und schob sich eine große Portion Bauernfrühstück mit Sahne in den Mund. Wie bei ihrer ersten Schwangerschaft hatten sich ihre Essgewohnheiten radikal geändert. Caffè Latte und Süßspeisen waren deftigen Mahlzeiten gewichen, die jedem Bauarbeiter geschmeckt hätten.

»Keine Ahnung«, meinte Mattias.

»Petra Holm, die damals für die Justizministerin gearbeitet hat.«

»Ach so, diese Gerda Lundin, von der man nichts mitbekommen hat, bis sie dann abgewählt wurde?«

»Genau, Petra Holm war Gerda Lundins Pressesprecherin.«

Er schüttelte den Kopf.

»Sagt mir nichts.«

»Die hat jedenfalls ziemlich Haare auf den Zähnen.«

Mattias konnte sowieso nicht verstehen, warum seine Frau zu der Pressekonferenz am Nachmittag gegangen war, obwohl sie frei hatte. Zumal die Konferenz live im Fernsehen übertragen worden war, sie hätte sich das Ganze also genauso gut bequem zu Hause ansehen können. Auch heute hatte sie keinen Anruf aus der Redaktion von *Dagens Nyheter* bekommen. Ihm gefiel es nicht, dass Lotta freiwillig an einer solchen Veranstaltung teilnahm, er empfand es als entwürdigend – wie das Verhalten jener Anwälte, die ständig um die Sekretärinnen bei Gericht herumschwirrten, um an Aufträge zu kommen.

Er selbst hatte den Nachmittag mit Rebeckas Fußballmannschaft beim Reiskorncup verbracht. Überraschenderweise hatten sie es doch noch in die zweite Runde geschafft, ehe sie ausgeschieden waren.

»War der Reichspolizeichef auch auf der Pressekonferenz?«, fragte er.

»Nein.« Lotta schüttelte den Kopf. »Weder der noch die Polizeipräsidentin. Ist das nicht merkwürdig?«

»Schon ein bisschen.«

»Mama, weißt du, was ich morgen mache?«, rief Rebecka dazwischen.

»Nein, mein Schatz.« Lotta beugte sich ihr entgegen.

»Ich verkleide mich.« Rebecka strahlte.

»Wie spannend«, meinte Lotta, schenkte ihrer Tochter ein Glas Milch ein und wandte sich wieder an ihren Mann. »Außer der neuen Pressesprecherin war nur die Ermittlungsleiterin vom Landeskriminalamt da. Die ganze Veranstaltung war total peinlich. Auf keine Frage konnte sie richtig antworten, die ist immer nur ausgewichen. Aber als sie eine Frage in fließendem Englisch beantwortet hat, waren alle mächtig beeindruckt. Ich glaube, sie heißt Susanne Dahlberg.«

»Dahlgren«, verbesserte Mattias.

»Was?«

Am liebsten hätte er sich auf die Zunge gebissen. Er spürte, wie ihm die Röte ins Gesicht schoss. »Äh, ich glaube, sie heißt Dahlgren.«

»Woher weißt du das?«

Mattias nahm sich noch etwas Bauernfrühstück. »Sie war an den Ermittlungen im Österåker-Mord beteiligt.«

»Wie schön, dass es dir so gut schmeckt, Rebecka«, sagte Lotta.

Verstohlen blickte Mattias zu seiner Frau hinüber. Sein Puls beruhigte sich allmählich wieder.

»Na ja«, meinte Lotta, »abgesehen von ihren Sprachkenntnissen hat sie einen ziemlich beschränkten Eindruck gemacht.«

Fast hätte Mattias protestiert. Über Susanne ließ sich manches sagen – dass sie extrem pflichtbewusst und vielleicht ein wenig gehemmt war –, aber Dummheit konnte man ihr gewiss nicht vorwerfen.

»Kann mir kaum vorstellen, dass der Fall unter ihrer Leitung aufgeklärt wird«, fügte Lotta hinzu.

Mattias stand auf und schenkte sich noch etwas Wein aus dem Schlauch nach, der auf der Arbeitsplatte stand.

*

Das Sonderkommando der Polizei schlug mit voller Kraft zu. Mehrere Scheiben gingen zu Bruch, als Blendgranaten detonierten und beißendes Tränengas in den Raum strömte. Zugleich stürmten schwarz gekleidete Polizisten mit Gasmasken und schusssicheren Westen das Lokal, die geschwärzten Gesichter von Helmen geschützt. Manche der dreißig Rechtsextremisten hatten schon Angriffe der Polizei miterlebt, aber niemals in dieser Härte. Als wäre ein Krieg ausgebrochen. Die von gleißenden Lichtblitzen begleiteten Donnerschläge übertönten sogar den Heavy Metal, der aus den Boxen dröhnte.

Schreiend stürzten sich die Polizisten auf die meist jungen, glatzköpfigen Männer und zerrten sie ins Freie. Die wenigen elegant gekleideten Herren, die ebenfalls an der Veranstaltung teilnahmen, stachen umso mehr hervor.

In null Komma nichts hatte sich das Tränengas im ganzen Raum verteilt. Nach Luft ringend drängten die Rechtsextremisten hinaus, wo sie von uniformierten Polizisten einzeln und persönlich in Empfang genommen wurden. Die Beamten legten ihnen Handschellen an und verfrachteten sie unsanft in die Polizeibusse, die inzwischen vorgefahren waren. Das Blaulicht blinkte unheilvoll im Dunkeln, während die Festgenommenen lautstark fluchten und mit einer Klage beim Ombudsmann drohten.

Dem V-Mann, der das Signal zum Angriff gegeben hatte, wurden ebenfalls Handschellen angelegt. Er schrie und wütete wie alle anderen.

Alles verlief nach Plan. Binnen zehn Minuten waren die Einsatzfahrzeuge auf dem Weg zum Untersuchungsgefängnis in Kronoberg. Nicht einmal die Medien hatten etwas mitbekommen.

*

Mit einem mulmigen Gefühl im Bauch ging Susanne zur Sitzung der Ermittlungsgruppe. Es war 21.30 Uhr. Die Meldung von der Erstürmung des Lokals hatte für gewaltigen Wirbel in den Medien gesorgt. Sondersendungen in Funk und Fernsehen erhöhten den Druck auf die Polizei.

Vierunddreißig Personen befanden sich im Untersuchungsgefängnis in Kronoberg, das eigens sein Personal hatte aufstocken müssen, oder saßen in Flemingsberg und Sollentuna in U-Haft. Die Straßensperre an der Skurubrücke war aufgehoben worden. Die Stimmung in der Ermittlungsgruppe war angespannt; die meisten ahnten, dass die Ermittlungen nun in die entscheidende Phase eintraten.

Da es nun mehrere Mordverdächtige gab, war ein Staatsanwalt als Leiter der Voruntersuchungen eingeschaltet worden: Stig Ljungberg, ein grauhaariger Herr um die sechzig. Er kam aus Nacka, wo der Mord an Carlos Fernandez verübt worden war. Vermutlich hatte er den Auftrag seiner Erfahrung zu verdanken; das war kein Job für einen Grünschnabel.

Susanne hieß ihn willkommen und erteilte ihm sofort das Wort.

»Danke«, sagte Stig Ljungberg. »Insgesamt wurden vierunddreißig Personen festgenommen. Die meisten sind uns von Demonstrationen und anderen politischen Veranstaltungen her bekannt. Bei drei der Festgenommenen handelt es sich um Mitglieder der Schwedendemokraten, die sich normalerweise von solchen Zusammenkünften fernhalten. Anlass der Veranstaltung war der Tod von Carlos Fernandez. Der Tod des sogenannten Landesverräters sollte gefeiert werden.«

Susanne saß neben dem Staatsanwalt und blickte in die Runde. Niemand sagte etwas.

»Wir wissen nicht genau, wie viele Personen sich im Lauf des Wochenendes in diesem Lokal aufgehalten haben. Es scheint sich um eine alte Lagerhalle zu handeln. Im größten Raum befindet sich eine kleine Bühne, ansonsten gibt es ein paar Schlafräume mit insgesamt zwölf Betten. Besonders interessant ist, dass sich das Gebäude gewissermaßen auf der richtigen Seite der Skurubrücke befindet. Insofern wäre es denkbar, dass sich der Mörder nach der Tat in diesen Räumlichkeiten versteckt hat, ohne zu ahnen, dass sich auf der Brücke ein Unfall ereignet hatte, der ihm den Weg abschneiden würde.« Stig Ljungberg ließ seine Worte wirken. »Im Großen und Ganzen haben sich alle Festgenommenen unmittelbar an den Feierlichkeiten beteiligt. Es wurde gesungen, manche haben Reden gehalten.«

Was ja kein Verbrechen ist, dachte Susanne, hielt sich aber zurück.

»Zu konkreten Mordverdächtigen«, fuhr Ljungberg fort, »werden die fraglichen Personen aber erst durch die Liste, die wir im Lokal gefunden haben.«

Die Stimmung im Raum war bis zum Äußersten gespannt. Einige Beamte rutschten erwartungsvoll auf ihren Stühlen hin und her.

Stig Ljungberg trank einen Schluck Wasser, ehe er fortfuhr. »Auf dieser Liste stehen zehn Namen, vorwiegend von Politikern, aber auch von Journalisten und Schriftstellern. Ihnen allen ist gemeinsam, dass sie sich in der einen oder anderen Form dem Kampf gegen den Rassismus verschrieben haben.«

»Und einer dieser Namen lautet Carlos Fernandez?«, fragte Susanne.

Stig Ljungberg nickte. »Die Liste wurde in einer Tasche gefunden, die offenbar einem Politiker der Schwedendemokraten gehört: Carl Struwe.«

Ein Raunen ging durch den Raum. Struwe galt als etablierter Politiker mit ziemlich hohem Bekanntheitsgrad, nicht zuletzt seit er vor ein paar Tagen mit Carlos Fernandez an einer Talkshow teilgenommen hatte.

Stig Ljungberg räusperte sich. »Neben dem Namen von Carlos Fernandez befindet sich ein Kreuz, was noch bei einer weiteren Person der Fall ist.« Er machte eine Pause und ließ den Blick durch den Raum schweifen. »Beim Reichstagsabgeordneten Jan-Olov Pettersson.«

Kurz darauf saß Stig Ljungberg in Susannes Büro. Sie hatten vereinbart, dass er sich unverzüglich dem Team des Landeskriminalamts anschließen und seine Aufgaben in Nacka stehen und liegen lassen sollte. Schließlich wäre es ein wenig unpraktisch, wenn sich der Staatsanwalt weiter in seinem Vorort aufhielt, während sich die übrige Ermittlungsgruppe im Herzen der Stadt versammelte.

So war es auch Susanne am liebsten. Sie legte großen Wert auf eine enge Zusammenarbeit mit dem Staatsanwalt, zumal sie wusste, dass er die endgültigen Entscheidungen traf. Deshalb hatte sie ihn unmittelbar nach der Besprechung auf einen Kaffee in ihr Büro eingeladen. Eigentlich sollte sie alle Diskussionen über den Mord mit der gesamten Gruppe führen, doch sie fürchtete, dass dabei allzu rasch unterschiedliche Standpunkte sichtbar werden könnten, und wollte Ljungberg daher zunächst unter vier Augen sprechen.

»Wie wollen Sie mit den Festgenommenen verfahren?«, fragte sie.

Er blickte sie erstaunt an. »Selbstverständlich werde ich Haftbefehl beantragen. Dann werden wir sehen, wer in U-Haft bleibt.«

Susanne war nicht ganz wohl bei der Sache. Eine ganze Gruppe von Personen festzunehmen, ohne genau zu wissen, was danach passieren sollte – war das nicht ein klarer Bruch rechtsstaatlicher Prinzipien? Ohne begründeten Tatverdacht mussten die Leute sofort auf freien Fuß gesetzt werden, das stand außer Frage. Man durfte doch nicht die Haftregeln manipulieren, nur weil es sich um einen spektakulären Mordfall handelte. Im Gegenteil – gerade weil der Fall so viel Aufmerksamkeit erregte, mussten die Gesetze penibel eingehalten werden. Sie runzelte die Stirn. »Gibt es denn wirklich einen begründeten Mordverdacht gegen alle vierunddreißig Personen?«

Stig Ljungberg verzog das Gesicht und blätterte zerstreut in den Unterlagen. »Sie meinen, wir sollten uns von Anfang an auf einige wenige konzentrieren?«

Susanne war schon aufgefallen, dass Ljungberg ihr tatsächlich zuhörte, anders als die meisten älteren und vor allem männlichen Staatsanwälte, die an der Meinung der Polizei in der Regel gar nicht interessiert waren. »Sonst kommen wir am Ende in dieselbe Bredouille wie nach dem Mord an Olof Palme. Damals saßen mehrere Kurden in Untersuchungshaft, und am Schluss mussten alle auf freien Fuß gesetzt werden. Kein Einziger wurde angeklagt oder gar verurteilt.«

Stig Ljungberg zuckte zusammen. Natürlich konnte er sich an das Ermittlungsfiasko im Fall Palme erinnern. Susanne, die damals noch studiert hatte, hatte dadurch fast den Glauben an den Justizapparat verloren.

Und nun liefen sie Gefahr, die alten Fehler zu wiederholen.

In allen Bereichen der Ermittlungsarbeit musste absolute Rechtssicherheit herrschen, das war eine unabdingbare Voraussetzung polizeilichen Handelns. Leider hatte Susanne allzu oft das Gegenteil erlebt.

»Was sollen wir Ihrer Meinung nach tun?«, fragte Ljungberg.

»Kuten soll morgen alle Namen durchgehen. Diejenigen, gegen die kein begründeter Tatverdacht vorliegt, werden sofort freigelassen, aber natürlich weiter beobachtet. Und wir konzentrieren uns erst mal auf Struwe.«

»Glauben Sie wirklich, dass er unser Mann sein könnte?« Ljungberg begegnete Susannes Blick. Vielleicht vertraute er ihrem Urteil, weil er wusste, dass sie früher für die Staatsanwaltschaft gearbeitet hatte.

»Auf jeden Fall sollten wir zunächst diese Spur verfolgen«, sagte sie, während sie einen Anflug von Übelkeit verspürte. Was, wenn die Spur nirgendwohin führte?

MONTAG, 3. NOVEMBER

18 Wie die meisten Anwälte verfolgte Mattias die Entwicklungen im Mordfall Carlos Fernandez mit größter Aufmerksamkeit. Allerdings hegten er und seine Kanzleikollegen nur geringe Hoffnungen, als Pflichtverteidiger bestellt zu werden, sollte sich der Anfangsverdacht gegen einen oder zwei der Inhaftierten erhärten. Sollten hingegen alle vierunddreißig Personen in Untersuchungshaft bleiben, wäre der Bedarf an Pflichtverteidigern enorm. Anders als bei solchen Fällen üblich wären dann zweifellos mehrere Kanzleien im Spiel.

Mattias war schon früh im Büro, wohl wissend, dass die Sekretärinnen vom Amtsgericht oft vor acht Uhr anriefen – und wenn sie niemand erreichten, versuchten sie es eben bei der nächsten Kanzlei. Daher wunderte es ihn kein bisschen, dass bereits sämtliche Kollegen hinterm Schreibtisch saßen, als er um Viertel vor acht zur Tür hereinkam. Sie hatten zwar versucht, ein gerechtes System zur Verteilung der Aufträge zu entwickeln, doch da sie sich eine einzige Sekretärin teilen mussten, kam es immer wieder zu Unstimmigkeiten. In Mattias' letzter Kanzlei waren drei Sekretärinnen auf neun Anwälte gekommen, und in schlechten Zeiten hatten sie immer um Aufträge für ihre Schützlinge gewetteifert.

Aber das Amtsgericht hatte nichts von sich hören lassen. Nun war es Viertel vor neun, und Mattias sah die Post durch.

Er hatte schon immer wesentlich härter gearbeitet als die meisten seiner Kollegen und konnte sich daher eigentlich nicht über mangelnde Aufträge beklagen. Doch während des letzten Jahres hatte die Konkurrenz durch Wirtschaftsanwälte stark zugenommen – Eric Olivecrona war das beste Beispiel. Schon bei ihrem ersten Gespräch hatte Eric erklärt, dass es für Wirtschaftsanwälte keine Konjunkturschwankungen gebe. In guten Zeiten brummte das Geschäft ohnehin, in schlechten Zeiten gab es jede Menge Konkurse abzuwickeln.

Besonders loyal schienen die Mandanten von Wirtschaftsanwälten jedoch nicht zu sein, sonst müsste Eric deutlich mehr Aufträge an Land ziehen. Offenbar fühlten sie sich eher einer bestimmten Kanzlei als einem bestimmten Anwalt verpflichtet. Große Banken und Unternehmen vergaben ihre Aufträge prinzipiell an die größten Anwaltsbüros, auch damit die Gegenseite keine Chance hatte, ihren Rechtsbeistand wegen Befangenheit abzulehnen. Doch Eric hätte niemals eingeräumt, dass ihm die Mandanten wegliefen, sondern gab lieber vor, sich plötzlich brennend für Strafrecht zu interessieren.

Für Mattias und seine Kollegen war es freilich nicht immer einfach, die relativ wenigen Strafsachen unter sich aufzuteilen. Aber da mussten sie vorerst durch, und so füllte Mattias seinen Terminkalender eben mit Familien- und kleineren Unternehmensangelegenheiten auf. Oft ging es dabei um Restaurants und Tabakgeschäfte, also um »Kioskrecht«, wie Eric Olivecrona solche Fälle verächtlich nannte.

Und solch einen Fall hatte er auch heute vor sich. Der Sozialausschuss hatte einem kleinen Lokal die Schankerlaubnis entzogen. Für Mattias gab es kaum einen Bereich, in dem die Rechtssicherheit derart mit Füßen getreten wurde wie in der Gastronomie. Am schlimmsten waren die großen Restaurants, die stets versuchten, kleineren Kneipen und Lokalen das Wasser abzugraben, indem sie irgendwelche Behörden einschalteten. In Stockholm trieb vor allem die Stureplansgruppe ihr Unwesen. Mattias konnte nicht begreifen, warum sich Politiker so leicht lenken ließen. Ja, sie tauchten sogar auf Einweihungsfeiern auf, wo bedenkenlos Alkohol an Minderjährige ausgeschenkt wurde!

Als er die Eingabe der Gegenseite überflog, konnte er nur den Kopf schütteln. Ein paar schlampige Polizeiberichte, ein paar haltlose Behauptungen der Steuerbehörde, und schon sollte einem Lokal die Schankerlaubnis und damit die Existenzgrundlage entzogen werden.

Als Nächstes widmete er sich dem Fax der Anwältin, die in seinem aktuellen Sorgerechtsstreit die Gegenseite vertrat. Sie hatte sich nicht die üblichen zwei Wochen Zeit gelassen, um eine Entgegnung zu formulieren, sondern prompt und unmissverständlich darauf hingewiesen, dass ihre Mandantin auf dem alleinigen Sorgerecht bestehe. Mattias kannte diese Anwältin – sie spaltete Familien lieber, als eine einvernehmliche Lösung anzustreben, offenbar ohne an das Wohl des Kindes zu denken. Und auch diesmal folgte sie ihrem gewohnten Muster: Mit dem Hinweis auf mehrere polizeiliche Anzeigen gegen den Vater wollte sie ihm jeglichen Umgang mit seiner Tochter untersagen.

»Alles Anzeigen der Mutter«, murmelte Mattias vor sich hin. Wie konnte eine Anwältin nur dermaßen blind sein? Er studierte das Datum der Anzeigen. Exakt drei Tage, nachdem der Vater in einer Zeitung die Verlobung mit seiner neuen Freundin bekannt gegeben hatte, war die erste Anzeige erfolgt.

Als er gerade auf Touren kam, erhielt er einen internen Anruf. Seine Sekretärin teilte ihm mit, dass er gebeten worden sei, die Klägerin in einer Strafsache zu vertreten.

»Unbedingt zusagen«, entgegnete er.

»Schon geschehen.«

»Worum handelt es sich?«

»Du sollst die Witwe von Carlos Fernandez und ihre beiden Kinder vertreten.«

*

An diesem Morgen hatte Susanne erst um halb acht – also eine halbe Stunde später als sonst – mit dem Training begonnen. Allerdings konnte sie sich nicht entscheiden, ob sie deswegen ein schlechtes Gewissen haben sollte oder nicht. Es war vielleicht nicht der ideale Zeitpunkt, um zu spät zur Arbeit zu kommen, aber andererseits brauchte sie gerade jetzt so viel Schlaf wie möglich.

Der Fitnessraum des Präsidiums, ein großer Saal mit Laufbändern, Trimmrädern, Ruderbänken und anderen Trainingsgeräten, war rund um die Uhr geöffnet. Früher hatte man vom gegenüberliegenden ersten Stock aus freie Sicht auf die Sportler gehabt, doch nachdem sich viele Frauen über glotzende männliche Kollegen beschwert hatten, waren große Schirme aufgestellt worden.

Heute konnte nicht einmal das Laufband Susannes Gedanken in Schach halten. Oft konnte sie gerade durch körperliche Anstrengung gut abschalten, doch je länger sie über die gegenwärtige Situation nachgrübelte, desto unruhiger wurde sie.

Gegen die Festgenommenen lag nicht der geringste Beweis vor. Wollte man sie tatsächlich alle verhören, mussten sie auf längere Sicht in Gewahrsam bleiben. Aber auf welcher Grundlage? An einer Party zur Ermordung eines Menschen teilzunehmen, war zwar geschmacklos, aber nicht strafbar.

Allerdings sollten sie sich unbedingt näher mit Carl Struwe befassen. Eine Todesliste in der Tasche war ein stichhaltiger Grund für eine Festnahme. Aber was würde das Gericht dazu sagen? Vielleicht würde die morgige Vernehmung neue Erkenntnisse liefern.

Auf dem Weg vom Fitnessraum zum Büro überlegte Susanne, wie sie eigentlich in diese Zwickmühle geraten waren. Es wäre ein einziges Fiasko, wenn letztendlich alle Festgenommenen inklusive Struwe sang- und klanglos freigelassen werden mussten. Aber hätten sie überhaupt anders handeln können, nachdem der V-Mann das Signal zum Stürmen gegeben hatte? Ganz unabhängig vom Ausgang der Geschichte musste sie sich stets vor Augen halten, dass es hier allein um juristische Sachverhalte ging, nicht um Political Correctness.

Sie rief sich ihre gestrigen Entscheidungen ins Gedächtnis. Eine halbe Stunde vor Einsatzbeginn hatte sie mit dem Chef des Sonderkommandos telefoniert, und am Ende des Gesprächs hatte sie ihn angewiesen »zuzuschlagen«, falls ihnen ansonsten Beweismaterial durch die Lappen gehen könnte.

Aus dem anschließenden Bericht ging hervor, dass Struwe die Todesliste in der Hand gehabt und während seiner Rede geschwenkt hatte. Insgesamt hatte der V-Mann mehrere Reden zu Protokoll gegeben.

Als er wegen der Liste Alarm geschlagen hatte, war das Sonderkommando sofort zum Einsatz übergegangen. Es hatte gar keine andere Wahl: Alle Beteiligten mussten festgenommen und das Beweismaterial gesichert werden.

Susanne setzte sich hinter ihren Schreibtisch und fuhr sich durch die langen, feuchten Haare. Während sie ihre Zwischenbilanz fortsetzte, schenkte sie sich ein Glas frisch gepressten Orangensaft ein und holte ein belegtes Vollkornbrot aus der

Tasche. Dann stand sie auf und knipste den Fernseher an: Meldungen über den Polizeieinsatz in Gustavsberg dominierten den Videotext. Offensichtlich machte man sich große Hoffnungen auf eine baldige Lösung des Falls. Ja, manche Nachrichten lasen sich, als wäre er bereits so gut wie gelöst.

Sie setzte sich wieder, fuhr den Rechner hoch und las die Online-Ausgaben der großen Zeitungen, die ebenfalls von Schlagzeilen über die festgenommenen Rechtsextremisten beherrscht wurden. Bis jetzt spielten die Medien mit: Es gab keinerlei Kritik am Verhalten der Polizei oder der Staatsanwaltschaft, sondern Lob für deren effektives und entschlossenes Vorgehen.

Es klopfte an der Tür, und im nächsten Moment trat Petra ein. Ihr gesamtes Auftreten zeugte von einem Selbstbewusstsein, das Susanne direkt neidisch werden ließ.

»Wir müssen unbedingt heute Nachmittag eine Pressekonferenz abhalten«, sagte sie.

»Aber das haben wir doch erst gestern gemacht. Kannst heute nicht allein vor die Presse treten, und wir machen morgen wieder eine richtige Konferenz?«

Petra schüttelte den Kopf. »Tut mir leid, aber die wollen unbedingt mit der Verantwortlichen für den gestrigen Sondereinsatz sprechen. Ich kann sie noch ein bisschen hinhalten, aber später müssen wir eine Pressekonferenz geben.«

Wieder wurde Susanne mulmig. Die gestrige Pressekonferenz war glimpflich verlaufen, aber heute könnte es ganz anders aussehen. Ihre Sprachkenntnisse würden sie kein zweites Mal retten.

Doch was den Umgang mit den Medien anging, verließ sie sich ganz auf Petra. Effektives Delegieren war gleichbedeutend mit Vertrauen – es ging nicht nur darum, das eigene Arbeitspensum zu reduzieren, sondern darum, sich in der Gewissheit fallenzulassen, dass man aufgefangen wurde. Hatte sie das nicht auf ihren Führungsseminaren gelernt?

»Okay«, meinte Susanne. »Sagen wir fünf Uhr?«

Petra dachte nach. »Lieber um vier, dann kann *Ekot* noch in der 16.45-Sendung darüber berichten. Und noch was.«

»Was?«

»Sieh zu, dass der Staatsanwalt mit dabei ist. Damit du nicht als Einzige Prügel beziehst, falls irgendwas schiefgeht.«

19

Um kurz vor 10.00 Uhr stand Susanne in einem anderen Trakt des Präsidiums hinter einer verspiegelten Scheibe. Hier konnte sie der Vernehmung folgen, ohne selbst gesehen zu werden. Sie fand es sehr viel aufschlussreicher, ein Verhör – und insbesondere den Gesichtsausdruck des Vernommenen – direkt zu beobachten, als später das Protokoll zu lesen. Neben ihr stand Stig Ljungberg. Die Stille, die zwischen ihnen herrschte, verriet ihre Unsicherheit. Waren sie vielleicht doch an die falsche Person geraten?

Im Vernehmungsraum saß Carl Struwe neben seinem Anwalt Leif Silbersky. Seitdem sie sich begrüßt hatten, warteten sie schweigend auf die Vernehmungsleiter.

Jetzt beugte sich Silbersky leicht vor, flüsterte Struwe etwas zu und klopfte ihm auf die Schulter. Solange sie unter sich waren, durften die Mikrofone nicht eingeschaltet werden. Susanne hielt sich strikt an solche Vorschriften, während es einige ihrer Kollegen nicht ganz so genau nahmen. Und natürlich konnte ein unerlaubter Lauschangriff die Ermittlungen entscheidend voranbringen. Da konnte es schon mal passieren, dass ein Mikrofon versehentlich geöffnet oder ein Anwalt rein zufällig abgehört wurde. Auf solchen Wegen gewonnene Erkenntnisse durften zwar nicht vor Gericht verwendet werden, konnten aber doch eine unschätzbare Hilfe sein.

Als die Vernehmungsleiter den Raum betraten, standen Struwe und Silbersky auf und reichten ihnen demonstrativ die Hand.

Die Beamten nahmen auf der anderen Seite des Tisches Platz und stellten ein Aufnahmegerät in die Mitte. Nachdem einer von ihnen überprüft hatte, ob es auch korrekt funktionierte, verlas er die Namen der Anwesenden sowie Ort und Datum.

Es konnte losgehen.

»Wissen Sie, warum Sie festgenommen worden sind, Herr Struwe?«

»Aber natürlich«, antwortete Carl Struwe und lachte.

»Dann sagen Sie es uns bitte.«

»Irgendein durchgeknallter Staatsanwalt bildet sich ein, ich hätte diesen Kanaken Fernandez umgebracht!«

Susanne sah, wie Stig Ljungberg zusammenzuckte. Auch Silbersky wirkte ein wenig gequält.

Der Polizist beugte sich vor. »Und, haben Sie das?«

»Hätte ich ja gerne, aber leider ist mir jemand zuvorgekommen.«

»Sie hatten also vor, ihn zu ermorden?«

Carl Struwe brach in schallendes Gelächter aus. »Halten Sie mich für so dumm, das zuzugeben?«

Leif Silbersky verzog den Mund.

»Bei der Durchsuchung des Lokals haben wir eine Namensliste gefunden. Hinter dem Namen Carlos Fernandez befindet sich ein Kreuz. Ist diese Liste Ihr Eigentum?«

»Aber klar!«, antwortete Struwe frei heraus.

»Dann erklären Sie uns bitte den Sinn dieser Liste. Was hat das Kreuz hinter dem Namen zu bedeuten?«

»Dass er tot ist. Ich habe die Liste am Samstagabend geschrieben, nachdem ich die erfreuliche Nachricht vom Tod des Landesverräters Fernandez erhalten hatte.«

Susanne wurde übel.

»Auf der Liste befinden sich neun weitere Namen. Warum?«

»Alles Landesverräter!«

»Jan-Olov Pettersson, der gemeinsam mit Carlos Fernandez die Antirassismus-Kampagne ins Leben gerufen hat, steht ebenfalls auf der Liste. Auch sein Name ist mit einem Kreuz markiert. Aber er ist noch am Leben.«

»Vorerst, ja.«

Susanne rief sich in Erinnerung, dass sie dringend überprüfen musste, ob die Liste bereits an die SÄPO weitergeleitet worden war. Pettersson stand zwar schon unter Personenschutz, aber trotzdem.

»Aber warum das Kreuz hinter seinem Namen?«, fragte der Beamte.

»Weil ich am Samstag falsch informiert wurde.« Struwe blickte verstohlen zu Leif Silbersky hinüber, der sich in seine Unterlagen vertieft hatte.

»Wo waren Sie am Samstagabend?«

»Das geht Sie nichts an.«

»Sie haben also kein Alibi?«

»Das habe ich nicht gesagt.«

»Wenn Sie uns nicht verraten wollen, wo Sie am Samstagabend waren, werden Sie in Gewahrsam bleiben.«

»Ja, wenn ich Glück habe.« Struwe lehnte sich lachend zurück.

»Gefällt es Ihnen denn bei uns?«

»Wie man's nimmt. Aber je länger ich einsitze, desto mehr Aufmerksamkeit bekomme ich. Sie haben ja keine Ahnung, wie hart wir Schwedendemokraten normalerweise kämpfen müssen, um von den Medien wahrgenommen zu werden. Sonst säßen wir schon längst im Reichstag.«

»Aber ein Mordverdacht ist doch wohl keine gute Reklame.«

»Doch, wenn man schuldlos angeklagt wird. Also lassen Sie uns diese Farce ruhig noch ein bisschen fortsetzen.«

Die Vernehmungsleiter ließen sich nichts anmerken, doch Susanne begriff, dass sie in eine äußerst schwierige Situation geraten waren.

Struwe hingegen schien sich prächtig zu amüsieren. »Außerdem werde ich später eine hübsche Entschädigungssumme kassieren, wenn Sie mich noch länger dabehalten.« Er wandte sich an seinen Anwalt. »Womit kann ich denn in etwa rechnen?«

»Eine sechsstellige Summe dürfte in jedem Fall drin sein«, antwortete Silbersky.

Carl Struwe stieß ein beeindrucktes Pfeifen aus.

»Ist ja der reinste Lottogewinn.«

*

Der schwarze Volvo hielt am Mynttorget. Früher konnte man noch bis zum Eingang des Reichstags fahren, doch aufgrund der Terrorgefahr waren zu beiden Seiten des Gebäudes schwere Ketten gespannt worden. Bei Notfällen, zum Beispiel Feuerwehreinsätzen, wurde die Absperrung in der Erde versenkt. Vor Rosenbad, dem Sitz des Ministerpräsidenten, existierte dieselbe Konstruktion.

Einer der Leibwächter sprang aus dem Wagen, spähte in alle Richtungen und öffnete die hintere Tür. Als Jan-Olov ausstieg, postierte er sich sofort schräg hinter ihm. Wieder einmal merkte Jan-Olov, wie stark die persönliche Freiheit eingeschränkt war, wenn man rund um die Uhr bewacht wurde.

Auf der breiten Treppe, die zum Reichstagsgebäude hinaufführte, begegnete er ein paar liberalen Abgeordneten, die ihn flüchtig grüßten. Sofort spürte er, dass eine andere Stimmung in der Luft lag als sonst – er sah es in ihren Augen. Solche Ereignisse schweißten die Politiker aller Parteien enger zusammen, wenn auch nur für begrenzte Zeit.

Nachdem er die große Drehtür hinter sich gelassen hatte, begrüßte er den uniformierten Wachmann an der Pforte, passierte die Sicherheitssperre und betrat die Eingangshalle.

»Rufen Sie einfach an, wenn Sie das Gebäude wieder verlassen wollen. Hier drinnen sind Sie sicher, alle Eingänge werden bewacht«, erklärte einer der Leibwächter, während sein Kollege nickte.

»Innerhalb des Gebäudes folgen Sie mir also nicht auf Schritt und Tritt?« Jan-Olov schöpfte Hoffnung, zumindest ein klein wenig Freiraum zu bekommen.

»Sollten sich während der Debatten Zuhörer auf der Tribüne befinden, sind wir zur Stelle.«

Er nickte. »Verstanden. Ich melde mich gegen sechs.«

»Haben Sie irgendwelche Pläne für heute Abend?«

Woher soll ich das jetzt schon wissen?, dachte Jan-Olov. Vielleicht will ich heute Abend ins Kino gehen, vielleicht meine Tochter in Enköping besuchen. »Schwer zu sagen«, antwortete er und verspürte den Anflug eines schlechten Gewissens. Obwohl er angewiesen worden war, nicht so zu denken, wusste er, dass er seinen Beschützern das Leben schwer machte.

»Kein Problem«, erwiderte der andere Leibwächter. »Geben Sie uns einfach später Bescheid.«

Damit waren die beiden SÄPO-Bodyguards verschwunden. Jan-Olov blickte sich in der Eingangshalle um und ging zum Geldautomaten, hob etwas Geld ab, nahm die Rolltreppe nach unten und schlenderte zu den Aufzügen zum Stockwerk des Justizausschusses.

Am Montag ließen sich normalerweise nur wenige Abgeordnete im Reichstag blicken. Die meisten waren zu Hause, wo sie sich – hoffentlich – politischen Aktivitäten widmeten. Doch wegen des Mordes an Carlos waren heute ungewöhnlich viele Kollegen gekommen. Jan-Olov fragte sich wieder mal, warum der Ausschuss eigentlich heute tagte. Die Büroleiterin hatte ihm keinen triftigen Grund nennen können, sondern lediglich auf den Wunsch der Ausschussvorsitzenden Gerda Lundin verwiesen.

So ein Todesfall verändert alles, dachte er und drückte auf den Knopf mit der Nummer sechs.

*

Obwohl Staatsanwalt Stig Ljungberg ein eigenes Büro direkt gegenüber vom Ermittlungsraum zugewiesen bekommen hatte, sehnte er sich offensichtlich nach seinem vertrauten Büro in Nacka.

Zweifellos waren sie in eine schwierige Situation geraten, dachte Susanne, aber immerhin hatten sie schon am Morgen alle Festgenommenen außer Carl Struwe auf freien Fuß gesetzt. Auf diese Weise wurden zumindest die übertriebenen Hoffnungen auf eine baldige Lösung des Mordfalls gedämpft. Carl Struwe war noch vor dem Verhör offiziell in Haft genommen worden, darauf hatte sich Petra in ihrer Erklärung konzentriert. Die Frage nach den anderen dreiunddreißig Personen hatte sie kurzerhand vom Tisch gewischt – diese seien niemals der Tat verdächtig gewesen, sondern sollten nur für eventuelle Vernehmungen zur Verfügung stehen.

Bisher hatten sie die Medien auf ihrer Seite, doch Petra hatte Susanne gewarnt: Sie durften sich keine Blöße geben. Das Schwarz-Weiß-Denken der Journaille konnte jederzeit gegen sie umschlagen.

»Was machen wir jetzt mit Struwe?«, fragte Susanne und begegnete dem Blick des Staatsanwalts.

Er stieß einen tiefen Seufzer aus. »Sie waren doch selbst mal Staatsanwältin. Was würden Sie tun?«

Susanne fühlte sich längst nicht mehr geschmeichelt, wenn Ljungberg sie um Rat fragte. Vielmehr war sie überrascht von seinem unsicheren Auftreten. Gab es wirklich keinen Staatsanwalt, der besser geeignet war? Stig Ljungberg schien ein verbindlicher und freundlicher Mann zu sein, dem man schlicht zu viel Verantwortung aufgebürdet hatte. Und du, fragte sie sich, wie sieht es mit dir aus? Aber diesen Gedankengang wollte sie nicht weiterführen.

»Leider muss ich gestehen, dass ich ihn freilassen würde. Die Verdachtsmomente reichen einfach nicht aus.«

Stig Ljungberg schüttelte den Kopf. »Das wird einen Riesenwirbel verursachen. Aber gut, darauf dürfen wir wohl keine Rücksicht nehmen.«

»Nein, natürlich nicht.«

»Lassen wir den Sachverhalt noch einmal Revue passieren«, schlug er vor. »Struwe befand sich auf der richtigen Seite der Skurubrücke. Damit kommt er unmittelbar als Mörder in Betracht. Außerdem gehört er einer rechtsradikalen Partei an, und ein rechtsradikales Motiv ist doch mehr als wahrscheinlich.«

»Soweit bin ich einer Meinung mit Ihnen, auch wenn die Schwedendemokraten zunehmend als normale bürgerliche

Partei auftreten. Carlos Fernandez hat die größte Antirassismus-Kampagne seit Jahren ins Leben gerufen. Außerdem stammt er selbst aus Argentinien. Aber das ist kein Beweis, sondern könnte nur die Motivlage klären.«

»Vor ein paar Wochen hat Struwe gemeinsam mit Fernandez an einer Fernsehdiskussion teilgenommen. Dabei hat er sich bis auf die Knochen blamiert. Er muss Fernandez gehasst haben.«

Susanne konnte der Analyse des Staatsanwalts immer weniger abgewinnen. Er stellte bloße Mutmaßungen auf, ohne die geringsten Belege vorzuweisen. Dennoch nickte sie aufmunternd.

»Er hat eine Rede zur Feier von Fernandez' Ermordung gehalten«, fügte Ljungberg hinzu. »Das hat er während der Vernehmung selbst zugegeben.«

Susanne schüttelte den Kopf. »Das reicht nicht. Außerdem hatte ich eher das Gefühl, dass er bei dem Verhör seinen Spaß hatte.«

Ljungberg seufzte. »Und was ist mit der Liste und dem Kreuz hinter Fernandez' Namen?«

»Das ist ein belastender Punkt, da gebe ich Ihnen Recht. Aber es ist kein Beweis, sondern nur ein Indiz.«

Der Staatsanwalt entspannte sich ein wenig. »Aber ist das nicht ein ausreichender Haftgrund?«

Susanne dachte lange nach, ehe sie antwortete. »Nein, das ist kein ausreichender Haftgrund. Ich kann Ihnen nur raten, Struwe freizulassen. Gleichzeitig beantragen Sie, dass seine Wohnung, sein Auto und sein Arbeitsplatz abgehört werden.«

20

»Hiermit erkläre ich die Ausschusssitzung für eröffnet«, verkündete Gerda und schaute sich um. Siebzehn Ausschussmitglieder sowie einige Stellvertreter saßen auf den Stühlen entlang der Wände. Am Ende des Raums hatten sich die Büroangestellten vollzählig versammelt.

Auf der Tagesordnung, die vor Gerda auf dem Tisch lag, waren nur drei Punkte aufgeführt: Begrüßung, Ermordung von Carlos Fernandez, Fragen.

Gerda war sich nicht sicher, wie sie fortfahren sollte. Sie hatte gehofft, ein paar mehr Instruktionen vom Fraktionsvorsitzenden zu bekommen, aber direkt fragen konnte sie ihn auch nicht, das wäre allzu erniedrigend gewesen. Niemand hatte sie angerufen, weder der Fraktionsvorsitzende noch sonst jemand.

»Dann beginnen wir sofort mit Punkt zwei der Tagesordnung«, fuhr Gerda fort, »dem eigentlichen Grund für unsere heutige Sitzung. Wir haben einen schmerzlichen Verlust zu beklagen: Ein Mitglied unseres Ausschusses wurde brutal ermordet. Ich denke, vielen von uns ist es ein Bedürfnis, über ihre Gefühle zu diesem Vorfall zu reden. Doch zunächst sollten wir den Verstorbenen mit einer Schweigeminute würdigen.«

»Eine Schweigeminute ist für morgen im Plenarsaal vorgesehen«, meldete sich Jan-Olov Pettersson zu Wort. »Nach einer kurzen Rede des Reichstagspräsidenten.«

Gerda spürte einen Druck auf der Brust. »Das hindert uns nicht daran, ebenfalls eine Schweigeminute abzuhalten«, entgegnete sie und bat die Anwesenden mit einer Geste, sich zu erheben.

Zögerlich standen alle auf. Niemand protestierte, immerhin sollte hier eines ermordeten Kollegen gedacht werden. Aber offensichtlich leuchtete niemandem so recht ein, warum der Ausschuss aus allen Landesteilen zusammengetrommelt worden war, um eine Schweigeminute abzuhalten, die ohnehin morgen im Reichstag stattfinden würde.

»Gedenken wir also in Stille unseres Kollegen Carlos Fernandez«, sagte Gerda. Es war das erste Mal, dass sie zu einer Schweigeminute aufrief, und sie fragte sich, wie sie eigentlich die Zeit kontrollieren sollte. Hinter ihr an der Wand hing eine Uhr, aber sie konnte sich ja schlecht umdrehen. Außerdem war es eine Uhr ohne Sekundenzeiger. Also zählte sie stumm bis sechzig. Sämtliche Ausschussmitglieder und Büroangestellten hielten die Köpfe gesenkt.

Bei sechzig dankte sie allen Anwesenden für ihr Erscheinen. Die gesamte Sitzung hatte vier Minuten gedauert – inklusive Schweigeminute.

*

Als die Ermittlungsgruppe am späten Nachmittag zusammenkam, hatte sich die Stimmung spürbar verschlechtert. Einige stellten den Sinn des Polizeieinsatzes gegen die Rechtsradikalen infrage. Staatsanwalt Stig Ljungberg fühlte sich genötigt, sein Vorgehen zu verteidigen. »Wir hatten keine Wahl. Hätten wir nicht gehandelt, hätte jederzeit wichtiges Beweismaterial vernichtet werden können«, erklärte er.

Beim Stockholmer Amtsgericht war inzwischen eine Audioüberwachung von Struwes Wohnung und Telefon beantragt worden.

Die Pressekonferenz vor ein paar Stunden war alles in allem zufriedenstellend verlaufen. Auf Petras Rat hin hatte Susanne betont, dass zu keinem Zeitpunkt rechtsstaatliche Prinzipien verletzt worden seien. Das hatte die Journalisten erwartungsgemäß ruhiggestellt, auch wenn manche noch einen bissigen Kommentar von sich gegeben hatten.

Susanne hatte hinzugefügt, Sinn der Aktion wäre unter anderem die Sicherung wichtigen Beweismaterials gewesen. Da sie diese Aussage nicht präzisieren wollte, ergingen sich die Medien nun in wilden Spekulationen.

Auch in der Ermittlungsgruppe wurde kontrovers diskutiert. »Wäre es nicht besser gewesen«, fragte der Mann vom Reichskriminalamt, »sofort einen Untersuchungshaftbefehl gegen Struwe zu erwirken?«

Ljungberg schüttelte den Kopf. »Damit wären wir vielleicht gescheitert, und das Risiko konnten wir nicht eingehen.«

»Vergessen Sie nicht, dass Struwe weiterhin tatverdächtig ist«, meinte Susanne. »Mit etwas Glück sind unsere Abhörmaßnahmen erfolgreich. Dann können wir immer noch einen Haftantrag stellen.«

Die übrigen Mitglieder der Gruppe wirkten wenig überzeugt.

»Es muss doch andere Rechtsextremisten geben, die viel interessanter sind«, sagte der Mitarbeiter von Kuten.

»Absolut«, entgegnete Ljungberg. »In diese Richtung müssen unsere Ermittlungen laufen.«

»Die SÄPO schickt uns morgen eine umfassende Analyse der rechtsradikalen Gruppen in Schweden, inklusive einer Bestandsaufnahme der Situation in anderen nordischen Ländern«, erklärte Susanne.

Der Vertreter der SÄPO nickte.

»Außerdem führen wir weitere Befragungen der Nachbarn des Opfers durch«, fügte Ljungberg hinzu. »Daraus könnten sich neue Hinweise ergeben.«

Als die Sitzung beendet wurde, war es ungewöhnlich still. Bei einigen Mitgliedern der Gruppe spürte Susanne ein latentes Misstrauen gegen ihre Führung. Sie konnte nur spekulieren, was der Repräsentant des Reichskriminalamts im Sinn hatte. Das Reichskriminalamt war von jeher darauf aus, missglückte Ermittlungen an sich zu ziehen – aber nur, wenn noch etwas Aussicht auf Erfolg bestand. Hoffnungslose Fälle wurden dagegen rasch an lokale Polizeidienststellen abgeschoben.

Ich muss jetzt unbedingt Farbe bekennen, dachte sie. Ich darf keinen Zweifel daran lassen, dass unser Vorgehen richtig war – und das mit diesem wackeligen Staatsanwalt an meiner Seite.

*

Jan-Olov hatte nicht die geringste Lust, in seine einsame Wohnung zurückzukehren. Allerdings hatte er noch weniger Lust, mit zwei Bodyguards auf den Fersen in der Gegend herumzulaufen. Im Lauf des Tages hatten ihm mehrere Parteigenossen ihre Solidarität zugesichert. Manche waren erleichtert gewesen, dass er rund um die Uhr bewacht wurde. Andere, die den Behörden normalerweise mangelnde Effektivität unterstellten, wunderten sich, wie schnell der Personenschutz organisiert worden war.

Jan-Olov überlegte eine Weile, ehe er die Telefonnummer seiner Tochter wählte, die mit ihrer Familie in Enköping wohnte. Seit dem Tod seines Sohnes war sie sein einziges Kind. Manchmal hatte er das Gefühl, dass er ihr lästig war, vor allem seit seiner Scheidung vor ein paar Jahren.

»Wie schön, dass du anrufst«, sagte sie. »Ich hatte mir schon solche Sorgen gemacht.«

»Das musst du nicht«, entgegnete Jan-Olov. »Die SÄPO folgt mir auf Schritt und Tritt.«

»Aber trotzdem, was für eine furchtbare Geschichte!«

»Ja, furchtbar … Was hältst du davon, wenn ich auf einen Sprung bei euch vorbeischaue?«

»Du meinst heute?«

»Ja, in ein, zwei Stunden.«

Für ein paar Sekunden herrschte Stille in der Leitung. »Aber natürlich, komm doch vorbei.«

»Du kannst es ruhig sagen, wenn es dir nicht passt. Ich will mich nicht aufdrängen.«

»Nein, nein, ganz im Gegenteil. Komm doch zum Abendessen.«

Nach dem Gespräch blieb Jan-Olov einige Sekunden lang mit dem Hörer in der Hand stehen. Sollte er gleich wieder absagen? Kein Zweifel, sein Besuch kam ihr nicht sehr gelegen. Andererseits brauchte er dringend ein bisschen Gesellschaft, und es wäre schön, allein Auto zu fahren und Radio zu hören. Natürlich konnte er sich auch von den SÄPO-Leuten mitnehmen lassen, dann könnte er zum Abendessen sogar Alkohol trinken. Ach nein, er wusste genau, dass er es nicht bei ein oder zwei Gläsern belassen würde. Da blieb er lieber gleich abstinent. Oder wartete mit dem Trinken, bis er zu Hause war.

Mittlerweile war es später Nachmittag geworden, die meisten Kollegen hatten die Parteizentrale verlassen. Jan-Olov war bewusst länger geblieben, da er noch etwas zu erledigen hatte.

Nachdem er sich vergewissert hatte, dass sich niemand in der Nähe seines Büros aufhielt, zog er die schwarzen Notizbücher aus der Schublade. Bei seinem letzten Treffen mit Carlos hatte er ihm die Bücher gezeigt, aber das spielte jetzt keine Rolle mehr. Erst warf er sie in den Papierkorb, dann überlegte er es sich anders und nahm sie wieder heraus. Auf leisen Sohlen huschte er in den Flur, wo eine große grüne Altpapiertonne stand.

Er drückte einen Teil des Altpapiers zur Seite und presste die Notizbücher tief hinein, bis sie nicht mehr zu sehen waren. Danach ging er zurück ins Büro und wählte die Nummer, die er von der SÄPO bekommen hatte. Ein neuer Leibwächter meldete sich.

»Ich nehme meinen eigenen Wagen«, sagte er.

»Null Problemo«, entgegnete der Bodyguard. »Wollen Sie gleich nach Hause oder zuerst woanders hinfahren?«

»Ich fahre zu meiner Tochter nach Enköping.«

»Hat Ihre Tochter auch eine Adresse?«

Müssen die denn alles wissen?, fragte sich Jan-Olov, reicht es denn nicht, dass sie mich auf Schritt und Tritt verfolgen? Im nächsten Moment rief er sich in Erinnerung, dass er dankbar sein sollte für ihren Schutz. »Enöglavägen 14, das ist mitten im Zentrum«, erklärte er. »Finden Sie das?«

»Null Problemo, wir haben GPS.«

Jetzt hör endlich mit dem kindischen Gequatsche auf!, dachte Jan-Olov. Aber gut, die Ausdrucksweise des Leibwächters ging ihn wahrscheinlich wirklich nichts an.

Der Bodyguard räusperte sich. »Bingo, dann sehen wir uns oben an der Straße, okay?«

»In zehn Minuten bin ich da.«

Jan-Olov zog seinen zerschlissenen Mantel an, löschte das Licht und verließ den Raum. Erneut glaubte er, in der Nähe ein Geräusch zu hören, doch die Kollegen waren längst verschwunden, und im Flur war es stockdunkel. Er ließ die Eingangstür zum dritten Stock hinter sich und nahm den Lift ins Kellergeschoss. Auf dem Gang studierte er die Porträts an der Wand und verpasste wie üblich fast den Zugang zur Tiefgarage.

In der kreisförmigen, stillen Garage musste er einen dicken Pfeiler umrunden, vorbei an der Ausfahrt, die in einer engen Kurve nach oben führte. Die schwarzen Streifen an der Wand zeugten davon, dass nicht alle Fahrer damit zurechtkamen.

Die Parkplätze waren für Mitglieder verschiedener Parteien, für Reichstagssprecher und Mitarbeiter der SÄPO reserviert. Erstaunlicherweise gab es hier immer genügend Platz, obwohl die Tiefgarage mitten in Stockholm lag. Jetzt waren nur noch wenige Fahrzeuge zu sehen, und die meisten erkannte Jan-Olov.

Er öffnete die Tür seines Wagens und setzte sich hinters Steuer. Auf dem Beifahrersitz lagen eine Banane und eine Orange. Die hatte er am Samstag dabeigehabt, als er nach Hause fahren wollte. Jetzt war die Banane schwarz, und auch die Orange sah ziemlich unappetitlich aus. Er stieg wieder aus und warf das Obst in den Mülleimer, als ihm einfiel, dass ungefähr zu dieser Zeit eine Gedenksendung für Carlos im Radio laufen sollte.

Also setzte er sich wieder hinters Steuer.

Auf welchem Sender war das nochmal?, dachte er, steckte den Schlüssel ins Zündschloss und drehte ihn herum.

Die Explosion riss das halbe Autodach weg. Der Boden wurde zerfetzt, die Druckwelle ließ alle Scheiben bersten.

Als die Leibwächter heranstürmten, brannten die Überreste des Wagens noch, aber für Jan-Olov Pettersson kam jede Hilfe zu spät.

21

Vierzig Bahnen, immer genau vierzig Bahnen. Bei einem 25-Meter-Becken war es leicht, die Gesamtdistanz auszurechnen. Eigentlich war sie zu kurz – genauer gesagt war zu wenig Zeit. Für Susanne, die es gewohnt war, mindestens eine Stunde lang zu joggen, waren achtundzwanzig Minuten das absolute Minimum für eine ordentliche Trainingseinheit.

Andererseits blieb ihr dann noch Zeit für die Sauna, und diesen Luxus gönnte sie sich während der Arbeit wirklich gerne.

Das Kronobergsbad war vor ein paar Jahren renoviert und umgebaut und vom ehemaligen Reichspolizeichef wiedereröffnet worden. Die große Schwimmhalle mit den blau-weißen Wänden machte einen frischen und freundlichen Eindruck. Über eine große Uhr mit Sekundenzeiger konnten die Schwimmer ihr Tempo im Auge behalten. Weil das Bad auch der Allgemeinheit zugänglich war, ermahnte Susanne ihre Kollegen des Öfteren, hier keine Details ihrer Arbeit auszuplaudern.

Sie schaute zu einer Ecke des Beckens hinüber, in der ein paar Frauen zu lauter Musik Wassergymnastik betrieben. Bald kannst du da mitmachen, dachte sie und legte eine zügige Wende hin. Aber je besser sie sich in Form hielt, desto länger konnte sie diesen Moment hinauszögern.

32 Bahnen, 800 Meter, noch acht.

Ihre Gedanken wanderten zu ihrer Verabredung mit Anders, die erst zwei Tage zurücklag. Ihr kam es vor wie eine Ewigkeit, und sie hatte kein einziges Mal an ihn gedacht, seit noch am selben Abend der Wirbel um Carlos' Ermordung begonnen hatte. Zwei Tage waren seitdem vergangen, zwei Tage, die sie ununterbrochen gearbeitet hatte.

Warum war es nur so schwer, sich zu verlieben?

Seit der Affäre mit Mattias Berglund war sie nicht einmal ansatzweise verliebt gewesen. Natürlich gab es viele attraktive Männer, aber was half das schon? Irgendeinen entscheidenden Fehler hatten sie immer. Die Polizisten, mit denen sie tagtäglich Umgang hatte, waren ihr meist zu wenig intellektuell. Nein, am Arbeitsplatz würde sie kaum den richtigen Partner finden. Vermutlich konnte sie noch lange warten, bis sie einem ernsthaften Kandidaten begegnete.

Mit diesen düsteren Gedanken schlug Susanne ein letztes Mal an den Kacheln des Schwimmbeckens an. Sie drehte sich auf den Rücken und ließ sich in Richtung Treppe gleiten. Als sie sich am Beckenrand die Haare auswrang, bemerkte sie die Blicke ihrer männlichen Kollegen. Es schmeichelte ihr, dass sich daran nichts geändert hatte, obwohl sie inzwischen über vierzig war. Wenn ihr wüsstet, dass ich auch noch zwei erwachsene Kinder habe, dachte sie, während sie in die Umkleide schlenderte.

Nach einer langen, warmen Dusche zog sie sich an. Ganz oben auf dem Regal lagen ihr Portemonnaie und ihr Handy. Sofort sah sie, dass mehrere Anrufe eingegangen waren, die meisten von Petra.

Susanne zuckte zusammen. So viele Anrufe binnen einer guten Stunde konnten nur bedeuten, dass etwas Gravierendes geschehen war. Mit unsicheren Fingern öffnete sie die Liste der empfangenen Textnachrichten und rief die erste SMS von Petra auf: »Ruf mich sofort an. J.- O. Pettersson wurde ermordet.«

Der Boden unter ihren Füßen wankte, Susanne musste sich auf die Bank gegenüber den Spinden setzen. Sie hasste unvorhergesehene Ereignisse, und jetzt war wirklich der denkbar schlimmste Fall eingetreten.

Noch ein Mensch war getötet worden. Und Susanne stand vor einem ernsthaften Problem.

*

»Du musst beim Einkaufen auch auf die Umwelt achten«, sagte Lotta.

Mattias seufzte. »Tu ich doch.«

»Dann solltest du auch mal darüber nachdenken, wo das Obst und Gemüse herkommt, das du kaufst.« Lotta zeigte auf das Schild über den Orangen: Israel.

Der Willys-Supermarkt im Einkaufszentrum Heron City war restlos überfüllt. Zwar gab es auch in Mälarhöjden einen kleinen Lebensmittelladen, aber Mattias fand das Einkaufen dort einfach zu anstrengend. Entweder begegnete man den Nachbarn oder irgendwelchen Eltern aus Rebeckas Klasse, und statt all die Leute richtig zu grüßen und sich in lange Gespräche verwickeln zu lassen, nickte er ihnen immer bloß flüchtig zu, was sicher keinen guten Eindruck machte. Nein, da zog er ein anonymes Einkaufszentrum entschieden vor.

»Und was spielt das für eine Rolle, wo die Orangen herkommen?«, fragte er.

Lotta starrte ihn verständnislos an. »Daran siehst du eben, wie lang der Transportweg war. Und wie sehr das der Umwelt schadet, kannst du dir ja wohl denken.«

»Aber auf den Schildern steht doch nicht, wie die Waren nach Schweden gekommen sind.«

»Ich meine, das sind Orangen aus Israel, die können ja wohl nur mit dem Flugzeug gekommen sein«, erklärte Lotta und wandte sich den Bananen aus Brasilien zu. »Die hier sind bestimmt mit dem Schiff gekommen, das ist schon viel besser. Aber mit dem Zug ist es am besten, das sind dann die Sachen aus Deutschland und Frankreich.«

»Die könnten doch auch mit dem Lastwagen gekommen sein, und das ist bestimmt nicht gut für die Umwelt.«

Für diese Bemerkung erntete Mattias einen strengen Blick seiner Frau. »Du weißt sehr wohl, was ich meine. Man sollte sich zumindest ein bisschen Mühe geben. Denk doch mal an Rebecka«, sagte Lotta und zeigte auf ihre Tochter, die darauf bestanden hatte, im Einkaufswagen zu sitzen, obwohl sie dafür eigentlich viel zu groß war.

Mattias bereute, dieses gemeinsame Wocheneinkaufsritual überhaupt vorgeschlagen zu haben. Die Idee war, die langweiligen Dinge des Alltags gemeinsam zu erledigen, um das Gleichgewicht ihrer Beziehung zu stärken. Doch die ganzen sinnlosen Streitereien, in die sie dabei gerieten, taten ihrer Ehe alles andere als gut.

Auf dem Weg durch den Supermarkt nahm Mattias eine Tüte Tropicana-Saft aus dem Regal.

»Nein, wir nehmen lieber den hier«, sagte Lotta und tauschte die Tüte gegen einen Zwei-Liter-Karton der Firma Bravo aus.

So schnell wollte sich Mattias nicht geschlagen geben. »Tropicana schmeckt aber doppelt so gut!«

»Und ist doppelt so teuer!«

»Ich arbeite so viel, damit ich mir den Saft leisten kann, den ich will!« Eigentlich wollte er seine Stimme unter Kontrolle halten, was ihm aber offenbar nicht gelungen war. Ein Mann mit südländischem Gesicht warf ihm einen belustigten Blick zu, ehe er sich diskret abwandte.

Warum fange ich mitten im Supermarkt eine so schwachsinnige Diskussion an, fragte sich Mattias, und wem will ich hier eigentlich was beweisen?

Doch Lotta schien ihn gar nicht mehr zu beachten, sondern fummelte an ihrem Handy herum. Jetzt warf sie einen erschrockenen Blick auf das Display.

»Schau dir das an!«, rief sie und zeigte ihm den Text. Es war eine Agenturmeldung: »Reichstagsabgeordneter Jan-Olov Pettersson bei Attentat getötet. Autobombe detoniert in Reichstagsgarage.«

»Das gibt's doch nicht!«, sagte Mattias und blieb mit dem Saft in der Hand stehen.

»Schnell, wir müssen uns beeilen!«

»Wo willst du hin?«

»In die Redaktion natürlich.«

*

Im Katastrophenraum herrschte eine aufgeheizte Stimmung.

Die meisten waren auf dem Heimweg gewesen, als sie die Nachricht erreicht hatte. Natürlich war sofort eine Sitzung einberufen worden. Susanne hatte gleich einen größeren Kreis versammelt, statt sich nur mit der unmittelbaren Ermittlungsgruppe zurückzuziehen. So konnte man sich von Anfang an offen aussprechen, und die Mitarbeiter würden vielleicht weniger tuscheln und weniger Gerüchte in die Welt setzen. Ein bedrückter Kollege nach dem anderen schlich in den Raum.

Der Mitarbeiter der SÄPO hatte einen Knopf im Ohr, der

mit einem Handy verbunden war. Er schien laufend Informationen zu bekommen und wollte offenbar nicht gestört werden. Deshalb hatte er sich auch demonstrativ auf einen Stuhl direkt an der Wand gesetzt.

Susanne stand ganz vorne und verschaffte sich mithilfe eines Notizblocks einen Überblick über die Anwesenden. Die beiden älteren Polizisten, mit denen sie früher so ihre Probleme gehabt hatte, kamen ausgelassen plaudernd herein. Nach dem ersten Mord hatten sie sich durchaus loyal gezeigt, doch nun schienen sie in ihr altes Verhaltensmuster zurückzufallen. Susanne schnappte Worte wie »unbegreiflich« und »taktischer Fehler« auf, als die beiden auf ihren gewohnten Stühlen am Ende des Raumes Platz nahmen. Währenddessen starrte Petra hoch konzentriert auf ihren BlackBerry; wahrscheinlich verfolgte sie die Schlagzeilen im Internet.

Als Letzter erschien Staatsanwalt Stig Ljungberg. Er wirkte beinahe erschrocken, was sofort Susannes Mitleid erregte. Sollte sich herausstellen, dass Struwe in den Mord verwickelt war, würde man Ljungberg unmittelbar verantwortlich machen. Dabei hatte sie ihn überredet, Struwe auf freien Fuß zu setzen.

Inzwischen hatten sich gut vierzig Personen versammelt, statt der acht, die zum Kern der Ermittlungsgruppe gehörten.

Stig Ljungberg wechselte ein paar Worte mit Susanne, ehe er mit seinen Ausführungen begann. »Sie wissen ja alle, was passiert ist, auch wenn wir erst wenig konkrete Informationen haben. Ich kann Ihnen mitteilen, dass der Wagen von Jan-Olov Pettersson um 16.42 Uhr in der Tiefgarage des Reichstags explodiert ist, also vor circa anderthalb Stunden. Offensichtlich wurde die Sprengladung aktiviert, als Pettersson den Motor anließ. Unsere Techniker arbeiten unter Hochdruck und werden uns so schnell wie möglich weitere Informationen zukommen lassen. Angesichts der vorhergehenden Morddrohungen gegen die Opfer und des kürzlich erfolgten Sondereinsatzes wird es sicherlich zu heftigen Diskussionen kommen, ob dieser zweite Mord nicht hätte verhindert werden können. Vielleicht kann die SÄPO etwas dazu sagen.« Ljungberg nickte dem Vertreter der Sicherheitspolizei zu.

.Offensichtlich wollte sich der SÄPO-Mann nicht auf längere Diskussionen einlassen. »Für eine abschließende Bewertung ist es noch zu früh, aber die Analyse der Drohbriefe ließ auf keine konkrete Bedrohungslage schließen. Dennoch hatten wir veranlasst, Pettersson unter vollständigen Personenschutz zu stellen.«

»Und wie konnte er dann ermordet werden, wenn alles in bester Ordnung war?«, ereiferte sich einer der älteren Polizisten. Ein dumpfes Murmeln lief durch den Raum.

Der SÄPO-Mann drehte sich um und warf dem Fragesteller einen mürrischen Blick zu. »Ihnen ist doch sicher bekannt, dass der Reichstag über einen eigenen Sicherheitsdienst verfügt und daher nicht in unseren Verantwortungsbereich fällt. Und der Mord geschah nun mal in der Tiefgarage des Reichstags.«

»Nein«, widersprach der ältere Polizist, »die Sicherheitspolizei trägt immer die Hauptverantwortung.«

Der SÄPO-Mann schüttelte den Kopf. »Im Reichstag wird diese Verantwortung delegiert.«

»Beruhigen Sie sich«, unterbrach Susanne und postierte sich neben dem Staatsanwalt. »Niemand ist gedient, wenn wir hier aufeinander losgehen.«

Doch der aufgebrachte Polizist wollte sich nicht beruhigen. »Außerdem verstehe ich nicht, wie man Struwe freilassen konnte, wo doch jeder weiß, wozu diese Irren imstande sind.«

Offenbar sprach er aus, was viele Kollegen dachten, die nun zustimmend nickten.

Stig Ljungberg machte ein gequältes Gesicht. »Wie Sie wissen, ist die Ausstellung eines Haftbefehls an strenge Bedingungen geknüpft, die im Fall von Carl Struwe nicht im ausreichenden Maße erfüllt waren.«

Susanne spürte, dass eine formaljuristische Begründung nicht ausreichen würde, um die Gruppe zu überzeugen. Als sie gerade zu einer Erklärung ansetzen wollte, spürte sie einen diskreten Stoß in der Seite – Petra hielt ihr einen handgeschriebenen Zettel hin: »Halt dich zurück. Ein Sündenbock reicht!«

Susanne war verwirrt. Ihr Instinkt sträubte sich gegen Petras Rat, aber sie war aus dem Konzept geraten, und der Staatsanwalt musste vorerst allein fortfahren.

»Wir wissen nicht, ob Struwe überhaupt etwas mit den Morden zu tun hat, und das gilt für den ersten wie für den zweiten.«

Niemand schien diese Aussage zu überzeugen. Susanne wunderte sich über die aggressive Stimmung im Raum. Sie hatte noch nie erlebt, dass die Arbeit der Staatsanwaltschaft derart unverblümt infrage gestellt wurde. Natürlich wurde oft hinter vorgehaltener Hand Kritik geübt, doch in der Regel war die Hierarchie zu stark für eine offene Rebellion.

Der ältere Polizist konnte sich der Unterstützung seiner Kollegen sicher sein. Eine junge Frau, die ganz vorne saß, hatte die Erklärung des Staatsanwalts mit lautem Stöhnen begleitet. »Hätten wir uns nicht stur an die Paragrafen gehalten«, sagte sie jetzt, »wäre dieser Politiker vielleicht noch am Leben.«

Stig Ljungberg schoss die Röte ins Gesicht. »Ich verbitte mir solche Spekulationen! Morgen früh wissen wir mehr. Natürlich genießt der Fall bis auf Weiteres höchste Priorität.«

Petra hob die Hand, zum Zeichen, dass sie etwas Wichtiges zu sagen hatte. »Wir sollten sofort eine weitere Pressekonferenz abhalten, um haltlose Spekulationen im Keim zu ersticken.«

Stig Ljungberg erbleichte. »Muss das denn sein?«

»Die Entscheidung liegt selbstverständlich bei Ihnen, aber ich halte es für absolut notwendig.«

»Und wann sollte diese Pressekonferenz Ihrer Meinung nach stattfinden?«

»So schnell wie möglich.«

22

Mattias stieß den Wagen in die Schlange der Einkaufswagen, zog den roten Plastikchip heraus und hetzte zum Auto, wo Lotta gerade damit beschäftigt war, Rebecka auf den Kindersitz zu verfrachten und die vier Papiertüten im Kofferraum zu verstauen. Wie so oft hatten sie einen Strafzettel bekommen, weil sie vergessen hatten, die Parkscheibe einzustellen.

Was geschieht hier eigentlich?, fragte er sich.

Innerhalb von achtundvierzig Stunden waren zwei führende Politiker ermordet worden.

Wie war das möglich? Hatte Pettersson denn keinen Personenschutz gehabt, obwohl sich jeder denken konnte, dass er in akuter Gefahr war?

Da wurde unerbittlich Jagd auf Linksextremisten gemacht und jeder Muslim unter Generalverdacht gestellt, aber einen bedrohten Politiker konnte man nicht retten. Trotz siebenhundert Angestellten gelang es der SÄPO offenbar nicht, ihren selbstverständlichsten Aufgaben nachzukommen. Und das in einem so friedlichen Land wie Schweden.

Außerdem ärgerte er sich über Lotta, die mal wieder alles stehen und liegen ließ und in die Redaktion raste, obwohl sie niemand darum gebeten hatte.

»Zwei tote Reichstagsmänner, das ist natürlich schrecklich«, sagte er, während er sich in den Beifahrersitz fallen ließ. »Aber musst du deswegen gleich in die Redaktion?«

»Reichstagsabgeordnete heißt das.« Lotta ließ den Motor an.

»Was?«

»Es heißt nicht Reichstagsmänner. Denk daran, dass der Reichstag zur Hälfte mit Frauen besetzt ist.«

»Herrgott, du weißt doch, was ich meine!«

»Streitet euch nicht schon wieder!«, rief Rebecka von hinten.

Lotta drehte sich um. »Erwachsene müssen manchmal miteinander diskutieren«, erklärte sie so ruhig wie möglich. »Deshalb streiten wir doch nicht gleich.«

Ich frage mich, wie lange diese Heuchelei noch weitergeht, dachte Mattias, verkniff sich aber einen Kommentar. Sie hatten vereinbart, in Gegenwart ihrer Tochter keine offenen Konflikte auszutragen.

Rebeckas Ermahnung hatte immerhin den Erfolg, dass sie den Rest der Heimfahrt schweigend verbrachten. Lotta setzte Mattias und Rebecka zu Hause ab, ehe sie Kurs auf Marieberg nahm, wo das Pressehaus von *Dagens Nyheter* aufragte.

Wie soll das erst werden, wenn das zweite Kind da ist, dachte Mattias, nahm seine Tochter an die Hand und ging mit ihr ins Haus.

*

Petra nahm einen tiefen Schluck aus der Kaffeetasse. »Sag Bescheid, wenn du findest, dass ich zu weit gehe.«

Susanne schüttelte den Kopf und machte eine abwehrende Handbewegung.

Sie saßen in ihrem Büro und analysierten die Lage. Für Susanne war der Umgang mit den Medien ein neues Feld, von ausgefeilter Medienstrategie ganz zu schweigen. Es gab so vieles zu bedenken. Für sie war es eine Selbstverständlichkeit, alle Fragen nach bestem Wissen und Gewissen zu beantworten. Dabei hatte sie eigentlich kein ausgeprägtes Vertrauen zu Journalisten, zumal sie erst langsam begriff, wie diese wirklich arbeiteten.

»Ist nur alles ein bisschen ungewohnt für mich«, sagte sie.

»Weißt du, ich arbeite ein bisschen wie eine Anwältin. Ich bin einzig und allein am Wohl meines Auftraggebers interessiert, also in diesem Fall am Wohl des Landeskriminalamts. Also handele ich in deinem Interesse und nicht im Interesse eines überforderten Staatsanwalts, der offensichtlich den Durchblick verloren hat.«

»Hast du mir deshalb den Zettel gegeben?«

Petra zögerte einen Moment, als müsste sie überlegen, wie viel sie von ihrer Taktik preisgeben wollte. Obwohl gerade mal dreißig, wirkte sie absolut selbstsicher – oder gerade deswegen, dachte Susanne. »Ich sag dir was, dieser Ljungberg ist am Ende. Den machen sie fertig.«

Susanne zuckte zusammen. »Aber er hat doch nur die Regeln befolgt.« Wie naiv das klang!

Petra fand ihre Bemerkung sicher genauso naiv, war aber taktvoll genug, um nicht darauf einzugehen. »Der ist total unten durch, glaub mir. Deshalb will ich, dass ihr nicht in einen Topf geschmissen werdet. Du darfst nicht mit der ganzen Misere in Verbindung gebracht werden.«

»Mit welcher Misere?«

»Na, mit Struwes Freilassung.«

»Moment mal!«, protestierte Susanne. »Ich bin es doch, die Ljungberg dazu überredet hat.«

»Aber er war es, der diesen idiotischen Beschluss gefasst hat.«

»Wieso idiotisch?«

Petra antwortete blitzschnell. »Weil es viel klüger gewesen wäre, einen Haftbefehl zu beantragen. Wäre der abgewiesen worden, hätte das Amtsgericht den Schwarzen Peter gehabt.«

»Aber ich muss doch die Verantwortung dafür übernehmen. Alles andere wäre extrem unfair.«

»Du lieber Himmel.« Petra schüttelte den Kopf. »Du bist wirklich der ehrlichste Mensch, der mir je untergekommen ist. Eigentlich gefällt mir das ja, aber im Umgang mit Journalisten wirst du noch viel Lehrgeld zahlen müssen.«

»Ich dachte, man müsste gerade gegenüber Journalisten aufrichtig sein.« Langsam wusste Susanne nicht mehr, was sie überhaupt noch glauben sollte. Was sie hier zu hören bekam, widersprach all ihren Überzeugungen. Ehrlichkeit war für sie immer an erster Stelle gestanden, und die vielen Juristen, die anders dachten, hatten sie stets angewidert. Wenn sie jetzt anfing, sich genauso zu verhalten, könnte sie bald nicht mehr in den Spiegel schauen. »Deine Cleverness in Ehren, Petra, aber ich werde es niemals als Fehler bezeichnen, Struwe auf freien Fuß gesetzt zu haben.«

»Das musst du auch gar nicht.«

»Jetzt verstehe ich gar nichts mehr. Die werden mich auf der Pressekonferenz doch mit Fragen nach Struwe bombardieren.«

»Nein, die werden dir keine einzige Frage stellen.«

»Und warum nicht?«

»Weil du nicht hingehst.«

*

Mattias fläzte auf dem Sofa, nachdem er Rebecka aus *Michel aus Lönneberga* vorgelesen hatte. Wie üblich konnte er es nicht lassen, die Geschichte auch aus juristischer Perspektive zu betrachten. Heutzutage wäre Michels Papa vermutlich wegen Freiheitsberaubung angezeigt worden, weil er seinen Sohn hin und wieder in den Schuppen sperrte. Man würde ihm das Sorgerecht entziehen, und Michel würde im Kinderheim landen.

Als die Liveübertragung der Pressekonferenz begann, schob er diese Gedanken beiseite.

Auf dem Podium saß der einsame Staatsanwalt, eine bemitleidenswerte Gestalt. Diesmal stand Pressesprecherin Petra Holm nicht neben ihm, sondern hatte sich ganz nach vorne gesetzt.

Die Morde hatten ganz Schweden erschüttert, alle sprachen davon. Die Eltern, die ihre Kinder zum Fußballtraining brachten, waren blass gewesen. Selbst die Nachbarn waren sofort zu ihm gekommen, als er seinen Wagen abgestellt hatte. In Funk und Fernsehen folgte Sondersendung auf Sondersendung, nahezu alle Unterhaltungsprogramme waren gestrichen worden. Vieles erinnerte an die Stimmung nach der Tsunami-Katastrophe oder nach dem 11. September. Die Ereignisse ließen niemanden kalt.

Jetzt schwenkte die Kamera über die etwa dreißigköpfige Journalistenschar. Lotta hatte sicher vergeblich versucht, sich auf irgendwelchen Wegen Einlass zu verschaffen, und erneut gab es Mattias einen Stich, als er daran dachte, wie sehr sie sich für ihren Job erniedrigte. Wenn sie bis morgen einen Artikel zu schreiben hätte, würde er ja nichts sagen. Nein, er wäre der Erste, der ihr gratulieren würde. Aber so war es ja nicht. Vielmehr gehörte sie zu der Horde von Praktikanten und freien

Mitarbeitern, die jede Zeitung beschäftigte, eine demütigende Praxis. Und Lotta buckelte so sehr, dass Mattias fürchtete, die Vorgesetzten könnten sie tatsächlich nur als kleine Praktikantin wahrnehmen.

Als alle saßen, stand Petra Holm auf. »Hiermit begrüße ich Sie zur heutigen Pressekonferenz«, sagte sie mit lauter Stimme, »und darf ohne Umschweife Staatsanwalt Stig Ljungberg das Wort erteilen.« Das Gemurmel erstarb, während sie wieder Platz nahm.

Der Staatsanwalt setzte zu einer umständlichen Schilderung der jüngsten Ereignisse an. »Um 16.42 Uhr wurde in der Tiefgarage des Reichstags eine Sprengladung ausgelöst, die unter dem Auto des Abgeordneten Jan-Olov Pettersson befestigt war. Offenbar handelte es sich um ein Paket Plastiksprengstoff, dessen Zündhütchen durch ein dünnes Kabel mit der Zündung des Wagens verbunden war. Vom Täter gibt es bisher keine Spur, doch es wurde eine landesweite Fahndung eingeleitet. Momentan gibt es keine konkreten Verdächtigen.«

Die Journalisten konnten sich nicht länger beherrschen. Keine Verdächtigen? Und was war mit Struwe und den anderen Rechtsradikalen? Auf deren Todesliste hatte doch Petterssons Name gestanden!

Mattias fiel auf, dass Ljungberg schon jetzt ungeheuer gestresst wirkte. »Ja, diese Liste könnte möglicherweise ein Indiz darstellen und zum Bestandteil einer Indizienkette werden«, verteidigte er sich. »Aber als Grundlage eines begründeten Tatverdachts ist sie absolut unzureichend.«

Warum drückst du dich so gewunden aus?, dachte Mattias, dem der ältere Herr zunehmend leidtat.

Was anscheinend nicht für die Journalisten galt, deren Fragen immer heftiger auf Ljungberg einprasselten. Die Pressesprecherin hielt den Kopf gesenkt und ließ das Chaos weiter anwachsen.

»Haben Sie die Entscheidung gefällt, Struwe auf freien Fuß zu setzen?«, schrie ein junger Kerl mit schulterlangen Haaren, der in der ersten Reihe saß.

»Ja … äh … das habe ich«, sagte Ljungberg.

»Und bedauern Sie diese Entscheidung heute?«

Offenbar war Rebecka von den lauten Stimmen aufgewacht. Die Bettdecke um sich geschlungen, ein Kuscheltier in der Hand, stand sie in der Tür. Tränen liefen ihre Wangen hinunter.

Der Anblick tat Mattias in der Seele weh. »Was ist denn, mein Schatz?«

Sie schüttelte den Kopf und kroch ihrem Papa auf den Schoß. Wie eine Katze passte sie dort hinein, ob Mattias nun auf einem Stuhl oder auf dem Sofa saß. Als sie ihr Gesicht an seine Brust schmiegte, spürte er, wie sein Hemd nass wurde. Er strich ihr über den Rücken, aber sie wollte sich nicht beruhigen.

Plötzlich setzte sie sich auf und sah ihn mit nassen Augen an. »Lässt du dich von Mama scheiden?«

Mattias erschrak und richtete sich ebenfalls auf.

»Aber nein, mein Schatz, wie kommst du denn auf so was?«

Rebecka blinzelte stumm vor sich hin.

»Wie kommst du darauf?«, wiederholte er.

»Weil ihr so viel streitet.«

Heftige Gewissensbisse befielen ihn. Offensichtlich nahm Rebecka sehr genau wahr, was allzu oft zwischen ihm und Lotta ablief. Sie sollten sich mehr zusammenreißen, sie durften nicht ständig vor der Kleinen streiten. »Nein, mein Schatz, wir lassen uns ganz bestimmt nicht scheiden.«

»Ganz großes Ehrenwort?«

»Ganz großes Ehrenwort!«, sagte Mattias und dachte daran,

wie viele Eltern dieses Versprechen schon gebrochen hatten. Aber was sollte man seiner sechsjährigen Tochter schon antworten?

Zumindest schien sich Rebecka wieder zu beruhigen. Sie drehte sich zum Fernseher um, wo noch immer die Pressekonferenz lief. »Was guckst du da?«

»Ach, das ist was für Erwachsene.«

Er überlegte, ob er ihr von dem Mord erzählen sollte. Wahrscheinlich würden sie morgen im Kindergarten darüber sprechen. Nein, sagte er sich, nicht jetzt, wo sie sich sowieso schon so viele Sorgen macht.

Auf der Pressekonferenz konnte sich der Staatsanwalt kaum noch behaupten. Die Pressesprecherin war aufgestanden, mischte sich aber nicht ein.

»Da der Mord in Gamla Stan verübt wurde, fällt er in den Zuständigkeitsbereich der City-Polizei«, erklärte Ljungberg. »Der Mord am Reichstagsabgeordneten Carlos Fernandez wurde zwar in Nacka begangen, doch die Ermittlungen wurden vom Landeskriminalamt übernommen, das zudem vom Reichskriminalamt unterstützt wird. Da ich auch für Nacka zuständig bin, habe ich … anklagetechnisch betrachtet … die Möglichkeit, auch diese Ermittlungen an mich zu ziehen.«

»Und halten Sie das für eine gute Idee?«, fragte die *Ekot*-Journalistin, die bei Mattias und Lotta zum Abendessen gewesen war.

»Entschuldigung, aber jetzt weiß ich nicht ganz, worauf Sie hinauswollen.«

Ljungbergs Entgegnung wurde von einigen Journalisten mit Hohngelächter quittiert.

»Ich will darauf hinaus, dass es vielleicht besser wäre, einen anderen Staatsanwalt einzusetzen. Wollen Sie wirklich mit den

Ermittlungen fortfahren, nachdem Ihnen ein so verhängnisvoller Fehler unterlaufen ist?«

Stig Ljungberg lief puterrot an und geriet völlig aus dem Konzept.

Mattias hatte genug gesehen. Er schaltete den Fernseher aus und hob seine Tochter hoch. »Komm, ich les dir noch eine Geschichte vor.«

23

Gerda wusste nicht ein noch aus. »Vorfall politisch ausnutzen«, lautete die SMS des Fraktionsvorsitzenden.

»Wie ausnutzen?«, fragte sie laut. Wie sollte man eine solche Tragödie ausnutzen? Das würde doch zwangsläufig auf einen selbst zurückfallen. Ihrer Meinung nach sollte man in dieser Hinsicht größte Zurückhaltung üben.

Doch wenn der Fraktionsvorsitzende explizit dazu aufforderte, musste sie sich bis zum morgigen Fraktionstreffen wohl oder übel etwas einfallen lassen. Immerhin hatte sie noch fast vierundzwanzig Stunden Zeit zum Überlegen. Widerwillig stellte sie fest, dass sie ihre alte Pressesprecherin Petra mal wieder schmerzlich vermisste.

Gerda ging aus der Küche ins Wohnzimmer und ließ sich in den Sessel vorm Fernseher sinken. In dieser winzigen Stockholmer Wohnung konnte man sich kaum bewegen, und sie brauchte unbedingt Bewegung, wenn sie so aufgewühlt war. Während sie in Göteborg eine herrliche Aussicht hatte, konnte sie hier in Stockholm nur auf die gegenüberliegende Hauswand starren.

Überhaupt war es nicht halb so toll, in Gamla Stan zu wohnen, wie viele Abgeordnete meinten. Gamla Stan war stark überbewertet.

Aber sie hatte keine Zeit, über solche Sachen nachzugrübeln. Jetzt musste sie sich erst mal überlegen, was sie beim Fraktionstreffen vorschlagen sollte.

*

Susanne stand mit einem Glas Wein und einer Zigarette auf dem Balkon.

Sie wollte schon seit Ewigkeiten mit dem Rauchen aufhören, hatte das Projekt aber wieder mal bis Silvester verschoben. Einerseits ärgerte sie sich darüber, andererseits war sie froh, ihr ständiges Streben nach Perfektion dieses eine Mal überwunden zu haben.

Draußen war es dunkel. Auf der anderen Seite des Kanals konnte sie den kleinen Anleger bei Långholmen ausmachen, darauf die schwarze, gezackte Silhouette der Laubbäume. Von Essingeleden drang ein heller Schein herüber, der sich im schwarzen Wasser spiegelte.

Die Pressekonferenz hatte sie im Fernsehen verfolgt – ein bedrückendes Erlebnis. Sie empfand es als zutiefst entwürdigend, wie der Staatsanwalt heruntergemacht worden war. Die höhnischen Journalisten hatten ihm keine Chance gelassen. Nach zwei Politikermorden in drei Tagen war die Lage natürlich prekär, das verstand sich von selbst. Aber die Situation wurde gewiss nicht besser, wenn man den Hauptverantwortlichen systematisch erniedrigte. Wie lange würde er das noch durchhalten?

Petra hatte Recht. Ljungberg war am Ende.

Und es hätte auch nichts geändert, wenn sie an der Pressekonferenz teilgenommen hätte. Was hätte sie schon tun sollen?

Dennoch hatte sie ein schlechtes Gewissen – sie hatte sich

schäbig gedrückt. Zwar war sie von Petra dazu gedrängt worden, doch sie hatte gute Miene zum bösen Spiel gemacht. Noch dazu hatte Petra Stig Ljungberg so spät wie möglich über Susannes Fernbleiben informiert, damit er selbst keinen Rückzieher mehr machen konnte. Alles Taktik.

Petra hatte zunächst vorgeschlagen, dass Susanne über heftige Menstruationsschmerzen klagen sollte, um sich von der Pressekonferenz zu entschuldigen. Kein Mann würde es wagen, diese Ausrede infrage zu stellen. Doch Susanne hatte sich lieber auf ihre Migräne berufen; das war auch nicht viel besser, enthielt aber zumindest ein Körnchen Wahrheit. Seit sie von Petterssons Ermordung erfahren hatte, wurde sie von einem dumpfen Kopfschmerz gequält. Sie war es einfach nicht gewohnt, unter so großem Druck zu arbeiten.

Vor dem Fernseher hatte sie sich zunächst über Petras Passivität gewundert. Bis sie begriffen hatte, dass auch ihr Schweigen Teil des Plans war.

Susanne lief ein Schauer über den Rücken. Unglaublich, dass sie sich auf dieses Spiel eingelassen hatte. Das passte doch nicht zu ihr.

Sie drückte die Zigarette aus und ging rein, schaltete den Fernseher an und studierte den Videotext. Jetzt hatten sich plötzlich auch der Reichspolizeichef und der Generalstaatsanwalt zu Wort gemeldet. Wo waren die so lange gewesen? Und wo war die Regierung? Die sozialdemokratische Justizministerin schien regelrecht abgetaucht zu sein.

Bei einer Meldung zuckte sie zusammen. Eigentlich sollte es sie nicht überraschen, aber sie war überrascht. Der Generalstaatsanwalt gab bekannt, dass die Internationale Anklagekammer die Ermittlungen in beiden Fällen an sich gezogen hatte. Stig Ljungberg war an seinen Schreibtisch in Nacka zurückgekehrt.

Der Generalstaatsanwalt hatte noch einen müden Versuch unternommen, ihn zu verteidigen, um anschließend zu erklären, dass man in Zukunft alle Ressourcen voll ausschöpfen würde.

Mit pochendem Herzen überflog Susanne das Statement des Reichspolizeichefs. Wollte das Reichspolizeiamt jetzt die Ermittlungen auf polizeilicher Seite an sich ziehen? Der Vertreter des Amts hatte sich von Anfang an merkwürdig verhalten. Natürlich hätte man sie informieren müssen, falls sie den Fall los war, doch inzwischen hätte sie sich über gar nichts mehr gewundert.

Nein, keine weiteren Hiobsbotschaften. Susanne atmete auf. Sie stand unter enormem Druck, aber noch wollte sie niemand aus dem Amt drängen. Einen solchen Vertrauensentzug hätte sie auch nur schwer verkraftet.

Vermutlich musste sie sich bei Stig Ljungberg bedanken. Er hatte für sie den Kopf hingehalten. Des einen Tod, des andern Brot.

Sie zog ihr Handy aus der Tasche, blieb aber mitten im Wohnzimmer stehen. Sollte sie Stig Ljungberg eine Entschuldigung oder Petra einen Dank schicken?

*

Lotta kam erst nach Mitternacht nach Hause.

Mattias saß am Küchentisch und arbeitete die mündliche Argumentation in der Familiensache aus, die am nächsten Tag vor Gericht verhandelt werden sollte. Es ging um den Vater des sechsjährigen Mädchens. Dieses eine Mal hatte das Amtsgericht schnell reagiert, im günstigsten Fall konnte sein Mandant schon nächste Woche ein Umgangsrecht erhalten – worauf sich die Gegenseite jedoch kaum einlassen dürfte. Mattias hatte nicht das geringste Verständnis für Eltern, die ihre Streitigkeiten auf dem Rücken ihrer Kinder austrugen. Daran hatten allerdings auch Anwälte eine Mitschuld, die derartige Auseinandersetzungen immer weiter anheizten – nicht zuletzt aus wirtschaftlichen Gründen.

»Und, wie war's?«, fragte Mattias.

»Geht so«, sagte Lotta und setzte sich. »Hast du einen Tee für mich?«

Mattias stand auf, ging zur Arbeitsplatte und schaltete den Wasserkocher an.

»Was für ein Zirkus!«, rief Lotta. »Bei der Pressekonferenz hast du echt was verpasst.«

»Hab ich nicht«, sagte Mattias. »Warst du da?«

»Nein, ich hab sie mir in der Redaktion angeschaut. Der Staatsanwalt war ja wohl die reinste Katastrophe.«

Mattias spürte, wie seine Irritation wuchs. »Fand ich nicht.«

»Wie meinst du das?«

»Wenn du ein einziges Mal darüber nachdenken würdest, wie ihr euch aufgeführt habt, würdest du nicht so reden.«

»Es ist ja wohl nicht unsere Schuld, wenn ihm so ein Schnitzer unterläuft!«

»Was für ein Schnitzer?« Mattias wurde langsam laut.

Lotta runzelte die Stirn. »Schrei doch nicht so, du weckst noch Rebecka auf.«

Er erinnerte sich an die Tränen seiner kleinen Tochter und nickte. »Ich frage mich nur, was er für einen Fehler gemacht haben soll.«

»Er hat einen Verdächtigen freigelassen, der wahrscheinlich einen zweiten Mord begangen hat.«

Mattias schüttelte den Kopf und schenkte Lotta eine Tasse Tee ein, die er demonstrativ auf die Tischplatte krachen ließ.

»Sei doch nicht albern. Wir tun nur unseren Job.«

Natürlich wusste Mattias, wie kindisch er sich verhielt, auch wenn er es niemals zugegeben hätte. Stattdessen setzte er sich seiner Frau gegenüber und sprach so ruhig wie möglich weiter. »Was soll es für einen Sinn haben, einen Staatsanwalt dermaßen fertigzumachen? Das ist Psychoterror, nichts anderes. Überleg dir doch mal, wie seine Frau und seine Kinder sich jetzt fühlen müssen, falls er Familie hat.«

Lotta riss die Augen auf. »Du meinst, wir sollten nur Unverheiratete und Kinderlose kritisieren? Damit würden wir uns selbst korrumpieren! Wir müssen tun, was wir für richtig halten, ohne an die …«

»Konsequenzen zu denken, ich weiß.« Mattias war es müde, sich jedes Mal dieselbe Leier über die Moral der Medien anzuhören.

»Lass mich bitte ausreden!«

»Dann erklär mir erst mal, warum ihr euch wie ein Rudel Hyänen aufführt! Und wo waren der Reichspolizeichef und die Justizministerin? Die solltet ihr euch mal vornehmen!«

Lotta blies über den Tee und nippte vorsichtig, um sich nicht die Zunge zu verbrennen. »Die haben sich zumindest heute richtig verhalten, indem sie die Initiative an sich gerissen haben. Nächstes Mal lassen wir sie nicht so leicht davonkommen.«

DIENSTAG, 4. NOVEMBER

24 Susanne spazierte den Bürgersteig der Hantverkargatan entlang. Sie hatte ein seltsames Körpergefühl. Nicht weil sie das erste Mal seit Langem Sex gehabt hatte, sondern weil alles ganz unvermutet gelaufen war.

Anders hatte nach den Fernsehnachrichten angerufen, um zu fragen, ob sie am Wochenende Zeit hätte. Natürlich hatte er vollstes Verständnis für ihre Situation gezeigt. Solche Ermittlungen zu leiten sei sicher sehr kraftraubend, hatte er gesagt. Andererseits käme es ihr vielleicht gelegen, wenn er sie zwischendurch auf andere Gedanken brächte.

So war es eine Weile hin und her gegangen, bis sie vorgeschlagen hatte, auf einen Sprung bei ihm vorbeizukommen. Die Pressekonferenz und die Demütigung des Staatsanwalts hatten sie so sehr deprimiert, dass sie nicht allein zu Hause sitzen konnte.

Aber das hatte sie Anders natürlich nicht gesagt. Stattdessen hatte sie ihm erzählt, ihr Wochenende sei schon völlig verplant – was zumindest teilweise der Wahrheit entsprach –, weshalb sie nur noch heute Abend Zeit hätte. Aber sie hatte keine Lust gehabt, ihn zu sich nach Hause einzuladen. Das wäre ihr zu privat gewesen. Susanne wollte nicht, dass er ihre Möbel begutachtete, was für Bücher in ihren Regalen standen und welche Bilder an der Wand hingen. Das würde ihm mehr Einblick in ihr Leben verschaffen, als ihr recht war. Sex in einer fremden Wohnung kam ihr weniger intim vor.

Eine halbe Stunde später hatte sie die Adresse in der Grev Turegatan erreicht. Auf einen so spontanen Besuch war Anders offensichtlich nicht eingestellt gewesen. Er hatte rasch Käse, Cracker und Wein auf den Tisch gestellt. Den Wein hatte er von einem Nachbarn geholt, wie er einräumte.

Danach war alles gelaufen wie erwartet. Sie hatten sich über alles Mögliche unterhalten, nur nicht über die Ermittlungen; das wäre Susanne nicht im Traum eingefallen. Stattdessen hatten sie über Bücher und Filme diskutiert, über die kommenden Weihnachtsferien. Ob Anders zu Hause bleiben oder vielleicht nach Thailand in Urlaub fahren würde. Ob es endlich mal wieder weiße Weihnachten geben würde. Ob sich das Wetter in Zeiten des Klimawandels nicht ohnehin umstellte.

Ihr Gespräch war nie ins Stocken geraten, obwohl beide wussten, dass es nur den nächsten Schritt vorbereiten sollte. Und so war es auch gekommen. Nachdem sie den Wein geleert hatten, hatte Anders eine Flasche Kognak geholt, mit der sie sich aufs Sofa gesetzt hatten. Dort hatte er sie geküsst, und kurz darauf waren sie im Schlafzimmer gelandet. Susannes erster Sex seit fast einem Jahr, und sie hatte nichts gespürt. Absolut nichts.

Alles war mechanisch und ohne Gefühl verlaufen. Für einen Augenblick hatte sie überlegt, ob sie einen Orgasmus vortäuschen sollte – vor allem um der Sache ein Ende zu bereiten –, aber auch dazu war sie nicht in der Lage gewesen. Nach zwanzig Minuten hatte sie gesagt, dass sie aufhören wolle, auch wenn Anders noch so unglücklich war über sein Scheitern.

Susanne lief ein Schauer über den Rücken. Wie typisch für zwei Menschen mittleren Alters, die ein kleines Abenteuer gesucht hatten.

Ein Fehlschlag auf der ganzen Linie.

Trotzdem hatte sie bei ihm übernachtet, was völlig okay war, da er ein breites Bett hatte. Vorsorglich hatte sie eine Garderobe gewählt, die sie auch am nächsten Tag in der Arbeit tragen konnte.

Während des Frühstücks waren sie wieder in ihre sozialen Rollen geschlüpft, und auch ein Gesprächsthema hatte sich gefunden, um die Zeit zu überbrücken. Doch dem großen Thema, das sämtliche Zeitungen dominierte, gingen sie weiter aus dem Weg: den beiden Mordfällen.

Einen Augenblick hatte Susanne sogar ein schlechtes Gewissen. Schweden stand am Rande des Chaos, und sie hatte trotzdem nichts Besseres zu tun, als mit einem fremden Mann ins Bett zu gehen.

Beim Abschied versprachen sie sich gegenseitig, sich bald zu melden. Beide wussten, dass es eine Phrase war.

Als sie den Kungsholmstorg passierte, musste Susanne an Mattias denken, dessen Kanzlei ganz in der Nähe lag. Instinktiv blickte sie sich um, ob sie ihn nicht irgendwo auf der Straße entdeckte.

Vor der roten Ampel an der Scheelegatan blieb sie stehen, obwohl weit und breit keine Autos zu sehen waren. Wenige Minuten später lief sie durch die Flure ihres Dezernats.

Vor der Kantine stand ein Mann, den sie nicht kannte, und redete mit Petra. Jetzt trat er einen Schritt auf sie zu und begrüßte sie mit kräftigem Handschlag.

»Magnus Granath von der Internationalen Anklagekammer. Ich leite jetzt hier die Ermittlungen.«

*

Mattias schaute erneut auf die Uhr. Fünf nach halb neun. Hier schien es niemand sonderlich eilig zu haben.

Eben war er den schmalen Weg zur Werkstatt hinaufgerollt. Durch Lottas Kollision hatte der Wagen einen unübersehbaren Blechschaden davongetragen. Er sah sich um. Überall auf der Arbeitsfläche war irgendwelcher Krempel verstreut, an den Wänden hingen Werkzeuge, der Fußboden war übersät von Ölflecken, und unmittelbar vor ihm erhob sich eine Art Glaskasten, der offenbar als Büro diente. Drinnen hing ein Kalender an der Wand, darauf ein nacktes Mädchen mit schwellenden Brüsten.

Ein Saab war aufgebockt, ein Mechaniker arbeitete an der Karosserie. Am Ende der Werkstatt standen zwei weitere Mechaniker, einer von ihnen sprach in sein Handy. Mit demselben Mann hatte Mattias telefoniert – und vereinbart, sein Auto um zwanzig nach acht vorbeizubringen.

Jetzt waren es noch fünfundzwanzig Minuten bis zum Beginn der mündlichen Verhandlung. Mit seinem Mandanten war zwar alles geklärt, aber es machte stets einen schlechten Eindruck, erst im letzten Moment zum Gerichtstermin zu erscheinen. Eigentlich sollte jeder Mandant das Gefühl haben, für seinen Anwalt von größtmöglicher Bedeutung zu sein, und wenn der Anwalt abgehetzt und in buchstäblich letzter Sekunde auftauchte, konnte man das natürlich vergessen.

Immer wenn Mattias versuchte, mit dem telefonierenden Mechaniker Blickkontakt aufzunehmen, wandte sich dieser ab. Jedes Mal ging Mattias ein Stückchen näher hin, und als er sich bis auf wenige Schritte genähert hatte, drehte sich der Kerl irritiert um.

»Sie sehen doch, dass ich beschäftigt bin!«

Daraufhin versuchte Mattias, mit den anderen Mechanikern

zu reden, aber diese zuckten nur die Schultern und meinten, sie könnten nichts für ihn tun.

Ein paar Minuten später riss ihm der Geduldsfaden. Beherzten Schrittes ging er auf den Mechaniker zu und gab ihm mit unmissverständlichen Gesten zu verstehen, dass er jetzt endlich auflegen sollte.

»Ich telefoniere!«, bellte der. »Also gedulden Sie sich gefälligst!«

Nur mit Mühe konnte Mattias seine Wut im Zaum halten. »Darf ich Sie daran erinnern, dass wir zwanzig nach acht vereinbart hatten? Jetzt ist es schon zwanzig vor, und ich muss unbedingt …«

»Es ist genau halb.«

»Ist es nicht!«

»Dann schauen Sie mal da vorne hin«, entgegnete der Mechaniker und zeigte auf eine große Uhr im Büro. »Nach dieser Uhr richten wir uns hier, und wenn Sie nicht mal zehn Minuten warten können, kann ich Ihnen auch nicht helfen.«

Mattias fühlte sich vollkommen fehl am Platze, wie er da in dunklem Anzug, weißem Hemd und Krawatte in einer Autowerkstatt stand und sich über die korrekte Uhrzeit stritt. Ein typisches Auswärtsspiel eben, dachte er. Aber er konnte sich auch nicht alles gefallen lassen. »Also wenn das so ist, dann suche ich mir lieber eine andere Werkstatt.«

»Tun Sie das.«

Mattias seufzte. »Ach, nichts für ungut. Hier sind die Schlüssel, aber jetzt muss ich wirklich …«

»Nein, suchen Sie sich bitte eine andere Werkstatt.«

Jetzt verfiel er fast in Panik. Die Zeit raste, sein Mandant wartete, und einen Parkplatz in der Nähe des Amtsgerichts zu finden, konnte eine Ewigkeit dauern. Er begriff, dass er zu einem Kniefall gezwungen war. »Ich habe es nicht so gemeint. Bitte entschuldigen Sie!«

»Sie haben gesagt, Sie wollen sich lieber eine andere Werkstatt suchen, also tun Sie das auch!«

Mit diesen Worten zog der Mechaniker erneut sein Handy aus der Tasche, und ehe Mattias reagieren konnte, hatte er auch schon eine Nummer gewählt und war im Büro verschwunden.

*

»Wir sollten uns kurz unterhalten. Gehen wir in mein Büro.«

Das war kein Vorschlag, sondern ein Befehl. Chefankläger Magnus Granath duldete offenbar keinen Widerspruch.

»Jetzt gleich?«, fragte Susanne.

Er nickte. »Nur um ein paar Dinge klarzustellen.«

Schon jetzt vermisste Susanne den entscheidungsschwachen, aber nicht unsympathischen Stig Ljungberg. Aber egal, sie musste sich mit den neuen Gegebenheiten arrangieren.

»Setzen Sie sich«, sagte Granath und zeigte auf einen der Besucherstühle in seinem neuen Dienstzimmer. Susanne wäre es lieber gewesen, wenn die Internationale Anklagekammer nicht gleich bei ihnen eingezogen, sondern zumindest in ihren eigenen Räumlichkeiten geblieben wäre.

»Soll ich Ihnen den Stand der Dinge aus meiner Sicht schildern?«, fragte sie, um ihm entgegenzukommen.

Magnus Granath runzelte die Stirn. »Nicht nötig.«

»Ich dachte, das könnte Ihnen vielleicht eine Hilfe …«

»Ich mache mir lieber mein eigenes Bild.«

»In Ordnung, aber …«

»Hauptsache, die Kompetenzen sind geklärt«, fuhr er fort.

Susanne schaute ihn überrascht an. »Ich verstehe nicht ganz, was Sie damit meinen.«

Granath beugte sich über den Schreibtisch und stützte die Ellbogen auf. »Ich meine, dass *ich* hier das Sagen habe. Sämtliche Ermittlungen laufen über meinen Schreibtisch. Sonst entsteht nur wieder ein Chaos.«

Susanne öffnete den Mund, um etwas zu entgegnen. Aber was?

25

»Besonders von den rechtlichen Vertretern erwarten wir uns, dass sie pünktlich vor Gericht erscheinen«, sagte der Richter und warf Mattias einen strengen Blick zu. Er war ein Mann der alten Garde, der schon aufs Rentenalter zuging. Zur Feier des Tages trug er ein hellbraunes, schmuddeliges Sakko, ein blaues Hemd und einen grünen Schlips.

»Ich möchte mich in aller Form entschuldigen. Ich hatte große Schwierigkeiten, einen Parkplatz zu finden.« Mattias setzte sich neben seinen Mandanten, der alles andere als zufrieden aussah. Er spürte den Schweiß unter den Achseln und am Rücken. Glücklicherweise waren die Schweißflecken nicht zu sehen, weil er ein Jackett trug.

»Es kann Sie doch wohl nicht überraschen, dass rund um das Amtsgericht Parkplatzmangel herrscht.«

Ist ja gut, alter Knacker, dachte Mattias, nickte jedoch nur pflichtschuldig. Er war drei Minuten zu spät gekommen, eine Verspätung, die bei Richtern eher die Regel als die Ausnahme war. Aber ausgerechnet heute mussten sie pünktlich anfangen. Rasch zog er Unterlagen, Notizblock und Kuli aus der Tasche.

Direkt gegenüber saß die andere Partei – in Gestalt einer Frau Mitte dreißig – und daneben ihre übergewichtige Anwältin, die sich zufrieden lächelnd zurücklehnte.

Sein eigener Mandant starrte regungslos vor sich hin.

»Kommen wir zunächst zum Antrag des Klägers«, begann der Richter und sah Mattias auffordernd an.

Mattias hielt seine Unterlagen stets in penibler Ordnung. Er hatte ein System entwickelt, in dem die eigenen Anträge sowie die Einlassungen der Gegenseite, Gerichtsprotokolle et cetera fein säuberlich sortiert waren. Doch jetzt musste er feststellen, dass nicht alle Dokumente am vorgesehenen Platz waren. Wieder kramte er in der Tasche.

Der Richter räusperte sich.

»Einen Moment noch, bitte … so … da ist sie«, sagte Mattias, als er die Klageschrift endlich gefunden hatte, und verlas einen Eilantrag auf uneingeschränktes Sorge- und Umgangsrecht.

Seine Kollegin auf der anderen Seite des Tisches schnaubte, als wäre es eine sehr außergewöhnliche Forderung, mit der eigenen Tochter zusammenwohnen zu dürfen. Sie konnte es offenbar kaum erwarten, selbst das Wort zu ergreifen.

»Alles außer dem alleinigen Sorgerecht für meine Mandantin ist für uns absolut indiskutabel«, legte sie sofort los. »Solange die Gefahr weiterer Übergriffe durch Ihren Mandanten besteht, ist auch ein Umgangsrecht völlig ausgeschlossen. Höchstens später, wenn die Zeit reif ist, unter gesicherten Rahmenbedingungen und im Beisein einer Kontaktperson.«

Mattias spürte einen gewaltigen Zorn in sich aufsteigen. »Ich möchte darauf hinweisen, dass sämtliche Anzeigen gegen meinen Mandanten im Sande verlaufen sind. Man konnte ihm nicht das Geringste …«

»Entschuldigung, aber ich war noch nicht fertig. Meine Mandantin beantragt, auch weiterhin in der gemeinsamen Wohnung bleiben zu dürfen, da sie die alleinige Verantwortung für ihre Tochter Sofia trägt.«

Verdammtes Miststück, dachte Mattias.

»Dann kommen wir zu den rechtlichen Voraussetzungen«, sagte der Richter und lehnte sich zurück, bis sein Stuhl knarrte. Der Schriftführer, der neben ihm saß, tippte unentwegt auf seinen Laptop ein, ohne auch nur einmal aufzublicken.

»Wir haben bei unserem Antrag vor allem an das Wohl des Kindes gedacht«, erklärte Mattias. »Dagegen ist die Gegenseite offenbar allein darauf aus, jeglichen Kontakt zwischen Vater und Tochter zu unterbinden. Gerade dadurch beweist sie allerdings, dass sie nicht geeignet ist, das alleinige Sorgerecht auszuüben.«

»Dieser Punkt ist in der Klageschrift nicht enthalten«, erwiderte der Richter schroff.

Mattias sah ihn erstaunt an. »Ich wollte erst mal abwarten, mit welcher Einstellung die Gegenseite in diese Verhandlung geht.«

»Meine Mandantin hat von Anfang an klargemacht, dass sie kein Umgangsrecht seitens des Vaters akzeptieren kann«, erwiderte die Anwältin. »Warum sollte sie ihre Meinung plötzlich geändert haben, nach allem, was vorgefallen ist?«

Mattias schüttelte den Kopf. »Gar nichts ist vorgefallen. Außerdem dürfen in einer mündlichen Verhandlung über eine Sorgerechtsangelegenheit durchaus neue Argumente ins Spiel gebracht werden.«

Die Antwort des Richters fiel kurz und knapp aus. »Das Amtsgericht hat Ihre Ausführungen zur Kenntnis genommen.«

Mattias war frustriert. Offensichtlich lief die Verhandlung in die falsche Richtung. Ein Wortgefecht mit der Gegenseite gehörte gewissermaßen dazu und konnte durchaus von Vorteil sein, aber eine Auseinandersetzung mit dem hohen Gericht war eine einzige Katastrophe. Zumal ein Streit zwischen

Richter und Anwalt das Zutrauen des Mandanten nicht gerade stärkte – egal wie gut die eigenen Argumente waren.

Im Anschluss sprach die Gegenseite zwanzig Minuten lang über die angeblichen Übergriffe des Vaters und zitierte aus mehreren Anzeigen, die gegen ihn ergangen waren. Die Vorwürfe bezogen sich nicht nur auf sein Verhalten gegenüber der Tochter, sondern auch gegenüber der Ehefrau, was dem Beschuldigten völlig neu war.

Mattias musste handeln. »Darf ich darauf aufmerksam machen, dass es sich bei den Anzeigen ausschließlich um Behauptungen der Kindesmutter handelt, die allesamt unbewiesen sind? Wenn das so weitergeht, behalten wir uns eine Verleumdungsklage vor.« Er spürte, dass er in die Defensive geraten war; vorerst war die Taktik der Gegenseite aufgegangen.

»Dann will ich Anwalt Berglund darauf aufmerksam machen, dass wir uns hier nicht mit der Beweisführung in einer Strafsache befassen.«

»Das ist mir absolut bewusst, aber ich möchte doch unterstreichen, dass man so viele Anzeigen erstatten kann, wie man will. Eine Anzeige allein besitzt keinerlei Beweiskraft.«

»Die Feststellung der Beweiskraft ist Sache das Gerichts und nur des Gerichts«, meldete sich der Richter.

Am liebsten hätte Mattias erwidert, dass es Aufgabe eines Anwalts sei, die entsprechenden Argumente zu liefern, doch alles, was er jetzt noch sagte, würde die Lage nur zusätzlich verschärfen.

Sein Mandant saß nach wie vor regungslos auf seinem Platz. Während der gesamten Verhandlung hatte er kein einziges Wort gesagt.

Nach fünfundfünfzig Minuten war die Tortur endlich beendet, und der Richter erklärte, das Amtsgericht würde bis zum morgigen Tag über das vorläufige Umgangsrecht entscheiden.

»Auf jeden Fall wird die Sache schnell entschieden«, sagte Mattias, als sie zusammen vor dem Sitzungssaal standen. »Das ist doch was.«

Sein Mandant schüttelte den Kopf. »Niemand denkt daran, dass es hier eigentlich um Sofia geht.« Damit drehte er sich um und ging.

Was für ein Morgen, dachte Mattias, als er in seinem ramponierten Wagen nach Nacka fuhr, um seine neue Mandantin zu treffen.

Er versuchte sich mental auf die Begegnung mit einer Frau vorzubereiten, die erst vor wenigen Tagen ihren Mann ermordet aufgefunden hatte. Da er auch die Kinder vertreten sollte, war es gut, gleich die ganze Familie kennenzulernen. Aber was sagte man zu Kindern, die gerade ihren Vater verloren hatten? Dass das Leben irgendwie weitergehen müsse?

Wahrlich keine leichte Aufgabe, vor der er da stand. Auf der anderen Seite wollte er genau solche Fälle haben. Sollte der Mörder gefasst werden, würde der Prozess eine enorme Öffentlichkeitswirkung erzielen, und er hätte alle Möglichkeiten, sich entsprechend zu präsentieren.

Jedes Mal, wenn er solche Überlegungen anstellte, fühlte er sich wie der Matador in *Ferdinand, der Stier*, der unbedingt zeigen will, wie mutig und tapfer er ist. Er schämte sich für seinen Ehrgeiz. Und trotzdem hätte er definitiv nichts dagegen gehabt, zu den wenigen Anwälten zu gehören, die Woche für Woche im Zentrum der Ereignisse standen. Lieber nach Ruhm und Ehre streben, als immer nur ans Geld denken, sagte er sich.

Nachdem er etwas später die Ausfahrt bei Orminge genommen und sich ein wenig in den kleinen Straßen von Lännersta verfahren hatte, fand er die richtige Adresse. Keine Frage, er war am Ziel – das Grundstück war immer noch abgesperrt. Polizisten waren keine zu sehen, aber ein Wachmann, der breitbeinig, die Arme auf dem Rücken, vor dem blau-weiß gestreiften Absperrband stand. Er schien seine Aufgabe allerdings nicht allzu ernst zu nehmen. Mattias stellte sich kurz vor, ging an ihm vorbei und klingelte an der Tür.

Anna Fernandez öffnete ihm. »Kommen Sie herein«, sagte sie mit leiser Stimme.

Mattias gab ihr die Hand und trat ein.

Im Wohnzimmer saß ein älterer Mann. Als er sah, dass sie Besuch hatten, stand er sofort auf. »Åke Ekström. Ich bin Annas Vater und der Schwiegervater von ... Carlos.«

Nach einem Handschlag nahm Mattias auf dem Sofa Platz. Anna setzte sich mit trauriger Miene in den verbliebenen Sessel.

Sofort hatte er das Gefühl, sich aufzudrängen, in den intimen Bereich einer Familie einzudringen, die gerade ihren Vater verloren hatte. Andere Anwälte hätten es sicherlich vorgezogen, ihre Mandanten in der eigenen Kanzlei kennenzulernen. Doch Mattias suchte seine Kunden aus einem ganz bestimmten Grund zu Hause auf – Menschen in ihren eigenen vier Wänden zu beobachten, war viel aufschlussreicher als ein Gespräch im Büro.

»Ich heiße Mattias Berglund. Ich bin Ihnen vom Amtsgericht als Rechtsbeistand zugeteilt worden.«

Anna nickte stumm. Ihr Vater stand auf, ging zu ihr und legte ihr eine Hand auf die Schulter.

»Das bedeutet, dass ich Ihnen in allen Fragen, die im Zuge der Voruntersuchung auftauchen, und auch in einer etwaigen Gerichtsverhandlung zur Verfügung stehe. Außerdem unterliege ich einer absoluten Schweigepflicht. Sie können mir also alles anvertrauen.«

Als Anna plötzlich aufschluchzte, fühlte sich Mattias noch unwohler. »Das ist so schrecklich. Zuerst der Mord … und dann … das alles noch mal durchzugehen … vor Gericht …« Åke holte rasch ein paar Taschentücher, die auf einer Kommode lagen. Anna trocknete ihre Tränen und schnäuzte sich. »Bitte entschuldigen Sie«, fuhr sie fort, während sie versuchte, ihr Weinen zu unterdrücken.

»Das macht doch nichts«, versicherte Mattias schnell. »Außerdem wollte ich Ihnen sagen, dass Sie natürlich Anspruch auf Schmerzensgeld haben, auch wenn das im Moment sehr nebensächlich erscheinen mag.«

»Wie hoch ist denn die Summe?«, fragte Åke.

»Normalerweise fünfzigtausend.«

Mit tränenverschleiertem Blick schaute Anna auf. »Ich will keine Entschädigung.«

»Psst«, tröstete sie ihr Vater. »Es ist doch gut, wenn dich der Anwalt über all diese Dinge informiert!«

Anna nickte erneut, und Mattias sandte dem Vater einen dankbaren Gedanken. Er hatte schon Mandantinnen vertreten, die misshandelt und sexuell missbraucht worden waren, aber mit der Ermordung eines Ehemanns und Vaters war selbst das nicht zu vergleichen.

Wieder fing Anna an zu schluchzen, während Mattias ruhig abwartete. Er wollte keinen allzu angespannten Eindruck machen, er wollte sich die Zeit nehmen, die nötig war. Der nächste Termin stand ohnehin erst nach dem Mittagessen an.

Als er sich umblickte, fiel ihm auf, welch eine perfekte Ordnung im Wohnzimmer herrschte. In der Mitte des Raumes standen eine Leder-Sitzgruppe und ein Glastisch, überall waren kleine Schmuckgegenstände verteilt, und in der Ecke erhob sich eine bemalte Standuhr. Hinter den Glastüren des langen, weißen Bücherregals entdeckte er eine Menge DVDs. Heute haben wohl alle DVDs statt Bücher, dachte er, ehe er sah, dass die Hüllen durchnummeriert waren.

Åke, dem Mattias' Blick nicht entgangen war, fühlte sich zu einer Erklärung genötigt. »Das sind alles Aufzeichnungen von Carlos' Auftritten in der Öffentlichkeit.«

»Ach wirklich?«

»Ja, aber denken Sie jetzt nicht, dass Carlos eitel war oder so«, fügte Åke rasch hinzu. »Er wollte nur nicht, dass man ihm irgendwelche Aussagen unterschieben kann, die er so nie gemacht hat. Olof Palme hat genauso gearbeitet.«

Mattias nickte, obwohl ihm der Sinn des Ganzen noch immer etwas schleierhaft war.

»Darum hat er auch alle Zeitungsausschnitte aufgehoben«, sagte Åke und deutete auf einen anderen Teil des Bücherregals, wo mehrere mit Jahreszahlen versehene Aktenordner standen.

So viele Zeitungsberichte über ihn kann es doch noch gar nicht gegeben haben, dachte Mattias, er war doch erst seit Kurzem in der Politik. Also was hatte es damit auf sich? »Kann ich mir die Ordner mal ansehen?«

»Das geht doch Anna, oder?«, fragte Åke und beugte sich zu seiner Tochter hinunter, die immer noch apathisch dasaß. Sie nickte langsam, worauf er ein paar Ordner aus dem Regal nahm.

Mattias öffnete aufs Geratewohl einen, der die Zahl des vergangenen Jahres trug. Woche für Woche waren die Zeitungsausschnitte fein säuberlich abgeheftet worden, jeweils mit Anmerkungen und persönlichen Notizen versehen. Mattias stieß auf den Kommentar eines Fernsehjournalisten, und darauf folgte Carlos' Einschätzung zum Verlauf einer bestimmten politischen Debatte. »Eine gute Woche für mich«, hatte er notiert. »Zuerst das Frühstücksfernsehen, dann der Artikel im *Aftonbladet.*«

»Wie Sie sehen, war Carlos sehr ordentlich«, sagte Åke und beugte sich über den Tisch. Er hatte sich wieder in den Sessel gesetzt und betrachtete Mattias gespannt.

Mattias dachte an seine eigenen Aktenordner, die er einmal pro Vierteljahr aktualisierte, um die größeren Zusammenhänge nicht aus den Augen zu verlieren. Selbst das kam ihm mitunter ziemlich penibel vor, aber im Vergleich zu Carlos' Ordnungssinn war er regelrecht schlampig.

Er blätterte bis zur letzten Seite, auf der zahlreiche Journalisten namentlich aufgeführt waren, ergänzt durch verschiedene Kommentare und eine Art Benotungssystem. Mattias war fasziniert. Arbeiteten Politiker heutzutage so? Standen sie unter so starker Beobachtung, dass sie ihrerseits begannen, die Journalisten zu kontrollieren, die wiederum ihre Arbeit kontrollieren sollten? Wahrscheinlich war es genau diese penible Arbeitsweise gewesen, die Carlos innerhalb kurzer Zeit solch einen Erfolg beschert hatte. Als Politiker musste man nicht nur spontan und sympathisch *sein*, sondern vor allem spontan und sympathisch *wirken*. Und hier hatte jemand eine genaue Strategie verfolgt, um dieses Ziel zu erreichen. War auch die Antirassismus-Kampagne Teil dieser Strategie gewesen? Auf jeden Fall hatte sie ihm einen persönlichen Erfolg beschert – einen Erfolg, der ihn schließlich das Leben gekostet hatte.

26 »Ich finde das absolut nicht in Ordnung«, sagte Susanne und nahm einen tiefen Zug von ihrer Zigarette. »Nein, das ist wirklich diskriminierend«, entgegnete Petra.

Susanne schaute erstaunt auf. »Wie meinst du das?«

»Dass wir Raucher in den Innenhof abgeschoben werden, als wären wir Strafgefangene.«

»Das habe ich nicht gemeint.«

Petra stieß Rauch aus. »War nur Spaß.«

Susanne mochte Petras Humor, auch wenn sie ihn nicht immer gleich verstand. »Ehrlich gesagt war das gestern nicht besonders fair von mir.«

Petra bedachte sie mit einem langen Blick. »Ljungberg wäre sowieso nicht mehr zu retten gewesen, auch wenn du an der Pressekonferenz teilgenommen hättest. Dann hätten sie dich eben auch in der Luft zerrissen, und was hätte das gebracht?«

Susanne musste zugeben, dass Petra Recht hatte. Dennoch nagte das schlechte Gewissen an ihr. Sie zögerte. »Darf ich dich was fragen?«

»Schieß los!«

»Du hattest doch selbst vorgeschlagen, dass Ljungberg eine weitere Pressekonferenz abhält.«

»War doch nur ein Vorschlag«, meinte Petra mit verschmitzter Miene.

Susanne schüttelte den Kopf. »Und dann hast du dich so passiv verhalten …«

Petra breitete die Arme aus. »Wie oft muss ich dir noch erklären, dass ich hier die Pressesprecherin bin?«

»Ganz ehrlich, wusstest du, was passieren würde?«

»Bei der Presse kann man sich nie ganz sicher sein. Die folgt ihrer eigenen Logik.«

»Was ich wissen will, ist … hast du Ljungberg für mich geopfert?«

Petra trat die Zigarette mit dem Absatz aus. »Die Situation hat eben ein Opfer erfordert, so einfach ist das.«

»Und woher wussten die eigentlich von der Todesliste? Hast du die Sache selbst gestreut, um den Staatsanwalt in die Bredouille zu bringen?«

»Manchmal ist es besser, das Pflaster möglichst schnell herunterzureißen. Kurz und schmerzlos.«

Susanne seufzte. »Ich weiß das wirklich zu schätzen, aber …«

»Wenn du willst, dass das Reichskriminalamt die Ermittlungen übernimmt, kann ich gerne erneut eine Pressekonferenz für dich arrangieren. Nimm dir ein Beispiel an der Politik. Da kann man lernen, wie man sich geschickt aus der Schusslinie bringt. Ich habe schon Minister erlebt, die zurücktreten mussten, nur weil sie glaubten, ständig alles erklären zu müssen.«

»Machen Sie die Tür zu, sonst zieht der Rauch herein!«

Susanne und Petra drehten sich um und sahen einen ihrer administrativen Vorgesetzten in der offenen Tür stehen. Er blickte sehr mürrisch drein.

»Genau das habe ich gemeint.« Petra drückte die Tür ins Schloss. »Wir werden diskriminiert.«

»Bist du dem neuen Staatsanwalt schon begegnet?«, wollte Susanne wissen.

»Allerdings, der hat heute Morgen erst mal die neue Marschroute ausgegeben. Komm, gehen wir rein. Mir ist kalt.«

*

Mattias spürte, dass er in eine Sackgasse geraten war.

Er bereute, in Carlos' Aktenordnern geblättert zu haben. Das ging deutlich über seinen Auftrag hinaus. Aber seine Neugier hatte überhandgenommen, und da er mit Anna ohnehin kein vernünftiges Gespräch führen konnte, hatte er die Zeit irgendwie nutzen wollen. Er konnte ja schlecht nach zehn Minuten verschwinden, ganz gleich wie gesprächig oder schweigsam seine Mandantin war. Außerdem hätte er sich dadurch angreifbar gemacht – die Anwaltskammer hatte ein Auge darauf, ob sich Anwälte auch genug Zeit nahmen.

Aber er kannte ja erst einen Teil seiner Mandanten. Als er sich nach den Kindern erkundigte, hieß es, sie seien auf ihrem Zimmer. Er schlug vor, sie kurz zu begrüßen, da er ja die ganze Familie vertreten sollte. Anna hatte nichts dagegen, und Åke zeigte ihm den Weg.

Schon beim ersten Blick ins Kinderzimmer beschlich ihn ein sonderbares Gefühl, ohne dass er hätte sagen können, woher dieses Gefühl kam. Mattias schaute sich um: ein ganz normales Jungenzimmer mit Postern von Fußballspielern an den Wänden, einem Kinderschreibtisch in grellen Farben und einem kleinen Stuhl davor. Im Regal standen einige Bücher, ganz unten waren ein paar Spielzeugautos aufgereiht. Auf dem obersten Regalbrett thronten Modellflugzeuge und -boote. Was war nur so merkwürdig daran?

»Hei, sind Sie unser Anwalt?«, fragte der ältere Junge. Das musste der neunjährige Sebastian sein. Sein Bruder Robin war zwei Jahre jünger, aber fast genauso groß wie Sebastian.

Mattias trat ein, während Åke im Türrahmen stehen blieb. »Weißt du denn, was ein Anwalt ist?«

»Ja. Carlos' Bruder ist Anwalt.«

»Carlos ist tot«, warf Robin ein und zwinkerte.

Mattias fiel auf, dass die beiden kein bisschen verlegen wirkten. Rebecka war immer sehr schüchtern, wenn Fremde zu Besuch waren.

»Wir dürfen nicht in die Schule gehen«, sagte Sebastian.

»Das ist doch gar nicht so schlecht, was?« Mattias setzte sich auf einen Kinderstuhl.

Sebastian schüttelte den Kopf. »Zu Hause ist es langweilig.«

»Aber das ist, weil wir traurig sind, dass Carlos tot ist«, erklärte Robin. »Spielst du mit uns Kletterbaum?«

»Äh, was?«

»Ach bitte!« Sebastian legte den Kopf auf die Seite.

»Wie geht das Spiel denn?«, fragte Mattias.

»Das zeigen wir dir«, sagte Robin.

Mattias musste sich breitbeinig mitten ins Zimmer stellen und die Arme ausstrecken, und im nächsten Moment kletterten die Jungen auch schon an ihm herum. Sie riefen und lärmten, als würden sie ihn schon eine Ewigkeit kennen. Er hatte große Mühe, das Gleichgewicht zu halten, aber wenn er den beiden damit eine kleine Freude machen konnte, hatte er natürlich nichts dagegen. Er half gerne, auch wenn Kletterbaumspielen nicht direkt zu seinen anwaltlichen Pflichten gehörte. Aus dem Augenwinkel sah er Åke lächeln.

Als Mattias wenig später das Haus verließ, war er immer noch leicht verwirrt – doch erst auf dem Rückweg in die Stadt begriff er, was ihn so irritiert hatte: die penible Ordnung, die selbst im Kinderzimmer herrschte. Er dachte an Rebeckas Zimmer, wo immer alles kreuz und quer durcheinanderlag. Hier war noch der kleinste Gegenstand an seinem Platz gewesen, und das im Zimmer zweier Jungen.

*

»Setzen Sie sich einfach da vorne hin«, sagte Magnus Granath und zeigte auf einen Stuhl, der ein gutes Stück entfernt stand.

Susanne fühlte sich so gedemütigt, dass ihr die Röte ins Gesicht stieg. Aber jetzt war nicht der richtige Zeitpunkt, um darauf hinzuweisen, dass sie früher direkt neben dem Staatsanwalt gesessen hatte. Granath wollte offenbar lieber den Alleinunterhalter spielen. Aber irgendwer aus der Gruppe könnte ihn doch auf seinen Patzer hinweisen! Egal, sie wollte jetzt keinen Ärger machen und nahm daher gehorsam auf dem Stuhl an der Wand Platz.

Neben ihr saß Petra. »Lass den kleinen Diktator nur machen«, flüsterte sie ihr zu.

Die Stimmung war angespannt. Niemand wusste, was der neue Staatsanwalt vorhatte, der inzwischen am hinteren Ende des Raumes neben dem Whiteboard Position bezogen hatte. Das Whiteboard war schon ewig nicht mehr benutzt worden.

»Hier haben wir die beiden ermordeten Politiker«, begann er und schrieb ihre Namen auf die Tafel. »Und das ist die Zeitachse.«

Alle Zuhörer folgten gespannt seinen Ausführungen, einige machten sich Notizen.

»Nach einer erneuten Durchsicht des gesamten Ermittlungsmaterials bin ich der dezidierten Auffassung, dass wir rechtsextremistische Elemente in den Mittelpunkt unserer Recherchen stellen müssen. Damit ist Carl Struwe weiterhin unser Hauptverdächtiger.«

Er drehte sich um und schrieb auch diesen Namen auf die Tafel. Susanne und Petra tauschten einen raschen Blick.

»Der Verdacht erhärtet sich, wenn wir uns die Zeitachse näher anschauen.«

»Das würde aber bedeuten«, schaltete sich Susanne ein, »dass Struwe die Autobombe innerhalb weniger Stunden installiert hat.«

Magnus Granath betrachtete sie streng. »Wo ist das Problem?«

»Nun, ich denke, dass es ein bisschen dauert, so eine Bombe zusammenzubasteln.«

»Ach was, das geht ruck, zuck. Man braucht nur Plastiksprengstoff, Zündhütchen, Kabel, Batterie und ein Relais. Dann sind Montage und Anschluss ein Kinderspiel.«

Er ließ den Blick über die Runde schweifen, als wollte er überprüfen, ob sonst noch jemand Nachhilfeunterricht brauchte.

Was offenbar nicht der Fall war. Stattdessen fragte ein Beamter, wie es möglich gewesen sei, als Unbefugter in die Reichstagsgarage zu gelangen.

»Auch dieser Frage bin ich bereits nachgegangen«, antwortete Granath. »Die Garage ist zwar abgeschlossen, aber das Ausfahrtstor öffnet sich mehrmals die Stunde. Man kann einfach hineinspazieren, nachdem ein Auto hinausgefahren ist. Um von der Garage aus in den Reichstag zu gelangen, braucht man hingegen eine Chipkarte.« Er wippte auf den Fußsohlen, hielt die Hände auf dem Rücken verschränkt und ließ das Gesagte auf die Zuhörer wirken. »Und wenn ich die Aussagen der Sicherheitspolizei richtig deute, gab es weder innerhalb noch außerhalb der Garage irgendeine Form der Überwachung.«

Granath nickte dem SÄPO-Mann zu, der ihm wohl oder übel Recht geben musste. »Ja, das ist richtig.«

»Davon kann man halten, was man will. Unsere Aufgabe ist es, die beiden Mordfälle zu lösen. Also müssen wir zunächst Carl Struwe festnehmen. Wieder mal.«

Susanne schnappte nach Luft, während ihr mehrere Kollegen kritische Blicke zuwarfen. Auch sie waren von Anfang an gegen Struwes Freilassung gewesen und fühlten sich jetzt nachdrücklich bestätigt. Für einen Augenblick überlegte sie, ob sie sich jetzt gleich zur Wehr setzen sollte, entschied sich aber letztlich dagegen. Sie musste langfristig denken, strategisch vorgehen.

Aus dem Augenwinkel sah sie, wie Petra ihr ein Zeichen gab – bleib ruhig. Wie gut, Petra als Verbündete zu haben, dachte Susanne.

»Mein Plan ist also, Struwe umgehend festzunehmen und schon morgen mit einer Rekonstruktion des Mordes in Nacka zu konfrontieren.«

»Warum so eilig?«, fragte ein Polizist.

»Damit er keine Möglichkeit hat, sich zuvor mit seinem Anwalt zu besprechen. Und wenn sich der Anfangsverdacht erhärtet, liegt schon morgen ein echter Haftgrund vor.«

*

»Und was schlägst du als nächsten Schritt vor?«

Gerda beugte sich dem Mikrofon entgegen. »Vielleicht sollten wir eine Pressemitteilung herausgeben und die Regierung dafür kritisieren … nicht angemessen reagiert zu haben.« Sie spürte, wie ihre Handflächen nass wurden. Wie immer, wenn sie von der Reichstagsbank aus im Stehen reden musste, fiel ihr das Argumentieren schwer. Da die Tischplatte ein wenig überstand, war man förmlich gezwungen, sich zu bücken, um in das Mikrofon sprechen. Die Anweisung auf der kleinen grauen Metallplatte schrieb vor, dass der Mund etwa zwanzig Zentimeter vom Mikro entfernt sein sollte.

Noch dazu machte der Fraktionsvorsitzende einen äußerst mürrischen Eindruck, und auch seine beiden Beisitzer aus dem Parteibüro verzogen das Gesicht. Wenigstens schien der Parteivorsitzende mit den Gedanken woanders zu sein, genau wie mehrere Abgeordnete, die auf ihren Plätzen hin und her rutschten.

Gerda schaute sich verwirrt um. Wollte ihr denn kein einziger Parteikollege zu Hilfe eilen? Doch nicht einmal die Kollegen, die direkt neben ihr saßen, mischten sich ein. Die Erste Kammer des Reichstags, in der die Fraktion ihre Dienstagstreffen abhielt, war ein schöner Saal – an der Decke hing ein großer Kronleuchter, die Wände waren mit wertvoller Kunst geschmückt. Eigentlich liebte sie diesen Raum, doch im Moment war es der schlimmste Ort auf Erden.

»Herrgott, Gerda, du warst doch selbst mal Justizministerin dieses Landes«, bellte der Fraktionsvorsitzende. »Da muss dir doch was Besseres einfallen als eine simple Pressemitteilung!«

Gerda zuckte zusammen. Ihr Chef wirkte mürrischer denn je; überhaupt fand sie, dass er seit der verlorenen Wahl nur noch mit griesgrämigem Gesicht herumlief. Das heißt, wenn sie länger darüber nachdachte, hatte er vorher auch nicht anders dreingeschaut. Wieder beugte sie sich zum Mikro. »Na ja, eine Pressemitteilung kann so einiges bewirken.«

»Darf ich dich daran erinnern, dass in Schweden jeden Tag neunhundert Pressemitteilungen verschickt werden?«

Gerda schluckte. Was sollte sie dazu sagen? Eigentlich wollte sie nur noch weg. Sehnsüchtig betrachtete sie die drei Wandgemälde, die Altertum, Mittelalter und Gegenwart darstellten. Davon hatten die anderen in der Fraktion bestimmt keine Ahnung.

»Gibt es sonst noch Vorschläge?« Der Fraktionsvorsitzende ließ den Blick über die Runde schweifen. Die meisten zogen die Köpfe ein, doch der ehemalige Kulturminister, mit dem Gerda ein schwieriges Verhältnis hatte, meldete sich zu Wort.

»Ich denke, wir sollten die Regierung dazu auffordern, einen Untersuchungsausschuss einzuberufen. Das hat nach dem Tsunami auch gut funktioniert.«

Mehreren Parteimitgliedern schien diese Anregung zu gefallen.

»Gute Idee!«, sagte der Fraktionsvorsitzende. »Dann fordern wir die Justizministerin auf, morgen an der Sitzung teilzunehmen, und überraschen sie mit dem Ausschuss!«

»Ist nur die Frage, ob sie auch kommen wird«, wandte Gerda ein. »Selbst unsere eigenen Leute tauchen ja nicht immer auf.«

Der Fraktionsvorsitzende schüttelte den Kopf. »Ich kann mir nicht vorstellen, dass sich eine Justizministerin in dieser Situation zurückzieht. Und du, Gerda, könntest wenigstens einmal versuchen, die Initiative zu ergreifen.«

27

Die Aussicht war fantastisch, das konnte nicht mal Susanne bestreiten. Ansonsten entsprach das Restaurant im obersten Stock des alten Finanzamtshochhauses nicht ganz ihrem Geschmack. Viel zu spießig und protzig. Leute, die zu viel Geld hatten, drängten sich an der Bar und schlürften knallbunte Drinks.

Sie selbst nippte im Stehen an einem Glas Weißwein.

»Dass du während der Ermittlungen Zeit dafür hast«, wunderte sich ihre Freundin Ewa.

Susanne lächelte gequält. »Tja, seit Neuestem habe ich etwas weniger zu tun.«

Ewa musterte sie erstaunt.

»Ein neuer Staatsanwalt hat die Ermittlungen übernommen, und der will eben alles selber machen«, fuhr Susanne fort.

»Aber das geht doch nicht, ich meine … hast du nicht eigentlich die Ermittlungen geleitet?«

Ewa bestellte sich noch einen Drink, während Susanne weiter an ihrem Weißwein nippte. »Ich kann schon damit leben, dass er jetzt die Entscheidungen fällt. Fragt sich nur, ob es immer kluge Entscheidungen sind.« Susanne überlegte, wie viel sie Ewa eigentlich erzählen durfte. Doch bei ihrer besten Freundin nahm sie es mit der Diskretion nicht ganz so genau. »Jedenfalls ist Struwe erneut festgenommen worden.«

»Ja, hab ich im Internet gelesen. Scheint ja wirklich ein ekelhafter Typ zu sein.«

»Stimmt, aber ich glaube trotzdem nicht, dass er schuldig ist.«

»Wer denn sonst?«

»Ich bin mir sicher, dass hier ein Auftragskiller am Werk war. Der erste Mord war ja eine regelrechte Hinrichtung.«

Ein Mann, sicher zwanzig Jahre jünger als Susanne, drängte sich an ihnen vorbei Richtung Ausgang. »Kommt ihr noch mit ins Riche?«, fragte er betont lässig. Er trug einen dunklen Anzug und ein blaues Hemd, dessen oberste Knöpfe offen standen. Sein ganzer Habitus signalisierte Geld und Erfolg, inklusive der zurückgekämmten Haare.

»Nein, danke!«, antwortete Susanne und wandte sich ab.

Der Typ hob die Brauen. »Dann vielleicht ein andermal?«

»Warum nicht?«, meinte Ewa und fügte hinzu, als er außer Sichtweite war: »Der sah doch richtig lecker aus.«

»Nicht mein Fall«, entgegnete Susanne.

»Aber es schadet doch nichts, auf einen Drink mitzukommen.«

»Also wenn du glaubst, dass bei mir gar nichts läuft, dann irrst du dich gewaltig. Ich hatte gerade erst ein Date.«

»Ehrlich? Erzähl!«

»Ach, nur ein Kollege, mit dem ich mich ein paarmal getroffen habe.«

Ewa war sofort Feuer und Flamme – von solchen Geschichten konnte sie nie genug bekommen. Sie beugte sich vor. »Und, seid ihr im Bett gelandet?«

»Hör auf!«, lachte Susanne. »Das hört sich ja an wie bei *Sex and the City*.«

»Ich meine, irgendwann musst du doch über diesen Anwalt hinwegkommen.«

»Das bin ich schon lange.«

Ewa lachte. »Wer's glaubt …«

»Den hab ich doch schon seit einem Jahr nicht mehr gesehen … das heißt, morgen sehe ich ihn wieder.«

»Morgen? Warum?«

»Der Staatsanwalt will eine Rekonstruktion der Tat vornehmen, direkt am Tatort.«

»Und was soll dein Anwalt da?«

»Er vertritt die Familie des Opfers.«

Wieder lachte Ewa. »Na, der neue Staatsanwalt scheint ja doch zu irgendwas gut zu sein.«

*

Gerda saß wie üblich in ihrer Stockholmer Wohnung. Natürlich hätte sie sich auch den Parteikollegen anschließen können, die noch in ein Lokal gegangen waren, aber sie hatte dankend abgelehnt. Sie landeten sowieso fast immer in denselben Kneipen: im St. Clara und im Wirströms in Gamla Stan. Seit sie wieder dem Reichstag angehörte, hatte sie nur wenig sozialen Kontakt zu den anderen Abgeordneten. Auch als Ministerin war sie ziemlich isoliert gewesen – schon damals war sie von den meisten Abgeordneten geschnitten worden, und die übrigen Kabinettsmitglieder schienen kein großes Interesse an Treffen außerhalb der Arbeit zu haben. Aber im Gegensatz zu mir kamen die ja auch fast alle aus Stockholm, dachte sie.

Nach der außerordentlichen Fraktionssitzung war ihr die Lust auf ein fröhliches Beisammensein im Kollegenkreis gründlich vergangen. Der Fraktionsvorsitzende hatte sie vor versammelter Mannschaft einen Kopf kürzer gemacht, und der Parteivorsitzende hatte nichts dagegen unternommen.

Sie schaltete die Fernsehnachrichten ein, die sie mittlerweile ganz gelassen anschauen konnte – einer der Vorteile der Opposition.

Im Gegensatz zu manchen Kollegen neigte sie nicht zur Schadenfreude, aber es war doch sehr angenehm, nicht ständig im Zentrum der Angriffe zu stehen. Jetzt musste die sozialdemokratische Regierung dem Kreuzfeuer der Medien standhalten.

Auch die Nachrichtensendung *Aktuellt* wurde von den Mordfällen dominiert. Der neue Staatsanwalt gab soeben bekannt, dass der frühere Verdächtige Carl Struwe erneut festgenommen worden sei.

»Auch wenn wir uns nicht zu früh festlegen wollen, steht Carl Struwe derzeit im Zentrum der Ermittlungen«, verkündete er mit dunkler Stimme.

»War es ein Fehler, den Verdächtigen vorzeitig auf freien Fuß zu setzen?«, wollte eine Reporterin wissen.

»Aus heutiger Sicht – ja!«

»Wäre Jan-Olov Pettersson noch am Leben, wenn Carl Struwe in Haft geblieben wäre?«

Magnus Granath legte die Stirn in Falten und sah die Reporterin durchdringend an. »Das ist nicht auszuschließen.«

»Wer trägt die Schuld dafür?«

»Es ist nicht meine Sache, das zu beurteilen. Ich bin einzig und allein dafür verantwortlich, zwei Morde aufzuklären, und das werde ich tun.«

Der Kameramann fing die blonde Mähne einer anderen Reporterin ein. »Wie sieht der nächste Schritt in den Ermittlungen aus?«, fragte sie.

Granath machte ein ernstes Gesicht. »In ein paar Tagen wird die Untersuchungsverhandlung stattfinden, und schon morgen werden wir den Mord an Carlos Fernandez am Tatort rekonstruieren.«

Damit war das Interview beendet, und Struwes Anwalt Leif Silbersky kam ins Bild.

»Mein Mandant bestreitet jegliche Beteiligung an den Verbrechen und lehnt jede Art von Gewalt grundsätzlich ab«, lautete sein einziger Kommentar.

Gerda fiel auf, dass sich der Anwalt überhaupt nicht über die erneute Festnahme seines Mandanten empörte. Glaubte er etwa selbst an Struwes Schuld?

Schließlich gab Mats Knutsson einen Kommentar ab, ein Journalist, den Gerda besonders fürchtete. Er hatte eine unnachahmliche Art, eine einzige Frage so oft zu wiederholen, bis man zwangsläufig ungeschickte Antworten von sich gab. Einmal hatte sie ihm gegenüber geäußert, dass die Todesstrafe durchaus eine gewisse Logik hätte, obwohl sie eigentlich eine strikte Gegnerin der Todesstrafe war. Sie hatte noch hinzufügen wollen, dass man die Sache auch aus Sicht der Angehörigen der Opfer betrachten müsse, aber dazu war sie nicht mehr gekommen – Knutssons Falle war zugeschnappt, das Interview hatte einen mehrtägigen Wirbel in den Medien nach sich gezogen, und sie war aus allen Richtungen kritisiert worden: von Parteikollegen, von anderen Reichstagsabgeordneten, von Amnesty International, vom Generalsekretär der Anwaltskammer und schließlich von ihrem eigenen Parteivorsitzenden. Und das als Justizministerin.

Jetzt fiel Knutssons Analyse kurz und sachlich aus: »Ist es nicht merkwürdig, dass dieser Mord – immerhin der schwerwiegendste Angriff auf unsere Demokratie seit vielen Jahren – keine politischen Konsequenzen nach sich zieht? Da die Opposition völlig verstummt ist, kann die Regierung in aller Ruhe vor sich hin werkeln, ja, sie kann es sich sogar erlauben, Polizei und Staatsanwaltschaft im Regen stehen zu lassen. Ein Staatsanwalt musste bereits den Hut nehmen, und wenn die Ermittlungen nicht bald zu sichtbaren Ergebnissen führen, werden mit Sicherheit weitere Köpfe rollen. Dass sich die Politik so vollständig heraushält, muss als absolutes Novum betrachtet werden. Zumindest habe ich in meiner journalistischen Laufbahn noch nichts Vergleichbares erlebt.«

Zwei Minuten später klingelte Gerdas Telefon – es war die Pressesprecherin des Parteivorsitzenden. »Hast du schon die Ministerin vor den Ausschuss geladen?«

»Ja, habe ich!« Langsam verlor Gerda die Geduld. »Ich habe unser Büro verständigt, die kümmern sich drum.«

»Und wann kommt sie?«

Die Fragen prasselten auf sie ein wie Peitschenhiebe. Vom Fraktionsvorsitzenden zurechtgewiesen zu werden, war das eine, aber dass jetzt schon eine 25-jährige Pressesprecherin auf ihr herumhackte, ging ihr eindeutig zu weit. Immerhin war sie mal Justizministerin dieses Landes gewesen! »Morgen früh um elf, falls dich das überhaupt was angeht.«

»Nicht ich will das wissen, sondern der Parteivorsitzende. Außerdem lässt er fragen, warum davon nichts in den Nachrichten erwähnt wurde. Stattdessen heißt es dauernd, die Opposition wäre zu passiv.«

Jetzt verlor Gerda wirklich die Fassung. »Ich dachte, ich hätte ein eindeutiges Signal bekommen, dass eine Pressemitteilung keinen Sinn hat.«

Das Seufzen der Pressesprecherin war nicht zu überhören. »Man lässt so eine Information eben nur an einen einzigen Journalisten durchsickern. Dann wird das eine Riesensache. Ich dachte, du weißt, wie so was funktioniert.«

»Du bist für die Presse zuständig, nicht ich!«, rief Gerda, während sie insgeheim an Petra dachte, ihre ehemalige Pressesprecherin.

»Na gut. Ich häng mich jetzt ans Telefon und klappere ein paar Kontakte ab. Dann ist die Sache morgen publik.«

Damit legte sie auf. Gerda schüttelte den Kopf und setzte sich wieder vor den Fernseher.

28

Mattias fragte sich, warum er einfach nicht zur Ruhe kam.

Währenddessen ereiferte sich Lotta über die vielen Blogger, die ihrer Meinung nach die Existenz der Tageszeitungen gefährdeten. »Die lassen sich überhaupt nicht kontrollieren!«

»Meinst du nicht, dass es gut ist, die Dominanz der Zeitungen zu brechen?«, fragte Mattias.

Lotta schaute ihn an, als hätte er gerade vorgeschlagen, die schwedische Demokratie abzuschaffen. »Aber versteh doch, bald wird es überhaupt keine Tageszeitungen mehr geben.«

»Ach, das glaube ich nicht. Die Leute wollen beim Frühstück eine richtige Zeitung rascheln hören. Das kann kein Computer der Welt ersetzen.« Er trank einen Schluck Tee, der den üblichen Wein abgelöst hatte, seit Lotta schwanger war. Allein zu trinken, wäre ihm komisch vorgekommen. Seine Frau hatte sich wie immer in ihre Strickjacke und mehrere Schals eingewickelt; sie sah völlig verfroren aus, obwohl die Hebamme das exakte Gegenteil prophezeit hatte.

»Wir werden sehen«, sagte sie und schüttelte zweifelnd den Kopf. »Hast du eigentlich das Neueste von den Mordermittlungen gehört?«

»Ja, diesen Struwe haben sie wieder festgenommen. Aber ich glaube nicht, dass er es war.«

»Wer dann?«

»Irgendein durchgedrehter Spinner, wie meistens bei Attentaten auf Politiker.«

»Wie meinst du das?«

»Wir glauben doch immer, dass diese Taten sorgfältig geplant werden und dass es ein handfestes Motiv gibt. Aber denk nur an die Attentate auf Olof Palme und Anna Lindh. In beiden Fällen handelte es sich um einen psychisch gestörten Täter, der zufällig mit den Politikern zusammengetroffen war. Deshalb hat es Schweden auch härter erwischt als andere Länder. Unsere Politiker bewegen sich völlig ungezwungen in der Öffentlichkeit, auf denselben Straßen und Plätzen wie irgendwelche Psychopathen.«

Lotta wirkte wenig überzeugt. »Wie schrecklich, dass Fernandez auch noch Frau und Kinder hatte.«

»Ja, ich habe sie heute kennengelernt. Die Frau war völlig apathisch. Mit der war kaum zu reden.«

»Kein Wunder, wenn man mit vierzig Witwe wird.«

»Aber zu den Kindern hatte ich gleich einen guten Draht.« Mattias erzählte, wie er mit ihnen Kletterbaum gespielt hatte.

Lottas Augen verengten sich. »Kinder, die sich allzu schnell fremden Menschen anvertrauen, haben oft ein ernsthaftes Problem.«

»Natürlich haben sie ein Problem. Ihr Vater ist gerade ermordet worden.«

»Hört sich trotzdem merkwürdig an, finde ich. Die meisten Kinder sind fremden Erwachsenen gegenüber doch erst mal ziemlich reserviert. Vor allem, nachdem sie so etwas Furchtbares erlebt haben.«

Mattias war irritiert. Lotta war nicht dabei gewesen, tat aber so, als wüsste sie Bescheid. Zumal an ihren Worten durchaus etwas dran war: Die Kinder hatten wirklich nicht die geringsten Berührungsängste gezeigt. Außerdem hatte sie früher in einer Einrichtung für misshandelte Kinder gearbeitet; sie wusste also, wovon sie sprach. »Vielleicht hast du Recht«, sagte er.

Beide rührten schweigend in ihren Tassen. »Der Kleine hat den ganzen Tag nicht gestrampelt«, meinte Lotta nach einer Weile.

Mattias erstarrte. Warum erwähnte sie das erst jetzt? Genau so hatte es sich vor der Fehlgeburt vor zwei Jahren angehört. Da hatte es auch damit angefangen, dass sie keine Bewegungen mehr gespürt hatte. Dann war sie plötzlich munterer gewesen, die Übelkeit war verschwunden, und sie hatte wieder Lust auf Kaffee und Alkohol bekommen. »Wann hast du das letzte Mal was gemerkt?«

»Gestern, glaub ich. Aber das muss noch nichts heißen.«

Er war frustriert. Wie üblich bekam er die Information, wenn es Lotta gerade passte. Dabei war es doch genauso sein Kind wie ihres. »Aber dir ist immer noch übel?«, fragte er schließlich.

»Ja, und Lust auf Kaffee oder Alkohol habe ich auch nicht. Heute Nacht werde ich sicher wieder was spüren, da strampelt er immer am meisten.« Sie stand auf und stellte die Tasse neben die Spüle. »Ich leg mich hin.«

»Tu das, ich mach noch die Küche.«

Mattias blieb sitzen und hing seinen Gedanken nach. Morgen, bei der Rekonstruktion des ersten Mordes am Tatort, würde er Susanne wiedersehen, die Frau, die ihm vor einiger Zeit so sehr den Kopf verdreht hatte. Doch die Sorge um sein Kind ließ alles andere verblassen. Seinem Kind, dem Kind, auf das sie so lange gewartet hatten, durfte nichts zustoßen.

MITTWOCH, 5. NOVEMBER

29 Susanne joggte am Kanal entlang, Skanstull entgegen.

Es war ein dunkler, feuchter Morgen. Årstaviken war in dichten Nebel gehüllt. Im matten Schein der Straßenlaternen konnte sie kaum den asphaltierten Weg unter ihren Füßen erkennen.

Sie begegnete nur ein paar anderen Joggern sowie vereinzelten Spaziergängern, die ihre Hunde ausführten. Ihre Schritte waren ein wenig schwer, vermutlich weil sie gestern Abend etwas mehr getrunken hatte als sonst. Am Ende waren Ewa und sie doch noch im Riche gelandet.

Susanne mochte das Riche nicht. Ewa hatte ihr erzählt, dass die lange Bar von Insidern als »Scheidungsbar« bezeichnet wurde. Als sie das hörte, wäre sie am liebsten gleich wieder nach Hause gegangen. Sie hatte dort auch mehrere Prominente entdeckt, die an eigenen Tischen saßen – in gehörigem Abstand zu den Normalsterblichen, wie durch eine unsichtbare Glasscheibe abgetrennt.

Schon nach zehn Minuten war der Typ aus dem Finanzamtshochhaus zu ihnen gekommen, um zufrieden festzustellen, dass sie ja doch noch aufgetaucht seien. Dann hatte er ein paar erfolglose Versuche unternommen, mit Susanne ins Gespräch zu kommen. Auf so einen Möchtegerncasanova kann ich verzichten, dachte sie, während sie unter der Årstabrücke hindurchlief. Dafür war er bei ihrer Freundin umso erfolgreicher gewesen, denn nur eine halbe Stunde später hatte er gemeinsam mit Ewa das Lokal verlassen. Susanne musste nur einmal kurz auf die Toilette gehen; als sie wiederkam, hatten die beiden bereits ihre Mäntel an. Keiner von ihnen fragte, ob Susanne mitkommen wollte, worauf sie auch weiß Gott keinen Wert legte. Im Taxi hatte sie eine SMS von Ewa bekommen, die inständig hoffte, dass sie ihr nicht böse war. Dieses eine Mal hätte Susanne fast etwas Zweideutiges geantwortet, ließ es im letzten Moment aber bleiben. Stattdessen schrieb sie, es sei alles in bester Ordnung, sie habe ohnehin früh nach Hause gehen wollen. Auch den Gedanken, Anders anzurufen, verwarf sie rasch wieder. Ihre Spontanität hatte ihr in letzter Zeit genug Ärger eingebracht.

Sie lief weiter.

Im Grunde wusste sie nicht, warum sie immer noch so hart trainierte. Eine Zeit lang hatte sie am Lidingölauf, am St. Erikslauf, am Mitternachtslauf, an der Göteborgsrunde und am Stockholmmarathon teilgenommen. Bei der sogenannten Mädchenmeile hatte sie nur ein einziges Mal mitgemacht – sie wäre fast wahnsinnig geworden angesichts der vielen Frauen, die ein Stückchen joggten, um dann Arm in Arm spazieren zu gehen. Susanne musste lange Umwege über die Bürgersteige in Kauf nehmen, und entsprechend schlecht war ihre Zeit ausgefallen. Obwohl sie sich selbst und anderen ständig versicherte, dass die Zeit doch völlig unwichtig sei, konnte sie sich auf die Sekunde genau an ihre Leistungen bei den verschiedenen Veranstaltungen erinnern.

Aber das war lange her. Keine Zeit, sagte sie, wenn andere wissen wollten, warum sie nicht mehr bei offiziellen Läufen mitmachte. Die Wahrheit war, dass sie sich nicht auch noch in ihrer Freizeit in einen harten Konkurrenzkampf stürzen wollte. Da reichte ihr die Arbeit vollauf. Aber ihr Trainingspensum hatte sie beibehalten.

Natürlich genoss sie es, einen schönen, durchtrainierten Körper zu haben. Aber das ist nicht die ganze Antwort, dachte sie, als sie das Eriksdalsbad erreichte. Da die Strecke nicht besonders lang war, beschloss sie, auf dem Rückweg nach Reimersholme das Tempo zu erhöhen.

Sie war gut in der Zeit, zumal die Rekonstruktion am Tatort erst um elf Uhr beginnen sollte. Da Magnus Granath an Ort und Stelle sein würde, um »das Kommando zu führen«, wie er es ausgedrückt hatte, würde sie ohnehin nur eine Nebenrolle spielen. Ansonsten hätte sie die Regie übernommen.

Zum ersten Mal seit einem Jahr sollte sie Mattias wiedersehen. Als Rechtsbeistand der Familie Fernandez würde er mit Sicherheit auftauchen. Manche Anwälte schickten ihre Vertreter zu solchen Veranstaltungen, ja sogar zu Vernehmungen oder Gerichtsterminen, damit sie mehr Fälle übernehmen und mehr Geld verdienen konnten. Kein Wunder, dass man immer wieder von denselben Anwälten hörte. Nicht so Mattias. Er arbeitete sorgfältig und seriös – so wie sie selbst.

Obwohl sie sich in ein paar Stunden begegnen würden, war Susanne nicht sonderlich nervös. Eigentlich seltsam, dachte sie und steigerte abermals das Tempo. Aber vermutlich heilt die Zeit doch alle Wunden.

*

»Hiermit heißen wir die Frau Justizministerin und ihre Mitarbeiter vor dem Ausschuss willkommen.«

Endlich hielt Gerda die Zügel in der Hand, wie es der Fraktionsvorsitzende von ihr verlangte. Das war ihre Chance, die

Kritik an ihrer Person zum Verstummen zu bringen. Vor dem Konferenzraum drängten sich wartende Journalisten, die Berichterstattung war also gesichert.

Offenbar fühlte sich die neue Justizministerin nicht ganz wohl in ihrer Haut. Obwohl erst Mitte dreißig, war sie schon lange im politischen Geschäft. Doch ein Ministeramt, das wusste Gerda aus eigener Erfahrung, war eine besondere Herausforderung. Und dann die Ermordung der beiden Abgeordneten – eine Feuertaufe für die neue Ministerin. Bisher hatte sie nur ihre Antrittsrede gehalten und auf einige parlamentarische Anfragen geantwortet. Keine sehr anspruchsvollen Aufgaben.

»Ich bin sehr froh, dass Sie mir die Möglichkeit gegeben haben, hier zu erscheinen«, meinte die Ministerin jetzt. Noch gab sie sich gelassen, aber das würde sie nicht lange durchhalten. Sie saß am anderen Ende des Saals an einem Tisch, der so klein war, dass nur zwei ihrer Mitarbeiter neben ihr Platz fanden. Die übrigen vier hockten an der Wand.

»Können Sie uns sagen, wie die Regierung sicherstellen will, dass die beiden Morde aufgeklärt werden?«, begann Gerda.

Die Ministerin sammelte sich, ehe sie antwortete. »So wie andere Rechtsstaaten auch hat Schweden eine unabhängige Justiz, die für die Ermittlungen verantwortlich ist. Es wäre ein ernsthafter Verfassungsbruch, wenn wir uns in die Arbeit von Polizei und Staatsanwaltschaft einmischen würden.«

Diese Antwort war zu erwarten gewesen, und doch geriet Gerda ein wenig aus dem Konzept. Zerstreut blätterte sie in ihren Unterlagen, worauf einige Mitglieder zu flüstern begannen. Wie gut, dass diese Anhörung hinter verschlossenen Türen stattfindet, dachte sie, als sie sah, wie ihr ein Parteikollege ein Handzeichen gab.

»Eine Analyse der Ursachen und Voraussetzungen der Morde wäre doch wohl kein Verfassungsbruch«, sagte er, nachdem Gerda ihm das Wort erteilt hatte.

»Wie meinen Sie das?«, fragte die Ministerin, die etwas Selbstsicherheit eingebüßt hatte.

»Es muss doch untersucht werden, wie es um den Schutz von Carlos Fernandez bestellt war, nachdem er die Antirassismus-Kampagne ins Leben gerufen hatte. Und wie Jan-Olov Pettersson ermordet werden konnte, obwohl er von der SÄPO bewacht wurde.«

Gerda räusperte sich. »Ich denke, wir sollten einen Untersuchungsausschuss einsetzen.« Sie war froh, dieses Stichwort als Erste in die Runde geworfen zu haben, und es verfehlte seine Wirkung nicht.

Die Ministerin beugte sich zu einem ihrer Mitarbeiter hinüber und flüsterte ihm etwas zu. Sie würde sicher keine Unterbrechung beantragen, denn dann würde sie sofort der versammelten Journalistenmeute in die Arme laufen. Gerda wusste, wie sie sich fühlte, aber diesmal stand sie auf der anderen Seite. Nach einem zweijährigen Spießrutenlauf in der Regierung waren die Rollen vertauscht.

Langsam wurden die Parteikollegen der Ministerin unruhig. Offensichtlich stellte sie Gerdas Vorschlag vor gewisse Probleme.

Nach mehreren Minuten wandte sich die Ministerin wieder an die Ausschussvorsitzende. Während ihr Mitarbeiter sich Notizen machte, öffnete sie erst einmal eine Flasche Mineralwasser, die vor ihr auf dem Tisch stand.

»Wir hätten gerne eine Antwort auf unseren Vorschlag, einen Untersuchungsausschuss einzusetzen«, sagte Gerda.

Die Ministerin trank einen Schluck Wasser. Ihre Hände zitterten ein wenig. »Wir halten das für eine gute Idee. Im Übrigen hatten wir auch schon in den eigenen Reihen über einen Untersuchungsausschuss diskutiert. Da es sich um einen Angriff auf unsere Demokratie handelt, sollten wir über die Parteigrenzen hinweg zusammenarbeiten.«

Alles nur Parteitaktik, dachte Gerda, das alte Spiel: In Krisenzeiten muss jeder politische Streit vermieden werden, um die Regierung zu stützen. Wenn man die Opposition mit ins Boot holen konnte, war schon viel gewonnen.

Trotzdem, Gerda hatte den Vorschlag gemacht. Niemand konnte bestreiten, dass sie die Ministerin vor sich her getrieben hatte. Sie beneidete ihre Nachfolgerin wahrhaftig nicht. Bald würde sie den wartenden Journalisten kleinlaut erklären müssen, dass sie sich dem Vorschlag der Opposition nicht habe verweigern können.

»An wen hätten Sie denn so gedacht?«, fragte die Ministerin plötzlich.

»Sie meinen hinsichtlich der Zusammensetzung des Ausschusses?« Auf solche Details war Gerda nicht vorbereitet.

»Mir ist sehr daran gelegen, in dieser Sache zu einer einvernehmlichen Lösung zu gelangen. Wenn die Ausschussvorsitzende also schon einen so hervorragenden Vorschlag macht, würde mich sehr interessieren, an welche Namen sie dabei gedacht hat.«

Gerda überlegte. Wenn sie mit konkreten Vorschlägen kam, hatte die Ministerin sicher etwas dagegen einzuwenden. Wenn die Ministerin ihrerseits bestimmte Namen nannte, konnte sie selbst Einwände formulieren. Der Tsunami-Ausschuss hat damals ausgezeichnete Arbeit geleistet, dachte sie weiter, aber wäre es nicht merkwürdig, den neuen Ausschuss mit denselben Personen zu besetzen?

Die Ministerin lächelte. »Also, was schlagen Sie vor?«

Gerda beschloss, sich vorerst an die anderen zu wenden. »Vorschläge?«

»Kronjurist Göran Lambertz«, kam es aus einer Ecke.

»Generaldirektor Christian Pedersen«, ergänzte ein anderer.

»Der Autor Sven Lindström«, sagte ein Sozialdemokrat.

Die Ministerin bat um das Wort. »Ich denke, wir sollten auf die Ausgewogenheit der Geschlechter achten.«

Gerda nickte, obwohl sie sich insgeheim darüber ärgerte, dass die Ministerin die Regie übernahm. Das konnte sie in ihrem eigenen Ministerium machen, doch hier im Ausschuss wollte sie sich nicht die Butter vom Brot nehmen lassen. »Schlägt jemand eine Frau vor?«, fragte sie.

»Madeleine Leijonhufvud«, rief eine Christdemokratin.

Gerda notierte den Namen. Eigentlich sollte man in aller Ruhe über die Besetzung eines Untersuchungsausschusses nachdenken; andererseits wäre es schade, die gegenwärtige Situation nicht zu nutzen.

Bisher war sie mit allen Vorschlägen einverstanden. Lambertz und Lindström konnten die Regierung durchaus ins Schwitzen bringen. Pedersen hatte sie während ihrer Amtszeit selbst ernannt, was sicher kein Nachteil war. Von Leijonhufvud hatte sie keine feste Meinung, aber es war bestimmt kein Fehler, eine ehemalige Strafrechtlerin mit ins Boot zu holen.

»Was sagen Sie zu unseren Vorschlägen?«, fragte Gerda die Ministerin.

»Ich bin mit sämtlichen Vorschlägen einverstanden und werde sie umgehend dem Kabinett unterbreiten. Damit wird es sicher keine Probleme geben.«

»Dann danken wir der Frau Ministerin für ihr Kommen«, schloss Gerda die Sitzung, während sie dachte: Nochmal gut gegangen.

30

Mattias saß todmüde am Schreibtisch.

Um fünf Uhr morgens hatte Lotta ihn geweckt, um ihm zu sagen, dass sich das Kind bewegt hatte. Danach hatte er keinen Schlaf mehr finden können. Um Lotta nicht zu stören, hatte er seine Gedanken für sich behalten, und sie war kurz darauf wieder eingenickt.

Ein Mann fühlt sich schrecklich abhängig, dachte er, wenn seine Frau ein Kind erwartet. Natürlich ist es für Mann und Frau nicht dasselbe. Die Frau muss Schwangerschaft und Geburt durchstehen. Aber man vergisst doch leicht, dass der Mann genauso auf das Kind wartet.

Und einzig und allein auf die Äußerungen seiner Frau angewiesen ist, wenn es um dessen Zustand geht. Mattias fand das unerträglich. Manchmal war Lotta so müde, dass sie überhaupt nicht in der Lage war, noch irgendetwas zu erzählen.

Nur wenn das Kind strampelte, konnten sie sich sicher sein, dass es noch lebte. Mal strampelte es mehr, mal weniger, mal gar nicht.

Was sollte man daraus für Schlüsse ziehen?

Mattias versuchte, diese Gedanken zu verdrängen und sich ganz auf die Lektüre des Urteils zu konzentrieren, das ihn heute Morgen erreicht hatte. Es ging um ein spektakuläres Drogendelikt; die Voruntersuchungen hatten sich ein ganzes Jahr lang hingezogen. Die gesamte Zeit über hatte seine Mandantin, eine 23-jährige Kolumbianerin, unter verschärften Bedingungen in Untersuchungshaft gesessen. Man hatte sie auf dem Stockholmer Flughafen Arlanda festgenommen. Ein rivalisierendes Drogenkartell hatte sie verpfiffen, worauf die Fahnder feststellten, dass sie den Bauch voller Kondome hatte, die mit Kokain gefüllt waren.

Dass sie diese Tortur auf sich genommen hatte, um als alleinerziehende Mutter ihre fünf Kinder durchzubringen, und dass diese Kinder nun bestenfalls bei Familienangehörigen unterkommen würden, darauf nahm das Gericht selbstverständlich keine Rücksicht. Oder wie es der Staatsanwalt während der Verhandlung ausgedrückt hatte: Daran hätte sie früher denken sollen.

Da die Frau Analphabetin war, konnte sie den Verwandten, bei denen sie ihre Kinder vermutete, nicht mal einen Brief schreiben, und telefonisch waren sie nicht zu erreichen. Mithilfe eines Übersetzers hatte Mattias versucht, ein paar Briefe aufzusetzen und durch die Staatsanwaltschaft weiterleiten zu lassen, aber ob sie ihr Ziel jemals erreichen würden, war mehr als fraglich.

Der schlimmste Brief stand allerdings noch bevor. Der Brief, in dem stand, dass seine Mandantin zu zehn Jahren Gefängnis verurteilt worden war.

Und da heißt es immer, das schwedische Strafrecht wäre so milde, dachte Mattias. Er wollte sich gar nicht vorstellen, wie die Kinder auf diese Nachricht reagieren würden.

Der mangelnde Nachtschlaf machte sich immer stärker bemerkbar. Mattias streckte sich und ging ins Kopierzimmer, wo jeder Anwalt einen Korb für ein- und ausgehende Post hatte. Während er aufs Geratewohl in seinem Stapel blätterte, warf er einen flüchtigen Blick auf den Korb von Eric Olivecrona – der Bescheid über den Freispruch lag noch immer ganz oben, seit drei Wochen schon. Niemandem sollte entgehen, wie erfolgreich Eric war.

Mattias kehrte in sein Büro zurück und widmete sich erneut dem schriftlichen Urteil. Laut Urteilsbegründung hatte der Oberste Gerichtshof festgestellt, dass Kuriere ein wichtiges Glied in der Verbrechenskette seien. Das war einerseits absolut korrekt, ließ sich andererseits aber relativieren. Hätte sich seine Mandantin geweigert, die Drogen zu schmuggeln, hätte sich mit Sicherheit jemand anders gefunden. Den Drahtziehern, die an der Spitze der Kartelle standen, ging es nie an den Kragen. Wenn sie in Schwierigkeiten gerieten, tauschten sie lediglich ihr Fußvolk aus. Handlanger, Kuriere und Empfänger der Ware landeten im Gefängnis, die Hintermänner nicht.

Am Ende des Urteils war die Kostenrechnung der Anwälte aufgeführt. Alle bekamen nur einen Teil der geforderten Summe. Wie immer hatten sie alle dieselbe saftige Rechnung gestellt, mit der üblichen Begründung, die tatsächliche Arbeit sei weit über den vorgesehenen Rahmen hinausgegangen.

Aber wie viel Arbeit war erforderlich, um über das Schicksal eines Menschen zu entscheiden, eines Menschen, der in einem fremden Land in Untersuchungshaft saß und keinerlei Kontakt zur Außenwelt hatte?

Konnte ein Richter überhaupt darüber entscheiden? Ein Richter, der keine Ahnung hatte, was zwischen Mandant und Anwalt, der ja an seine Schweigepflicht gebunden war, gesprochen wurde?

Um ein willkürliches Feilschen um die Kostenrechnung zu vermeiden, pflegten sich Anwälte in einer der letzten Verhandlungspausen abzusprechen. So sehr sie sich vor Gericht auch bekämpften, so hatten sie doch ein gemeinsames Interesse, einen vorteilhaften Kostenrahmen festzulegen.

Diese Praxis hatte Mattias anfangs enorm irritiert. Die Kosten richteten sich doch nach dem Umfang der geleisteten Arbeit, hatte er damals gedacht. Aber diese Zweifel hatte er längst überwunden. Inzwischen war auch er dazu übergegangen, sich mit seinen Kollegen über die Höhe der Rechnung zu verständigen. Nur diesmal hatte es nichts geholfen, da alle Einzelrechnungen nach unten korrigiert worden waren.

Aber das ist jetzt das kleinste Problem, dachte er, ließ die Unterlagen in der Akte und die Akte im Aktenschrank verschwinden. Am späten Nachmittag würde er seine kolumbianische Mandantin besuchen, aber erst einmal musste er zur Rekonstruktion des Mordes an Carlos Fernandez.

*

Nachdem der Ausschuss noch mehrere Tagesordnungspunkte abgehakt hatte – unter anderem die Zusammensetzung einer Delegation, die sowohl an einer Konferenz zur Zusammenarbeit zwischen EU und Russland im Kampf gegen den Terrorismus teilnehmen als auch Besucher aus Turkmenistan empfangen sollte –, wurde die Sitzung aufgehoben.

Gerda streckte sich zufrieden.

Die Mitglieder sammelten ihre Papiere zusammen und verließen nacheinander den Saal, eine Sekretärin brachte das Protokoll der letzten Sitzung zum Unterzeichnen. Gerda verlor fast die Geduld – dieses eine Mal freute sie sich regelrecht darauf, vor die Presse zu treten. Sie wechselte ein paar Worte mit dem Büroleiter, stellte ihr Wasserglas auf das Tablett in der Ecke und steuerte die Tür an.

Leider waren nur noch zwei Reporter da, einer von *TT* und Inger Arrenander von *Ekot*. Wie merkwürdig, dachte sie, vor Beginn der Sitzung waren es doch noch fünf, sechs gewesen, darunter *SVT* und *TV4* mit Fernsehkameras. Nun ja, sie würde ihre Botschaft schon noch loswerden. Später kamen sicher noch andere Medien hinzu.

Beide Reporter schalteten ihre Aufnahmegeräte ein, und Gerda spürte, wie ihr Puls beschleunigte.

»Was sagen Sie zur Initiative der Ministerin?«, fragte Inger Arrenander.

»Äh … wie bitte?«

»Zur Initiative, einen Untersuchungsausschuss einzuberufen.«

»Eine sehr gute Idee, aber eigentlich war das nicht …«

»Die Opposition nimmt den Vorschlag also positiv auf?«

»Äh, ja, natürlich, obwohl die Initiative dazu eigentlich …«

»Das Wichtigste ist doch, dass die Parteien endlich an einem Strang ziehen, oder?«

»Doch, natürlich …«

Gerda war völlig verunsichert, auch weil sie wusste, dass ihre Antworten aufgezeichnet wurden. Vielleicht machte es einen kindischen Eindruck, im Nachhinein darüber zu streiten, wer den Vorschlag gemacht hatte? Das würde sich später zeigen.

»Was sagen Sie zu den Personen, die von der Ministerin für den Untersuchungsausschuss vorgeschlagen wurden?«

»Das sind allesamt gute Vorschläge.«

»Was qualifiziert diese Personen Ihrer Meinung nach in besonderem Maße?«

Gerda ging im Geiste die Kandidaten durch, um ja keinen Fehler zu machen. Glücklicherweise verfügte sie über ein ausgezeichnetes Namensgedächtnis.

Nur leider entstand im Radiointerview jetzt eine Pause von mehreren Sekunden. Inger Arrenander wurde ungeduldig. »Ich hätte gern gewusst, was diese Personen qualifiziert.«

»Äh, ich halte es für eine gute Idee, dass der Justizbevollmächtigte des Reichstags dabei ist.«

»Sie meinen den Kronjuristen.«

Verdammt, Lambertz ist natürlich Kronjurist, dachte Gerda. »Genau, den meine ich«, fügte sie rasch hinzu und beschloss, das Interview zu Ende zu bringen, ehe ihr weitere Fehler unterliefen. »Ich möchte nochmals betonen, dass wir der Idee, einen Untersuchungsausschuss einzusetzen, von Anfang an positiv gegenüberstanden.«

Die Reporter bedankten sich und eilten zum Aufzug, während Gerda im Stillen die neue Justizministerin verfluchte.

31

Kurz darauf saß Mattias im Taxi nach Nacka. Schließlich hatte er doch noch eine Werkstatt gefunden, die bereit war, sein Auto zu reparieren. Es irritierte ihn direkt, wie dankbar er dafür war. Ein Automechaniker war doch wohl ein selbstständiger Unternehmer und als solcher auf das Wohlwollen und Vertrauen seiner Kunden angewiesen. Würde sich ein Versicherungsangestellter so verhalten, stünde er schon bald in der Zeitung.

Nach wie vor war das Einfamilienhaus in Nacka mit einem blau-weißen Band abgesperrt, vor dem zahlreiche Journalisten und Fotografen um die besten Plätze kämpften. Diesmal war der Wachmann auf der Hut und kontrollierte eingehend Mattias' Pass.

Auf dem Kiesweg waren zwei Polizisten in die Rollen von Mörder und Opfer geschlüpft, neben ihnen standen ein Fotograf und ein Techniker. Ein Stück dahinter entdeckte Mattias Leif Silbersky – den »Hering«, wie er in Anwaltskreisen genannt wurde –, der den Laienschauspielern mit verschränkten Armen zusah. Mattias ging auf ihn zu und schüttelte ihm die Hand.

»Guten Tag, Herr Kollege«, sagte Silbersky betont freundlich.

Wenn meine Eltern mich jetzt sehen könnten, schoss es

Mattias durch den Kopf, doch er verscheuchte den Gedanken sofort. Immerhin sind wir Kollegen, sagte er sich.

»Eine schreckliche Geschichte«, fuhr Silbersky fort, »und jetzt steht auch noch die falsche Person unter Verdacht.«

Obwohl Mattias derselben Meinung war, konnte er Silbersky natürlich nicht so ohne Weiteres Recht geben. Stattdessen murmelte er etwas vor sich hin und bezog bewusst ein paar Meter entfernt Stellung, um den Eindruck zu vermeiden, dass er als Rechtsbeistand der Klägerin allzu vertraut mit dem Verteidiger der Gegenseite umging. Darauf musste man immer achten, natürlich vor allem in Anwesenheit der Mandanten.

Er blickte sich um. Susanne war nirgends zu sehen. Hingegen stach ihm sofort ein Mann mit grob geschnittenem Gesicht ins Auge, der hier offenbar das Kommando führte – er demonstrierte dem Fotografen, welche Perspektive er wählen sollte, er dirigierte die beiden Polizisten. Sofort wusste Mattias, dass es sich um den Staatsanwalt handeln musste. Der wollte natürlich auch begrüßt werden.

»Guten Tag, mein Name ist Mattias Berglund. Ich bin der Rechtsbeistand der Familie Fernandez.«

Der Staatsanwalt nickte mürrisch. »Magnus Granath.« Damit wandte er ihm demonstrativ den Rücken zu.

»Ich wollte mich nur kurz vorstellen«, fuhr Mattias fort, »da wir ja in dieser Sache zusammenarbeiten.«

Magnus Granath drehte sich langsam um. »Das sehe ich anders. Wenn hier jemand Anklage erhebt, dann ich.«

Mattias spürte einen unbändigen Zorn in sich aufsteigen. So eine Behandlung konnte er eigentlich nicht akzeptieren, aber er musste sich beherrschen. »Eine Anklage, die wir möglicherweise unterstützen werden.«

Der Staatsanwalt warf ihm einen feindseligen Blick zu. »*Ich* leite hier die Voruntersuchung. Kümmern *Sie* sich um Ihre Mandanten und eventuelle Schmerzensgeldforderungen.«

Der Wortwechsel verunsicherte die beiden Polizisten, die gleich den Hergang der Tat rekonstruieren sollten. Sie unterbrachen ihre Vorbereitungen, als warteten sie auf neue Anweisungen.

Mattias hatte sie wirklich nicht stören wollen, aber er konnte sich auch nicht alles gefallen lassen. »Wir werden sehen, wie wir uns zu der Anklage stellen«, sagte er und durchbohrte den Staatsanwalt mit dem Blick. Inwiefern sein Einwand überhaupt von Belang war, hätte er jetzt auch nicht erklären können.

Magnus Granath gab ein unwilliges Schnauben von sich und brummte, er wolle nicht weiter gestört werden.

Als Mattias gerade zu einem abschließenden Kommentar ansetzen wollte, kam Susanne aus dem Haus. Natürlich hatte er oft an sie gedacht, aber so schön wie in diesem Augenblick war sie nicht einmal in seinen Fantasien gewesen.

Sie zuckte zusammen, als sie ihn sah. Dann kam sie langsam auf ihn zu.

»Long time no see«, sagte er, während sie sich die Hand gaben, und bereute sofort die leere Phrase.

Susanne spürte Schweiß unter den Achseln, als sie Mattias entdeckte. Warum reagierte sie so? Sie interessierte sich doch gar nicht mehr für ihn. Er gehörte ein für alle Mal der Vergangenheit an. Außerdem hatte er Familie!

Aber da sie sich nun schon mal gesehen hatten, blieb ihr nichts anderes übrig, als ihn zu begrüßen.

Während der Staatsanwalt sich wieder seinen Vorbereitungen widmete, blieb sie mit Mattias ein Stück entfernt auf der Garageneinfahrt stehen. Susanne fühlte sich hier sowieso etwas überflüssig, da Granath alle Zügel in der Hand hielt. Und es konnte ja kein Fehler sein, sich ein bisschen mit Mattias zu unterhalten, zumal er als Rechtsbeistand der Familie auf derselben Seite arbeitete wie sie. Wenn ihr nichts anderes einfiel, konnte sie sich immer noch nach dem Befinden seiner Mandantin erkundigen.

»Es geht ihr fürchterlich schlecht«, erklärte Mattias.

Für ein paar Sekunden sahen sie sich fragend an.

»Scheint ja ein ziemlicher Dickkopf zu sein, dieser Staatsanwalt«, fügte er hinzu.

Susanne überlegte, wie offen sie sein durfte. Früher hatte sie ihm alles erzählen können, aber da hatten sie auch ein Verhältnis gehabt; jetzt waren sie im Dienst. »Er weiß genau, was er will«, sagte sie und hoffte, dass Mattias sich nicht an diesem Thema festklammern würde.

Er lächelte nur sein übliches Lächeln und sah ihr in die Augen. Sie hatte diesen Blick schon ganz vergessen, doch jetzt erkannte sie sogar seine feinen Lachfältchen wieder.

Nimm dich in Acht, sagte sie sich. Du kannst doch hier nicht rumstehen und flirten.

Jetzt zog er die Augenbrauen hoch. »Was meinst du, ist Struwe der Richtige?«

Susanne wusste nicht, was sie sagen sollte. Sie wollte nicht zugeben, wie uneins sie mit dem Staatsanwalt war. »Wenn Granath ihn festnehmen lässt, wird er schon seine Gründe haben.«

Mattias lachte. Als würde er sich freuen, sie wiederzusehen. »Ach, komm schon, Susanne. Das glaubst du doch selbst nicht.« Er senkte die Stimme, was eigentlich nicht nötig war, weil sich sowieso niemand für ihr Gespräch interessierte. Ein paar Meter weiter wurde gerade diskutiert, wie der Polizist, der Carlos verkörperte, fallen und danach über den Kiesweg robben sollte.

»Wir werden sehen, was bei der Untersuchungsverhandlung passiert.«

»Ich wüsste da vielleicht ein paar Dinge, die dich interessieren dürften.«

»Willst du das nicht lieber direkt mit dem Staatsanwalt klären?«, fragte Susanne.

»Ich glaube nicht, dass er sich für meine Meinung interessiert.« Erneut begegneten sich ihre Blicke.

Die Gedanken wirbelten durch Susannes Kopf. Was bezweckte er damit? Wollte er etwa in Kontakt bleiben? Und wenn der Anwalt der Klägerin ihr Informationen anbot, musste sie dieses Angebot dann nicht annehmen? Wäre es nicht höchst unprofessionell, etwas abzulehnen, das die Ermittlungen voranbringen könnte?

»Tja, vielleicht sollten wir uns wirklich mal zusammensetzen«, meinte sie. »Hast du einen Vorschlag?«

»Bei dir zu Hause.«

»Was?«

»War nur ein Scherz«, sagte er und lachte.

Susanne spürte, wie ihr die Röte ins Gesicht schoss. »Wenn wir uns treffen, dann nur in der Dienstzeit. Alles andere ist ausgeschlossen.«

»Natürlich.«

*

Zufrieden fuhr Gerda den Rechner herunter.

Weder *Ekot* noch *TT* hatten eine große Sache daraus gemacht, dass sie den Kronjuristen mit dem Justizbevollmächtigten verwechselt hatte. Die Presseagentur *TT* hatte sogar einen ausführlichen und angemessenen Bericht veröffentlicht. *Ekot* dagegen erwähnte nur im Vorbeigehen, dass sie die Einsetzung eines Untersuchungsausschusses begrüßt hätte. Wenn man die Online-Ausgaben las, konnte man den Eindruck haben, der Vorschlag sei von der Justizministerin gekommen. Aber was soll's, dachte sie. *TT* versorgte über einhundert Zeitungen mit Nachrichten, da würde sich das Bild schon zurechtrücken.

Durch das Fenster ihres Büros beobachtete sie die Menschentraube, die sich am Großen Plenarsaal gebildet hatte, wo bald eine Gedenkstunde für die beiden ermordeten Kollegen stattfinden sollte. Sicher würde der Saal bis auf den letzten Platz gefüllt sein, was nur selten der Fall war, beispielsweise bei der Eröffnung einer Legislaturperiode. Bei normalen Abstimmungen fehlten in der Regel mindestens fünfzig Abgeordnete.

Sie warf einen raschen Blick in ihr Postfach, in dem der Entwurf einer schriftlichen Anfrage an die Ministerin lag. Eine ziemlich unwichtige Sache, es ging um einen Detailaspekt der Polizeiausbildung. Das konnte irgendein Referent binnen dreißig Sekunden bearbeiten. Doch Gerda wusste, dass es Journalisten gab, die genau mitzählten, wie viele Anfragen, Anträge und Eingaben von den einzelnen Abgeordneten gestellt wurden, um die Volksvertreter anschließend in Faule und Fleißige einzuteilen. Dass es dabei nicht um Qualität, sondern um Quantität ging, war beileibe nichts Neues. Aber egal, dann stellte sie eben möglichst viele schriftliche Anfragen. Interpellationen und öffentliche Debatten überließ sie dagegen lieber anderen, und sie war längst nicht die einzige Abgeordnete, die sich aus den Diskussionen im Parlament heraushielt. Sie konzentrierte sich lieber auf schriftliche Anfragen, ob diese nun gelesen wurden oder nicht.

32

Mattias trank einen Schluck Bier.

Aber die Unruhe in seinem Körper wollte einfach nicht verschwinden. Den ganzen Nachmittag über hatte er an die kommende Begegnung mit Susanne gedacht, sogar während des Gesprächs mit der Kolumbianerin, die kaum fassen konnte, dass sie so lange hinter Gitter sollte.

Susanne und er hatten sich im Mamas and Tapas verabredet, einem spanischen Restaurant an der Scheelegatan. Das Lokal war beinahe leer, als er an einem Ecktisch Platz nahm. Er fühlte sich, als stünde ihm das Wort »Ehebrecher« in großen Buchstaben auf die Stirn geschrieben. An der Bar saß ein älterer Mann und starrte zu ihm herüber, als könnte er seine Gedanken lesen.

Ein ums andere Mal versuchte er sich einzureden, dass es sich um ein rein berufliches Treffen handelte, an dem es absolut nichts auszusetzen gab. Doch im Grunde seines Herzens wusste er, dass dieses »berufliche Treffen« nur ein Vorwand war, um Susanne wiederzusehen.

Deshalb hatte er sich auch fest vorgenommen, ausschließlich über berufliche Dinge zu sprechen, was allerdings sogleich das nächste Problem mit sich brachte: Was durfte er Susanne gegenüber ausplaudern? Immerhin unterlag er der Schweigepflicht.

Dass er ihr keine Details verraten durfte, die Anna Fernandez ihm anvertraut hatte, verstand sich von selbst. Doch da seine Mandantin bisher ziemlich stumm geblieben war, hielt sich diese Gefahr in Grenzen.

Aber durfte er andere Dinge erwähnen, beispielsweise die Tatsache, dass das Bild, das er von Carlos gewonnen hatte, nicht so ganz mit dessen Image übereinstimmte? Dass Carlos pedantisch und berechnend gearbeitet hatte? Carlos Fernandez gegenüber war er nicht zur Loyalität verpflichtet. Und da seine Mandantin sicher an einer baldigen Aufklärung des Mordes interessiert war, konnte es ja kein Fehler sein, mit Susanne darüber zu sprechen. Außer Anna hätte ihren Mann selbst umgebracht, aber das hielt Mattias für ausgeschlossen.

Natürlich musste er der Ermittlerin alle Informationen zukommen lassen, die ihr helfen könnten, den Fall zu lösen. Und ohne abschließendes Urteil würden auch die Hinterbliebenen kein Schmerzensgeld bekommen.

Schließlich kam Mattias zu dem Ergebnis, dass er absolut berechtigt war, das eine oder andere zu erzählen. Sofort fühlte er sich etwas besser, auch in Hinsicht auf Lotta.

Die war mit Rebecka zu Hause.

Seine schwangere Frau saß mit ihrer sechsjährigen Tochter zu Hause, während er hier in einem Restaurant auf seine frühere Geliebte wartete – eine Affäre, die ihn fast seine Ehe gekostet hätte.

Der Gedanke ließ ihn aus reiner Nervosität ein weiteres Bier bestellen. Außerdem war er hungrig, weil er den ganzen Nachmittag hindurch nichts gegessen hatte. Also orderte er ein paar Tapas: Hühnchen mit Knoblauch, Serranoschinken und mit Speck umwickelten Ziegenkäse.

Er spürte, wie sich der Alkohol im Körper verteilte. Ein beruhigendes Gefühl, das zugleich noch gefährlichere Gedanken in Bewegung setzte. Mit dem Taxi wären sie in nur zehn Minuten bei ihr. Er erinnerte sich an ihre Wohnung, an ihr Schlafzimmer …

Als er unwillkürlich mit der Faust auf den Tisch schlug, schaute der Barkeeper zu ihm herüber. Er winkte ab.

Ich brauche einen Plan, dachte er, eine Strategie. Für einen Moment überlegte er, einfach zu verschwinden und ihr eine Mail oder eine SMS zu schicken, dass alles ein Fehler gewesen sei. Doch irgendetwas hielt ihn zurück, und er wusste genau was: die Aussicht, Susanne wiederzusehen.

Er zwang sich, an Lotta zu denken, an ihre Tochter, an ihr ungeborenes Kind. Aber es half nichts.

Okay, dachte er und trank einen Schluck Bier. Ich muss einen Deal mit mir selbst machen. Er ließ sich mehrere Formulierungen durch den Kopf gehen, bis er endlich eine gefunden hatte, die ihn zufriedenstellte. Hiermit verspreche ich meiner Frau, meiner Tochter und meinem ungeborenen Kind, keine Initiative zu ergreifen, um mit Susanne in ihre Wohnung zu fahren.

Mattias hatte ein Bier und mehrere kleine Teller vor sich, als Susanne zur Tür hereinkam.

Er stand auf und umarmte sie flüchtig und unbeholfen.

»Bestellt man hier am Tisch?«, fragte sie mit belegter Stimme.

Mattias zeigte auf die Bar und setzte sich sofort in Bewegung. »Ein Glas Weißwein?«

Er weiß immer noch, was ich trinke, dachte Susanne, obwohl wir nur ein einziges Mal zusammen in der Kneipe waren. »Ich mach das schon«, entgegnete sie und spürte, dass die Atmosphäre jetzt schon zu intim wurde.

Aber Mattias ließ sich nicht aufhalten. »Ich wollte mir sowieso noch ein Bier holen.«

Zögerlich setzte sie sich an die Schmalseite des Tisches, damit sie sich nicht zu nahe kommen konnten, und holte ihre Unterlagen und einen Stift aus der Tasche. Er sollte nicht einen Augenblick lang glauben, dass es sich um etwas anderes als um ein reines Arbeitsessen handeln könnte.

Mattias kam mit ihrem Wein und seinem Bier zurück und nahm Platz. Die ganze Situation kam ihm sehr künstlich vor. Außerdem wich Susanne seinem Blick beharrlich aus.

»Du wolltest über die Ermittlungen sprechen«, sagte sie und nahm ihren Stift in die Hand.

Mattias lachte. »Wie schön, dass du so gut vorbereitet bist.«

»Aber Mattias, wir müssen uns hier ganz professionell verhalten …«

»Absolut richtig.«

»Also, hast du noch irgendwelche Informationen, die für uns von Belang sein könnten?«

Mattias räusperte sich. »Ganz ehrlich, Susanne, glaubst du wirklich, dass es Struwe war?«

Susanne fühlte sich ein wenig in die Enge getrieben, aber da sie sich schon einmal getroffen hatten, konnte sie sich jetzt nicht völlig bedeckt halten. »Es liegen gewisse Indizien gegen ihn vor. Ich denke, es war richtig, ihn wieder in Haft zu nehmen. Aber ob die Beweislage für eine Anklage oder eine Verurteilung ausreicht … Ich glaube eher nicht.«

Mattias lächelte. »Was für eine formelle Antwort.«

»Okay, also wenn du mich ganz direkt fragst: Ich glaube nicht, dass es Struwe war.«

»Wer dann?«

Susanne zögerte. Aber sie war froh, dass es ihnen gelungen war, ein seriöses Gespräch in Gang zu bringen. Nur dieser alte Kerl in der Ecke, der sie die ganze Zeit lang beobachtete, störte sie ein wenig. »Ich gehe davon aus, dass es sich um organisierte Kriminalität handelt. Der erste Mord war ja die reinste Hinrichtung. Sehr professionell durchgeführt.«

»In welcher Hinsicht?«

»Die Tat hat nur wenige Sekunden gedauert. Offenbar war ihr kein Wortwechsel vorausgegangen. Fernandez wurde einfach niedergeschossen, noch dazu mit einem militärischen Sturmgewehr mit Schalldämpfer. Dem Gerichtsmediziner zufolge starb er sehr schnell. Höchstwahrscheinlich ein Auftragskiller.«

»Aber wer hat den Auftrag gegeben?«

»Das können wir noch nicht sagen, aber wir wissen, dass es eindeutige Verbindungen zwischen den Neonazis und den Bandidos gibt. Ich glaube, die Sache ist größer, als wir alle glauben.«

Mattias runzelte die Stirn und trank einen Schluck Bier. »Aber wer soll die Tat verübt haben?«

»Wie ich schon sagte, irgendein Auftragskiller, vielleicht vom Balkan, der danach gleich wieder verschwunden ist. Vielleicht über Norwegen, die sind ja nicht in der EU.«

»Und der Mord an Jan-Olov Pettersson?«

»Genau deshalb meine ich ja, dass die Sache größer ist als ein gewöhnlicher Auftragsmord.«

Mattias wirkte nicht überzeugt. Sie ließ den Blick durch den Raum schweifen, um sicherzugehen, dass ihnen niemand zuhörte. Doch die wenigen Gäste waren allesamt mit anderen Dingen beschäftigt – abgesehen von dem alten Mann, der sie nicht aus den Augen ließ. »Und was glaubst du?«

Er trank noch einen Schluck Bier. »Ich frage mich gerade, was das da für ein Typ ist in der Ecke.«

»Keine Ahnung.«

Mattias trank wenig Alkohol – es sei denn, er war nervös. Er schaute in sein Bierglas, das schon wieder beinahe leer war.

Durfte er sich ein weiteres genehmigen? Was würde Susanne von ihm denken?

Von ihrem Wein hatte sie kaum einen Tropfen getrunken.

»Ich könnte mir gut vorstellen, dass wir es mit einem Psychopathen zu tun haben«, sagte er und rutschte ein wenig näher an sie heran, bis ihre Knie fast aneinanderstießen.

»Wie meinst du das?« Susanne legte den Stift beiseite. Bisher hatte sie sich keine Notizen gemacht.

»Na ja, vielleicht war es einfach irgendein Spinner, der nach der Zeitungslektüre auf eine fixe Idee gekommen ist. Der sich die beiden einfach herausgepickt hat, ohne sich besonders für ihre Antirassismus-Kampagne zu interessieren.«

»Und was sollte er sonst für einen Grund gehabt haben?«

»Es gibt doch kaum jemanden, der in letzter Zeit so viel Aufmerksamkeit in den Medien bekommen hat wie Carlos und Jan-Olov.«

Susanne runzelte die Stirn. »Irgendein Stalker, meinst du?«

»Oder jemand, der Politiker im Allgemeinen verachtet.«

»Der sie als Symbole der verkommenen Gesellschaft betrachtet?«

Mattias nickte. »Ja, so ungefähr.«

»Der vorige Staatsanwalt hatte dieselbe Theorie.«

»Und warum habt ihr die nicht weiterverfolgt?«

»Weil Struwe wieder in Haft ist.«

»Ich dachte, ihr würdet stets mehrgleisig ermitteln.«

»Stimmt, das behaupten wir immer, aber die Realität sieht oft anders aus.«

Susanne nippte an ihrem Wein. Normalerweise trank sie so früh am Tag keinen Alkohol. Es war zwar schon später Nachmittag, doch eigentlich hatte sie ein Mineralwasser bestellen wollen – auch auf die Gefahr hin, dass Mattias sie für langweilig halten könnte.

Offensichtlich waren sie beide nicht so recht überzeugt von der Theorie des anderen. Sie schienen nur in einem Punkt einer Meinung zu sein: dass man mit Struwe den Falschen festgenommen hatte. Weiter kamen sie jetzt nicht, aber vielleicht konnten sie die Diskussion ein andermal fortsetzen?

Nein, Stopp!, sagte sie sich. Lass dich nicht gehen!

Sie war unwillkürlich in eine Stimmung geraten, in der sie sich wieder zu Mattias hingezogen fühlte. Was in Anbetracht ihrer gemeinsamen Geschichte vielleicht nicht weiter verwunderlich war. Aber sie durfte dieser Stimmung nicht nachgeben.

»Du wolltest mir doch irgendwas erzählen«, sagte sie, »das uns bei den Ermittlungen voranbringen könnte.«

Mattias hob sein Glas, setzte es jedoch gleich wieder ab. »Ich glaube, dass Carlos Fernandez ganz anders war, als er in der Öffentlichkeit aufgetreten ist.«

Ihre Blicke begegneten sich erneut, wieder ein bisschen zu lange. Sie schaute zur Seite und sah, dass der alte Mann in ihre Richtung lächelte.

Was ist das für ein Kerl?, fragte sie sich erneut, während sie sich wieder Mattias zuwandte. Wie auch immer, dass sie hier saßen und über die Ermittlungen diskutierten, war ja kein Verbrechen. Als ihre Knie aneinanderstießen, rückte sie schnell ein wenig zur Seite.

Wenn sich das jetzt schon so anfühlte – wie würde es sich erst anfühlen, wenn ... Susanne verdrängte die verbotenen Gedanken. »Und wie war er deiner Meinung nach?«, fragte sie.

»In der Öffentlichkeit hat er ja immer einen sehr spontanen und sympathischen Eindruck gemacht, aber im Grunde war er wohl ein sehr berechnender Typ.«

»Wie kommst du darauf?« Susanne erkannte ihre eigene Stimme kaum wieder.

»Ich hatte so ein komisches Gefühl, als ich mit seiner Frau und den Kindern geredet habe.«

Wieder stießen ihre Knie aneinander, und diesmal zog Susanne ihre Beine nicht zurück. »Was für ein Gefühl?«

Mattias sagte nichts. Sie rutschten ein wenig näher zusammen, und für einen kurzen Moment berührten sich ihre Arme. Instinktiv blickte sie wieder zu dem alten Mann hinüber, der ihnen zuprostete.

»Das musst du mir auf jeden Fall genauer erzählen, aber hier können wir nicht bleiben«, sagte Susanne.

»Wo sollen wir hingehen?«

»Wenn wir ungestört sein wollen, fahren wir am besten zu mir.«

33

Mattias saß mit Susanne im Taxi, das in diesem Moment über die Västerbrücke fuhr. Alles kam ihm unwirklich vor.

Zur Linken sah er die Konturen von Långholmen, wo 1993 ein schwedisches Militärflugzeug abgestürzt war. Auf der anderen Seite, in Essingeleden, flitzten Autos in beide Richtungen.

Susanne und er saßen stumm auf dem Rücksitz.

Beide wussten, was gleich geschehen würde. Beide wussten, dass es ein Fehler war. Keiner von ihnen tat etwas, um es zu verhindern.

Mattias ließ seine Hand über den Sitz gleiten, bis sie Susannes Hand berührte. Er spürte, wie sich ihre schmalen Finger um seine Finger schlossen.

Das Taxi verließ die Västerbrücke und rollte den Hügel hinab, vorbei am Café Lasse im Park, in dem er oft mit Lotta gewesen war, als sie noch in Söder gewohnt hatten.

»Hundertsechzig«, sagte der Taxifahrer.

Mattias zahlte, sie stiegen aus. In der Dunkelheit sah er nur Susannes blondes Haar, das ihr lang auf den Rücken fiel.

Im beleuchteten Aufzug standen sie sich direkt gegenüber.

»Was passiert hier?«, fragte er.

Susanne schüttelte langsam den Kopf und legte ihm den Zeigefinger auf die Lippen. »Sag jetzt nichts.«

Der Schlüsselbund klirrte, als sie mit unsicheren Händen die Tür aufschloss. Mattias stand schräg hinter ihr und lauschte seinem Atem.

Sie betraten den dunklen Flur.

Susanne warf ihren Mantel über einen Stuhl, streifte die Schuhe ab, und noch ehe Mattias auch nur seinen Mantel ausziehen konnte, zog sie ihn ins Schlafzimmer.

Sie stolperten durch die Tür, Susanne stieß die Kissen vom Bett, und Sekunden später lagen sie aufeinander.

Es durchzuckte Mattias wie ein Blitz, als er ihre Lippen auf seinen spürte. Sie küssten sich heftig, fast aggressiv. Keuchend landete er auf dem Rücken.

Susanne lockerte ihm den Schlips und begann, sein Hemd aufzuknöpfen, während Mattias ihr die Bluse über den Kopf streifte.

In diesem Moment meldete sich sein Handy.

»Verdammt«, knurrte er.

Das nächste Klingeln gellte durch den Raum und zerstörte die Intimität.

Sie waren zurück in der Wirklichkeit.

»Geh ran«, sagte Susanne, deren BH-Träger heruntergerutscht waren. »Vielleicht ist es wichtig.«

Er klettere mühsam vom Bett und zog das Handy aus der Hosentasche.

»Hier ist Lotta.« Sie schluchzte. »Ich habe Blutungen bekommen.«

Aus reiner Frustration kratzte Mattias sich an den Unterarmen, als er wieder auf der Rückbank des Taxis saß.

Diesmal allein.

Der Kloß in seinem Hals ließ sich nicht herunterschlucken.

Auf Anweisung der Hebamme war Lotta schon auf dem Weg ins Söder-Krankenhaus gewesen, als sie ihn angerufen hatte.

Das konnte nur eines bedeuten: Das Leben ihres Kindes war in Gefahr.

Mattias schluckte erneut.

»Muss das so lange dauern?«, keifte er.

Der Taxifahrer stieg aufs Gas. »Ich kann ja wohl nicht bei Rot über die Ampel fahren!«

»Das ist aber ein Notfall!«

Mattias ließ sich in den Sitz zurücksinken und beschloss, für den Rest der Fahrt die Klappe zu halten.

Natürlich hatten sie nicht mehr viele Worte gewechselt. Binnen weniger Sekunden war er aus der Tür gewesen. Susanne hatte mit unglücklichem Gesicht im Flur gestanden, als wäre alles ihre Schuld, während Mattias hastig in den Mantel geschlüpft war.

Das Taxi hielt vor dem Söder-Krankenhaus, Matthias eilte hinein.

Auf der Station wandte er sich an die nächstbeste Krankenschwester, die aber nichts von einer Frau namens Lotta Berglund gehört hatte.

»Warten Sie hier, ich frag mal nach.«

Mattias setzte sich im leeren Wartezimmer auf ein Sofa. Er nahm eine Zeitschrift in die Hand, warf sie wieder auf den Tisch, stand auf, tigerte durch den Raum und setzte sich wieder.

Warum dauert das denn so lange? Das bedeutet sicher nichts Gutes, dachte er, als die Krankenschwester zurückkehrte.

»Kommen Sie bitte mit. Ich bringe Sie zu Ihrer Frau.«

Warum sagte sie ihm nicht, wie es um sie stand? Ehe er fragen konnte, bogen sie nach rechts in ein Zimmer ein.

Mit einem weißen Krankenhauskittel bekleidet lag Lotta im

Bett und starrte aus dem Fenster. Im ersten Moment schien sie ihn gar nicht wahrzunehmen.

Er blieb an der Tür stehen, als wollte er lieber nicht wissen, was geschehen war. Dann trat er mit vorsichtigen Schritten an ihr Bett.

Erst in diesem Moment wandte sie ihm den Kopf zu und sah ihn mit geröteten Augen an.

»Er lebt.«

Mattias ließ sich auf den Stuhl neben dem Bett sinken, hielt sich die Hände vors Gesicht und schluchzte so heftig, dass er zitterte.

DONNERSTAG, 6. NOVEMBER

34 »Ich will heute nicht zum Fußball«, sagte Rebecka.

»Dann lass das Training doch einfach mal aus«, meinte Mattias. »Und nimm noch etwas Dickmilch.«

Seine Tochter musterte ihn misstrauisch. »Aber mein Trainer sagt, dann kann ich kein Profi werden.«

»Wie schade.« Zerstreut blätterte Mattias in der Zeitung, mit den Gedanken im Krankenhaus.

Eine Blutung im Gebärmutterhals oder eine tiefliegende Plazenta waren als Ursache für den Zwischenfall angegeben worden. Aber das Kind war außer Lebensgefahr, das war das Wichtigste. Lotta war zunächst für drei Wochen krankgeschrieben worden. Sie sollte sich schonen, keinen Sport treiben und nichts Schweres heben.

Mattias musste ihr also noch mehr Arbeit abnehmen als zuvor, aber das störte ihn nicht im Geringsten. Er hätte alles getan, um das Überleben seines Kindes zu sichern.

Und trotzdem hatte er gestern Abend … Er verscheuchte den Gedanken. Obwohl das schlechte Gewissen an ihm nagte, wollte er jetzt nicht allzu ausführlich nach den Gründen forschen.

Plötzlich merkte er, dass Rebecka leise schluchzte.

Er legte die Zeitung beiseite. »Aber was ist denn, mein Schatz?«

»Du hast gesagt, dass ich kein Profi werden kann.«

»Aber natürlich kannst du Profi werden. Ich muss das wissen, ich bin doch schließlich dein Trainer.«

Rebecka schlug mit dem Löffel auf die Dickmilch, dass es nur so spritzte.

»Jetzt beruhig dich doch.« Mattias wusste, dass Rebecka immer noch eingeschnappt war, weil man sie zu den Nachbarn abgeschoben hatte, als ihre Mutter ins Krankenhaus musste. »Wenn Mama nachher nach Hause kommt, wird sie bestimmt sehr erschöpft sein. Dann können wir beide ins Kino gehen.«

Rebeckas schlechte Laune war wie weggeblasen. »In welchen Film?«, fragte sie mit heller, erwartungsvoller Stimme.

»Mal schauen.« Mattias überflog das Kinoprogramm, ohne auf die Schnelle etwas Passendes zu finden.

Rebecka hing erwartungsvoll über der Zeitung. »*Shrek!*«, schlug sie vor.

»Aber das ist doch nichts für Sechsjährige«, entgegnete Mattias, der sich wunderte, wie niedrig die Altersbegrenzungen von Kinderfilmen heutzutage waren. Mit zwölf hatte er *Pippi Langstrumpf* und *Michel aus Lönneberga* gesehen. So etwas schauten sich heute die Vier- bis Fünfjährigen an. »Vielleicht gehen wir lieber am Samstag ins Kino.«

»Aber du hast es versprochen!« Rebecka brach erneut in Tränen aus.

Er seufzte und strich ihr sanft über den Kopf. »Ich weiß, aber wir können uns für heute Abend doch auch einen Film ausleihen und ein paar Süßigkeiten kaufen, okay?«

Rebecka blickte auf. »Ganz viele Süßigkeiten?«

»Versprochen!«

Er räumte die Teller in die Spülmaschine und wischte den Tisch ab.

In diesem Augenblick fiel es ihm siedend heiß ein. Seine Krawatte. Die war immer noch bei Susanne.

Er lehnte sich an den Kühlschrank und schloss die Augen.

Wie hatte er nur so dumm sein können?

»Papa, warum bist du heute so komisch?«, fragte Rebecka.

*

Susanne lehnte sich gegen das Fenster, während der Bus den Kaffebacken entlangfuhr.

Sie war tief in Gedanken versunken, die anderen Passagiere nahm sie kaum wahr.

Seit Mattias gestern Abend Hals über Kopf aus ihrer Wohnung gestürzt war, war sie nicht mehr zur Ruhe gekommen. Sie wusste nicht einmal, was überhaupt vorgefallen war. Mattias war völlig durcheinander gewesen, hatte kaum ein Wort herausgebracht.

Den ganzen Abend hindurch hatte sie gegrübelt, was nur passiert sein könnte. In der Arbeit war er nicht zu erreichen gewesen, und es war völlig ausgeschlossen, bei ihm zu Hause anzurufen. Was sollte sie sagen, wenn seine Frau am Apparat war? Oder seine Tochter?

Natürlich hatte sie ein schlechtes Gewissen – sie hatte sich wieder mit einem Mann eingelassen, der verheiratet war und ein Kind hatte. Aber ihre Schuldgefühle hielten sich in Grenzen, schließlich war sie nicht für seine Ehe verantwortlich. Und so gut konnte es um die ja nicht bestellt sein, da sie erneut im Bett gelandet waren.

Auch wenn es nur zu ein paar Küssen gekommen war.

Hätten sie nur eine Viertelstunde mehr Zeit gehabt, hätte sie abermals gespürt, wie es war, mit ihm Sex zu haben.

Trotzdem, sie hatte sich von Gefühlen leiten lassen, die sie längst verloren geglaubt hatte, und das gefiel ihr nicht. Vielleicht wollte sie deshalb unbedingt der Spur nachgehen, die Mattias angedeutet hatte. Dann konnte sie sich zumindest einreden, dass ihr Treffen beruflicher Natur gewesen war. Nun war sie also wieder auf dem Weg nach Nacka, um die Witwe Anna Fernandez zu besuchen. Nur dort konnte sie überprüfen, ob an Mattias' Kommentaren zu Carlos Fernandez etwas dran war. Sie war allein unterwegs. Da sich Magnus Granath voll und ganz auf Struwe konzentrierte, musste sie ihre eigenen Untersuchungen vorantreiben – was er ihr praktisch untersagt hatte. Normalerweise arbeitete sie loyal mit dem Staatsanwalt zusammen und akzeptierte vollkommen, dass er die Ermittlungen leitete. Doch jetzt ging es für sie nicht nur um eine korrekte Aufgabenteilung, sondern auch darum, mit gutem Gewissen in den Spiegel schauen zu können. Die Sitzung der Ermittlungsgruppe war auf elf Uhr verschoben worden. Das müsste sie schaffen, wenn sie sich beeilte. Sie stieg aus dem Bus und ging zu Fuß zum Haus der Familie Fernandez, das ziemlich verlassen wirkte. Vielleicht hätte sie vorher anrufen sollen, aber sie hatte vermeiden wollen, dass sich Anna auf ihren Besuch vorbereitete.

Nachdem die Spurensicherung ihre Arbeit am Tatort beendet hatte, waren auch die Wachmänner abgezogen.

Sie spazierte die Garageneinfahrt hinauf, folgte dem Kiesweg um die Ecke bis zur Haustür und lauschte.

Völlige Stille.

Sie klingelte, aber niemand öffnete. Keiner zu Hause? Dass Anna schon wieder mit der Arbeit angefangen hatte, hielt Susanne für ausgeschlossen, und wenn sie richtig informiert war, gingen auch die Kinder noch nicht wieder zur Schule.

Instinktiv versuchte sie, die Haustür zu öffnen. Sie war verschlossen. Was für eine idiotische Idee, hierherzukommen!

Dann fiel ihr ein, dass Annas Vater wissen könnte, wo seine Tochter und Enkel waren. Wenn sie sich richtig erinnerte, wohnte er direkt nebenan. Sie trat auf die Straße und betrachtete die beiden Nachbarhäuser. Welches mochte es sein? Vorsichtig ging sie zum Briefkasten des einen Hauses. Ordentliche Ermittlungsarbeit sah anders aus, aber da sie schon mal hier war, wollte sie es zumindest versuchen.

Auf dem Briefkasten standen mehrere Namen untereinander. Dieses Haus konnte sie ausschließen.

Sie blickte sich um und schlenderte zum anderen Haus hinüber, einem kleinen, gelben Haus mit Garage. Selbst jetzt, im November, konnte man erahnen, wie gepflegt der Garten war.

Der Eingang schien auf der Rückseite zu liegen. Sie folgte dem schmalen Weg durch den Garten und bog um die Ecke.

Dann zögerte sie einen Augenblick, ehe sie klingelte. Keine Antwort. Sie klingelte erneut. Kurz darauf hörte sie ein Geräusch aus der Garage. Vorsichtig schlich sie zur Garagentür auf der Schmalseite. Wieder dieses Geräusch. Sie klopfte an und öffnete. Drinnen stand ein Auto mit offenem Kofferraum. Åke beugte sich darüber. Offenbar hatte er sie nicht gehört.

»Hallo!«, sagte sie und trat ein paar Schritte auf ihn zu.

Åke blickte auf und starrte sie regungslos an. Er hatte etwas in der Hand, das er anscheinend gerade im Kofferraum verstauen wollte. Susanne wusste sofort, was es war.

Eine AK 5 mit Schalldämpfer.

35

Gerda stieg die breite Treppe zum Regierungssitz Rosenbad hinauf und blieb für einen Moment in der großen Eingangshalle stehen. Wie immer starrten mächtige Statuen auf sie hinab, und auf den Sofas saßen wie üblich Leute, die hofften, in die Staatskanzlei eingelassen zu werden. Wenigstens muss ich mich heute nicht mit all diesen Rechthabern abgeben, dachte sie und vergaß für einen Augenblick, wie selten man eines der Kabinettsmitglieder zu Gesicht bekam.

Besucher mussten sich bei einem Wachmann melden. Als Ministerin hatte sie ihn immer nur sehr beiläufig gegrüßt; meist hatte er ihr ohnehin von sich aus geöffnet.

Nach kurzem Zögern ging sie zum Wachhäuschen hinüber. Den Wachmann erkannte sie nicht wieder, vielleicht war er neu hier. »Ich … äh … ich habe einen Termin bei … bei der Justizministerin.«

Wie merkwürdig sich das anhörte! Schließlich war sie selbst Justizministerin gewesen; zwar nur zwei Jahre lang, doch selbst diese relativ kurze Zeitspanne hatte ihre Spuren hinterlassen. Man konnte ein Ministeramt nicht einfach wie einen Staffelstab an den Nächsten weiterreichen. Gerda erinnerte sich, wie schnell sie sich damals mit ihrer neuen Position identifiziert hatte. Dass sie sich als Ministerin nie richtig wohlgefühlt hatte, war eine andere Sache.

Ein wenig umständlich zog sie ihren Reichstagsausweis aus der Tasche, bis der Wachmann meinte, er wüsste schon, wer sie sei.

»Sie finden sich ja bestimmt zurecht«, fügte er noch hinzu.

Sie ging durch zwei Türen, die ihr noch immer sehr vertraut waren, und nahm den Aufzug in die fünfte Etage, wo sie von einem Beamten in Empfang genommen wurde. Er arbeitete seit vielen Jahren in der Kriminalabteilung und fühlte sich offenbar nicht ganz wohl in seiner Haut, als er Gerda in ihrer neuen Position begegnete. Immerhin war sie bis vor wenigen Monaten seine Chefin gewesen.

»Die anderen sind schon da«, murmelte er. Gerda folgte ihm durch eine Glastür, hinter der ein paar weitere Beamte saßen. Vermutlich warteten sie darauf, ins benachbarte Konferenzzimmer eingelassen zu werden, um dem Staatssekretär irgendeine wichtige Angelegenheit vorzutragen.

Auf dem Flur hingen Fotos von sämtlichen schwedischen Justizministern, und darunter jeweils ein Metallschild, auf dem Name und Dienstzeit eingraviert waren. Auch Tage G. Pettersson war dabei, obwohl er nur vier Wochen im Amt gewesen war. Ganz am Ende der Reihe entdeckte Gerda ihr eigenes Bild.

Sie begrüßte den neuen Staatssekretär und betrat ihr altes Dienstzimmer. Die Möbel und Bilder waren noch dieselben. Auch der große, schwere Sekretär, der angeblich eine Million Kronen wert war, stand an seinem Platz, und auch der Schreibtisch war geblieben. Dort saß man als Minister eigentlich nur, wenn ein Fernsehteam zu Besuch war – dann blätterte man konzentriert in irgendwelchen Akten oder schlug ein Gesetzbuch auf.

»Herzlich willkommen!« Die Ministerin streckte ihr die Hand entgegen und bat sie, in der dunkelblauen Sitzgruppe

Platz zu nehmen, wo sich bereits die anderen Mitglieder des neuen Untersuchungsausschusses versammelt hatten. Gerda gab allen die Hand; Christian Pedersen, der Generaldirektor der nationalen Strafvollzugsbehörde, lächelte sie besonders verbindlich an. Auf dem Tisch standen weiße Teller und Tassen und eine Platte mit Keksen.

Nachdem sich alle bedient hatten, legte die Ministerin dar, wie sie sich die Arbeit des Ausschusses vorstellte. »Die Entscheidung, einen Untersuchungsausschuss einzuberufen, habe ich gemeinsam mit dem Justizausschuss getroffen, vor allem im Austausch mit Gerda Lundin.«

So hat sich das gestern im Fernsehen aber nicht angehört, dachte Gerda und verzog den Mund. Da hatte sich die Ministerin im Nachrichtenstudio ausführlich darüber ausgelassen, dass man der Sache »auf den Grund gehen« müsse, und dabei sogar mit der Handfläche auf den Tisch geschlagen, um ihre Entschlossenheit zu demonstrieren. Die Pressesprecherin ihres Parteivorsitzenden hatte Gerda daraufhin mehrmals angerufen, um sich darüber zu beschweren, dass die Regierung so billig davongekommen sei. Darüber könne sie sich ja an entsprechender Stelle beklagen, hatte Gerda schließlich entgegnet, und damit hatten die Anrufe ein Ende genommen. Sie hatte beschlossen, einfach ihren Job zu erledigen. Was die Medien daraus machten, interessierte sie nicht mehr.

»Es ist sehr wichtig, dass Sie vollkommen vorurteilsfrei arbeiten«, fuhr die Ministerin fort.

»Das tun wir Professoren immer«, brummte Lindström, der halb liegend auf dem Sofa fläzte. »Im Gegensatz zu dir, Lambertz.«

Das Lächeln des Kronjuristen erstarb. Er rückte seinen Schlips zurecht, der wie immer nachlässig geknotet über dem geöffneten Hemdknopf hing. »Ich war Chefjurist in diesem Ministerium und muss doch sehr bitten …«

Weiter kam er nicht, weil er in diesem Moment von der charakteristischen Stimme seiner Kollegin Madeleine Leijonhufvud unterbrochen wurde. »Ich dulde in diesem Ausschuss keine Privatfehden!«

Gerda lächelte in sich hinein. Das konnte ja heiter werden. Alle verhielten sich genauso, wie sie es erwartet hatte.

Nach einer 45-minütigen Diskussion verließen sämtliche Ausschussmitglieder das Justizministerium, um den Journalisten in der Wartehalle Rede und Antwort zu stehen. Den Medienauftritt hatte natürlich die Ministerin eingefädelt, und Lindström hatte es plötzlich sehr eilig, als Erster vor die Kameras zu treten.

So konnte Gerda immerhin ungestört die Treppen hinuntergehen, und bald war sie an der frischen Luft. Sie hatte ohnehin keine Lust, für eine Veranstaltung zu werben, die angeblich von der neuen Justizministerin ins Leben gerufen worden war.

Sie zog den Mantel enger um sich und machte sich auf den Weg zum Reichstag. In diesem Moment gesellte sich Christian Pedersen zu ihr.

»Ich muss in dieselbe Richtung«, erklärte er, bevor er sich noch einmal ausführlich für die Beförderung zum Generaldirektor bedankte. Für seine Karriere sei dies ein unerhört wichtiger Schritt gewesen, und das werde er ihr nie vergessen.

Gerda wusste nicht recht, was sie sagen sollte. Aber sie musste auch gar nichts sagen, denn Pedersen redete in einer Tour, bis sie den Eingang des Reichstags erreicht hatten.

»Vielleicht kann ich Sie ja mal mit Informationen versorgen, die für Sie von Interesse sind.«

»Wie meinen Sie das?«, fragte Gerda.

Christian Pedersen schaute sich prüfend um. Es waren keine ungebetenen Zuhörer zu sehen.

»Nun, ich könnte Sie unter der Hand mit gewissen Informationen versorgen, die Sie politisch nutzen könnten.«

*

»Ohne Susanne können wir nicht anfangen«, wandte Petra ein.

Mehrere Mitglieder der Ermittlungsgruppe runzelten die Stirn, einige der Älteren murmelten etwas vor sich hin, das sie nicht verstand. Magnus Granath stand breitbeinig da, die Hände in den Hosentaschen. Dieses eine Mal hatte er sich bereit erklärt, an einem Vormittagstreffen der Gruppe teilzunehmen. Was eigentlich eine offene Diskussion sein sollte, hatte sich in eine Art Vorlesung verwandelt.

»Haben Sie versucht, sie anzurufen?«, fragte er.

»Natürlich habe ich das.«

»Wahrscheinlich ist sie sauer, dass sie nicht mehr viel zu sagen hat«, mutmaßte einer der älteren Polizisten.

Petra wurde wütend. »Sie wissen doch gar nicht, was Sie da reden!«

»Ich verbitte mir solche Kommentare auf meinen Veranstaltungen!«, bellte Granath.

»Ich kann Ihnen versichern, dass Susanne normalerweise immer Bescheid geben würde, wenn sie verhindert ist«, sagte Petra. Aber wo steckte sie nur?

Magnus Granath wirkte wenig überzeugt. »Wir können nicht jedem Mitarbeiter hinterherlaufen, der es nicht für nötig hält, pünktlich zu erscheinen.«

Mehrere Polizisten nickten zustimmend.

Petra schüttelte den Kopf und fragte sich, wie es wohl laufen würde, wenn der Staatsanwalt eine Frau und die Ermittlungsleitung ein Mann wäre. Dann würde man sicher noch warten.

»Also fangen wir an«, begann Magnus Granath und stellte sich neben das große Flipchart, das er zuvor in den Raum geschleppt hatte. Zunächst schrieb er Struwes Namen auf die Tafel, danach zeichnete er mehrere Kreise, die er mit verschiedenen Namen versah, und schließlich zog er von diesen Kreisen Verbindungslinien zu Struwe. »Das ist sein näheres Umfeld.« Insbesondere zeigte Granath auf einen bisher unbekannten Namen: Harald Ljungquist.

Viele Zuhörer machten sich Notizen.

»Über die Telefongesellschaft haben wir herausgefunden, dass Struwe und Ljungquist in der Zeit vor den Attentaten in regem Kontakt standen, vor allem unmittelbar nach Struwes Entlassung aus der Untersuchungshaft.« Zufrieden ließ Granath den Blick über die Zuhörer schweifen. »Wir konnten ebenfalls ermitteln, dass sich Ljungquist nur eine Stunde, bevor Jan-Olov Pettersson ermordet wurde, in Södermalm aufgehalten hat. Und wir alle wissen, dass man von dort bis Gamla Stan, wo der Mord geschah, nur ein paar Minuten braucht.«

»Gehen wir davon aus, dass Ljungquist den Mord verübt hat?«, fragte ein Polizist.

Granath nickte. »In Struwes Auftrag, was möglicherweise durch den Telefonkontakt der beiden zu beweisen ist. Leider werden unsere Abhörmaßnahmen erst morgen genehmigt.«

»Wer ist dieser Ljungquist?«, fragte ein anderer Beamter, der immer ganz vorne sitzen wollte.

»Ein bekannter Neonazi. Keine Vorstrafen, aber das Entscheidende ist sein privater Hintergrund.« Wieder ließ Granath den Blick über die Runde schweifen.

Gleich platzt er, dachte Petra.

»Ljungquist ist Reserveoffizier und hat auf dem Gymnasium den technischen Zweig besucht.«

»Ist das so was Besonderes?«, fragte eine jüngere Polizistin. »Und Reservisten gibt es in Schweden jede Menge.«

Wie schön, dass ihm nicht alle auf den Leim gehen, dachte Petra.

Granath schüttelte den Kopf. »Die Kombination aus Soldat und Naturwissenschaftler prädestiniert ihn geradezu zum Bau einer Bombe. Hinzu kommt der erwiesene Kontakt zu Struwe. In Anbetracht all dieser Tatsachen sehe ich derzeit niemanden, der als Täter eher infrage kommen würde.«

»Sollen wir ihn festnehmen?«, fragte einer der älteren Beamten.

»Nein, vorerst nicht.« Granaths Augen blitzten triumphierend. »Vorerst werden wir in der Öffentlichkeit den Eindruck erwecken, dass es ein Einzeltäter war, damit alles auf Struwe hindeutet. Das wird Ihr Job sein, Petra.«

»Aber zuerst müssen wir herausbekommen, wo Susanne ist«, entgegnete sie.

Magnus Granath trat ein paar Schritte auf sie zu. »Habe ich da etwa einen Widerspruch herausgehört? So etwas dulde ich nicht!«

Petra schüttelte den Kopf und verließ den Raum. Sie ging den Flur entlang in die Kantine und bestellte sich einen Caffè Latte, nahm den Becher mit ins Büro und schloss die Tür. Als sie Susanne nach über einer Stunde immer noch nicht ausfindig gemacht hatte, griff sie zum Telefon und wählte die Nummer des *Expressen.*

»Verbinden Sie mich bitte mit Ingvar Hedlund. Ich hätte da einen Tipp.«

36

»Mordermittlerin Susanne Dahlgren spurlos verschwunden!«

So lautete die fette Schlagzeile des *Expressen*. Petra las den Artikel sorgfältig durch. Er berief sich auf eine anonyme Quelle – eine Person, die unmittelbar in die Ermittlungen involviert sei. Die Sache war nicht gerade perfekt eingefädelt, man konnte sich denken, dass sie dahintersteckte.

Umso zufriedener war sie, als wirklich alle anbissen. Da sie Pressesprecherin der Stockholmer Polizei war, klingelte ihr Telefon ununterbrochen.

Was für eine absurde Situation, ihren eigenen Tipp kommentieren zu müssen! *TT* wollte sogar wissen, ob sie die Quelle für seriös halte. »Kein Kommentar«, hatte sie geantwortet.

Der Einzige, der wusste, wer sich hinter der anonymen Quelle verbarg, war Ingvar Hedlund vom *Expressen*. Petra hatte keine Angst, dass er sie enttarnen könnte. Würde er das tun, wäre er sofort seinen Job los. Diesmal hatte sie sich extra einen erfahrenen Zeitungsjournalisten ausgesucht. Ansonsten hatte sie schon öfter einem jüngeren Kollegen, den sie persönlich kannte und mit dem sie letzten Sommer sogar geschlafen hatte, einen Tipp gegeben.

Normalerweise war es nicht einfach, Journalisten für ein

Thema zu begeistern, und für das kurzfristige Verschwinden einer Person konnte es tausend Erklärungen geben: eine plötzliche Krankheit, berufliche Konflikte, ein Geliebter oder was auch immer. Doch hier handelte es sich um die Leiterin der Ermittlungen im spektakulärsten Mordfall seit Jahren. Das genügte, um die Meldung zu *breaking news* zu machen.

Und Petra sorgte sich wirklich um Susanne. Seit einem Monat war sie jetzt bei der Stockholmer Polizei, erst seit einer Woche arbeitete sie mit Susanne zusammen. Dennoch hatte sie bereits ein klares Bild von ihr: Nie zuvor war ihr ein so zuverlässiger, verantwortungsbewusster Mensch begegnet, niemand war loyaler und pflichtbewusster als Susanne. Wenn sie plötzlich nichts mehr von sich hören ließ, musste etwas Schlimmes passiert sein, davon war Petra überzeugt.

Als sie gerade ein Interview mit *Dagens Nyheter* beendet hatte, stürmte Magnus Granath in den Raum.

»Was haben Sie da nur angestellt?«

Sein Gesicht war puterrot angelaufen, die Haare standen ihm wirr vom Kopf ab. Normalerweise war er tadellos gekleidet, doch jetzt hing seine Krawatte schief im Kragen und sein Hemd aus der Anzughose.

Petra betrachtete ihn ruhig. »Was soll ich angestellt haben?«

»Kommen Sie mir bloß nicht auf die Tour!« Er umklammerte die Schreibtischplatte mit einer Hand, bis seine Knöchel weiß anliefen.

Trotzig begegnete Petra seinem Blick und musterte seine Hand. Er sollte wissen, was sie von seinem Auftreten hielt.

»Die Zeitungen klingeln Sturm bei mir!« Jetzt griff er auch mit der anderen Hand um die Tischplatte, als wollte er den Tisch umwerfen.

»Vielleicht hätten Sie sich heute Morgen vor versammelter Mannschaft nicht so freimütig äußern sollen. Bei so vielen Zuhörern kann schon mal ein Maulwurf dabei sein.«

»Sagen Sie mir nicht, wie ich mich zu verhalten habe!«

»Na ja, ich finde, ein bisschen besser könnte Ihr Benehmen schon sein.«

»Wenn Ihnen mein Benehmen nicht passt, können Sie sich gerne einen neuen Job suchen.«

Petras Augen blitzten – sie konnte sich nicht länger zurückhalten. »Und wie lautet der Kündigungsgrund?«

»Dass Sie in einer internen Angelegenheit die Medien informiert haben!«

Petra schüttelte den Kopf. »So etwas kommentiere ich nicht einmal.«

»Antworten Sie mir! Haben Sie den *Expressen* angerufen?«

Petra schaute ihn lange an, ehe sie antwortete. »Anonyme Quellen sind durch die Verfassung geschützt. Indem Sie nach einer Quelle forschen, haben Sie sich bereits strafbar gemacht. Das könnte eine Anklage nach sich ziehen.«

Magnus Granath erbleichte, ließ den Schreibtisch los und richtete sich auf.

»Ich werde Sie anzeigen«, fuhr sie fort.

Seine Stimme war wie verwandelt. »Sie sollten jetzt nichts überstürzen.«

»Na gut, ich werde erst mal abwarten. Aber dafür machen Sie sich endlich auf die Suche nach Susanne.«

Magnus Granath entgegnete nichts. Er machte auf dem Absatz kehrt und verließ den Raum.

*

»Was soll das heißen, ›Kontaktperson‹?«, fragte der Vater, den Mattias gestern vor dem Amtsgericht vertreten hatte.

Als würde er sich dem Sinn des Wortes verweigern.

»Eine außenstehende Person, die … die immer dabei ist«, bekam Mattias schließlich heraus.

»Sie meinen also, dass ein Dritter dabei ist, wenn ich meine eigene Tochter treffe?«

Mattias stieß einen stummen Seufzer aus. Er musste sich zusammennehmen, seine Mandanten durften nicht unter seiner Konzentrationsschwäche leiden. »Zumindest hat das Gericht unserem Antrag stattgegeben, zu einem späteren Zeitpunkt über ein Umgangsrecht zu entscheiden.«

»Und wie lange dauert das?«

Leider blieb Mattias nichts anderes übrig, als die Wahrheit zu sagen. »Ungefähr ein halbes Jahr.«

»Und bis dahin hat mich Sofia ganz vergessen.«

»Das gehört leider zur Taktik der Gegenseite. Wir können das vorläufige Urteil aber natürlich anfechten.«

»Hat das irgendeine Aussicht auf Erfolg?«

»Aber ja«, antwortete Mattias, dem kein einziger Fall bekannt war, in dem ein solches Urteil revidiert worden wäre.

Nach dem Gespräch hatte er ein schlechtes Gewissen. Für das Urteil des Amtsgerichts konnte er nichts, aber er hätte seinem Mandanten zumindest seine volle Aufmerksamkeit widmen müssen.

Er schloss die Augen und lehnte sich zurück. Unmittelbar vor dem Treffen hatte er in der Onlineausgabe des *Expressen* von Susannes Verschwinden gelesen. Es passte nicht zu ihr, einfach vom einen auf den anderen Tag zu verschwinden. Nein, das passte ganz und gar nicht zu ihr.

Ich muss herausfinden, was mit ihr passiert ist, dachte

er. Aber ich muss mich auch um meinen Job kümmern, ich darf meine Mandanten nicht vernachlässigen. Also zwang er sich, den Rechner hochzufahren und einen Einspruch gegen das Urteil zu formulieren. Um sein schlechtes Gewissen zu beruhigen, ließ er größte Sorgfalt walten; bei seinen Recherchen stieß er sogar auf mehrere brauchbare Urteile des Obersten Gerichtshofs, ja selbst des Europäischen Gerichtshofs. Ein paar Stunden später druckte er den Einspruch aus, unterzeichnete ihn und klebte einen gelben Post-it mit dem Hinweis »Faxen!« darauf. Dann zog er seinen Mantel über, legte den Einspruch zuoberst auf die Hauspost und ging auf den Flur.

Am Fax stand Eric Olivecrona und betrachtete eine vermutlich frische Urteilsbegründung. »Was für ein Erfolg!«, sagte er und drückte Mattias das Blatt in die Hand.

Mattias konnte es ja schlecht fallen lassen.

»Ist das nicht großartig?«, fragte Eric.

Schnell überflog Mattias das Urteil. Es ging um einen bewaffneten Raubüberfall, sämtliche Angeklagten waren zu fünf Jahren Gefängnis verurteilt worden. »Sind fünf Jahre so ein großer Erfolg?«

Eric Olivecrona blickte ihn verständnislos an. »Ach *das* meinst du«, entgegnete er schließlich. »Ich rede von der Vergütung. 256 000 Kronen für acht Verhandlungstage sind doch nicht schlecht, was? Dabei wollte der Staatsanwalt die Summe noch drücken.«

»Und das Urteil ist dir egal?« Mattias konnte seine Irritation nicht ganz verbergen.

»Das Urteil ist total in Ordnung. Es gab DNA-Spuren und jede Menge anderes Beweismaterial. Und bei einem so harten Urteil können wir davon ausgehen, dass es eine Revisionsverhandlung vorm Oberlandesgericht gibt. Dann springt noch mehr für uns raus.«

Kurz darauf verließ Mattias die Kanzlei. Im Auto blieb er erst mal eine Weile sitzen, ehe er wusste, was er jetzt tun sollte. Ab fünfzehn Uhr konnte er Lotta vom Krankenhaus abholen, auf dem Heimweg wollten sie Rebecka aufgabeln. Er ließ den Motor an und nahm Kurs auf Reimersholme, um sich zu vergewissern, dass Susanne nicht doch zu Hause war. Vielleicht war sie einfach zu krank, um das Bett zu verlassen. Oder sie war so wütend auf jemand bei der Arbeit, dass sie daheimgeblieben war.

Als er in den Anders Reimers väg einbog, stieg er schockiert auf die Bremse. Vor Susannes Wohnung parkten zwei Streifenwagen. Erst als er wieder auf der Umgehungsstraße war, beruhigte sich sein Puls einigermaßen.

Aber was hatte er sich eigentlich erwartet?

Wenn eine Mordermittlerin verschwand, wurde ihre Wohnung natürlich von der Polizei untersucht. Schließlich hatte er selbst genauso gedacht. Wie gut, dass er bei ihrer Ankunft nicht bereits vor Susannes Tür gestanden hatte. Wie hätte er erklären sollen, was er dort zu suchen hatte? Am Ende hätte er seine Affäre einräumen müssen, und dann hätte auch Lotta alles erfahren, die gerade im Krankenhaus lag, und …

Mattias wurde schwindelig. Fast hätte er eine Frau mit Kinderwagen angefahren, als er die Steigung zum Söder-Krankenhaus in Angriff nahm.

Er parkte den Wagen und blieb wieder eine Weile sitzen. Ihm war zum Heulen zumute.

Schließlich stieg er schwerfällig aus, warf ein paar Münzen in den Parkautomaten und legte den Parkschein hinter die Windschutzscheibe.

Lotta war bereits fertig angezogen, als er hereinkam. Sie wirkte gut erholt, ihr Gesicht hatte wieder etwas Farbe bekommen. Hastig umarmte er sie und küsste sie auf die Wange. Eine Krankenschwester gab ihnen noch mit auf den Weg, was Lotta nun tun und vor allem lassen sollte.

»Mein Gott, bin ich müde«, sagte sie, als sie im Auto saßen.

»Das kann ich gut verstehen.«

»Hast du schon von dieser Polizistin gehört, die verschwunden ist?«

»Ja, ich hab's im Internet gelesen«, antwortete Mattias mit gepresster Stimme. »Wollen wir gleich Rebecka abholen, oder willst du lieber erst einen Kaffee trinken gehen?«

»Lass uns Rebecka abholen, ich habe Sehnsucht nach ihr. Aber findest du das nicht auch merkwürdig, dass ausgerechnet diese Ermittlerin verschwindet?«

»Ach, dafür kann es doch viele Erklärungen geben.« Er umklammerte das Lenkrad mit beiden Händen und konzentrierte sich ganz auf die Fahrbahn.

»Hast du nicht mal erzählt, dass du sie persönlich kennst?«

Ich schaff das nicht, dachte Mattias, am besten gebe ich alles zu. »Wir sind uns mal begegnet, als sie vor ein paar Jahren in diesem Gefängnismord ermittelt hat.«

»Hier musst du abbiegen!«, rief Lotta.

»Verdammt, ich hab ganz vergessen, dass wir Rebecka abholen wollten.«

Lotta legte ihm eine Hand auf den Arm und lachte. »Ich glaube, die Sache mit dem Kleinen hat dich mehr mitgenommen als mich.«

37

Auf den ersten Blick wirkte Magnus Granath selbstsicher wie eh und je. Dennoch glaubte Petra, ihm eine gewisse Nervosität anzumerken, als er die Ermittlungsgruppe am Nachmittag zu einer Sondersitzung zusammenzog. Mehrere Stunden waren vergangen, ohne dass irgendjemand von Susanne gehört hätte, und damit hatte sich die Lage deutlich verschärft. Währenddessen ließ sich Granaths Anspannung wohl vor allem darauf zurückführen, dass Susannes Verschwinden in allen Medien zur Nachricht des Tages geworden war. Für 17 Uhr war eine Pressekonferenz angekündigt worden, auf der man zeigen wollte, dass der Fall höchste Priorität besaß.

Dieses eine Mal kümmerte sich Magnus Granath weder um Whiteboard noch um Flipchart.

»Die Ermittlungsarbeit hat sich in gewisser Weise verändert«, begann er. »Nun müssen wir uns auch auf Susanne Dahlgrens Verschwinden konzentrieren.«

Mittlerweile hegten viele Mitglieder der Gruppe den Verdacht, dass Susanne nicht freiwillig verschwunden war. Das passte einfach nicht zu ihrer ernsthaften, pflichtbewussten Chefin. Zwar hatten die meisten ein distanziertes Verhältnis zu ihr, doch mir nichts, dir nichts abzuhauen, war mit Sicherheit nicht ihre Art.

»Heißt das, dass wir unseren Haftantrag gegen Struwe zurückziehen?«, fragte der Mann vom Reichskriminalamt.

Granath schüttelte den Kopf. »Gewiss nicht. Sollte Susanne etwas zugestoßen sein, hängt das natürlich mit den Morden zusammen.«

»Aber gehen Sie davon aus, dass Struwe auch diesmal verantwortlich ist?«, wollte der Beamte wissen, der die Vernehmungen der Verdächtigen leitete.

»Wer denn sonst?«

Darauf wusste natürlich niemand eine Antwort.

»Ich werde zwölf Mann Verstärkung bekommen, die sich ausschließlich um Susannes Verschwinden kümmern«, fuhr Granath fort. »Wir können uns also weiterhin auf unsere wichtigste Spur in den Mordfällen Fernandez und Pettersson konzentrieren.« Er wippte auf den Fußsohlen und blickte über die Gruppe hinweg.

Niemand erhob Einwände. Petra lag die Frage auf der Zunge, ob Susannes Verschwinden etwa eine niedrigere Priorität hätte als die Mordfälle, aber sie wollte jetzt keine unnötige Aufmerksamkeit auf sich ziehen. Zunächst hatte sie sogar befürchtet, der Staatsanwalt könnte ihr wichtige Informationen vorenthalten, doch nun saß sie hier und erfuhr alles, was sie wissen musste.

Und diese Informationen konnte sie in angemessener Dosierung an ihre Kontaktperson beim *Expressen* weiterleiten. Sie musste dafür sorgen, dass die Medien ihren Druck aufrechterhielten. Am Anfang war das kein Problem, brisante Nachrichten entwickelten schnell ein Eigenleben. Doch Petra wusste sehr genau, dass auch die heißeste Neuigkeit schnell abkühlte, wenn nicht ständig neue Aspekte geliefert wurden.

Dafür musste sie mit allen Mitteln sorgen, denn nur der

Druck der Medien garantierte, dass die Nachforschungen mit größter Intensität fortgesetzt wurden.

»Natürlich waren unsere Leute schon vor Ort in Susanne Dahlgrens Wohnung, und es gibt bereits eine heiße Spur«, fuhr Magnus Granath fort, dessen selbstzufriedene Miene zurückgekehrt war. Er legte eine Kunstpause ein. »Bei der Untersuchung der Wohnung vor einer Stunde fanden sich keinerlei Hinweise auf einen Streit oder dergleichen. Die Tageszeitung lag auf dem Küchentisch, Susanne Dahlgren muss also noch am Morgen zu Hause gewesen sein. Aber wir sind auf ein anderes interessantes Detail gestoßen.«

In diesem Moment hätte man eine Stecknadel fallen hören.

Magnus Granath sah jedem einzelnen Polizisten in die Augen.

»Im Bett wurde eine Krawatte gefunden.«

*

»Aber Rebecka!«, rief Lotta. »Sonst magst du Lasagne doch so gern.«

»Aber nicht so eine Lasagne.«

Mattias kümmerte das heute nicht. Sonst irritierte es ihn oft, wie wählerisch seine Tochter war. Vor ein paar Jahren hatte er das Gefühl gehabt, es würde langsam besser, aber da hatte er sich geirrt. Im Gegenteil – er konnte sich nicht vorstellen, dass es noch eine zweite Sechsjährige gab, die keine Zimtschnecken mochte. Glücklicherweise hatte sie sein Versprechen, einen Film auszuleihen, vergessen, denn er war jetzt absolut nicht in der Stimmung für einen Kinderfilm.

Dafür hatte er sich dieses eine Mal richtig Mühe gegeben und selbst eine Lasagne zubereitet, statt wie üblich ein Tiefkühlprodukt zu kaufen. Beim Kochen hatte er sowohl bei *Ekot* als auch bei *Studio Ett* die neuesten polizeilichen Ermittlungen verfolgen können. Kein Zweifel, Schweden war in seinen Grundfesten erschüttert worden. Seit Tagen wurde über kaum etwas anderes berichtet. Die Ermordung zweier Reichstagspolitiker und das Verschwinden der leitenden Ermittlerin hielten das ganze Land in Atem.

Ständig hatte er gegrübelt, was ihr nur zugestoßen sein könnte. Im Lauf des Nachmittags hatte er sich immer mehr Sorgen gemacht, bis er kaum noch in der Lage gewesen war, das Essen herunterzuwürgen.

»Ich frage mich, was ich in den nächsten drei Wochen tun soll«, sagte Lotta.

»Was?« Mattias hatte nicht zugehört.

»Na, was ich tun soll, jetzt wo ich krankgeschrieben bin.«

Er schenkte Rebecka ein bisschen Milch ein. »Ruh dich einfach aus.«

Die Polizei hatte bekanntgegeben, dass im Bett der Vermissten eine Krawatte gefunden worden war, die bislang heißeste Spur. Man hatte Fingerabdrücke genommen und eine DNA-Probe in Auftrag gegeben.

Aber das machte Mattias keine Angst. Da er nicht vorbestraft war, waren weder seine Fingerabdrücke noch seine DNA registriert.

»Vielleicht sollte ich Rebecka ein bisschen mehr bei mir zu Hause haben«, sagte Lotta.

»Ja, vielleicht …«

Lottas Ton wurde schärfer. »Findest du das wirklich?«

»Ach … äh … nein, du solltest dich lieber ausruhen.«

»Ich will in den Kindergarten!«, meldete sich Rebecka mit schriller Stimme.

Zerstreut tätschelte Mattias ihr den Kopf. »Natürlich gehst du in den Kindergarten.«

»Wo bist du nur mit deinen Gedanken, Liebling?« Lotta lachte. »Die Gefahr ist doch vorüber.«

Mattias zwang sich zu einem Lächeln. »Ich hab nur gerade an eine Berufungsverhandlung vor dem Oberlandesgericht gedacht. Weil ich heute den Einspruch formuliert habe.«

»Vergiss das doch jetzt«, sagte Lotta und strich ihm über den Arm.

Mattias nickte lächelnd. »Okay, ich versuch's.« Die Uhr über der Arbeitsplatte zeigte kurz vor sechs an. »Ich schau mir mal *Rapport* an«, sagte er mit einem Gähnen.

»Nein!«, schrie Rebecka. »Wir schauen doch immer zusammen *Bolibompa!*«

Mattias' Puls beschleunigte. Wenn er die richtige Entscheidung fällen wollte, musste er immer auf dem Laufenden bleiben. Um fünf hatte eine Pressekonferenz stattgefunden, und er musste wissen, was dort gesagt worden war.

Hastig stand er vom Tisch auf. »Also ich schau mir jetzt die Nachrichten an.«

Rebecka brach sofort in Tränen aus.

»Aber Mattias, du kannst dir doch auch später noch die Nachrichten ansehen«, sagte Lotta.

»Ich will sie aber jetzt sehen.« Damit verließ er das Zimmer. Er hörte nur noch, wie Lotta ihm irgendetwas hinterherrief, während sie versuchte, ihre Tochter zu beruhigen.

Mattias ließ sich vor dem kleinen Fernseher im oberen Stock ins Sofa sinken und stieß einen tiefen Seufzer aus. Wie um alles in der Welt war er nur in diese Situation geraten? Vor vierundzwanzig Stunden hatte er mit Susanne in einem Restaurant in

Kungsholmen gesessen. Hätte er sich nicht zu diesem törichten Treffen hinreißen lassen, wäre alles anders gekommen. Dann könnte er jetzt mit seiner Tochter vor dem Fernseher sitzen und *Bolibompa* gucken und sich darauf freuen, in ein paar Monaten zum zweiten Mal Vater zu werden.

Schlimm genug, dass er Susanne nach Hause begleitet hatte, um mit ihr zu schlafen. Aber damit wäre er schon klargekommen. Alles hätte sich irgendwie regeln lassen, wenn sie nicht plötzlich verschwunden wäre.

Sein erster Gedanke war, sich bei der Polizei zu melden, aber dann hätte er früher oder später alles gestehen müssen. Lotta hätte zwangsläufig von Susanne erfahren, und er wollte sich gar nicht ausmalen, was das für Folgen haben könnte.

Außerdem hätte er ohnehin nicht allzu viel zu erzählen gehabt. Er hatte Susannes Wohnung um halb acht verlassen und seitdem nichts mehr von ihr gehört.

Und während er noch erwogen hatte, die Polizei zu kontaktieren, hatten sie seine Krawatte gefunden. Die heißeste Spur.

Als die Nachrichten anfingen, stellte er den Ton lauter. Er zuckte zusammen, als er plötzlich in Susannes Augen blickte, offenbar ein altes Passfoto. Nach einer kurzen Anmoderation wurde zu einem Reporter geschaltet, der vor dem Raum stand, in dem gerade die Pressekonferenz stattgefunden hatte.

»Als seien zwei Morde nicht genug, ist nun auch noch Susanne Dahlgren, die Einsatzleiterin im Dezernat für Gewaltverbrechen beim Landeskriminalamt, spurlos verschwunden. Sie leitet die Ermittlungen in den Mordfällen Fernandez und Pettersson. Natürlich fragen sich hier alle, wie das passieren konnte, und vor allem, ob noch weitere Verbrechen folgen werden. In diesem Raum« – der Reporter zeigte hinter sich – »ist soeben die Pressekonferenz unter Leitung des Staatsanwalts Magnus Granath zu Ende gegangen. Laut Magnus Granath hat man das Verschwinden seiner Mitarbeiterin von Anfang an sehr ernst genommen. Nun befürchte man das Schlimmste.«

Rebecka tauchte in der Tür auf, machte jedoch auf dem Absatz kehrt, als sie sah, welche Sendung ihr Papa eingeschaltet hatte. Mattias hörte, wie sie die Treppe hinuntersauste, und wusste, dass sie ihrer Mama sofort Bericht erstatten würde. Aber das war ihm jetzt egal. Der Gedanke, dass Susanne womöglich nicht mehr lebte, verdrängte alles andere. Er sah sie vor sich: in den Kopf geschossen, mit durchschnittener Kehle, erwürgt. Und er dachte an seine Theorie – ein Psychopath, ein durchgedrehter Serienmörder, der immer weitertötete, bis er gefasst wurde. Jetzt war ihm Susanne zum Opfer gefallen.

Seine Augen füllten sich mit Tränen. Er musste mehrmals schlucken, als er erneut Schritte auf der Treppe hörte.

Lotta stand in der Tür. »Kannst du nicht mit Rebecka *Bolibompa* gucken? Sie hatte es in letzter Zeit doch auch nicht leicht.«

Mattias wedelte nur abweisend mit der Hand. »Warte, ich muss das hier sehen. Schließlich bin ich Rechtsbeistand der Klägerin.«

Lotta blieb stehen, während der Bericht über die Pressekonferenz fortgesetzt wurde.

Der Staatsanwalt, der offenbar die erste Geige spielte, wirkte ziemlich zufrieden. »Wir sind zuversichtlich, sowohl die beiden Morde als auch das Verschwinden meiner Kollegin in naher Zukunft aufklären zu können«, erklärte er, drückte den Rücken durch und ließ den Blick durch den Raum schweifen, in dem sich die Journalistenschar drängte. »Unser wichtigstes

Indiz ist die Krawatte, die in Susanne Dahlgrens Wohnung gefunden wurde. Daneben gibt es noch einen weiteren bedeutsamen Hinweis: Ein Zeuge hat Susanne Dahlgren unmittelbar vor ihrem Verschwinden mit einem gut vierzigjährigen Mann in einem Lokal in der Innenstadt gesehen.«

38

Der Abend war ungewöhnlich dunkel. Da es tagsüber geregnet hatte, glänzten die Straßen noch. Ein kalter Nordwind wehte.

Gerda zog den Mantel enger um sich, als sie die Malmskillnadsgatan passierte, wo die Prostituierten nach mehreren Jahren Abwesenheit zurückgekehrt waren.

Um nicht nur zu Hause in ihrer langweiligen Wohnung zu sitzen, hatte sie eine Kunstausstellung besucht, die ihr empfohlen worden war. Jetzt war sie auf dem Heimweg.

Am frühen Abend hatte sie die merkwürdige Entwicklung der polizeilichen Recherchen verfolgt. Nun schien auch noch die Ermittlungsleiterin ermordet worden zu sein. Unglaublich, aber Gott sei Dank war das alles nicht mehr ihre Sache. Die Justizministerin hatte sich bisher tapfer geschlagen, was auch damit zu tun hatte, dass sie erst seit wenigen Monaten im Amt war. Sonst wäre sie von den Medien zermalmt worden wie so viele führende Politiker. Auch die Einsetzung des Untersuchungsausschusses hatte ihr Pluspunkte beschert. Darüber ärgerte sich Gerda immer noch.

Auf *Studio Ett* hatte sie einigen Ausschussmitgliedern gelauscht. Es war faszinierend, wie sicher sich Lindström und Göran Lambertz ihrer Sache waren, obwohl sie in jedem einzelnen Punkt gegensätzliche Ansichten vertraten. Sie hatten ihre Arbeit gerade erst aufgenommen, aber ihre Schlussfolgerungen schienen bereits festzustehen. Warum nahmen sich Männer, die aufs Rentenalter zugingen, nur immer so schrecklich wichtig?

Am Gustav Adolfs torg blickte Gerda zum Opernhaus hinüber, aus dem gerade das Publikum strömte. Vor ihrer Zeit als Ministerin war sie oft in Theater, Oper und Ballett gewesen, dann hatte sie kaum noch Zeit dafür gehabt, und jetzt konnte sie sich aus unerfindlichen Gründen nicht mehr dazu aufraffen.

Als sie die Nordbrücke betrat, klingelte ihr Handy. Auf dem Display stand: Christian Pedersen.

Stimmt, sie hatten vorhin ja noch Handynummern ausgetauscht. Inzwischen achtete sie nicht mehr so genau darauf, wem sie ihre Nummer gab. Sie hatte sich gewundert, dass Christian überhaupt danach gefragt hatte.

Beim vierten Signal hob sie ab.

»Hier ist Christian Pedersen, störe ich?«

»Überhaupt nicht.«

»Ich wollte Ihnen nur etwas erzählen, das Sie vielleicht interessieren könnte.«

Gerdas Magen zog sich zusammen. Solche Gespräche konnten nach hinten losgehen.

Da sie nichts erwiderte, fuhr Pedersen fort. »Wie ich heute Morgen schon sagte, möchte ich Ihnen hin und wieder Informationen zukommen lassen, die Sie politisch nutzen können.«

»Ich verstehe nicht ganz, was Sie meinen.« Eine glatte Lüge. Gerda war lange genug in der Politik, um zu wissen, warum er den Kontakt zu ihr suchte. In der Presse war bereits heftig spekuliert worden, dass die Regierung womöglich bald ein paar Generaldirektoren austauschen wollte, darunter auch Christian

Pedersen von der nationalen Strafvollzugsbehörde. Doch wenn er der Ministerin Probleme bereitete, wurde sie automatisch geschwächt, was wiederum ihren Handlungsspielraum einengte. Und wichtige Personalwechsel setzten eine große politische Autorität voraus – schwache Minister mussten mit dem bestehenden Personal vorliebnehmen.

Gerda dachte fieberhaft nach, während Pedersen weitersprach. In der Opposition war es natürlich ihre Aufgabe, die Regierung unter Druck zu setzen, auch wenn ihr das im Grunde nicht besonders lag. Andererseits wäre es ihr nicht unrecht, ein bisschen am Image der neuen, ach so kompetenten Justizministerin zu kratzen.

»Wenn Sie meinen Tipp gezielt in den Medien platzieren wollen, hätte ich da einen ausgezeichneten Kontakt zu einem Journalisten bei *Svenskan*«, sagte Pedersen.

»Sie meinen, ich könnte als anonyme Quelle fungieren?«

»Auch die Identität von Politikern ist geschützt.«

»Also ich weiß nicht recht …«

Christian war offenbar enttäuscht, obwohl er sein Bestes gab, sich nichts anmerken zu lassen. Inzwischen stand sie am Fuß der Schlossauffahrt. Weiter oben konnte sie ein paar junge Männer der Wache erkennen, die ziemlich verfroren wirkten.

»Sie können selbst entscheiden, was Sie damit anfangen wollen. Ich sage Ihnen jetzt einfach, was ich weiß: Heute haben wir über einen Antrag der SÄPO gesprochen, die Mittel für den Personenschutz anzuheben.«

Gerda blickte sich um. »Klingt interessant.«

»Das Interessante ist, dass Finanz und Justiz dafür eintreten, die Mittel zu kürzen.«

»Warum das?«

»Weil sie das Geld lieber in die Terrorismusbekämpfung stecken wollen!« Christian Pedersen hatte seinen Enthusiasmus wiedergefunden.

»Und woher wissen Sie das?«

»Aus einem geheimen Dossier. Wenn Sie wollen, kann ich es Ihnen zukommen lassen.«

FREITAG, 7. NOVEMBER

39 Mattias hatte erst ein paar Stunden geschlafen, als er aufwachte. Er dachte an die Pressekonferenz – Magnus Granath hatte sehr selbstsicher geklungen, als er über die Chancen gesprochen hatte, die Morde aufzuklären und das Rätsel um Susannes Verschwinden zu lösen. Und Mattias hatte sich wieder über den selbstherrlichen Typen geärgert, wie schon bei der Rekonstruktion des Mordes an Carlos Fernandez.

Doch jetzt befand er sich selbst im Fadenkreuz des Staatsanwalts. Und bei dem Gedanken wurde ihm speiübel.

Granath ging davon aus, dass Susanne – so wie die beiden Politiker – ermordet worden war. Und über die Krawatte und den Zeugen im Restaurant wollte er den Mann zur Strecke bringen, den alle für den Schuldigen hielten.

All das kam ihm extrem unwirklich vor, und trotzdem musste er den Tatsachen ins Auge sehen: Faktisch wurde er des Mordes an Susanne verdächtigt.

Früher oder später würden sie seine Identität ermitteln. Dann würden sie ihn festnehmen, inhaftieren und anklagen und, wenn es auf einen Indizienbeweis hinauslief, vielleicht sogar verurteilen. Schlimmstenfalls zu einer lebenslangen Freiheitsstrafe.

Eine absolut irreale Vorstellung. Er konnte den Gedanken kaum zu Ende führen.

Im Dunkeln lauschte er den regelmäßigen Atemzügen seiner Frau. Wenn ihr Kind geboren wurde, saß er vielleicht schon in Untersuchungshaft. Er hatte bereits Mandanten vertreten, die Vater geworden waren, während sie in U-Haft auf ihren Prozess warteten. Jedes Mal hatte er sich über die gefühlskalten Staatsanwälte aufgeregt, die offenbar überhaupt kein Mitleid kannten. Kein Wunder, dass Schweden von den Vereinten Nationen für seinen Umgang mit Untersuchungshäftlingen kritisiert worden war.

Er musste einen kühlen Kopf bewahren. Selbst wenn man ihn offiziell des Mordes an Susanne verdächtigen würde, unschuldig wäre er trotzdem. Und sollte sie wirklich tot sein – ein unerträglicher Gedanke –, lief der wahre Täter noch irgendwo frei herum.

Aber wer konnte es sein? Gab es irgendwelche Anhaltspunkte?

Er dachte an das Gespräch, das Susanne und er in der Tapas-Bar geführt hatten, bevor sie zu ihr nach Hause gefahren waren. Aber er konnte sich an nichts erinnern, was ihm jetzt weitergeholfen hätte.

Vorsichtig drehte er sich auf die andere Seite, um Lotta nicht zu wecken. Die digitalen Ziffern des Radioweckers zeigten 03:15 an. Bis zum Morgengrauen waren es noch ein paar Stunden. Bis dahin musste er wissen, was zu tun war.

In Gedanken war er wieder in der Tapas-Bar – als es ihm plötzlich wie Schuppen von den Augen fiel.

Er setzte sich auf, mit einem Mal hellwach.

Warum war er nicht längst darauf gekommen? Er hatte nur über Susannes Worte nachgegrübelt – dabei hatte er selbst den entscheidenden Hinweis gegeben!

Er hatte ihr von der Familie Fernandez erzählt. Von dem merkwürdigen Eindruck, den er von Carlos gewonnen hatte.

Vielleicht hatte sie daraufhin beschlossen, sich einen eigenen Eindruck zu verschaffen. Vielleicht sollte er bei der Familie Fernandez in Nacka nach der Wahrheit hinter Susannes Verschwinden suchen.

Er warf einen Blick auf die Uhr. 03:45.

Er musste in Nacka sein, ehe Anna Fernandez zur Arbeit aufbrach oder ihre Kinder in die Schule gingen.

Aber jetzt war es noch zu früh.

Endlich hatte er eine sinnvolle Überlegung anstellen können. Seine konfusen Fluchtgedanken waren einem Plan gewichen. Er drehte sich hin und her, bis sich das Laken mehrmals um seinen Körper gewickelt hatte. Schließlich sah er ein, dass er nicht mehr einschlafen würde, schlich sich in die Küche und machte sich Frühstück.

Als er draußen das Auto des Zeitungsausträgers hörte, ging er zum Briefkasten, holte sich die *Dagens Nyheter* und setzte sich damit an den Küchentisch.

Beim ersten Blick auf die Titelseite erlebte er den Schock seines Lebens. Ein Phantombild starrte ihm entgegen, erstellt nach den Angaben des Zeugen aus der Tapas-Bar.

Natürlich gab es ein paar Abweichungen, aber es bestand kein Zweifel, wen es darstellen sollte.

Die Straßen waren in grauen Nebel gehüllt, als Mattias das Haus verließ.

Allmählich erwachte die Stadt zum Leben, aber bis es richtig hell war, würde es noch ein paar Stunden dauern. Für einen November waren die Temperaturen ungewöhnlich milde. Ein fast lauer Wind strich ihm über das Gesicht, als er vor der Gartenpforte auf das Taxi wartete. Im Nachbarhaus ging das Licht an. Er hatte keine Zeit zu verlieren. Wenn er herausfinden wollte, was mit Susanne passiert war, musste er schnellstmöglich seine Mandantin aufsuchen. Das war seine einzige Hoffnung.

Die Zeitung lag in seiner Aktentasche. Er hatte sie instinktiv eingesteckt, nachdem er gesehen hatte, wen das Phantombild darstellte. Die Ähnlichkeit hielt sich zwar in Grenzen, doch wenn es außer ihm jemanden gab, dem sie sofort auffallen musste, dann seiner Frau.

Natürlich würde das Bild überall – auch in anderen Zeitungen und im Fernsehen – gezeigt werden, doch Mattias hoffte, dass Lotta jetzt, da sie krankgeschrieben war, andere Dinge im Kopf hatte.

Das Taxi rollte den Hügel hinunter, beschrieb eine großzügige Kurve und kam direkt vor Mattias zum Stehen. Der Fahrer lehnte sich nach hinten und stieß die Tür so hart auf, dass er zur Seite springen musste.

Er stieg ein und lehnte sich zurück. »Fäbodvägen 4 in Saltsjö-Boo.«

»Ist das die Orminge-Abfahrt?«

Du bist doch der Taxifahrer, dachte Mattias. »Ja, und dann den Värmdövägen hinunter.«

Sie fuhren den Hügel hinauf und passierten das Zentrum von Mälarhöjden, wo die Leute zur U-Bahn eilten.

»Haben Sie schon von dieser Polizistin gehört, die verschwunden ist?«, fragte der Fahrer und warf einen Blick in den Rückspiegel.

Mattias stieß einen stummen Seufzer aus, schaute aus dem Fenster und antwortete möglichst desinteressiert. »Wer hat nicht davon gehört?«

»Aber den Typen schnappen sie sicher bald.« Der Fahrer bog nach Norden auf die E4 ab, die in Richtung Stadt bereits überfüllt war.

Mattias brummte etwas vor sich hin und rutschte ein Stück zur Seite, um aus dem Blickfeld des Rückspiegels zu verschwinden.

»Dieses Land ist einfach zu klein, um sich lange verstecken zu können«, fuhr der Fahrer fort. »In Europa oder Amerika ist das schon was anderes. Oder in Thailand, da laufen die alle frei in der Gegend rum.«

Mattias wusste, dass es keine Rolle spielte, ob er antwortete oder nicht. Der Fahrer würde so oder so weiterreden. Doch die Vorstellung, dass in fast jedem Taxi ähnliche Gespräche geführt wurden, jagte ihm einen kalten Schauer über den Rücken.

Ob am Frühstückstisch, im Bus oder im Café – überall würden die Leute über das Phantombild diskutieren und sich fragen, ob sie irgendjemanden kannten, der so oder so ähnlich aussah. Jeder würde eigene Theorien zu den Vorfällen entwickeln.

Mattias zog sein Handy aus der Tasche und schrieb eine SMS an seine Sekretärin: »Bin krank. Bitte Vormittagstermine und Polizeiverhör am Nachmittag verschieben.« Dann ersetzte er »Bin krank« durch »Habe Magenprobleme« und drückte auf Senden. Ein Magen-Darm-Infekt war immer noch am glaubhaftesten.

»Und dieser andere Typ ist ja immer noch im Knast«, meinte der Fahrer.

»Mm.«

Der Fahrer blickte kurz über die Schulter. »Aber ich glaube nicht, dass er es war.«

Sie fuhren in den Söderledstunnel, der wie immer in orangefarbenes Licht getaucht war.

»Sagen Sie, könnten Sie vielleicht *P1* einschalten?«

Vorübergehend verlor der Fahrer den Faden. »Auf welcher

Frequenz ist das denn? Und wollen Sie nicht lieber Adam und Gry auf *Mix Megapol* oder Gert Fylking hören?«

»*P1* ist auf 92,4.« Mattias blickte aus dem Fenster, wo die verschiedenen Tunnelausfahrten vorbeizogen.

Auf *P1* diskutierten Lindström und Göran Lambertz über die aktuelle Lage.

»Die Polizei hat erneut einen fatalen Fehler begangen«, ereiferte sich Lindström.

»In welcher Hinsicht?«, fragte der Moderator.

»Dieses Phantombild richtet mehr Schaden an, als es Nutzen bringt.«

»Dieses Bild sieht Tausenden von Männern ähnlich«, ergänzte Lambertz. Ausnahmsweise schienen die beiden einer Meinung zu sein.

Das war es, was Mattias jetzt hören wollte. Wenn die beiden Recht hatten, bestand kein Anlass zur Panik.

»Also dieser Typ in Untersuchungshaft, der war's bestimmt nicht«, wiederholte der Fahrer, der offenbar der Meinung war, lange genug geschwiegen zu haben.

»Warum nicht?« Mattias verfluchte sich, überhaupt auf die Bemerkung eingegangen zu sein.

Der Fahrer steuerte aus der Tunnelröhre. »Weil's bestimmt wieder so ein verdammter Ausländer war.«

Diesmal versuchte Mattias gar nicht erst, sein Seufzen zu unterdrücken. »Woher wollen Sie das wissen?«

Darauf wusste der Fahrer keine Antwort. Stattdessen ließ er sich ausführlich darüber aus, dass die Einwanderer die schwedische Gesellschaft zerstört hätten und den Rechtsradikalen ja gar nichts anderes übrigbliebe, als die Sache selbst in die Hand zu nehmen. »Und die Kommunisten werden auch noch von der Polizei und von den Medien geschützt.«

»Hier geht's links ab.«

»In vierundzwanzig Stunden wird der Fall gelöst sein«, verkündete Lambertz im Radio.

»Das müsste sogar die schwedische Polizei hinkriegen«, bestätigte Lindström.

Das Taxi hielt, Mattias bezahlte und stieg aus. Bei der Familie Fernandez waren alle Fenster dunkel. Sofort fiel ihm auf, dass der Wagen nicht in der Garageneinfahrt stand.

Nachdem er eine Weile unschlüssig gewartet hatte, ging Mattias zur Tür und klingelte. Niemand öffnete.

Er legte das Ohr an die Tür. Drinnen war kein Laut zu hören. Erneut spürte er einen Anflug von Panik, wie so oft in den letzten Stunden. Er klingelte noch einmal. Keine Antwort.

Nachdem er über verschiedene Alternativen nachgedacht hatte, schlich er um das Haus herum, vorbei an der Stelle, wo Carlos tot aufgefunden worden war, schaute durch das Fenster ins Wohnzimmer und klopfte an die Scheibe. Als niemand reagierte, klopfte er ein bisschen lauter.

Im Inneren ging ein Licht an.

Mattias lief um das Haus herum und klingelte erneut. Kurz darauf hörte er Schritte und leise Stimmen, bevor die Tür langsam aufging.

Wegen der Sicherheitskette ließ sie sich nur einen Spaltbreit öffnen.

Sebastian – oder war es Robin? – starrte ihn erschrocken an. »Was willst du?«

»Weißt du noch, wie ich heiße?«, fragte Mattias und schob vorsichtig einen Fuß in den Spalt.

»Du bist unser Anwalt.«

»Und du bist Sebastian, stimmt's?«

»Nein, Robin.«

Verdammt, dachte Mattias. »Ist deine Mama zu Hause?«

Der Junge dachte kurz nach. »Nein, die ist weg. Mit Opa.«

»Ach so.« Er ließ sich nichts anmerken. Aber warum war Anna so früh mit ihrem Vater unterwegs? »Wo sind sie denn hingefahren?«

»Weiß nicht. Ich muss jetzt zumachen.«

»Warte mal! Ich bin doch euer Anwalt. Da muss man manchmal ein bisschen miteinander reden.«

Der Junge sah ihn prüfend an.

Mattias lächelte. »Dann können wir auch noch Kletterbaum spielen.«

»Okay«, sagte Robin und löste die Kette.

»Wann kommt deine Mama denn wieder?«, fragte Mattias, während er überlegte, was er sagen sollte, wenn Anna ausgerechnet jetzt nach Hause käme. Er verhielt sich nicht gerade wie ein seriöser Anwalt.

»Die kommt später wieder!« Robin lief die Treppe hinauf. »Ich geh Sebastian holen.«

Kurz darauf stand Mattias im Wohnzimmer, während die Kinder lachend und schreiend an ihm herumkletterten. Schwer vorstellbar, dass sie erst vor ein paar Tagen ihren Vater verloren hatten.

»Wollen wir vielleicht mal ein bisschen miteinander reden?«, schlug Mattias vor.

»Nein, nochmal!« Sebastian klammerte sich an seinen Arm und setzte ihm einen Fuß auf das Knie.

Nachdem sie noch eine Weile herumgeturnt hatten, waren die Jungs so verschwitzt, dass sie eine kurze Pause brauchten. Während sie sich mit völlig zerzausten Haaren in das weiße Ledersofa sinken ließen, setzte sich Mattias in einen Sessel. Er sah, dass es draußen langsam hell wurde, und fragte sich, wie viel Zeit ihm noch blieb.

»Wann fangt ihr denn wieder mit der Schule an?«, begann er.

»Am Montag«, kam es wie aus einem Mund.

»Und wie findet ihr das?«

»Gut!«, rief Sebastian. Robin nickte.

Mattias schaute sich um und stellte fest, dass es hier nicht mehr so ungemein ordentlich aussah wie bei seinem letzten Besuch. Sogar im Wohnzimmer lag ein bisschen Spielzeug herum. »Ist ja gar nicht mehr so aufgeräumt hier«, sagte er. Sein Puls beschleunigte, denn er betrat gerade vermintes Gelände. Wenn herauskam, dass er die Kinder in Abwesenheit ihrer Erziehungsberechtigten ausgehorcht hatte, riskierte er seine Anwaltszulassung. Doch jetzt gab es kein Zurück mehr.

Die Jungs tauschten einen Blick aus. »Carlos wollte das immer so haben«, antwortete Sebastian.

»Warum nennt ihr ihn nicht einfach Papa?«

Sebastian schluckte. Er zögerte, hatte aber anscheinend noch etwas Wichtiges zu sagen. Außerdem rieb er heftig an einem unsichtbaren Fleck auf seiner Hose.

»Ich bin doch dein Anwalt, Sebastian. Mir kannst du alles sagen.«

Die Kinder schwiegen, schauten sich an und nickten.

»Weil er nicht lieb war«, antwortete Sebastian.

Robins zwanghaftes Zwinkern setzte wieder ein. »Er hat Mama geschlagen.«

Mattias beugte sich vor. »Das hat er getan?«

»Jetzt will ich wieder Kletterbaum spielen!«, rief Sebastian.

40

Kurz darauf saßen die Kinder mit einem Becher warmem Kakao auf dem Sofa. Mattias hatte mit ihrer Hilfe in der Küche gesucht, bis er alles gefunden hatte, was er brauchte.

Sie hatten auch »schlafender Bär« gespielt, bis Mattias die Knie wehtaten. Natürlich war ihm aufgefallen, dass die beiden ein großes Bedürfnis nach Körperkontakt hatten. Er musste daran denken, wie Lotta diesen allzu sorglosen Umgang mit Fremden beurteilt hatte.

»Hat Carlos eure Mama oft geschlagen?«, fragte er.

»Ziemlich oft«, antwortete Sebastian.

Robin nickte. »Mm.«

Mattias musterte die beiden Jungen und überlegte, wie er weitermachen sollte. Was würde ein Kinderpsychologe als Nächstes fragen? »Wusste Carlos denn, dass ihr mitbekommen habt, wie er eure Mama geschlagen hat?«

Robin wurde sehr blass, aber anscheinend wollten die beiden Jungen ihrem Herzen endlich Luft machen.

»Er hat Mama nur geschlagen, wenn er geglaubt hat, dass wir schlafen«, erzählte Sebastian.

Wieder nickte Robin. »Aber wir haben nicht geschlafen. Wir haben alles gehört, in unserem Zimmer. Manchmal hat Mama geschrien.« Seine Augen füllten sich mit Tränen.

Mattias wollte sie nicht weiter bedrängen, aber vermutlich würde er keine zweite Chance erhalten. »Und das habt ihr nie jemandem erzählt?«

Die Kinder schauten sich an.

»Carlos hat gesagt, dass er Mama umbringt, wenn wir was erzählen«, sagte Sebastian und warf seinem jüngeren Bruder einen kurzen Blick zu. Mattias hatte das Gefühl, dass er nicht die volle Wahrheit sagte.

»Aber irgendjemandem habt ihr doch bestimmt Bescheid gesagt?«

Robin schüttelte den Kopf. Eine Weile herrschte Stille, bis Sebastian es nicht mehr aushielt. »Ja, schon …«

»Okay …«, sagte der Jüngere und zwinkerte heftig.

»Wir haben Opa davon erzählt.«

»Und was hat euer Opa dazu gesagt?«

In diesem Moment hörte er, wie die Tür aufgeschlossen wurde, und Sekunden später stand Anna Fernandez im Wohnzimmer. »Was tun Sie in unserem Haus?«

Sofort brachen Sebastian und Robin in Tränen aus.

»Wir haben ihn reingelassen«, schluchzte Robin.

Anna beruhigte sich und setzte sich neben ihre Kinder, aber ihre Stimme blieb scharf. »Worüber habt ihr geredet?«

»Wir haben erzählt, was Carlos gemacht hat.« Robin ließ sich auf den Boden gleiten.

»Ich rufe jetzt die Polizei«, sagte Anna und stand auf. »Auch wenn Sie unser Anwalt sind, haben Sie kein Recht, morgens um halb neun meine Kinder zu überfallen.«

Mattias zwang sich, ruhig zu bleiben. »Bitte, rufen Sie die Polizei. Dann werde ich ihr erzählen, was Ihr Mann getan hat. Und dass Ihr Vater davon gewusst hat.«

Die Rechnung ging auf. Anna griff sich an die Stirn, ließ sich ins Sofa sinken und starrte an die Decke. »Mein Gott, was passiert hier nur?«

Für ein paar Sekunden war es vollkommen still. Man hörte nur, wie Robin über den Boden rutschte.

Schließlich gewann Anna ihre Fassung wieder, setzte sich auf und schickte die Kinder auf ihr Zimmer.

»Warum denn?«, fragte Sebastian.

»Weil ich es sage!«

»Später spielen wir nochmal Kletterbaum, okay?«, warf Mattias ein.

Anna blickte ihn überrascht an. »Kletterbaum?«

»Das haben wir gespielt, bevor Sie gekommen sind.« Wie müde sie aussieht, dachte Mattias, als hätte sie seit Ewigkeiten nicht mehr geschlafen.

Anna Fernandez schloss die Augen und lehnte sich zurück. »Was wissen Sie?«

»Alles«, log Mattias. »Ich weiß, dass Ihr Mann Sie geschlagen hat; dass er gedroht hat, Sie zu töten, wenn Sie etwas verraten; dass die Kinder sich Ihrem Vater anvertraut haben; und dass Ihr Vater Susanne Dahlgren in seine Gewalt gebracht hat.«

Anna begann zu weinen. Es waren stille Tränen, kein Schluchzer war zu hören. Mattias sagte nichts, sondern wartete ab, wie sich die Situation entwickelte.

»Ich wusste, dass die Sache nicht gut enden wird«, sagte sie dann und trocknete ihre Wangen mit dem Handrücken. »Wollen Sie eigentlich einen Kaffee?«

Mattias nickte. Er war auf dem richtigen Weg. Aber was war mit Susanne? Lebte sie noch, und wenn ja, wo war sie jetzt? Und was für eine Rolle spielte Anna? War sie in alles involviert? Gerade in dieser entscheidenden Phase musste er ruhig und methodisch vorgehen.

Wenige Minuten darauf kehrte Anna Fernandez mit einem Tablett zurück, stellte es auf den Glastisch, schenkte Mattias Kaffee ein und setzte sich.

»Vielleicht ist es das Einfachste, wenn Sie alles von Anfang an erzählen«, schlug Mattias vor.

Anna holte tief Luft, füllte ihre eigene Tasse und sah ihn prüfend an. »Sie unterliegen doch der Schweigepflicht, nicht wahr?«

Er nickte.

Eine gute Stunde später saßen sie sich immer noch gegenüber.

Anna hatte ausführlich von ihrer Ehehölle berichtet.

Sie hatte Carlos an der Technischen Universität kennengelernt. Er war ein begabter Forscher, sie eine junge Laborassistentin. Außerdem war er der romantischste Mann der Welt; er hatte ihr regelrecht den Hof gemacht. Natürlich fühlte sie sich geschmeichelt, obwohl es sie manchmal wunderte, dass er ihr so viele persönliche Fragen stellte. Er interessierte sich wirklich für alle Details ihres Lebens, doch am Anfang ihrer Beziehung war sie gerade davon begeistert – diese egozentrischen Kerle, die nur von sich selbst sprachen, war sie gründlich leid. Erst nach und nach gewann sie den Eindruck, dass er sie kontrollieren wollte.

Und als sie sich langsam fragte, ob er wirklich der Richtige war, war sie bereits schwanger. Carlos bestand darauf, sie zu heiraten; schon wegen seiner südamerikanischen Wurzeln ginge es gar nicht anders.

Sein Kontrollbedürfnis wuchs. Er wollte alles über die Menschen wissen, mit denen sie Kontakt hatte, vor allem über etwaige männliche Freunde. Bald war er über sämtliche Kollegen in ihrer Abteilung informiert, und wenn sie auf eine Party ging, verabredeten sie eine feste Zeit, zu der er sie abholte.

Während Anna all das erzählte, waren ihre Kinder ein paarmal aufgetaucht, doch sie hatte die beiden jedes Mal zurück in ihr Zimmer geschickt. Anscheinend verstanden sie, dass dieses Gespräch auch für sie von größter Bedeutung war. Mattias hatte mindestens vier Tassen Kaffee getrunken, wagte aber nicht, auf die Toilette zu gehen. Er wollte nicht riskieren, dass Anna plötzlich verstummte.

Denn jetzt, nachdem sie ins Erzählen gekommen war und Mattias ihr ein weiteres Mal zugesichert hatte, dass er einer strengen Schweigepflicht unterlag, sprudelte es nur so aus ihr heraus.

Carlos hatte sie aufgefordert, ihren Job aufzugeben. Nachdem er eine Professur angetreten hatte, war ihr Gehalt nicht mehr notwendig. Sie hatten auch so genug Geld, um von Annas Dreizimmerwohnung in Jarlaberg in ein Einfamilienhaus in Nacka umzuziehen.

Nach Sebastians Geburt beruhigte sich ihr Leben zusehends. Carlos gefiel es, dass seine Frau zu Hause auf ihren kleinen Sohn aufpasste, statt arbeiten zu gehen. Allerdings verstand er nicht, warum sie ständig irgendwelche Veranstaltungen wie Babyschwimmen oder Säuglingsgymnastik besuchen musste. Für Sebastian wäre es doch viel besser, zu Hause seine Ruhe zu haben, meinte er.

Als Anna nach einem Kinobesuch vergaß, Carlos anzurufen, schlug er sie zum ersten Mal. Sie war mit einer Freundin unterwegs, und sie hatten spontan beschlossen, noch ein Glas Wein zu trinken. Als sie zwei Stunden später als verabredet nach Hause kam, war dort die Hölle los. Er rammte ihren Kopf gegen den Kühlschrank und brüllte ihr ins Gesicht, sie solle zugeben, dass sie mit einem anderen Mann zusammen gewesen sei. Dass sie eine Hure sei.

Anna stand unter Schock. Wenn nur Sebastian nicht aufgewacht ist, dachte sie immer wieder. Carlos misshandelte sie so schwer, dass sie zunächst gar nicht aufstehen konnte. Später, als sie gerade die Polizei anrufen wollte, kam er zurück. Sie krümmte sich zusammen und hielt sich die Hände schützend vor den Bauch. Er beugte sich zu ihr und fauchte ihr ins Ohr, dass er Sebastian nach Argentinien mitnehmen würde, wenn sie jemals auch nur ein Sterbenswörtchen über diesen Vorfall sagte. Dann hätte sie ihren Sohn das letzte Mal gesehen.

Sie schaltete die Polizei nicht ein. Sie wollte ihren Sohn nicht verlieren. Am nächsten Tag war Carlos die Reue selbst. Über einen Kurier ließ er ihr fünfzig rote Rosen bringen. Doch nach zwei Monaten schlug er sie erneut. Diesmal war sie zu spät vom Einkaufen nach Hause gekommen, weil sie es sich erlaubt hatte, noch eine Dreiviertelstunde mit einer Bekannten zu plaudern, der sie zufällig vor dem Supermarkt begegnet war. Jetzt verfluchte sie sich dafür, nicht längst die Polizei verständigt zu haben. Inzwischen wusste sie ja, wie Carlos »funktionierte«.

Ehe sie wieder mit der Arbeit beginnen konnte, wurde sie zum zweiten Mal schwanger. Carlos wachte über sie wie ein Falke, obwohl sie schon längst keinen sozialen Umgang mehr hatte. Nur den Kontakt zu ihrem Vater, der seit mehreren Jahren Witwer war, hatte er nicht unterbinden können. Vermutlich hatte er es nicht einmal versucht, um Åke nicht misstrauisch zu machen.

Der hatte aber längst bemerkt, dass es seiner Tochter nicht gutging. Mehrmals äußerte er ihr gegenüber den Verdacht, dass sie von Carlos misshandelt wurde, doch sie verneinte jedes Mal. Die Angst, ihre Kinder zu verlieren, war einfach zu groß.

Als das Nachbarhaus zum Verkauf stand, ließ sich Åke diese Chance nicht entgehen. Er wollte in der Nähe sein, um seine Tochter zu beschützen. Aber die Grausamkeiten gingen weiter. Irgendwann brachte er die Kinder dazu, ihm zu beichten, dass ihr Papa ihre Mama schlug. Und dass sie jedes Mal in ihrem Zimmer zuhören mussten, ohne etwas tun zu können.

Als er Anna mit der Aussage ihrer Kinder konfrontierte, brach sie zusammen und gab alles zu. Der verzweifelte Åke versuchte, seine Tochter zu überreden, zur Polizei zu gehen. Doch als sie ihm von ihrer Angst erzählte, dass Carlos die Jungs nach Argentinien verschleppen könnte, begriff er, dass sie niemals Anzeige erstatten würde. Die Flucht in ein Frauenhaus war auch keine Alternative, denn früher oder später würde Carlos sie aufspüren.

Åke wusste, dass eine Anzeige ohne Annas Mithilfe nie zu einer Verurteilung, vermutlich nicht einmal zu einer Festnahme führen würde. Außerdem wollte er nicht gegen den Willen seiner Tochter handeln. Doch er musste den Tatsachen ins Auge sehen: Ihr Zustand verschlechterte sich immer weiter, allein kam sie mit der Situation offenbar nicht zurecht. Da entschloss er sich, die Sache selbst in die Hand zu nehmen.

41

»Jetzt musst du aber wirklich aufstehen«, sagte Lotta und schüttelte ihre Tochter vorsichtig.
Rebecka, die eigentlich keine Mühe mit dem Aufstehen hatte, lag zusammengerollt unter der Decke.

Da bemerkte Lotta, dass ihr Pyjama völlig durchnässt und ihre Stirn glühend heiß war. »Aber Rebecka, du hast ja Fieber.«

Langsam schob ihre Tochter die Decke zur Seite und setzte sich auf. »Darf ich zu Hause bleiben?«

Lotta legte ihr lächelnd die Hand auf die Stirn. »Ich denke, du musst sogar.«

»Wie viel Fieber hab ich denn?«, fragte Rebecka mit matter, aber neugieriger Stimme.

»Das werden wir gleich wissen, aber man sieht schon an deinen Augen, dass du krank bist.«

Lotta ging ins Badezimmer, um das Thermometer zu holen. Eigentlich hatte sie den ganzen Tag im Bett bleiben, lesen und entspannen wollen. Na ja, immerhin hatte sie ausgeschlafen und ein ordentliches Frühstück zu sich genommen – ganz so, wie die Hebamme es ihr geraten hatte.

Aber sie ärgerte sich, dass die Zeitung wieder mal nicht gekommen war. Dabei war *Dagens Nyheter* sogar ihr Arbeitgeber! Kurz überlegte sie, ob sie anrufen und sich beschweren sollte, ließ es aber doch bleiben.

Wenn sie keine Zeitung lesen konnte, musste sie sich wenigstens nicht über irgendwelche Bagatellen aufregen. Sie wollte sich sowieso lieber ein paar Büchern widmen, die seit dem Sommer liegengeblieben waren, denn seit Beginn ihrer Schwangerschaft war sie abends immer todmüde. Dabei kam die arbeitende Mutter eines kleinen Kindes eigentlich nur am Abend zum Lesen. Zumindest wenn der Mann ständig Überstunden machte.

Überhaupt fragte sie sich, was mit Mattias los war. Natürlich war er öfter im Stress; manche Fälle nahm er sich sehr zu Herzen, vor allem wenn er fürchtete, einen Fehler begangen zu haben. Aber so wie gestern hatte sie ihn noch nie erlebt. Sie war gar nicht an ihn herangekommen. Am Abend hatte er stumm im Essen gestochert und permanent gequält in die Luft gestarrt.

Natürlich begriff sie, dass die letzte Zeit auch für ihn nicht leicht gewesen war, aber so schroff hatte er Rebecka noch nie behandelt. Im Gegenteil, sonst ärgerte sie sich immer darüber, dass die Kleine bei ihm so viel Limonade und Süßigkeiten bekam, während ihr selbst nur die Rolle der Spielverderberin blieb.

Dass er zur Arbeit gefahren war, während sie noch geschlafen hatte, war hingegen nichts Neues. Das hatte er schon öfter getan. Eine Zeit lang hatte er sich sogar angewöhnt, das Haus schon um fünf Uhr früh zu verlassen, und wenn sie meinte, so lange Arbeitstage wären doch absurd, hatte er stets mit dem Hinweis auf Wirtschaftsanwälte gekontert, die selten weniger als achtzig Stunden die Woche arbeiteten.

Als Lotta ins Kinderzimmer zurückkehrte, saß Rebecka hinter ihrem kleinen Schreibtisch. »Papa hat gestern versprochen, dass wir einen Film ausleihen«, sagte sie sofort.

»Du weißt doch, dass er im Moment ein bisschen gestresst ist«, entgegnete Lotta.

Dieses Argument ließ Rebecka nicht gelten. »Heute vergisst er das bestimmt wieder.«

»Du kannst Papa ja anrufen und ihn daran erinnern.«

»Der geht nicht ans Handy.«

»Dann probier's doch mal in seinem Büro. Warte, ich such dir die Nummer raus.«

*

Als sie zu den näheren Umständen von Carlos' Tod kamen, wurde Anna immer wortkarger. Ständig musste Mattias kleine Fragen und Bemerkungen einwerfen, damit sie überhaupt weitersprach. Aber er musste seine Ungeduld im Zaum halten; sie sollte das Gefühl haben, dass sie ihm alles erzählen konnte, ohne dass irgendjemand sonst davon erfuhr.

Von gewissen Ausnahmen, die ihn von seiner Schweigepflicht entbanden, hatte er ihr wohlweislich nichts gesagt. Vor allem war er nicht mehr daran gebunden, wenn er von der Planung eines schweren Verbrechens erfuhr. Aber das behielt er selbstverständlich für sich. Schließlich sollte sie ihm verraten, wo Susanne steckte – falls sie überhaupt noch am Leben war.

Mattias biss die Zähne zusammen.

Er durfte nicht zu direkt auf dieses Thema zusteuern. Wenn er zu schnell vorging, könnte Anna misstrauisch werden.

Endlich hatte er sich für die nächste Frage entschieden. »Wie ist der Abend verlaufen, an dem Ihr Mann gestorben ist?«

Anna erbleichte. »Das kann ich Ihnen nicht sagen.«

»Aber ich weiß doch sowieso schon Bescheid.« Was nur zur

Hälfte stimmte. Er ahnte zwar, was passiert sein könnte, war sich aber ganz und gar nicht sicher.

Doch Anna schien ihm zu glauben. »Sie wissen es schon?« Sie rang die Hände, fast wäre sie aufgesprungen.

»Ja. Ihr Vater …« Mattias versuchte, so gelassen wie möglich zu bleiben.

Anna schnappte nach Luft. Als wollte sie nicht hören, was sie bereits wusste.

»Nur eins ist mir nicht ganz klar«, fuhr Mattias fort. »Welche Rolle spielen Sie in der ganzen Geschichte?«

Anna wich seinem Blick aus und starrte aus dem Fenster. Draußen regnete es.

»Haben Sie mitgemacht, Anna?«

Mattias wusste, dass er gerade eine Reihe von Fehlern beging. Anna Fernandez war keiner Straftat verdächtig. Und selbst wenn sie es wäre, wäre ihr Anwalt mit Sicherheit der Letzte, der sie vernehmen sollte.

Aber er hatte keine Wahl.

»Sie fühlen sich bestimmt besser, wenn Sie mir alles erzählen.«

»Ich habe ihm gesagt, wann Carlos nach Hause kommt«, flüsterte sie.

»Und …«

»Und dann bin ich erst rausgegangen, als ich sicher sein konnte, dass … dass mein Vater wieder im Haus war.« Den Blick auf ihre Hände gerichtet, weinte Anna leise in sich hinein.

Jetzt konnte Mattias nicht mehr an sich halten. »Sie haben die Polizei angelogen?«

»Viel schlimmer …«

»Was?«

»Ich habe ihm … bei der Sache mit dieser Polizistin geholfen.«

Er spürte, wie sein Puls in die Höhe schnellte. »Was ist passiert?«

»Sie hat meinen Vater in der Garage überrascht, als er gerade die Waffe loswerden wollte. Er musste sie mitnehmen, es ging nicht anders.«

Sie beugte sich vor, schlug die Hände vors Gesicht und schluchzte.

Endlich stellte Mattias die Frage, die er schon so lange stellen wollte. Obwohl er nicht wusste, ob er die Antwort verkraften würde.

»Ist Susanne noch am Leben?«

*

»Heute werden wir den Sack zumachen«, sagte Magnus Granath und ließ den Blick über die Ermittlungsgruppe schweifen. Petra saß wie üblich auf einem Stuhl an der Seite, einen Notizblock auf dem Schoß. Innerlich kochte sie vor Wut auf den Staatsanwalt.

Was sollte das heißen, den Sack zumachen? Susanne war immer noch verschwunden, und niemand wusste, wo sie sich befand, ja nicht einmal, ob sie noch lebte. Und Granath plusterte sich auf, als hätte er den Fall schon gelöst. Außerdem war ihr aufgefallen, dass sich immer weniger Polizisten zu Wort meldeten. Sie schüttelte den Kopf. Diese erbärmlichen Feiglinge!

Magnus Granath nahm einen Stift, schrieb den Namen Carl Struwe auf das Whiteboard und kreiste ihn ein.

Und blickte seine Zuhörer auffordernd an.

Als keine Reaktion kam, wandte er sich wieder der Tafel zu und schrieb die Namen Carlos Fernandez, Jan-Olov Pettersson und Susanne Dahlgren dazu. Hinter die ersten beiden Namen schrieb er »Mord«, hinter den dritten »Menschenraub«.

»Es gibt schließlich keine Beweise für einen Mord an Susanne Dahlgren«, erklärte er.

Petra konnte sich nicht mehr beherrschen. »Was macht die Suche nach Susanne?«

Granath zuckte zusammen und warf ihr einen mürrischen Blick zu. »Ich wäre dankbar, während meines Vortrags nicht unterbrochen zu werden.«

Doch Petra ließ nicht locker. »Es könnte ja sein, dass sich die Zeitungen auch heute für Susannes Schicksal interessieren. Dann wüsste ich gerne, was ich sagen soll.«

»Sagen Sie, dass die Ermittlungen unter Hochdruck laufen.«

»Was ist mit Hinweisen aus der Bevölkerung?«

Der Staatsanwalt zeigte auf den zuständigen Kollegen.

»Äh, ja, ein Auskunftgeber hat angerufen und ausgesagt, dass er sie in Helsingborg gesehen hat«, sagte der Beamte.

»Ein Auskunftgeber?«, wunderte sich Petra.

Er nickte verlegen. »So nennen wir das hier.«

»Da hören Sie's!«, bellte Granath.

Petra merkte, dass er genau wusste, wie weit er bei ihr gehen konnte. Wahrscheinlich würde er sie am liebsten gleich vor die Tür setzen.

Zufrieden warf der Staatsanwalt den Kopf in den Nacken und setzte seinen Vortrag fort. »Die Untersuchungsverhandlung zu Struwe findet heute Nachmittag um 15 Uhr statt.«

Der Mann vom Reichskriminalamt wedelte mit der Hand. »Silbersky wird auf jeden Fall argumentieren, dass Struwe nichts mit Susannes Entführung zu tun haben kann, da er schon vorher in U-Haft saß.«

»Tja, in der Tat«, entgegnete Granath. »Irgendwelche Vorschläge?«

Der SÄPO-Mann meldete sich zu Wort. »Wir könnten andeuten, dass Silbersky gewisse Informationen aus dem Gefängnis geschmuggelt haben könnte.«

»Stimmt, wie Henning Sjöström damals«, meinte Granath. »Der ist doch deswegen aus der Anwaltskammer geflogen, oder?«

42

»Können Sie mir nicht einfach sagen, wo Ihr Vater hinwollte?«

Wieder scheiterte Mattias an Annas Starrsinn. »Sie würden doch nur die Polizei verständigen, und wer weiß, was dann los ist. Nein, wir fahren zusammen hin, nur wir beide. Sonst erfahren Sie nie, wo sie sind.«

»Aber was geschieht, wenn ich dort auftauche?«

Anna schwieg, und Mattias dachte nach: Ganz allein einen bewaffneten Verrückten aufzusuchen, wäre ein wahnsinniges Unterfangen. Bestenfalls hatte er immer noch Susanne in seiner Gewalt, schlimmstenfalls …

Er wollte den Gedanken nicht fortführen.

Aber wahrscheinlich blieb ihm nur diese eine Chance, Susannes Leben zu retten. Er würde es sich nie verzeihen, wenn ihr etwas zustieß, während er untätig herumsaß.

Kurz darauf passierten sie die Brücke über den Strömmakanal. »Wir fahren in Richtung Stavsnäs«, sagte Anna.

Der schmale, gewundene Weg führte durch dichten Mischwald, der Abstand zwischen den einzelnen Sommerhäuschen wurde immer größer. Felder und Wiesen zogen an ihnen vorbei, Sträucher spreizten die nackten Zweige.

»Vielleicht kann die Polizei Ihren Vater zur Vernunft bringen«, sagte Mattias. »Die haben Experten für so was.«

Anna schüttelte den Kopf. »Bei meinem Vater können Sie das vergessen.«

Sie überquerten die Djuröbrücke. Zu beiden Seiten waren die Inseln der Schärenküste zu sehen.

Anna drosselte das Tempo und spähte zu den vereinzelten Sommerhäuschen hinüber.

»Weiß er, dass ich komme?«, fragte Mattias.

Statt zu antworten, hielt sie an, fuhr die Scheibe herunter und lauschte. »Sie warten hier.«

Sie standen vor der Einfahrt zu einem Campingplatz. »Weiße Pforten« prangte auf zwei großen Schildern.

Mattias schluckte. Sollte er sich einfach aus dem Staub machen, sobald Anna weg war? Warum sollte gerade er sich opfern? Doch er kannte die Antwort. Weil er musste. Weil er es war, der Susanne dazu gebracht hatte, nach Nacka zu fahren. Weil sie durch ihn in die Falle gegangen war.

Anna blickte ihn an. »Steigen Sie aus und warten Sie hier auf dem Parkplatz. Ich schicke meinem Vater eine SMS, dass Sie da sind.«

»Warum haben Sie das nicht schon früher getan?«

»Weil er dann vielleicht abgehauen wäre ... oder eine Dummheit begangen hätte.«

Als Mattias ausstieg, knickten seine Füße weg. Er konnte sich kaum auf den Beinen halten.

Anna wendete den Wagen, trat vorsichtig aufs Gaspedal und verschwand.

Mattias schaute sich um.

Zur Rechten lag eine verlassene Minigolfanlage, dahinter ein hell gestrichenes Haus. Am weißen Zaun vor der Terrasse hing eine Banderole, die für ein Restaurant warb. Gegenüber entdeckte er einen Kiosk mit ein paar Tischen und Stühlen. Weiter unten, auf dem Sand, war ein Volleyballnetz gespannt, wahrscheinlich seit letztem Sommer. Der Strand zog sich an einer kleinen Bucht mit Badesteg entlang, wo das Wasser schwarz schimmerte.

*

Susanne saß auf dem Bett, den Rücken an die Wand gelehnt. Inzwischen war sie seit über vierundzwanzig Stunden in Gefangenschaft. Das alles kam ihr so unwirklich vor.

Als sie Åke mitsamt seiner AK5 in der Garage überrascht hatte, war sie zuerst völlig perplex gewesen. Erst als er sie zwang, sich auf den Boden zu legen, war ihr klar geworden, dass er Carlos ermordet hatte. Er riss sich den Gürtel herunter und fesselte ihre Handgelenke, verfrachtete sie auf den Vordersitz des Autos und legte ihr den Sicherheitsgurt an.

Dort musste sie warten, während er irgendetwas holen ging. In der Garage stand eine große, leere Werkbank, an einer Wand hingen Werkzeuge sowie Schwimmwesten in verschiedenen Größen, und in einer Ecke lehnten Spaten und Harken.

Da Åke wild entschlossen wirkte, wagte sie nicht zu schreien. Keiner der Nachbarn schien etwas bemerkt zu haben; mitten am Vormittag waren in diesem ruhigen Vorort wohl auch nur wenige Menschen zu Hause.

Sie verfluchte sich selbst, dass sie Åke nicht schon längst verdächtigt hatte. Dabei hatten bereits die ersten Befragungen in der Nachbarschaft ergeben, dass sich kein Auto vom Tatort entfernt hatte. Und Åke hatte sich mehrmals erkundigt, ob der Täter wohl bald überführt werde. Außerdem hatte er sich ununterbrochen innerhalb des abgesperrten Bezirks zwischen Nacka und Värmdö aufgehalten.

Die wenigen Minuten, die sie auf Åke warten musste, kamen ihr vor wie eine Ewigkeit. Es konnte doch nicht so schwer sein, die Hände aus dem Gürtel zu befreien! Aber es gelang ihr einfach nicht.

Als Åke zurückkehrte und rückwärts aus der Garage setzte, schöpfte sie wieder Hoffnung. Vielleicht würden die Nachbarn mitbekommen, was hier vor sich ging – irgendwem musste doch auffallen, dass sie gefesselt war. Sie fragte sich, ob sie den Kopf gegen die Scheibe werfen sollte, falls sich eine günstige Gelegenheit vor einer roten Ampel bot.

Aber es gab keine roten Ampeln. Åke fuhr ohne Unterbrechung den Värmdöleden entlang und hielt Kurs auf Ingarö und Stavsnäs. Während der Fahrt sagte er keinen Ton. Nur einmal murmelte er vor sich hin, dass das alles total unnötig, aber nicht seine Schuld sei.

Was genau er mit Schuld meinte, war schwer zu entscheiden. Vielleicht gab er ihr die Schuld an ihrer Lage, weil sie ihn in der Garage überrascht hatte.

Trotz allem geriet Susanne nicht in Panik. Schon nach wenigen Minuten konnte sie wieder klar denken. Sie nahm sich vor, mit äußerster Vorsicht zu agieren, ihn nicht unnötig zu reizen.

Dass er ihr an der Abzweigung nach Hemmesta die Augen verband, beruhigte sie weiter. Hätte er vorgehabt, sie zu töten, hätte er sich die Vorsichtsmaßnahme sparen können.

Nach einer weiteren halben Stunde bog er vom Weg ab und hielt an.

Er befahl ihr auszusteigen. Ehe sie reagieren konnte, hatte er bereits den Sicherheitsgurt gelöst und ihr ein Paar Handschellen angelegt. Er handelte mit einer fast militärischen Entschlossenheit. Hatte er nicht erwähnt, dass er der Heimwehr angehörte?

Dann packte er sie am Arm und führte sie vorwärts. Sie spürte Gras unter den Schuhen, später Sand. Ein Strand? Åke hatte die Augenbinde so fest zugeknotet, dass sie nicht darunter hindurchspähen konnte.

Ein paar Minuten später gingen sie eine Treppe hinauf und durch eine Tür, die er zuvor aufgeschlossen hatte. Endlich nahm er ihr die Augenbinde ab.

Sie befanden sich in einer kleinen Hütte mit zwei Räumen. In beiden stand je ein Bett, außerdem gab es einen kleinen Tisch und einen Stuhl.

»Da ist die Toilette«, sagte Åke und zeigte auf eine schmale Tür.

»Wie soll ich mit Handschellen auf die Toilette gehen?«

Er zuckte die Achseln. »Ihr Problem.«

Damit verließ er den Raum und schloss ab.

Sie war allein.

Kurz darauf hörte sie, wie er seinen Wagen anließ. Sofort untersuchte sie jedes Detail der Hütte – um schließlich festzustellen, dass es keine Fluchtmöglichkeit gab. Die Tür war verschlossen, vor den kleinen Fenstern lag die Meeresbucht.

Ein Fenster einzuschlagen, wäre nicht leicht gewesen, und sie hätte so oder so nicht hindurchkriechen können. Schreien war ebenfalls nutzlos. In dieser Einsamkeit würde sie niemand hören.

Seit ihrer Ankunft war kein einziges Auto vorbeigefahren.

Da ihre Arme auf dem Rücken gefesselt waren, schmerzten ihre Schultern, und ihr Nacken wurde steif.

Sie verlor das Zeitgefühl. Wenigstens spürte sie, dass sie langsam hungrig wurde. Seit dem Morgen hatte sie nichts mehr gegessen.

Als Åke zurückkehrte, war es offenbar Abend. Zumindest

war es schon vor mehreren Stunden dunkel geworden. Susanne versuchte, mit ihm zu reden, aber er blieb einsilbig. Sie werde schon sehen, murmelte er. Wenigstens hatte er ihr ein paar belegte Brote und eine Flasche Mineralwasser mitgebracht. Er goss das Wasser in einen Becher und legte die Brote auf den Tisch. Dann verschwand er wieder. Es war nicht leicht, mit auf den Rücken gefesselten Händen zu essen, doch irgendwie gelang es ihr. Schließlich schaffte sie es sogar, die Toilette zu benutzen.

Das Schlafen fiel ihr da schon deutlich schwerer. Sie versuchte, auf der Seite zu liegen, aber da der untere Arm immer wieder einschlief, musste sie ständig die Position wechseln.

Früh am nächsten Morgen flog plötzlich die Tür auf. Åke kam herein und setzte sich auf den Stuhl. Er erzählte, dass er Carlos erschossen habe, weil dieser seit Jahren seine Tochter misshandelt habe. Als Carlos gemeinsam mit seinem Kollegen Jan-Olov Pettersson die Antirassismus-Kampagne vorgestellt habe, habe er eine günstige Gelegenheit gewittert. Der Verdacht würde nicht gerade auf den alten Schwiegervater fallen, zumal niemand sonst von den Misshandlungen wusste. Er habe den Mord allein geplant und eigenhändig ausgeführt. Weder Anna noch ihre Kinder wüssten davon.

Susanne hatte keinen Grund, an seiner Darstellung zu zweifeln. Alles hörte sich logisch und überzeugend an.

Als Åke von Struwes Festnahme gelesen hatte, war er hochzufrieden gewesen. Dass irgendein rechtsradikaler Spinner unschuldig verurteilt wurde, machte ihm nichts aus. Je mehr von denen hinter Schloss und Riegel saßen, desto besser.

Hin und wieder versuchte Susanne, etwas einzuwenden, doch er hob jedes Mal die Hand, um ihr zu zeigen, dass ihn ihre Kommentare nicht interessierten. Jetzt sei es für ihn an der Zeit, zu verschwinden, sagte er. Was er damit meinte – ins Ausland zu gehen oder sich das Leben zu nehmen – konnte sie nicht beurteilen.

Åke erklärte, es werde vermutlich ein paar Tage dauern, bis man sie befreite. Obwohl sie nie geglaubt hatte, dass er sie tatsächlich töten wollte, wurde ihr regelrecht schwindlig vor Erleichterung. Sie würde überleben.

Als sie schon in Freudentränen ausbrechen wollte, piepte Åkes Handy. Auf der Stelle verfinsterte sich sein Gesichtsausdruck.

»Das ändert alles«, murmelte er und verließ die Hütte mit raschen Schritten.

43 Mattias stand allein auf dem Parkplatz und wartete. Er überlegte, trotz allem die Polizei zu verständigen, sah jedoch ein, dass er damit Susannes Leben gefährden würde. Falls sie überhaupt noch lebte – Anna hatte ihn darüber im Unklaren gelassen. Vermutlich wusste sie es selbst nicht.

Es raschelte in den Bäumen, einige Krähen flatterten auf und flogen zum Strand hinunter. Auf dem Wasser glitten ein paar Schwäne majestätisch vorüber.

Mattias war übel vor Nervosität. Er dachte an Lotta und Rebecka.

Da piepte sein Handy. Eine SMS.

»Mein Vater erwartet Sie.«

Mattias wusste, dass diese SMS, sollte ihm nichts zustoßen, ein handfester Beweis war. Aber dafür musste Anna erst einmal angeklagt werden.

Mit schweren Schritten trottete er auf den Campingplatz. Kiefernstämme umgaben ihn wie runde Pfähle. Am naheliegendsten war es, zunächst zum Restaurant hinaufzugehen. Es lag auf einem hohen Felsvorsprung, eine steile Treppe führte hinauf. Als er sich umblickte, sah er unten am schmalen Strand ein paar kleine Holzhütten, die genauso einsam und verlassen wirkten wie alles andere. Weit und breit kein Mensch. Aber er wusste, dass Åke und Susanne ganz in der Nähe sein mussten.

Er stieg die Stufen hinauf und betrat die Holzveranda, die um das Restaurant herumlief. Tische und Stühle waren neben der Theke zusammengestellt und durch eine Eisenkette gesichert worden. Er spähte durch das Fenster ins Innere. Ein Gang führte in Richtung Küche, am Ende des Raumes war eine zweite Bar zu erkennen.

Unmittelbar hinter der Ecke lag der Eingang, daneben hing immer noch die Speisekarte vom vergangenen Sommer. Vorsichtig drückte er die Klinke herunter – die Tür war verschlossen.

Er ging die Treppe hinunter und hinüber zum schmalen Strand. Sollte er doch fliehen? Ich schau mir jetzt noch die Hütten an, dachte er, dann hau ich hier ab und rufe die Polizei.

Mattias schätzte die Anzahl der Hütten auf sechs oder sieben; manche lagen hinter Bäumen und waren schwer auszumachen.

Mit zögerlichen Schritten nahm er die paar Stufen zur ersten Hütte. Die Terrasse war nur wenige Quadratmeter groß. Neben der Tür gab es ein Fenster. Mattias kniff die Augen zusammen, doch im Inneren war es so dunkel, dass er nichts erkennen konnte.

Er ging die Treppe hinunter und wandte sich der nächsten Hütte zu. Diesmal sprang er die Stufen rasch hinauf und warf sofort einen Blick durch die Scheibe. Wieder keine Spur von Susanne.

Ein Versuch noch, dachte er. Wenn ich wieder keinen Erfolg habe, verschwinde ich. Mittlerweile war seine Verärgerung größer als seine Angst. Dass man ihn so an der Nase herumführte!

Die Holztreppe knarrte unter seinen Füßen. Er ging zum Fenster, krümmte die Hände ums Gesicht und schaute hinein. Da! Ein Schatten! Dort drinnen bewegte sich etwas!

Doch außer dem Wind in den Baumkronen hörte er keinen Laut.

Mattias wollte gerade an die Scheibe klopfen, als er ein Geräusch in seinem Rücken wahrnahm. Er fuhr herum, aber es war schon zu spät. Er spürte einen Schlag auf dem Hinterkopf und verlor sofort das Bewusstsein.

*

Der Saal 1 des Stockholmer Amtsgerichts in der Polhemsgatan war zum Bersten gefüllt.

Zu den zahlreichen Journalisten hatten sich auch einige Bürger gesellt. Die Chance, einen Mordverdächtigen aus der Nähe zu begutachten, hatte schon immer eine Menge Publikum angelockt, selbst wenn man dazu hinter einer Glasscheibe Platz nehmen musste.

Auf der einen Seite des Gerichts saß Magnus Granath in betont aufrechter Haltung.

In der Mitte saß die Amtsrichterin, daneben die Schriftführerin am Laptop.

Auf der anderen Seite saß Leif Silbersky in nicht ganz so aufrechter Haltung wie der Staatsanwalt, aber voller Kampfgeist. Carl Struwe hatte neben seinem Anwalt Platz genommen und bemühte sich, den Blicken der Journalisten selbstbewusst standzuhalten.

Der unmittelbare Mordverdacht schien selbst an Struwe nicht spurlos vorüberzugehen. Vielleicht war ihm inzwischen klar geworden, dass er durchaus Gefahr lief, für schuldig befunden und verurteilt zu werden.

Nachdem der Haftgrund festgestellt und die Anklage formuliert worden war, wurden sämtliche Zuschauer von der Verhandlung ausgeschlossen. Einige Journalisten verließen den Saal nur unter Protest.

»Dann bitte ich jetzt den Staatsanwalt um seine Ausführungen«, sagte die Richterin.

Magnus Granath drückte den Rücken noch weiter durch und blätterte ein wenig in seinen Unterlagen, ehe er das Wort ergriff. »Carl Struwe ist Vorsitzender einer rechtsextremistischen Partei und verkehrt im rassistischen Milieu. In dem Lokal, in dem er festgenommen wurde, hat man eine Liste gefunden. Auf dieser Liste standen zehn Namen, darunter diejenigen von Carlos Fernandez und Jan-Olov Pettersson. Diese beiden Namen waren mit einem Kreuz gekennzeichnet. Der Mörder hat eine AK5 und Patronen des Kalibers 5.56 benutzt. Der Schalldämpfer stammt vermutlich aus Finnland, da dieser Typus von der schwedischen Armee nicht benutzt wird.« Der Staatsanwalt legte eine kleine Pause ein, um die Fakten auf die Zuhörer wirken zu lassen. »Bekanntermaßen wurde der Angeklagte unmittelbar vor dem Mord an Jan-Olov Pettersson aus der Untersuchungshaft entlassen, was sich als verhängnisvoller Irrtum erwiesen hat.«

»Also das ist ja wirklich ...«, begann Carl Struwe, doch sein Anwalt legte ihm sofort die Hand auf die Schulter.

»Lassen wir den Staatsanwalt seine Ausführungen in Ruhe fortsetzen«, sagte Leif Silbersky, »mögen sie auch noch so haarsträubend falsch sein.«

Magnus Granath fuhr unbeirrt fort. »Aus den Handyverbindungen des Angeklagten geht hervor, dass er in kontinuierlichem Kontakt mit Harald Ljungquist stand. Ljungquist ist Reserveoffizier und besitzt eingehende Kenntnisse im Bereich der Chemie. Seine Festnahme steht unmittelbar bevor. Wir wissen, dass der Angeklagte nur eine Stunde vor dem Mord an

Jan-Olov Pettersson mit Ljungquist gesprochen hat. Ljungquist befand sich zu diesem Zeitpunkt in Södermalm, also in unmittelbarer Nähe zur Tiefgarage des Reichstags, in der sich der zweite Mord ereignet hat.«

Der Verteidigung wurde das Wort erteilt, und Silbersky begann mit der ihm eigenen Großspurigkeit. »Man mag den Kontakt zu Rassisten in moralischer Hinsicht für verwerflich halten, in juristischer Hinsicht ist dies jedoch ohne Belang. Was der Staatsanwalt hier vorgetragen hat, reicht nicht einmal im Ansatz für eine Verlängerung der Untersuchungshaft. Abscheuliche Verbrechen wurden begangen, weshalb es umso wichtiger ist, dass das Amtsgericht mit dem Verstand, nicht mit dem Herzen entscheidet.«

Nachdem Silbersky sein Plädoyer beendet hatte, zog sich das Gericht zur Beratung zurück.

Struwe verließ den Saal mit gebeugtem Haupt, eingerahmt von zwei Wachmännern.

*

»Hörst du mich, Mattias?«

Neben ihm flüsterte jemand. Alles drehte sich. Sein Schädel dröhnte, ein dumpfer Schmerz saß ihm im Nacken.

Langsam kam er wieder zu sich. Es war Susannes Stimme – sie lehnte neben ihm an der Wand. Als er begriff, dass sie noch lebte, strömte eine jähe Wärme durch seinen Körper.

Mattias wollte sich aufrichten, doch irgendetwas schnitt ihm in die Handflächen. Handschellen.

Er schaute sich um. Mitten im Zimmer stand ein großes Bett, zu beiden Seiten davon jeweils ein kleines Nachttischchen. Sonst nichts. Nebenan lag ein zweites Zimmer, dort musste er durchs Fenster geguckt haben. Er versuchte, sich zusammenzureimen, was geschehen war. Und was sie jetzt tun sollten.

Doch schon im nächsten Moment tauchte Åke auf. Er sah anders aus als früher, müde und unrasiert. Im Hause Fernandez in Nacka hatte er immer freundlich gewirkt, jetzt machte er einen verbitterten Eindruck. Außerdem hatte er abgenommen.

»Nicht gerade ein netter Empfang«, sagte Mattias.

Er spürte, wie die alte Furcht zurückkehrte, und wusste, dass er sich nur sprechend davon befreien konnte.

Anna hatte ihn ans Messer geliefert. Früher oder später würde sie den Fahndern ins Netz gehen, aber dann war es vielleicht schon zu spät.

Åke warf ihnen einen betrübten Blick zu und setzte sich auf einen Stuhl. Er seufzte. »Wissen Sie, wie es ist, wenn die eigene Tochter erniedrigt und misshandelt wird?«

»Bestimmt nicht leicht«, entgegnete Mattias.

Åke schüttelte den Kopf. »Sie haben keine Ahnung. Dieses … Monster … hat mein armes kleines Mädchen langsam und methodisch gedemütigt.« Er schlug sich mit der Faust an die Stirn.

Die Lage ist nicht völlig aussichtslos, dachte Mattias. Niemand muss sterben. Er muss nur begreifen, dass noch nicht alles verloren ist, wenn er jetzt aufgibt.

»Und nun, wo er nicht mehr da ist«, fuhr Åke fort, »fühlt sich alles nur noch leer an.«

Offenbar hatte er keinerlei Schuldgefühle, und das beunruhigte Mattias. Um so weit zu kommen, musste er viele Grenzen überschritten haben, selbst wenn er alles für seine Tochter getan hatte.

Mattias versuchte, sich ein wenig aufzusetzen, während

Susanne apathisch vor sich hin starrte. Kurz streiften sich ihre Schultern.

Er dachte an sein Gespräch mit Anna. Wie traurig und verzweifelt sie gewirkt hatte. Ich wusste, dass es nicht gut enden wird, hatte sie gesagt. Dennoch konnte er sich nicht vorstellen, dass sie ihn wissentlich in die Falle gelockt hatte. Hatte sie nicht vielmehr geglaubt, Åke würde aufgeben, wenn er sich mit einer weiteren Person konfrontiert sah?

Als er sich sein eigenes Verhalten vor Augen führte, fühlte sich Mattias noch elender. Wie hatte er nur so dumm sein können? Warum hatte er nicht zumindest eine SMS an die Kanzlei geschickt? Obwohl er sich innerlich verfluchte, kannte er die Antwort: weil er Susannes Leben nicht aufs Spiel setzen wollte.

Und nun waren sie beide in Gefangenschaft. Mittlerweile war ihm völlig gleichgültig, dass er Anna seine Verschwiegenheit zugesichert hatte. Jetzt ging es nur noch um ihr Überleben. Außerdem fiel alles, was er jetzt tat, unter Notwehr – Strafrecht, § 34.

Åke schüttelte den Kopf. »Warum mussten Sie sich unbedingt einmischen? Jetzt habe ich keine Wahl mehr.«

»Damit kommen Sie nicht durch!«, rief Mattias. Wie konnte Åke nur so ruhig sein?

»Und ob ich damit durchkomme.«

»Das sagen sie alle.«

»Kann man einen Toten verurteilen?«

44

Gerda hatte ihren Platz im Reichstag eingenommen, um an der bevorstehenden Abstimmung teilzunehmen. Neben ihr saß eine Sozialdemokratin, die wie alle anderen um sie herum aus Västra Götaland kam. Der gesamte Plenarsaal bestand aus kleinen Inseln, die jeweils einem Verwaltungsbezirk entsprachen. Auf der Abgeordnetenbank vor ihr lagen einige Ausschussprotokolle, aus denen genau hervorging, wie sich die Parteien zu den verschiedenen Fragen stellten. Die Ergebnisse der Abstimmungen überraschten selten, und wenn die Parteien in einem Ausschuss offiziell Stellung bezogen hatten, war die Sache sowieso entschieden. Die nachfolgenden Reichstagsdebatten waren nur noch politische Schaukämpfe, die niemanden mehr zum Umdenken veranlassten. Nur die Diskussion um den staatlichen Nachrichtendienst FRA hatte vereinzelte Abgeordnete veranlasst, den Fraktionszwang über Bord zu werfen.

Im Lauf des Jahres hatte Gerda an verschiedenen Parlamentsdebatten teilgenommen, wenn auch widerwillig. Früher waren das ziemlich fade Veranstaltungen gewesen, doch seit SVT24 begonnen hatte, die Wortgefechte live im Fernsehen zu übertragen, hatten sie erheblich an Schwung gewonnen. Jetzt wollten viele Abgeordnete mitmischen; bei Gerda war es eher umgekehrt.

Als es zur Abstimmung kam, blätterte sie in den Unterlagen, um zu sehen, wie sie abstimmen musste.

Der Reichstagspräsident und sein Schriftführer trieben die Prozedur rasch voran. Zu jeder einzelnen Frage mussten die Abgeordneten per Knopfdruck Stellung nehmen. Man musste hellwach sein, um keinen Fehler zu machen. Auf solche Ausrutscher lauerten die Medien nur.

Es war nicht leicht, die Konzentration während der gesamten Abstimmung zu halten, aber in der Regel musste man nur zur sozialdemokratischen Banknachbarin herüberspähen und die entgegengesetzte Taste drücken. Gerda blickte über die Kollegenschar hinweg. Sie war stolz, dieser Versammlung ganz normaler Bürger anzugehören, die so viel Zeit auf die Lösung politischer Fragen verwandten und so wenig zurückbekamen. Nun ja, 50 000 Kronen im Monat waren natürlich keine Kleinigkeit, zumindest die Hälfte eines Ministerlohns. Der Reichstag bestand aus Leuten unterschiedlichster Herkunft, einem Querschnitt durch die schwedische Bevölkerung, darunter Kluge und Blöde, Große und Kleine, Dicke und Schmale, Alte und Junge.

Ihre Banknachbarin stieß sie dezent in die Seite. »Du hast schon wieder vergessen zu drücken.«

Als die große Anzeigetafel erlosch, wurde Gerda endgültig aus ihren Gedanken gerissen. Die Abstimmung war beendet.

Ach, was soll's, dachte sie. Am Ergebnis ändert das ja doch nichts.

Nach ganzen zwanzig Minuten war alles erledigt. Während dieser Zeitspanne hatte Gerda vierundfünfzig Regierungsvorschläge abgelehnt und sechsundvierzig Anträge ihrer eigenen Partei befürwortet. Sie hatte zur Förderung behinderter Menschen in Norrland Stellung bezogen, zu Sondereinsätzen in Afghanistan und zur Verbilligung der Zahnpflege.

Die Abgeordneten erhoben sich, Gerda verabschiedete sich von ihrer Banknachbarin und ging durch die Glastüren nach draußen. An der Rolltreppe standen Journalisten, die den Politikern allerlei Fragen stellten, in der Eingangshalle scharte sich eine Schulklasse um einen Führer des Reichstags. Als Ministerin war sie des Öfteren stehen geblieben, um sich mit den Schülern zu unterhalten, doch inzwischen interessierte sich niemand mehr für sie.

Als sie das Gebäude verlassen wollte, rief ihr Micke vom Empfang etwas zu. Verwundert trat sie an den Schalter.

Micke strich sich über den Schnurrbart. »Ein Mann hat das hier für Sie abgegeben.«

Erst jetzt ahnte Gerda, worum es ging. Sie nahm den Umschlag entgegen, machte auf dem Absatz kehrt und nahm die Rolltreppe zu den unterirdischen Verbindungsgängen.

Fünf Minuten später saß sie in ihrem Büro. Ihre Hände zitterten, als sie das Dokument aus dem Umschlag zog.

Auf der ersten Seite prangte ein dicker roter Stempel – »Vertraulich!« –, und die fett gedruckte Überschrift lautete: »Vorschlag zur Reduzierung der Mittel in Fragen des Personenschutzes«.

*

Åke verließ die Hütte ebenso schnell, wie er gekommen war. Auch dieses Mal schloss er sorgsam hinter sich ab.

Mattias und Susanne waren wieder sich selbst überlassen.

»Wie zum Teufel sind wir nur in diese Sache hineingeraten?«, begann Mattias. Der Rest blieb ihm im Hals stecken. Er drehte den Kopf und sah Susanne an.

»Ich glaube nicht, dass er das ernst meint«, sagte sie.

»Was ernst meint?«

»Dass er uns töten will.«

»Er hat Carlos getötet.«

»Aber nur, um seine Tochter zu retten.«

Mattias rang hörbar um Luft. »Und jetzt will er uns aus demselben Grund umbringen.«

Susanne betrachtete ihn. Alles war so schnell gegangen. Plötzlich war Mattias von Åke in die Hütte geschleift worden. Sie fragte sich, wie er sie überhaupt gefunden hatte. Und warum er nicht die Polizei alarmiert hatte, wenn er schon ihren Aufenthaltsort ermittelt hatte. Am liebsten hätte sie ihm tausend Fragen gestellt, doch im Moment wirkte er nicht sehr empfänglich für Fragen.

»Wir müssen hier irgendwie rauskommen«, sagte er.

Susanne rückte ein Stück zur Seite. »Wie soll das gehen ohne Schlüssel?« Sie war sich nicht einmal sicher, ob ein Fluchtversuch jetzt das Richtige war. Wenn sie nichts Unüberlegtes taten, hatten sie vielleicht noch eine Chance. Bisher hatte Åke sie nicht direkt bedroht – falls er sie wirklich töten wollte, hätte er es längst tun können. Allerdings fragte sie sich, ob Mattias' Gegenwart ihre Lage nicht verschlimmerte.

»Irgendwas müssen wir doch tun!«, rief Mattias und zerrte an den Handschellen.

Er drückte den Rücken gegen die Wand und versuchte aufzustehen. Nach mehreren missglückten Versuchen hockte er sich auf die Knie und probierte es aus dieser Position. Susanne tat es ihm gleich, und kurz darauf standen sie beide aufrecht, die Hände noch immer auf dem Rücken gefesselt.

Susanne ging zum Fenster und schaute hinaus. Unten lag der einsame Strand. Der Wind hatte aufgefrischt, auf den Wellen schaukelten weiße Gänse.

»Wir müssen auf jeden Fall versuchen, hier rauszukommen«, wiederholte Mattias.

Susanne drehte sich um und befühlte die Handschellen. Leicht gebogen schlossen sie sich so eng um ihre Handgelenke, dass es unmöglich war, auch nur einen Finger dazwischen zu bekommen.

Das hat doch alles keinen Sinn, dachte sie irritiert.

Nach ein paar Minuten gab Mattias auf und ließ den Blick durch den Raum schweifen.

»Wenn ich mich hinter die Tür stelle, sieht er mich nicht«, meinte er.

»Und ich?«

»Du stehst einfach da und sagst irgendetwas, damit er hereinkommt.«

Susanne wiegte den Kopf hin und her. »Meinst du wirklich, dass das funktioniert?«

»Es ist unsere einzige Chance. Wir müssen die Polizei verständigen.«

Genau solche Aktionen können uns zum Verhängnis werden, dachte Susanne. Åke ist bewaffnet. Wenn wir ihn angreifen, könnte er aus reiner Verzweiflung schießen. Aber wie sollte sie Mattias das begreiflich machen? Egal, sie musste es versuchen. »Glaubst du nicht, dass wir dadurch alles nur noch schlimmer machen?«

»Schlimmer geht's nicht.«

In seinen Augen lag ein Glühen, wie sie es nie zuvor gesehen hatte.

45

Die Richterin bemühte sich, abwechselnd in beide Richtungen zu schauen, um nicht zu verraten, welches Urteil sie gleich verkünden würde. Das Gericht hatte sich zwanzig Minuten lang beraten, ungewöhnlich lang für eine Untersuchungsverhandlung.

Nun war der Gerichtssaal erneut bis auf den letzten Platz gefüllt. Die Journalisten hatten Papier und Stift gezückt, die Zuschauer warteten mit gespannten Gesichtern.

Struwe versuchte zu lächeln, doch seine Körpersprache verriet seine wahren Gefühle.

Magnus Granath rutschte auf dem Stuhl hin und her. Ein Rückschlag zum jetzigen Zeitpunkt, und sie konnten wieder von vorn anfangen.

Nur Leif Silbersky war die Ruhe selbst. Er strahlte Erfahrung aus, nichts als Erfahrung.

Es war kein Geheimnis, dass sich viele Anwälte im Stillen wünschten, ihre Mandanten würden in Untersuchungshaft bleiben, damit sie hinterher eine dickere Rechnung schreiben konnten. Doch Silbersky, der nie über mangelnde Aufträge klagen konnte, war das herzlich egal. Ihm ging es einzig und allein um das Wohl seines Mandanten.

Die Richterin blickte in ihre Unterlagen. »Gegen den Beschuldigten Carl Struwe liegt der dringende Verdacht vor, sich des Mordes an Carlos Fernandez und Jan-Olov Pettersson sowie der Freiheitsberaubung an Susanne Dahlgren schuldig gemacht zu haben. Das Amtsgericht ist überdies der Auffassung, dass ein ausreichender Haftgrund vorliegt. Die Staatsanwaltschaft hat zwei Wochen Zeit, gegen den Beschuldigten Anklage zu erheben.«

Ein dumpfes Geräusch hallte durch den Saal, als der Kopf von Carl Struwe auf die Tischplatte knallte.

*

Mattias postierte sich neben der Tür und wartete auf Åkes Rückkehr. Er rechnete damit, mehrere Stunden in dieser Position ausharren zu müssen, doch schon nach wenigen Minuten hörte er Schritte auf der Außentreppe.

Er biss die Zähne zusammen. Lottas und Rebeckas Gesichter flimmerten an ihm vorbei, als er mehrmals tief Luft holte. Dies war ihre einzige Chance, jetzt durfte nichts schiefgehen.

Die Tür flog auf und traf Mattias an der Schulter. Ohne etwas zu merken, ging Åke ein paar Schritte ins Zimmer.

Mattias nahm Anlauf und trat ihm mit voller Wucht in die Kniekehle. Åke schrie auf und wankte, fiel aber nicht. Das war Mattias' Chance – er flüchtete durch die offene Tür. Er wagte nicht, sich umzudrehen. Hinter sich hörte er ein krachendes Geräusch und Susannes Schrei, kurz darauf eine zuschlagende Tür. Åke schloss ab und setzte ihm nach. Susanne saß wieder in der Falle, aber er selbst konnte vielleicht entkommen. Er sprang die Treppe hinunter und landete auf weichem Moos. Für den Bruchteil einer Sekunde überlegte er, in welche Richtung er laufen sollte. Der Parkplatz und die Straße waren keine gute Idee – beides war hell erleuchtet, Åke könnte ihn problemlos verfolgen –, und direkt vor ihm lag das Meer. Also wandte er sich nach links, in Richtung der Kiefern, und rannte mitten hinein ins Gestrüpp. Es war nicht leicht, auf dem unebenen Untergrund die Balance zu halten. Er musste den Kopf einziehen, um Ästen und Dornen auszuweichen. Noch hörte er keine Schritte hinter sich. Wenn er noch ein wenig Vorsprung gewann, konnte er sich irgendwo verstecken und abwarten.

Auf einem glatten Stein rutschte er beinahe aus, und im selben Moment hörte er Åke hinter sich rufen. Schnell duckte er sich unter den Zweigen einer Kiefer hinweg – und stand plötzlich auf einem Felsvorsprung, unter dem ein tiefer Abgrund klaffte. Hier kam er nicht weiter. Vorsichtig wich er zurück, doch da seine Hände immer noch auf dem Rücken gefesselt waren, verlor er das Gleichgewicht und landete hart auf der Schulter. Schmerz durchzuckte ihn, kurz blieb ihm die Luft weg, aber das Adrenalin half ihm gleich wieder auf die Beine. Er staunte, dass ihn seine Füße noch trugen. Gleichzeitig war er so kurzatmig, dass er bestimmt nicht mehr lange durchhalten würde. Er musste sich dringend verstecken.

An der Wasserkante gab es noch einen zweiten Anleger, aus Stein, anscheinend nicht zum Baden gedacht. Dazu ein kleiner roter Schuppen, ein Sandhaufen und ein paar verstreute Motorteile, ganz anders als in der gepflegten Badebucht, die nur wenige Hundert Meter entfernt lag.

Jetzt ging es um Sekunden. Åke hatte den Felsen umrundet, und dabei hatte er ihn offenbar aus den Augen verloren. Mattias schaute sich verzweifelt um, bis er eine weiße Plane entdeckte, unter der sich irgendetwas Undefinierbares verbarg. Mit letzter Kraft kroch er darunter.

Er blieb vollkommen still liegen und lauschte. Nach ein, zwei Minuten hörte er Åkes Schritte. Er war ganz nah.

»Komm raus!«, rief Åke. »Das hat doch keinen Sinn!«

Mattias lag auf dem Rücken, die Handschellen schnitten ihm ins Fleisch. Er zwang sich, lautlos zu atmen.

Åkes Schritte entfernten sich. Mattias musste die Stellung wechseln, sonst würde er vor Schmerz aufheulen. Vorsichtig versuchte er, sich auf die Seite zu drehen.

Als er schon glaubte, die Gefahr sei vorüber, wurde die Plane mit einem Ruck weggezogen, und er starrte in Åkes wütendes Gesicht.

Keuchend beugte sich Åke zu ihm hinab. »Ich weiß, dass Anna Ihnen alles erzählt hat.«

Mattias schüttelte verzweifelt den Kopf.

»Frau Dahlgren glaubt, dass ich für alles verantwortlich bin. Sie weiß nichts von Annas Mitschuld.« Er machte eine kurze Pause. »Wenn Sie nicht gekommen wären, hätte ich sie am Leben lassen können.«

*

Im Rundfunkhaus herrschte eine angespannte Stimmung. Magnus Granath saß auf einem kleinen Sofa und machte sich so breit, dass niemand neben ihm Platz fand, Leif Silbersky stand ein Stück abseits und gefiel sich in der Rolle des stillen Beobachters, und am Kaffeeautomaten unterhielten sich Lambertz und Lindström. Schon bei ihrer Ankunft hatten sie hitzig über den Prozess gegen den Serienmörder Thomas Quick diskutiert, eine Debatte, die sie nun im Sendestudio von *Studio Ett* fortsetzten.

Aus den Lautsprechern ertönte der Jingle, der das Ende von *Ekot* signalisierte, und schon wurden die nächsten Gäste ins Studio geführt und rund um den achteckigen Tisch vor ihrem jeweiligen Mikrofon platziert. Nach der Begrüßung durch den Moderator wurden noch ein paar Sprechproben durchgeführt, während ein anderer Beitrag gesendet wurde.

»Da wir heute so viele sind, bitte ich alle, sich kurzzufassen«, sagte der Moderator, schien aber selbst nicht recht zu glauben, dass seine Gäste diese Bitte beherzigen würden.

Dann leuchtete die grüne Lampe auf, und die Livesendung lief.

»Heute wurde vor dem Amtsgericht entschieden, dass Carl Struwe von den Schwedendemokraten in Untersuchungshaft bleiben muss«, erklärte der Moderator. »Nun stellt sich natürlich die Frage, ob mit Struwe die richtige Person im Gefängnis sitzt – und ob unsere Politiker in Zukunft von weiteren Morden verschont bleiben. Zunächst möchte ich Staatsanwalt Magnus Granath das Wort erteilen. Wie lautet Ihre Einschätzung, Herr Granath?«

»Für mich besteht nicht der geringste Zweifel, dass mit Carl Struwe die richtige Person in Untersuchungshaft sitzt. Sonst hätte ich keinen Haftbefehl beantragt. Und das Amtsgericht liegt voll und ganz auf meiner Linie.«

»Lassen wir nun die Experten des von der Regierung eingesetzten Untersuchungsausschusses zu Wort kommen.«

Ehe der Moderator irgendjemand persönlich ansprechen konnte, waren sich Lambertz und Lindström schon gegenseitig ins Wort gefallen.

»Struwe ist der Richtige, keine Frage!«, rief Lindström, dem es schließlich gelungen war, seinen Widersacher zu übertönen. »Das eigentliche Problem ist die totale Unfähigkeit der schwedischen Polizei, die bereits zwei Menschenleben gefordert hat.«

Der Moderator sah ihn an. »Wie meinen Sie das?«

»Alle wussten doch von Anfang an, dass Struwe der Täter ist. Hätte man ihn nicht voreilig freigelassen, wären ein Politiker und eine Polizeibeamtin noch am Leben.«

»Sie gehen also davon aus, dass Susanne Dahlgren ebenfalls ermordet wurde?«

»Das ist wirklich die dümmste Frage, die ich je gehört habe. Ein Täter, der schon zwei Menschen auf dem Gewissen hat, lässt doch nicht eine dritte Person am Leben, die ihn noch dazu überführen könnte!«

»Herr Lambertz, wie lautet Ihre Meinung?«

Der Kronjurist schien vorübergehend vergessen zu haben, dass er auf Sendung war, und kontrollierte den Sitz seines Krawattenknotens. »Als Kronjurist darf ich mich natürlich nicht zur Schuldfrage äußern. Das Problem besteht jedoch tatsächlich in der mangelnden Kompetenz der Polizei, welche wiederum darin wurzelt, dass es insgesamt zu wenig wissenschaftliche Nachforschungen über effektive Polizeiarbeit gibt. Diejenigen, die hier sinnvolle Forschungsarbeit leisten könnten, schreiben lieber schlechte Krimis.«

Lindström protestierte vehement. »Ich habe jede Menge Leser, und wenn man die Polizei besser kontrollieren würde, sähe es auch ganz anders ...«

»Vielleicht sollten Sie diese Diskussion später unter vier Augen fortsetzen«, unterbrach der Moderator. »Jetzt würde mich interessieren, was der Anwalt von Carl Struwe zum Verdacht gegen seinen Mandanten zu sagen hat.«

»Herzlichen Dank, dass ich auch einmal zu Wort komme«, begann Silbersky. »Während meiner vierzigjährigen Anwaltstätigkeit habe ich es noch nie erlebt, dass ein Mann aufgrund solch vager Vermutungen in Untersuchungshaft bleiben muss. Aufgrund meiner Schweigepflicht kann ich diesen Gedanken leider nicht weiter ausführen, aber so viel darf ich immerhin sagen …« Er warf dem Staatsanwalt einen durchdringenden Blick zu, was angesichts der vielen Mikrofone auf dem Tisch gar nicht so einfach war. »Ich bin überzeugt davon, dass mein Mandant schon bald wieder auf freien Fuß kommen wird. Außerdem möchte ich anmerken, dass ich es äußerst merkwürdig finde, dass ausgerechnet ein Professor der Kriminologie, der an der Polizeihochschule lehrt und einem Untersuchungsausschuss zur Polizeiarbeit angehört, seine vorgefassten Meinungen hier so lebhaft in die allgemeine Diskussion einbringt.«

Lindström warf sich förmlich dem Mikrofon entgegen, als ein rotes Licht blinkte – Zeit für die Abmoderation.

*

Wellen schlugen gegen das Schlauchboot. Der Wind hatte zugenommen und kräuselte die Wasseroberfläche bis zum Ufer. Regen peitschte ihnen ins Gesicht, aber das kümmerte keinen von ihnen. Im Rumpf des Boots hatte sich Wasser gesammelt, und Susanne fröstelte, als es ihre dünnen Schuhe durchdrang.

Sie warf dem leichenblassen Mattias einen kurzen Blick zu.

Åke hatte ihnen eine Autobatterie ans Bein gebunden. Sich selbst ebenfalls. Die Batterien, erklärte er, habe er an der nahen Statoil-Tankstelle gekauft, als ob das jetzt irgendjemanden interessiert hätte.

Mattias schien überzeugt zu sein, dass sie alle sterben mussten, während sie selbst weiterhin glaubte, dass Åke nicht so weit gehen würde. Nein, er wollte ihnen nur einen Schrecken einjagen, um Mattias von weiteren Fluchtversuchen abzuhalten. Sein misslungener Ausbruch hatte alles nur noch schlimmer gemacht. Åke, der bisher so ruhig gewesen war, hatte einen nervös flackernden Blick bekommen.

Und jetzt wollte er seine Selbstmordpläne in die Tat umsetzen. Da brauchte er jemanden, der nachher erzählen konnte, wie sich alles abgespielt hatte. Vielleicht nicht ganz logisch, aber wer denkt schon logisch, wenn es ans Sterben ging. Die Autobatterien sollten sicherstellen, dass sie ihn nicht an seinem Vorhaben hindern konnten. Und vor allem nicht erneut an Flucht dachten.

»Wissen Sie, dass es keinen schöneren Tod gibt als den Tod durch Ertrinken?«, fragte Åke, als er das Boot mit einem Ruder vom Steg abstieß. Sie glitten ein paar Meter aufs Wasser hinaus. Auf dem Außenbordmotor des blaugrauen Schlauchboots stand ein weißer Schriftzug, Yamaha 8. Jetzt machte es eine halbe Drehung, während Åke versuchte, die Ruder an den Dollen zu befestigen.

Dann ruderte er mit entschlossenen Schlägen ein Stück hinaus, ehe es ihm im dritten Versuch gelang, den Motor anzuwerfen. Das Boot beschrieb eine scharfe Kurve, tauchte mit einer Seite fast vollständig ins Wasser ein und hielt Kurs auf die offene Bucht.

»Jetzt kommen wir nach Vindö Strömmar«, erklärte Åke.

»Sie sollten jetzt nichts Unüberlegtes tun«, krächzte Mattias mit erstickter Stimme.

»Zu spät.«

Mattias keuchte. »Nein, es ist nie zu spät!«

Åke schwieg und konzentrierte sich ganz auf das Boot, das gemächlich übers Wasser glitt. In regelmäßigen Abständen stellte er den Motor ab und maß die Wassertiefe mit einem Seil, an dem ein Gewicht befestigt war.

Doch jedes Mal zog er das Seil wieder heraus und ließ den Motor an.

»Ein Echolot wäre besser«, murmelte er vor sich hin.

»Glauben Sie mir, das Strafmaß hängt sehr stark vom Motiv ab«, fuhr Mattias fort. »Sie können darauf verweisen, dass Ihre Tochter jahrelang misshandelt wurde. Das grenzt an Notwehr.«

Seine Stimme klang immer verzweifelter, je weiter sie sich vom Festland entfernten.

Susanne fiel auf, dass Åke ziemlich wackelig auf den Beinen stand, wenn er die Wassertiefe maß. Warum konnte er nicht einfach über Bord gehen? Dann wäre alles überstanden. Gleichzeitig wuchs irgendwo in ihr die Überzeugung, dass sie sich geirrt hatte, dass er sie tatsächlich töten wollte.

»Maximal zehn Jahre, vielleicht nur acht«, erklärte Mattias, doch Åke hörte ihm gar nicht zu. »Davon verbüßen Sie nur zwei Drittel. Nach fünf Jahren sind Sie wieder ein freier Mann.«

Susanne sah, dass Åke ein Messer bei sich hatte. Und wenn er nun ein Loch ins Boot schnitt? Ein Schlauchboot mit Außenbordmotor würde rasch auf den Grund sinken und nie wieder auftauchen.

Ihr Unbehagen, einem Selbstmord beiwohnen zu müssen, wich echter Todesangst. Vielleicht hatte sie nur noch wenige Minuten zu leben.

Mattias räusperte sich. Es fiel ihm immer schwerer, seine Stimme zu kontrollieren. »Da Sie nicht vorbestraft sind, können Sie mit einem offenen Strafvollzug rechnen.«

Erneut ließ Åke das Senkblei zu Wasser.

»Besser, aber nicht gut genug«, murmelte er und setzte sich wieder.

Warum fällst du nicht ins Wasser?, dachte Susanne. Dann wären alle Probleme gelöst.

Doch jetzt saß er wieder im Boot, schaute sie an und fuhr unbeirrt weiter. Wenige Minuten später stellte er den Motor ab.

Susanne hörte Mattias schluchzen.

»Denken Sie doch an meine Kinder«, sagte er. »In ein paar Monaten kommt mein zweites Kind zur Welt.«

Susanne zuckte zusammen. Davon hörte sie zum ersten Mal.

Die Wellen brandeten immer höher auf, das Boot schwankte stärker. Wenn sie jetzt kenterten, würden sie alle sterben.

Sie hörte, wie Mattias an seinen Handschellen zerrte. Jeden Moment konnte er aufspringen und das Boot aus dem Gleichgewicht bringen.

Susanne dachte an ihre Kinder. Würde sie die beiden niemals wiedersehen? Sie ertrug den Gedanken kaum, er nahm ihr die Luft zum Atmen. Nein, so durfte es nicht enden, sie musste überleben. Panik stieg in ihr auf. Irgendetwas musste sie tun, sonst würden sie alle sterben.

Regentropfen liefen über ihre Wangen und vermischten sich mit Tränen.

Sie sah in Mattias' Richtung, doch der war kaum noch in der Lage, Blickkontakt aufzunehmen. Er hatte aufgegeben, er versuchte nicht mehr, Åke zu überzeugen.

Åke selbst starrte schweigend geradeaus.

In der Ferne glänzten die Lichter von Värmdö. Zu beiden Seiten erhob sich dichter Kiefernwald, in dem vereinzelte Hütten standen. Susanne wollte schreien, wusste aber, dass es nichts bringen würde.

Dann richtete sich Åke auf und beugte sich über den Bootsrand. Und ehe Susanne einen klaren Gedanken fassen konnte, warf sie sich auf die andere Seite und brachte das Boot ins Schlingern.

»Was tust du da?«, schrie Mattias.

Jetzt sterbe ich, schoss es ihr durch den Kopf.

Das Boot krängte zur Seite, Wasser flutete den Boden. Åke

fuhr herum, als der Rumpf plötzlich zurückschwankte, und verlor das Gleichgewicht.

Er fand keinen Halt und ging neben dem Motor über Bord. Ein lautes Platschen zerriss die Stille, gefolgt vom Schleifen der Batterie, die an seinem Bein befestigt war und ebenfalls ins Meer geschleudert wurde.

Das Letzte, was sie von Åke hörten, war ein gequälter Schrei. Seine graue Jacke trieb an der Oberfläche, während sein Körper unweigerlich in die Tiefe gezogen wurde. Für eine Sekunde sah Susanne noch sein Gesicht, den grauen Bart und die weit aufgerissenen Augen. Ein Arm schoss in die Höhe, dann war er endgültig verschwunden.

46

Der Saal war zum Bersten gefüllt.

Es war 21.30 Uhr, auf allen Nachrichtenkanälen liefen Sondersendungen. Sämtliche Starreporter hatten sich zu der historischen Pressekonferenz eingefunden.

Im Lauf des Abends hatte es widersprüchliche Meldungen zum Gang der Ereignisse gegeben. Außer Frage stand, dass die Rettung von Susanne Dahlgren und Mattias Berglund relativ undramatisch verlaufen war. Das kleine Schlauchboot war rasch an Land getrieben. Danach waren sie zur Straße gelaufen, wo es ihnen gelungen war, ein Auto anzuhalten.

Beide waren zur Beobachtung in ein Krankenhaus eingeliefert worden, doch nachdem man keine ernsthaften Verletzungen feststellen konnte, hatte man sie bald wieder entlassen.

Umso dramatischer war die Suche nach Åke Ekström verlaufen. Nach mehreren Stunden hatte man ihn in acht Metern Tiefe gefunden, an eine Autobatterie gefesselt. Die Onlineausgaben der Zeitungen hatten bereits Grafiken erstellt, die demonstrieren sollten, wie sich alles zugetragen hatte, obwohl die Zusammenhänge noch äußerst unklar waren.

Vor allem machten unterschiedlichste Theorien über die Hintergründe der Ereignisse die Runde. Theorien, die die rasch einberufene Pressekonferenz hoffentlich bestätigen oder widerlegen würde.

Magnus Granath blickte mit selbstsicherem Lächeln über die versammelte Presseschar hinweg, um zu signalisieren, dass er alles unter Kontrolle hatte. Neben ihm saß die Pressesprecherin des Landeskriminalamts.

Als sich Granath erhob, setzte ein regelrechtes Blitzlichtgewitter ein. Er machte eine abwehrende Handbewegung, ließ sich aber anscheinend nicht ungern fotografieren.

»Hiermit heiße ich Sie zu unserer späten Pressekonferenz willkommen«, begann er, offenbar noch unschlüssig, welchen Fernsehkameras er seine besondere Aufmerksamkeit schenken sollte. »Zunächst möchte ich Ihnen den Verlauf der Ereignisse schildern und eventuelle Unklarheiten ausräumen.«

Schweigend warteten die Journalisten auf die entscheidenden Informationen, die sie umgehend an ihre Redaktionen weiterleiten würden.

»Seit fünf Tagen leite ich jetzt die Ermittlungen, und wir alle können froh sein, dass die Verbrechen nunmehr aufgeklärt sind. Vor allem möchte ich meine persönliche Erleichterung über Susanne Dahlgrens Rettung zum Ausdruck bringen. Ich habe erhebliche Ressourcen darauf verwendet, dass sie unversehrt zu uns zurückkehren kann, was letztlich zum Erfolg geführt hat.«

Petra warf den Kopf in den Nacken, aber niemand achtete auf sie.

Granath fuhr fort. »Was sich in dem Schlauchboot genau zugetragen hat, werden die weiteren Ermittlungen ans Licht bringen. Wir haben bereits mit Susanne Dahlgren und Mattias Berglund sprechen können. Offensichtlich ist Åke Ekström über Bord gegangen, ehe er seine Geiseln töten konnte. Bei einer Durchsuchung seiner Garage haben wir exakt die Munition gefunden, mit der Carlos Fernandez erschossen wurde. Außerdem haben wir dort auf einer Werkbank einen Vorrat an

Ammoniumnitrat und Nitromethan entdeckt, also genau die Chemikalien, die beim Sprengstoffattentat auf Jan-Olov Pettersson benutzt wurden. Wir können also erleichtert feststellen, dass der Mörder, der bereits zwei Menschen auf dem Gewissen hat und drauf und dran war, zwei weitere Personen zu töten, endlich gestoppt wurde.« Magnus Granath streckte sich zufrieden, zum Zeichen, dass sein Vortrag beendet war.

»Noch vor wenigen Stunden waren Sie überzeugt davon, dass Carl Struwe der Täter ist. Was sagen Sie jetzt zu dieser Einschätzung?«, fragte KG Bergström von *Rapport*.

Das selbstzufriedene Grinsen des Staatsanwalts verschwand. »Das Amtsgericht hatte eine Untersuchungshaft angeordnet, doch ich habe Herrn Struwe im Lichte der aktuellen Entwicklungen selbstverständlich sofort auf freien Fuß gesetzt.«

»Trotzdem war eine unschuldige Person lange eingesperrt. Muss man das nicht als katastrophalen Fehler betrachten?«

»Wir sprechen hier von vier Stunden. Und ein begründeter Tatverdacht ist noch keine Verurteilung. Lassen Sie mich in diesem Zusammenhang an den Mordfall Anna Lindh erinnern. Bei den damaligen Ermittlungen ist es ähnlich gelaufen.«

KG Bergström runzelte immer noch die Stirn, doch inzwischen war der nächste Journalist an der Reihe. Manche unter ihnen schienen eher daran interessiert zu sein, das Ganze als Erfolgsstory zu verkaufen. Natürlich war es brisant, wenn Schlüsselfiguren ihren Job verloren, aber ein solides Happy End war auch nicht zu verachten.

»Glauben Sie, dass der rasche Erfolg Ihrer Ermittlungen weiteren Personen das Leben gerettet haben könnte?«, fragte ein anderer Journalist mit einem Lächeln auf den Lippen.

*

»Steh nicht in der Küche, sonst fotografieren sie dich durchs Fenster«, sagte Mattias zu seiner Frau.

»Wie lange wird dieser ... Belagerungszustand denn noch andauern?«, fragte Lotta mit einem Kloß im Hals.

»Das müsstest du doch am besten wissen, sind ja schließlich deine Kollegen.«

Vor Kurzem hatte er sogar die Polizei verständigt – ein Fotograf hatte sich in ihren Garten geschlichen und versucht, im Blumenbeet liegend Fotos zu schießen. Nach einer halben Stunde waren zwei Beamte erschienen und hatten den ungebetenen Gast freundlich, aber bestimmt entfernt. Seitdem hielten sich die Journalisten zumindest außerhalb ihres Grundstücks auf. Allerdings war ein Fotograf auf der anderen Straßenseite auf einen Baum geklettert, um die Familie Berglund von dort aus vor die Linse zu bekommen.

Nachdem Mattias aus dem Krankenhaus entlassen worden war, hatten ihn Polizeibeamte bis zu seiner Haustür eskortiert und von den wartenden Journalisten abgeschirmt. Lotta hatte berichtet, dass ihre Kollegen gern einen Ring um ihr Interviewopfer bildeten, damit es gar nicht anders konnte, als stehen zu bleiben und ihre Fragen zu beantworten.

Mattias störte der Auflauf nicht allzu sehr. Er war immer noch froh, mit heiler Haut davongekommen zu sein. Außerdem sollte Lotta ruhig einmal am eigenen Leib erfahren, wie sehr einem eine Horde von Journalisten und Fotografen zusetzen konnte. Nur über diesen Zeitungsreporter, der herausbekommen hatte, welchen Kindergarten Rebecka besuchte, ärgerte er sich wirklich. Ohne zu wissen, dass die Kleine krank zu Hause geblieben war, hatte er sich am späten Nachmittag in der Kita Einlass verschafft und die anderen Kinder über Rebeckas Papa ausgefragt.

Ab und zu musste er noch an Susanne denken, vor allem an sein Verhalten auf dem Campingplatz. Wenn er ehrlich war, hatte er sie durch seinen Auftritt nur zusätzlich in Gefahr gebracht. Aber darüber wollte er jetzt nicht nachgrübeln. Hauptsache, sie hatten überlebt.

»Warum bist du denn überhaupt zum Campingplatz gefahren?«, fragte Lotta. »Das ist doch Sache der Polizei.«

»Ich konnte die Polizei nicht informieren. Wegen meiner Schweigepflicht. Aber du hast Recht, ich hätte meiner Mandantin gar nicht erst vertrauen dürfen.«

Lotta seufzte laut. »Kannst du deine Schweigepflicht nicht ein einziges Mal außer Acht lassen?«

Mattias schüttelte den Kopf. »Nein. Aber natürlich wäre ich nicht hingefahren, wenn ich geahnt hätte, was mich dort erwartet.«

»Dann hättest du vielleicht mal nachdenken sollen.« Plötzlich schluchzte Lotta; die Ereignisse hatten ihr offensichtlich doch mehr zugesetzt, als es zunächst den Anschein gehabt hatte.

Mattias legte ihr den Arm um die Schultern. »Komm, gehen wir nach unten.«

Rebecka nickte eifrig und ließ ihren Papa nicht eine Sekunde aus den Augen.

Sie gingen hinunter in ihr zweites Wohnzimmer und setzten sich vor den Fernseher. Im Moment wurde die Pressekonferenz übertragen.

Mattias griff zur Fernbedienung und stellte den Fernseher ab. »Darauf pfeifen wir jetzt.«

Der größte Schock ließ allmählich nach, doch er wusste, dass es geraume Zeit dauern würde, wirklich darüber hinwegzukommen. An die letzten Minuten im Boot konnte er sich nur vage erinnern. Er hatte geglaubt, jeden Moment sterben zu müssen, als Åke plötzlich ins Wasser gefallen war. Wie das genau vor sich gegangen war, hatte er nicht mitbekommen. Offenbar hatte er einfach das Gleichgewicht verloren. Doch das Bild des hilflosen Åke hatte sich tief in sein Gedächtnis eingeprägt. Die wenigen Sekunden, ehe er im dunklen, kalten Wasser verschwunden war.

In der Tiefe versunken.

Mattias schauderte und versuchte, den Anblick zu verdrängen.

»Heute darfst du so viele Süßigkeiten essen, wie du willst«, sagte er zu Rebecka und strich ihr über den Kopf.

Sie blickte zu ihm auf, als wollte sie sichergehen, dass er es wirklich ernst meinte. »Papa, die haben in deinem Büro gesagt, dass du krank bist.«

Mattias zuckte zusammen. Er wollte seine Familie nicht weiter anlügen. Wenn der richtige Zeitpunkt gekommen war, würde er Lotta alles erzählen. Aber das musste warten. Er war schließlich gerade erst nach Hause gekommen, und seine Frau war immer noch krankgeschrieben.

»Das musst du falsch verstanden haben, Rebecka«, meinte Lotta. »*Du* warst doch heute krank.«

*

Susanne hatte schon im Krankenhaus erfahren, dass vor ihrer Wohnung eine ganze Journalistenmeute lauerte. Deshalb war sie gleich zur Wohnung ihrer Freundin Ewa in Vasastan gefahren, wo sie nun ganz allein saß, denn Ewa war im Urlaub auf den Kanarischen Inseln. Vielleicht hätte ich doch noch ein wenig im Krankenhaus bleiben sollen, dachte sie. Es tat ihr nicht gut, jetzt allein zu sein.

Allein mit ihren Gedanken. Gedanken, die fortwährend um ihre Erlebnisse auf dem See kreisten.

Åke, wie er das Boot gelenkt hatte. Das schwarze Wasser. Der peitschende Regen und der Wind, der ihr ins Gesicht geschlagen hatte.

Mattias, der erst in einer Tour geredet hatte, um schließlich vollkommen apathisch zu werden. Die Wellen, die gegen das Boot geschwappt waren. Die Autobatterie an ihrem Bein. An Mattias' Bein, an Åkes Bein.

Wie sie sich, ohne nachzudenken, zur Seite geworfen hatte.

Åkes Blick, als er die Balance verloren hatte. Als hätte er in diesem Moment begriffen, dass er sterben würde.

Der fuchtelnde Arm, der offene Mund, die weit aufgerissenen Augen.

Ja, sie hätte im Krankenhaus bleiben sollen. Plötzlich fühlte sie sich sehr einsam.

Ihre beiden Kinder waren im Ausland. Ihre Tochter studierte an der Universität in Williamstown, USA, an derselben Universität, die sie selbst einst besucht hatte. Ihr Sohn machte eine Reise durch Thailand, was ihr von Anfang an missfallen hatte.

Man hatte die beiden kaum über das Verschwinden ihrer Mutter informiert, als auch schon alles überstanden war. Beide hatten ihr angeboten, sofort nach Hause zu kommen, aber davon wollte Susanne nichts hören.

Nein, sie brauchte andere Gesprächspartner als ihre Kinder. Aber wem sollte sie sich anvertrauen?

Wem konnte sie von den quälenden Gedanken erzählen, die sie kaum atmen ließen?

Denn wie sie es auch drehte und wendete, sie kam immer zum selben Ergebnis: Sie hatte Åke getötet.

Schluchzend griff sie zum Handy und wählte Petras Nummer.

47

Mattias konnte sich nicht erinnern, wann er das letzte Mal im Dunkeln gelegen und mit Lotta geredet hatte. Am Anfang ihrer Beziehung hatten sie sich oft in der Dunkelheit unterhalten, meist nachdem sie sich geliebt hatten. Doch mit der Zeit waren diese gemeinsamen Stunden verschwunden. Stattdessen lasen sie vor dem Schlafen immer noch ein bisschen, und meistens machte einer zuerst das Licht aus.

Irgendwann war Lotta schwanger geworden und stets mehrere Stunden vor Mattias ins Bett gegangen. Und Rebecka hatte die ersten Jahre zwischen ihnen geschlafen.

Doch jetzt lagen sie wieder im Dunkeln und redeten.

Obwohl Mattias todmüde war, konnte er nicht einschlafen. Es kam ihm so unwirklich vor, dass er sich noch vor vierundzwanzig Stunden unruhig hin und her gewälzt hatte, aus Angst, des Mordes an Susanne verdächtigt zu werden.

Über das, was auf dem See passiert war, wollte er nicht reden. Irgendwann mussten sie natürlich darüber sprechen, aber jetzt versuchte er ständig, das Thema zu wechseln.

»Das kann doch wirklich keinen Spaß machen«, sagte er zu seiner Frau.

»Was meinst du?«

»Sich vor irgendeiner fremden Wohnung die Beine in den Bauch zu stehen.«

»Nein, natürlich nicht.«

»Ich meine, wer tut so was?«

»Praktikanten und Volontäre, die fast alles machen würden, um einen festen Job zu ergattern.«

»Und du? Hast du das auch gemacht?«

Lotta zögerte kurz. »Während meines Praktikums beim *Aftonbladet* habe ich zehn Stunden am Stück vor Jan O. Karlssons Wohnung gestanden.«

»Musstest du nicht irgendwann mal aufs Klo?«

»Schon, aber das tut man dann auf eigenes Risiko, wie sich mein schwachsinniger Chef immer ausgedrückt hat.«

»Was meinte er damit?«

»Das kannst du dir doch wohl denken.«

Mattias fragte sich, wie man sich um der Arbeit willen derart erniedrigen konnte – bis ihm wieder einfiel, was Anwälte alles anstellten, um an Aufträge zu kommen. Viele von ihnen verteilten Visitenkarten in Frauenhäusern und Flüchtlingslagern; ein recht prominenter Kollege hatte sich sogar im Söder-Krankenhaus an Vergewaltigungsopfer herangemacht. Und die Wirtschaftsanwälte waren auch nicht anders. Die trieben sich auf der Jagd nach vermögenden Mandanten auf Golfplätzen und in Rotary Clubs herum. Waren sie damit irgendwie besser als Praktikanten, die eigentlich nur einen festen Job wollten?

»Woran denkst du?«, fragte Lotta, nachdem sie eine Zeit lang geschwiegen hatten.

»Ach, verschiedene Sachen.«

Sie kroch zu ihm herüber. »Willst du darüber reden, was auf dem Boot passiert ist?«

»Lass mir noch ein bisschen Zeit.« Mattias gähnte. Er hatte Kopfschmerzen, seine Schulter tat weh.

Er spürte, dass Lotta ihre Tränen kaum noch im Zaum halten

konnte. »Unser Kleiner hätte seinen Papa fast nicht mehr kennengelernt.«

Mattias entgegnete nichts. Er wollte nicht daran denken, wie nahe er dem Tod gewesen war.

Erneut wurde es still zwischen ihnen.

»Übrigens gibt es ein Phantombild von dem Mann, der Susanne Dahlgren entführt haben sollte«, sagte Lotta, als Mattias gerade begonnen hatte, sich zu entspannen. Sofort war er wieder hellwach. Sie zögerte hörbar. »Aber wie dieser … Åke sieht er nicht gerade aus. Ich frage mich, wer das gewesen sein könnte.«

»Keine Ahnung«, meinte Mattias und löschte das Licht.

*

Susanne kauerte im Sessel, die Füße unter die Schenkel gezogen. Sie hatte sich in eine Decke gewickelt, fröstelte aber immer noch. Ihr gegenüber saß Petra, die nach ihrem Anruf sofort gekommen war.

Es war weit nach Mitternacht.

»Warum haben dich die Ärzte eigentlich nicht dabehalten?«, fragte Petra.

»Sie wollten ja, aber ich wollte nicht.« Susanne nahm einen Schluck von dem Wein, den Petra mitgebracht hatte. Sie hatte schon mehr getrunken als üblich. »Wie schön, dass du gekommen bist.«

»Ist doch selbstverständlich.«

»Es gibt nicht viele Leute, mit denen ich so offen reden kann.« Susanne machte eine kurze Pause. »Das Merkwürdige ist, dass ich gar keine richtige Angst hatte. Zumindest nicht, dass Åke uns töten könnte.«

»Aber er hatte dich doch entführt und bedroht!«

»Hätte er mich umbringen wollen, hätte er hundert Gelegenheiten gehabt.«

»Vielleicht wollte er einfach abwarten und alles auf einmal erledigen. Das kannst du nicht wissen. Du wirst es auch nie erfahren.«

Susanne schüttelte den Kopf. »Nein, er wollte nur sich selbst töten. Also war es auch keine Notwehr.«

»Woher willst du das wissen? Noch etwas Wein?« Petra füllte Susannes Glas, ehe sie reagieren konnte.

Um die Kraft zu finden, ihren Bericht fortzusetzen, schloss Susanne kurz die Augen.

Petra wollte sie offenbar nicht unter Druck setzen. »Nimm eine Zigarette, das hilft.«

»Ich kann hier drinnen doch nicht rauchen!« Susanne war direkt erschrocken – eigentlich lächerlich, dachte sie im selben Moment. Da ihre Freundin keinen Balkon hatte, waren sie zum Rauchen schon dreimal vor die Tür getreten.

Petra lächelte. »Doch, heute kannst du.«

»Aber was wird Ewa sagen?«

»Denk dieses eine Mal an dich selbst.«

Susanne schnappte sich eine Zigarette vom Tisch und zündete sie an. Nachdenklich stieß sie Rauch aus. Das tat wirklich gut. »Weißt du, was mir am meisten zu schaffen macht?«

Petra schüttelte den Kopf.

»Dass ich es war, die Åke getötet hat.«

Es wurde totenstill.

Petra musterte Susanne eindringlich und zündete sich selbst eine Zigarette an. »Das kann doch nicht dein Ernst sein.«

»Doch, denn genau so war es. Nur weil ich mich zur Seite geworfen habe, hat er das Gleichgewicht verloren. Sonst wäre er nie ins Wasser gefallen.«

»Aber genau das wollte er doch.«

»Aber ich bin dafür verantwortlich.«

»Und was willst du jetzt mit dieser Erkenntnis anfangen?«

Susanne drückte die Zigarette aus und zündete sich eine neue an. »Ich muss mich selbst anzeigen.«

»Hältst du das wirklich für eine gute Idee?«

Susanne nickte.

»Jetzt glaubst du bestimmt, dass ich dich davon abbringen will«, fuhr Petra fort, nachdem sie eine Weile geschwiegen hatten. »Aber das will ich nicht. Denn wenn du dich nicht anzeigst, wirst du nie zur Ruhe kommen.«

Susanne nickte. »Gleich am Montag.« Sie war froh, dass sie nicht noch mehr Energie aufwenden musste, um Petra zu überzeugen. Dennoch wunderte es sie etwas, dass ihre Pressesprecherin, die sich sonst immer so taktisch verhielt, in diesem Punkt genau ihrer Meinung war.

»Dann musst du nicht mehr mit dir hadern«, fügte Petra hinzu, als hätte sie ihre Gedanken gelesen.

»Da ist noch etwas, das ich dir erzählen muss.«

»Noch etwas?«

Susanne flüsterte, als fürchtete sie den Klang ihrer eigenen Stimme. »Åke hat Jan-Olov Pettersson nicht ermordet.«

»Und das heißt …?«

»Dass der Mörder immer noch frei herumläuft.«

MONTAG, 10. NOVEMBER

48 Als Mattias nach einem ruhigen Wochenende im Kreis der Familie in die Kanzlei kam, stand dort eine Prinzessinnentorte in der Küche.

Er lächelte über seine Kollegen, die ihn offenbar aufmuntern wollten. Nach zweimal Ausschlafen sah die Welt schon ganz anders aus. Am Morgen hatte sich nur noch eine Handvoll Journalisten und Fotografen vor ihrem Grundstück herumgetrieben, Mattias hatte das Haus halbwegs ungestört verlassen können. Und die Fotos, die bereits gemacht worden waren, konnten nicht von allzu guter Qualität sein. Aber im Grunde war ihm das sowieso einerlei, er hatte die Berichterstattung in den Medien gar nicht mehr verfolgt. Mit jedem Tag, der verging, war er dankbarer, überlebt zu haben. Was geschehen war, war geschehen. Jetzt musste er nach vorne blicken.

Während er mit den Kollegen gemütlich bei Kaffee und Kuchen in der Küche saß, klingelte das Telefon. Die Sekretärin ging in ihr Büro, um das Gespräch entgegenzunehmen, und war im nächsten Moment wieder da. »Ein schweres Drogendelikt, acht Personen vorläufig festgenommen. Ich habe dir den Fall zugewiesen, Eric.«

So ein Fall konnte Hunderttausende Kronen einbringen, aber Eric versuchte, sich nichts anmerken zu lassen. Ein Kollege brummte, dass er ebenfalls Zeit gehabt hätte, ein anderer, dass Eric nun schon zum dritten Mal hintereinander an der Reihe wäre.

Die morgendliche Kaffeerunde löste sich auf.

Mattias lächelte in sich hinein, ging ins Büro und betrachtete die Aktenstapel auf seinem Schreibtisch. Die dicksten und anstrengendsten Dokumente lagen ganz unten, und wie immer war kein Ende in Sicht.

Alle Akten waren sortiert, je nachdem ob er irgendwo anrufen, etwas schreiben, diktieren oder nur zur Kenntnis nehmen musste. Ganz oben lag ein Bescheid des Göteborger Amtsgerichts, das einen Antrag, ihn in einer bestimmten Sache als Pflichtverteidiger zu bestellen, abgelehnt hatte. Wie so oft wunderte er sich, wie viel schwerer es für einen Stockholmer Anwalt war, einen Auftrag in Göteborg zu ergattern, als umgekehrt. Ein Göteborger Richter hatte einmal sogar gereizt festgestellt, dass es auch in Göteborg gute Anwälte gebe.

Mattias seufzte. Vielleicht hätte er gar nicht erst zur Kanzlei fahren sollen, aber zu Hause zu bleiben und Lottas ewigen Fragen ausgesetzt zu sein, wäre noch schlimmer gewesen. Denn so sehr er sich auch bemühte, es zu verdrängen, quälte ihn ein schlechtes Gewissen wegen Susanne. Obwohl fast nichts passiert war.

Er las eine Mail der Autoversicherung, die zu dem Schluss gekommen war, dass Lotta fahrlässig gehandelt hatte, als sie im Rückwärtsgang mit Mattias' Wagen kollidiert war. Mit dieser Begründung wurde eine Kostenübernahme abgelehnt. Mattias blieb allerdings die Möglichkeit, Lotta anzuzeigen; dann könnte sie ihre Schuld einräumen, worauf ihre Kasse den Schaden erstatten müsste. Die eigene Frau verklagen? Kein Wunder, dachte er, dass die Versicherungsbeiträge so hoch sind.

In diesem Moment eilte ihm seine Sekretärin mit einem

breiten Lächeln auf den Lippen entgegen. In der Hand hielt sie ein Fax. Mattias überflog die beiden Seiten und stellte fest, dass das Oberlandesgericht seinem Einspruch im Sorgerechtsfall stattgegeben hatte – dem Vater wurde ein uneingeschränktes Umgangsrecht mit seiner Tochter gewährt. Sofort griff er zum Telefon, um seinem Mandanten die gute Nachricht mitzuteilen.

Dieser war überglücklich. »Ich hatte die Hoffnung schon fast aufgegeben!«, rief er.

Für ein paar Minuten konnte Mattias alles andere vergessen und sich einfach mit seinem Mandanten freuen. Für solche Momente lohnte es sich, Anwalt zu sein.

Dann atmete er tief durch, bevor er eine Mandantin anrief, die er so schnell wie möglich treffen musste – auch wenn er am liebsten darauf verzichtet hätte.

Nach dem vierten Signal kam die Verbindung zustande.

Eine raue Stimme meldete sich. Sie spuckte den Namen regelrecht aus.

»Anna Fernandez.«

*

Magnus Granath faltete die Hände im Nacken und lehnte sich zurück, bis der Schreibtischstuhl knarrte.

Vor ihm lagen die Wochenendausgaben der Zeitungen, die ausnahmslos vom Ausgang des Dramas berichteten. Susanne hätte wetten können, dass er jede Zeile über sich las, und hätte sich nicht mal gewundert, wenn er die Artikel überdies ausschnitt und archivierte. Sie selbst hatte nur einen Teil davon überflogen. In den Leitartikeln wurde zwar auch verhaltene Kritik an den Ermittlungen geübt – nicht zuletzt aufgrund der Tatsache, dass ein Unschuldiger in Untersuchungshaft gelandet war –, doch alles in allem war man voll des Lobes für Polizei und Staatsanwaltschaft.

Granaths Arbeit war abgeschlossen. Die Ermittlungen hatten zum Erfolg geführt, er hatte seinen Auftrag erledigt. »Was haben Sie auf dem Herzen, Susanne?«

Behandel mich nicht wie eine Achtzehnjährige, dachte sie. »Ich will mich selbst anzeigen.«

Magnus Granath lachte, allerdings nicht vor Freude, sondern aus Verwunderung. »Das müssen Sie mir erklären.«

»Ich möchte Selbstanzeige erstatten. Im Zusammenhang mit dem Tod von Åke Ekström.«

»Und worum geht es?«

»Um Mord oder Totschlag. Andere Tatbestände kommen nicht in Betracht, denn ich habe es mit Absicht getan.«

Granath blickte betrübt, zückte Papier und Stift und notierte sich Namen und Datum. »Erzählen Sie, was passiert ist.«

Susanne berichtete in aller Ausführlichkeit, von Anfang bis Ende, von ihrer Entführung bis zu Åkes Sturz ins Wasser. Als sie fertig war, stellte Granath ein paar Kontrollfragen.

»Er hatte also eine Autobatterie an Ihrem Bein befestigt?«

»Ja.«

»Und die AK5 hatte er auch im Boot bei sich?«

Susanne nickte.

»Und ein Messer hatte er ebenfalls?«

»Das ist korrekt.«

Magnus Granath wirkte hochzufrieden. Er ließ den Stift sinken, lehnte sich zurück und legte die Hände in den Schoß. »Das ist eine furchtbare Geschichte, die Sie da erlebt haben, Susanne.«

»Ich weiß.«

»Und ich kann Ihnen versichern, dass Sie keinen einzigen Fehler begangen haben.«

»Aber …«

»Sie haben nicht nur sich selbst, sondern auch Herrn Berglund das Leben gerettet.«

»Das ist schon möglich, aber nur weil ich mich im Boot zur Seite geworfen habe, ist Åke Ekström über Bord gegangen.«

Granath lächelte. »Wissen Sie ein besseres Beispiel für Notwehr?« Er ordnete seine Unterlagen, um zu signalisieren, dass das Gespräch beendet war.

»Ich will trotzdem Selbstanzeige erstatten.«

»Wie dem auch sei, das Verfahren wird sicher sofort eingestellt.«

Vermutlich hat er Recht, dachte Susanne, vermutlich wird nicht einmal eine Voruntersuchung eingeleitet. Und wahrscheinlich hatte Petra genauso gedacht. Aber egal, zumindest hatte sie getan, was sie tun musste.

Susanne schüttelte den Kopf. Petra kennt mich besser als ich mich selbst.

»Ich glaube, das wär's dann«, meinte Granath. »Sie können Ihre Ermittlungen abschließen. Lassen Sie mir die Unterlagen zukommen, ja?«

»Wollen Sie mich denn nicht vernehmen?«

»Schon geschehen«, antwortete Granath und zeigte auf seine spärlichen Notizen.

»Und wollen Sie mir das Protokoll denn nicht vorlesen, damit ich es bestätigen kann?«

Granath stand auf. »Das erledigen wir später.«

Susanne fühlte sich genötigt, ebenfalls aufzustehen.

Der Staatsanwalt streckte die Hand aus. »Vielen Dank für Ihren Einsatz.«

*

Gerda reihte sich in der Kantine in die Schlange ein, die aufgrund der speziellen Architektur des Reichstags merkwürdig gekrümmt war. Überhaupt gab es hier ein paar sehr eigenwillige Räume.

Einer der wenigen Nachteile, nicht mehr im Kabinett zu sitzen, war das Mittagessen. Die Regierungsmitglieder konnten es zumindest in Ruhe und Frieden einnehmen – ein Privileg, trotz der bescheidenen Qualität der Mahlzeiten. Im Reichstag musste man stets lange Schlange stehen, wie in der Mensa einer Universität.

Gerda bezahlte mit einer Marke und schlenderte zum Salatbüfett. Hier war zumindest alles grün und frisch.

Kurz darauf betrat sie den Speisesaal und grüßte flüchtig ein paar Journalisten. Je weniger Kontakt zu ihnen, umso besser – diese Einstellung teilte sie mit vielen Kollegen.

Und in diesem Fall hielt sie sich besonders zurück, weil sie auch den Reporter entdeckt hatte, dem sie die vertraulichen Informationen zuspielen sollte. Aus dem Augenwinkel sah sie, wie er starr auf seinen Teller blickte, als sie an ihm vorbeiging.

Auf den Tischplatten konnte man noch die Abdrücke der Schilder erkennen, auf denen früher die Namen der Parteien gestanden hatten. Jetzt waren die Schilder verschwunden, doch die Parteifreunde blieben weiterhin unter sich. Gerda setzte sich und plauderte mit ihren Kollegen. Wie alle anderen diskutierten sie über die dramatische Wende in den Mordfällen Fernandez und Pettersson.

»Wir haben die Regierung verdammt billig davonkommen lassen«, sagte jemand, was Gerda einen kleinen Stich gab. Diese Bemerkung war offenbar auf sie gemünzt, die man so oft aufgefordert hatte, die Regierung stärker unter Druck zu setzen.

Offenbar spürte ihr Kollege, dass sie sich getroffen fühlte, denn er fügte sogleich hinzu: »Das gilt natürlich für uns alle.«

Gerda wusste, dass ihre Oppositionsarbeit oft in der Kritik stand. Irgendetwas war geschehen, seit sie damals zur Ministerin ernannt worden war. Als hätte jemand eine Mauer um sie errichtet. Und nach der verlorenen Wahl und ihrer Rückkehr in den Reichstag war diese Mauer immer noch da. Seit ihrer Zeit im Kabinett musste sie sich den Kollegen gegenüber noch vorsichtiger verhalten. Ihr Mann bezeichnete den Reichstag gerne als Paradies für Neidhammel und Kleingeister, und vielleicht hatte er damit gar nicht so Unrecht. Ganz zu schweigen von den üblichen strukturellen Problemen, wenn Menschen so verschiedener Herkunft an einem Arbeitsplatz versammelt waren.

Bald wandte sich das Gespräch der Arbeit des Untersuchungsausschusses zu. Über die Frage, ob dessen Mitglieder während laufender Untersuchungen in den Medien auftreten durften, gab es geteilte Meinungen. Jetzt, nach Beendigung des Falls, war das natürlich kein Problem mehr.

Gerda hörte nur mit einem Ohr hin und sagte nichts. Stattdessen überlegte sie, was sie dem Reporter vom *Svenska Dagbladet* später unter vier Augen erzählen sollte. Sie hatten sich auf Skeppsholmen verabredet, unterhalb des Museums für moderne Kunst. Dort sollten sie vor ungebetenen Zuhörern sicher sein.

Da sie ihren Parteikollegen nicht über den Weg traute, hatte sie beschlossen, die Aktion auf eigene Faust durchzuziehen. Der Einzige, mit dem sie darüber gesprochen hatte, war Christian Pedersen, der ein auffällig großes Interesse an der Sache zeigte.

Gerda nahm die lauwarmen, zähen Reste des Gulaschs in Angriff. Danach stand sie auf, nickte ihren Tischnachbarn zu, ging hinüber zum Laufband und stellte ihr Tablett ab. Denen werde ich zeigen, dachte sie, dass ich auch was von Politik verstehe.

*

Mattias fühlte sich extrem unwohl, und das bei einem Gespräch mit einer Mandantin. Dabei zählte seine ausgeprägte Kommunikationsfähigkeit eigentlich zu seinen Stärken, vor allem gegenüber Mandanten, die sich in schwierigen Situationen befanden.

Bei Anna Fernandez war alles anders. Sie machte ihn nervös. Ist ja auch kein Wunder, dachte er. Ich weiß immer noch nicht, woran ich bei ihr bin.

Jetzt saß sie ihm gegenüber in seinem Büro, mit gebeugtem Kopf und starrem Blick. Sie hatte ihren Vater verloren, und nicht nur das – er galt bereits als einer der abscheulichsten Mörder der schwedischen Geschichte.

Im Grunde wunderte er sich, dass sie überhaupt in die Kanzlei gekommen war. Doch sie hatte selbst darauf bestanden.

»Wie geht es Sebastian und Robin?«, fragte Mattias.

»Die sind stark. Die kommen schon zurecht.«

Mattias dachte an die beiden Kinder, die jegliche Distanz zu ihm hatten vermissen lassen. In seinen Augen waren sie alles andere als stark. »Ich muss Sie etwas fragen, Anna.«

Sie blickte auf und nickte.

In diesem Moment kam die Sekretärin mit dem Kaffee herein. Sie stellte die Tassen auf den Schreibtisch, erkundigte sich, ob sie Milch oder Zucker wollten, und verließ den Raum.

Mattias sah Anna in die Augen. »Ich muss Klarheit haben.

Wussten Sie, was passieren würde, als Sie mich am Campingplatz abgesetzt haben?«

Sie zuckte zusammen, als hätte er sie beleidigt. »Wie meinen Sie das?«

»Wussten Sie, dass Ihr Vater mich ermorden wollte?«

»Natürlich nicht.«

Mattias seufzte. »Und warum sollte ich Ihnen das glauben?«

»Denken Sie, ich wäre so blöd gewesen, Ihnen eine SMS zu schicken, wenn ich es gewusst hätte?«

»Ich bin mir nicht sicher, ob Ihnen diese Zusammenhänge in diesem Moment klar waren.«

Zum ersten Mal lächelte Anna. »Knutby!«

»Bitte?«

»Helge Fossmo wurde nur gefasst, weil man seine SMS rekonstruiert hatte. Das weiß doch heute jeder.«

»Das glaube ich nicht.« Aber eigentlich musste er ihr Recht geben.

»Wissen Sie, warum ich hierherkommen wollte?«

»Nein.«

»Um mich zu vergewissern, dass ich mich auf Ihre Verschwiegenheit verlassen kann.«

»Das können Sie.«

Anna blickte ihn durchdringend an. »Ich muss an meine Kinder denken. Das verstehen Sie doch.«

Hier ist irgendwas faul, dachte Mattias. Sein Unbehagen wuchs. Er betrachtete seine Mandantin: Sie war eine unauffällige Erscheinung mit aschblonden Haaren und blaugrünen Augen. Eine ganz gewöhnliche Mutter zweier Kinder.

Und das, obwohl sie jahrelang misshandelt worden war. Sie strahlte eine Selbstsicherheit und Entschlossenheit aus, die er kaum fassen konnte. Mattias hatte oft genug mit Vergewaltigungsopfern zu tun gehabt, er wusste, wie nervös und verunsichert sie im Normalfall wirkten. So ähnlich war auch Anna Fernandez bei ihrer ersten Begegnung aufgetreten, doch inzwischen war sie wie verwandelt. Und wie kam es, dass Susanne und er ein vollkommen unterschiedliches Bild von ihr gewonnen hatten?

Er räusperte sich. »In der Hütte am Campingplatz meinte Susanne Dahlgren, dass sie nicht glaubt, dass Ihr Vater beide Morde begangen hat.«

»Was soll das heißen?«

»Dass Ihr Vater nicht der Mörder von Jan-Olov Pettersson ist.«

Anna Fernandez bedachte ihren Anwalt mit einem langen Blick. »Das geht mich nichts an, und Sie sollte es auch nichts angehen.«

Mattias breitete die Arme aus und versicherte ihr, dass diese Angelegenheit tatsächlich nicht zu seinem Job gehöre.

»Aber etwas anderes sollten Sie wissen«, fuhr Anna fort. »Ich habe ein Verbrechen begangen.«

*

»Ich möchte Ihnen allen für Ihren Einsatz danken. Allein hätte ich das nicht geschafft.«

Magnus Granath wippte wie üblich auf den Fersen, während er zu den versammelten Polizisten sprach. Er hatte die ganze Mannschaft in den Katastrophenraum gebeten – auch die Beamten, die nicht unmittelbar an den Ermittlungen beteiligt gewesen waren.

»Susanne Dahlgren wird sich um den formalen Abschluss

des Falls kümmern«, fuhr er fort. »Bleibt mir nur noch, mich von Ihnen zu verabschieden.«

Vereinzelter Applaus war zu hören, manchen Beamten stand die Zufriedenheit ins Gesicht geschrieben. Sie waren auf der Gewinnerseite, was weiß Gott nicht immer der Fall war.

Langsam erhoben sich alle und verließen in kleinen Gruppen den Raum. Nur Susanne und Granath blieben zurück.

Er hatte ihr den Rücken zugekehrt und blätterte in seinen Unterlagen. Hinter ihm auf der Tafel stand das Wort »Erfolg«, das er zu Beginn der Besprechung mit großen roten Buchstaben hingemalt hatte. Als er sich umdrehte und Susanne entdeckte, wirkte er aufrichtig überrascht.

Sie räusperte sich. »Entschuldigen Sie, aber ich hätte noch etwas mit Ihnen zu besprechen. Es dauert auch nicht lang.«

Irritiert schaute Magnus Granath auf seine Armbanduhr. »Machen Sie's bitte kurz.«

»Zunächst möchte ich Ihnen mitteilen, dass ich nun formal Selbstanzeige erstattet habe. Die internen Ermittlungen laufen.«

Magnus Granath hob die Hände, als wolle er sich ergeben. »Tun Sie, was Sie nicht lassen können.«

»Da ist noch etwas …«

»In einer Viertelstunde gebe ich ein Radiointerview.«

»Dauert nur ein paar Minuten.«

»Okay, schießen Sie los.«

»Ich glaube nicht, dass Åke Ekström Jan-Olov Pettersson getötet hat.«

»Wer denn sonst?« Auf Granaths Stirn bildete sich eine bedrohliche Falte.

»Das weiß ich nicht. Aber wir sollten es herausfinden.«

Der Staatsanwalt betrachtete sie streng. »Wenn Sie sich unbedingt selbst anzeigen wollen, ist das Ihre Sache. Aber eins sage ich Ihnen: Ich werde es nicht zulassen, dass irgendjemand meine Schlussfolgerungen infrage stellt!«

Susanne hielt seinem Blick stand. In Sachen Prinzipien und Moral der Polizeiarbeit hegte sie nie die geringsten Zweifel. Und zu diesen Prinzipien gehörte es auch, dass Ermittlungen nicht nach dem Gutdünken von Polizei und Staatsanwaltschaft manipuliert wurden.

»Wir kennen den Täter«, stellte Granath klar. »Wir wissen, dass er drauf und dran war, einen weiteren Doppelmord zu begehen.«

»Darauf weist alles hin, ich weiß. Aber ein Mord folgt nicht immer den Regeln der Logik. Und was für einen Grund sollte Åke Ekström eigentlich gehabt haben, Jan-Olov Pettersson zu töten? Auch wenn kein Journalist danach fragt, wir müssen uns diese Frage stellen. Seinen Schwiegersohn hat er erschossen, um seine Tochter zu schützen. Aber warum Pettersson?«

»Er hat Pettersson getötet, um sein Motiv zu verschleiern. Ekström war absolut skrupellos, auf einen mehr oder weniger kam es dem nicht an. Und wenn wir ehrlich sind, ist ihm das Ablenkungsmanöver geglückt. Wegen dieser Antirassismus-Kampagne haben sich alle Verdachtsmomente gegen Struwe gerichtet.«

Susanne konnte ihm in gewisser Weise folgen, aber so durften Mordermittlungen einfach nicht betrieben werden. »Das reicht nicht. Für so eine Anschuldigung braucht es handfeste Beweise.«

Magnus Granath lächelte selbstsicher. »Die haben wir! Ich selbst habe die Chemikalien sicherstellen lassen, die auf der Werkbank in der Garage des Täters lagen.«

Susanne schüttelte den Kopf. »Ich wurde mehrere Minuten

in dieser Garage gefangen gehalten und habe mit eigenen Augen gesehen, dass die Werkbank vollkommen leer war.«

Plötzlich verzerrte sich Magnus Granaths Gesicht zu einer Fratze. »Wenn Sie das irgendwem erzählen …« Er beugte sich vor. »Dann werde ich persönlich dafür sorgen, dass Ihre Karriere beendet ist.«

49

Mattias hörte den Ausführungen der Hebamme nur mit einem Ohr zu.

Er wusste, wie wichtig es war, Lotta hierher zu begleiten, konnte sich aber überhaupt nicht konzentrieren. Diesmal waren sie mit Margareta allein.

»Oh, wie schön dein Bauch ist!«, sagte sie, nachdem Lotta ihr Hemd ausgezogen hatte.

Genau wie in der letzten Schwangerschaft hatte Lotta begonnen, Mattias' Hemden zu tragen. Jetzt strich sie sich glücklich über den Bauch und genoss das Lob der Hebamme.

Auch Mattias war stolz.

In Lottas Bauch schlummerte das Kind, das sie gemeinsam gezeugt hatten, ein kleiner Mensch, der alles noch vor sich hatte.

Die Hebamme maß den Bauchumfang, betrachtete Kurven, die über die Entwicklung von Größe und Gewicht Auskunft gaben, sprach über Schlaf und Ernährung. Wie üblich fühlte sich Mattias nicht zugehörig. Heute war ihm das auch lieber so.

Da konnte er zumindest in Ruhe nachdenken.

Noch immer kreisten seine Gedanken um die vergangenen Tage. Dabei hatte sich sein sonstiges Verhalten wieder normalisiert – er ging ganz normal seiner Arbeit nach, wenngleich ihn die Erinnerung an das Gespräch mit Anna Fernandez immer noch schaudern ließ.

Niemals zuvor hatte ihm ein Mandant ein so schweres Verbrechen gebeichtet. Aus berufsethischer Sicht kam er damit klar. Seine Schweigepflicht war ihm heilig, und die wenigen Ausnahmen trafen in diesem Fall nicht zu. Dennoch hatte sie ihm Dinge erzählt, die er lieber nie erfahren hätte.

Außerdem gab es viele offene Fragen, die sich wohl niemals beantworten ließen. Für einen Anwalt war das nichts Neues. Schon oft hatte er darüber nachgegrübelt, ob seine Mandanten wirklich so unschuldig waren, wie sie vor Gericht behaupteten – eine Unschuld, die er mit allen rechtlichen Mitteln zu beweisen versuchte. Gelegentliche Zweifel waren unumgänglich. Deshalb sagte er auch nie, sein Mandant *sei* unschuldig, sondern er *könne* unschuldig sein.

Wieder kehrten seine Gedanken zu dem Gespräch mit Anna Fernandez zurück. Er musste versuchen, sie zu vergessen. Er hatte den Fall abgeschlossen und die Kostenrechnung an das Amtsgericht geschickt.

Auch Susanne musste er sich aus dem Kopf schlagen.

Ein für alle Mal.

Schon merkwürdig, dachte er, wie schnell sich Gefühle verändern können. Als er nicht wissen konnte, ob sie noch lebte, hatte er sich verzweifelte Sorgen gemacht. Doch nachdem er sie endlich gefunden hatte, hatte er sich fast schon geärgert, weil sie den Ernst der Lage nicht begreifen wollte. Als hätte sie sich nicht vorstellen können, dass Åke sie eiskalt ermorden würde.

Und dann hatte er durch seinen missglückten Fluchtversuch alles nur noch schlimmer gemacht.

Am besten, er sah Susanne nie mehr wieder und konzentrierte sich voll und ganz auf seine Familie. So könnte er das alles am ehesten vergessen.

»Was empfindest du, wenn du an die Entbindung denkst?«, fragte Margareta.

Mattias zuckte zusammen. »Äh, was?«

»Hast du denn keine besonderen Gefühle dabei?« Die Hebamme lächelte.

Mattias dachte ein paar Sekunden nach. »Wenn ich nicht irre, kommt ein Baby im Durchschnitt eine Woche später zur Welt als berechnet.« Irgendetwas musste er schließlich sagen.

Margareta wandte sich an Lotta. »Bravo, was du für einen gebildeten Mann hast!«

»Dann würde eine Schwangerschaft allerdings durchschnittlich einundvierzig statt vierzig Wochen dauern«, fügte Mattias hinzu.

Margareta machte große Augen. »Darüber habe ich noch nie nachgedacht, aber da hast du natürlich Recht.«

»Mein Mann ist Anwalt«, erklärte Lotta mit einem Anflug von Irritation.

Er wollte gerade eine weitere Frage stellen, als sein Handy piepte – eine SMS.

Lotta warf ihm einen strengen Blick zu. »Eigentlich muss man das Handy im Krankenhaus ausschalten.«

»Ist bestimmt nur die Kanzlei«, entgegnete Mattias und fischte das Telefon aus der Tasche. Während Lotta und Margareta weiterplauderten, starrte er auf das Display.

»Wir müssen uns sehen. S.«

*

Im Konferenzzimmer von Leif Silbersky trommelte Carl Struwe triumphierend auf die Platte des schweren Eichentischs. Ein großer, dunkler Tisch, der gehörigen Respekt abnötigte – genau wie der Anwalt, der die Medien in seine Kanzlei eingeladen hatte. Viele Journalisten hätten sich gewünscht, Silbersky wenigstens ein einziges Mal mit ihren Fragen in die Enge zu treiben, doch kaum einer traute sich, ihn wirklich herauszufordern.

In der Kanzlei war durchaus noch Platz, obwohl viele Vertreter überregionaler Medien erschienen waren. Die Dramatik der jüngsten Ereignisse würde noch mehrere Tage für Gesprächsstoff sorgen. Für morgen war sowieso eine Sondersendung mit allen Beteiligten geplant, doch Struwe wollte schon jetzt vor die Kameras treten.

Silbersky hieß seine Gäste willkommen und kam sofort auf die Entschädigung zu sprechen, die seinem Mandanten nun zustehen würde. »In Anbetracht der Schwere der Anschuldigungen und der Aufmerksamkeit, die der Fall selbst im Ausland erfahren hat, werden wir eine besonders hohe Summe fordern.«

Ein Journalist hob die Hand. »Was sagen Sie dazu, Herr Struwe, dass Sie so schnell aus der Haft entlassen wurden?«

»Was das betrifft, kann ich dem Mörder nur dankbar sein«, antwortete Struwe. »Außerdem bin ich ihm natürlich dankbar, dass er den Landesverräter Carlos Fernandez aus dem Weg geräumt hat.«

Silbersky zuckte zusammen. Rassistische Äußerungen in seiner Kanzlei gingen ihm offenbar ein bisschen zu weit.

»Aber er hat doch auch Jan-Olov Pettersson getötet«, bemerkte ein Journalist.

Silbersky legte seinem Mandanten eine Hand auf den Arm, um zu verhindern, dass er die Sache noch schlimmer machte.

»Können Sie uns das Motiv für den Mord an Pettersson erklären?«, hakte der Journalist nach und beugte sich vor. Seine Kollegen witterten Morgenluft. Mit einem Mal war eine aufgeladene Atmosphäre entstanden.

Struwe sprang von seinem Stuhl auf. »Die Pressekonferenz ist beendet!«

DIENSTAG, 11. NOVEMBER

50 Gerda erwachte, als die Zeitung durch den Briefschlitz gesteckt wurde. Normalerweise stand sie nicht mehr auf, wenn das Papierbündel mit einem dumpfen Geräusch auf dem Boden landete. Seit sie wieder im Reichstag saß, konnten die meisten Nachrichten bis zum Morgen warten.

Doch jetzt schwang sie die Beine aus dem Bett und schlüpfte in ihren Bademantel. Sie blickte auf die Uhr – 04:30.

Macht nichts, wenn ich nicht mehr einschlafe, dachte sie. Sie hatte keinen anstrengenden Tag vor sich, nur eine Verabredung mit Susanne Dahlgren nach dem Mittagessen. Gerda wusste, dass sie in die Mordermittlungen involviert gewesen und entführt worden war. Aber warum sie sich ausgerechnet mit ihr treffen wollte, war ihr schleierhaft. Na ja, das würde sich schon noch herausstellen. Am Vormittag sollte Gerda sich eigentlich einen Vortrag über vaterlose Flüchtlingskinder anhören, aber wenn sie zu müde war, konnte sie auch gut darauf verzichten.

Draußen war es stockdunkel und still, nur aus der Ferne drang das Geräusch vereinzelter Autos auf der Skeppsbrücke herüber.

Sie setzte sich an den Küchentisch und faltete die Zeitung auseinander. Die Überschrift nahm einen großen Teil der Titelseite in Anspruch: »Regierung stoppt Senkung der Mittel für den Personenschutz«.

Gerda spürte, wie es ihr den Hals zuschnürte. Rasch überflog sie den Artikel, der sich ganz anders las, als sie erwartet hatte. Das vertrauliche Dossier, das man ihr zugespielt hatte, beruhte in Wirklichkeit auf Gedankenspielen aus ihrer eigenen Regierungszeit – die Idee, finanzielle Mittel vom Personenschutz auf die Terrorismusbekämpfung zu verlagern, hatte die neue Regierung nur von der alten übernommen. Doch als die neue Justizministerin darauf angesprochen worden war, hatte sie diese Pläne schlichtweg geleugnet. Wenn die Opposition unbedingt dafür eintreten wolle, hatte sie hinzugefügt, müsse sie auch dafür geradestehen.

Sie legte die Zeitung beiseite.

Laut Artikel hatte man die Ministerin auf einer Konferenz zur Verbrechensbekämpfung völlig unvermittelt mit dem Thema konfrontiert. Also wie in aller Welt war es möglich, dass sie so gut vorbereitet gewesen war? Sie hatte sich hervorragend aus der Affäre gezogen, und nicht nur das. Sie hatte sogar die Frechheit besessen, Gerda und der Vorgängerregierung den Schwarzen Peter zuzuspielen! Was der Regierung hätte schaden sollen, war zu ihrem Vorteil geworden, und Gerda war dafür verantwortlich. Sie konnte sich unschwer vorstellen, was ihre Parteikollegen dazu sagen würden.

Sie hatte einen Kardinalfehler begangen, den man sich in der Opposition niemals erlauben durfte: der Regierung etwas vorzuwerfen, wofür man selbst verantwortlich war. Da spielte es keine Rolle, dass dieses Thema nie auf Ministerebene, sondern nur von niederen Beamten besprochen worden war. Wer ließ eine solche Entschuldigung schon gelten?

Nachdem sie eine Weile nachgedacht hatte, begriff sie plötzlich die Zusammenhänge. Sie hatte gedacht, Pedersen hätte ihr das Dossier aus Dankbarkeit zukommen lassen.

Das Gegenteil war der Fall. Er hatte ein doppeltes Spiel gespielt.

Christian Pedersen wusste, wie die neue Regierung zu den Generaldirektoren aus der vorherigen Legislaturperiode stand. Er wusste, dass er um seinen Posten bangen musste. Und er hatte diese Sache eingefädelt, um der neuen Regierung seine Loyalität zu beweisen. Zuerst hatte er Gerda angestiftet, Kontakt zu einem bestimmten Journalisten aufzunehmen. Danach hatte er die gegenwärtige Ministerin gewarnt – ein Journalist hätte Wind von der geplanten Reduzierung der Mittel für den Personenschutz bekommen. Er brauchte ja nicht zu enthüllen, dass er selbst Drahtzieher der ganzen Angelegenheit war. Entscheidend war, dass er die neue Ministerin in die Lage versetzt hatte, eine unbequeme Frage abzuwehren und zugleich der alten Regierung die Schuld in die Schuhe zu schieben. Was für eine infame Intrige.

Pedersen hatte sie an der Nase herumgeführt, um sich bei ihrer Nachfolgerin einzuschleimen. Er hatte alle Bande gelöst, die ihn mit Gerda und der alten Regierung verbunden hatten, weil er glaubte, sich nur auf diese Weise im Amt halten zu können.

Auf einmal fühlte sie sich unendlich müde.

Nicht weil sie früh aufgestanden war, sondern weil sie die Politik mit all ihren taktischen Spielchen gründlich satthatte.

Ständig fiel einem irgendjemand in den Rücken. Ständig sah man sich ungerechter Kritik ausgesetzt. Sie war Politikerin geworden, weil sie die Gesellschaft verändern wollte. Doch sie hatte nur Hohn und Spott geerntet.

Ist es das wirklich wert?, fragte sie sich und ging wieder ins Bett.

*

Susanne schlenderte die Kungsholmsgatan hinunter, überquerte die Brücke über Karla sjös und spazierte weiter in Richtung Hauptbahnhof.

Wie immer, wenn sie mit Mattias verabredet war, hatte sie Schmetterlinge im Bauch. Und trotzdem war es anders als früher. Nicht nur, weil sie immer noch unter den Erlebnissen im Schlauchboot litt, sondern auch, weil sich etwas in ihrer Beziehung verändert hatte.

Als sie beide zu Geiseln geworden waren, hatte sie ihn von einer neuen Seite kennengelernt. Zunächst dieser törichte Fluchtversuch. Das passte doch gar nicht zu Mattias! Ausgerechnet er, der immer so klug und vorausschauend wirkte, hatte einen verhängnisvollen Fehler begangen.

Natürlich war es eine Ausnahmesituation gewesen, doch andererseits wurde man erst in der Krise wirklich auf die Probe gestellt. Und Mattias hatte die Prüfung nicht bestanden.

Im Boot hatte er auf geradezu lächerliche Weise versucht, Åke zur Aufgabe zu bewegen. Er hatte gewinselt und gebettelt und einen peinlichen Kommentar nach dem anderen von sich gegeben. Als wäre er Åkes Anwalt. Was hatte er sich dabei nur gedacht? Dass Åke, der fest entschlossen war, sich das Leben zu nehmen, mit einem Mal sagen würde: Alles klar, dann machen wir es so, wie Sie sagen?

Nein, Mattias hatte kein vorteilhaftes Bild abgegeben. Er war zu einem schluchzenden Häufchen Elend geschrumpft, während sie die Dinge in die Hand genommen hatte. Schon die Erinnerung daran quälte sie.

Zunächst konnte Susanne ihre Gefühle nicht in Worte fassen, bis sie mit einem Mal wusste, welcher Ausdruck passte: Mattias hatte sich *jämmerlich* verhalten. Sie konnte keinen Respekt mehr vor ihm haben.

Sie schauderte vor Unbehagen. Das war derselbe Mann, in den sie vor einiger Zeit bis über beide Ohren verliebt gewesen war. Und noch vor wenigen Tagen hatte sie einen dramatischen Rückfall erlitten.

Vom Klarabergsviadukten aus betrat sie den Hauptbahnhof, lief die breiten Stufen hinunter und gelangte in die gigantische Eingangshalle. Ein Stück entfernt linker Hand lag das Café Riazzo, in dem sie neulich mit dem V-Mann gesessen hatte.

Schon von Weitem erkannte sie Mattias, der im Café auf einem Stuhl saß und Zeitung las. Erst als sie an seinen Tisch trat, hob er denn Kopf, stand hastig auf und umarmte sie ungelenk.

»Ist es nicht unglaublich, dass Lindström jetzt so tut, als hätte er von Anfang an alles durchschaut? Da bräuchten wir in diesem Land ja überhaupt keine Polizisten mehr, wenn er eh alles weiß.« Er nahm wieder Platz. »Ich hab schon mal einen Kaffee bestellt.«

Susanne ging zur Theke und kam im nächsten Moment mit einem Becher Kaffee und einem Vollkornbrot mit Quark wieder. Sie seufzte und lächelte. »Wie geht es dir?«

»Nicht besonders«, antwortete Mattias. »Haben sie dich auch zu dieser Talkshow heute Abend auf TV4 eingeladen?«

»Ja, aber ich habe abgesagt.«

»Ich auch.«

Es wurde still zwischen ihnen. Menschen eilten an ihnen vorbei, aber hier im Café war es ruhig.

»Der Abschied neulich«, sagte Mattias, »war ja ein bisschen überhastet.«

»Ja, was für ein Pech mit der Krawatte.«

Mattias zuckte zusammen. »Ich meine eigentlich auf dem Campingplatz, als die Polizei und die Krankenwagen kamen. Da ging alles so schnell.«

Susanne spürte Schweiß unter den Achseln und wechselte schnell das Thema. »Ich glaube nicht, dass Åke Jan-Olov Petersson ermordet hat.«

Mattias warf ihr einen langen, forschenden Blick zu. »Ich auch nicht.«

»Und ich glaube auch nicht mehr daran, dass das organisierte Verbrechen dahintersteckt.«

Mattias lachte. »Und ich muss wohl zugeben, dass meine Theorie vom einsamen Psychopathen nicht ganz hinhaut.«

»Und Struwe?«

»Das Seltsame ist doch, dass die Schwedendemokraten eigentlich grad nirgendwo anecken wollen. Nur Struwe gibt immer noch das rassistische Großmaul.«

Susanne nickte nachdenklich. »Hab ich mir auch schon gedacht.«

Für ein paar Sekunden schwiegen beide.

»Was willst du jetzt tun?«, fragte Mattias.

»Der Sache auf den Grund gehen.«

Er trank einen Schluck Kaffee und schaute sie an. »Wie willst du das anstellen?«

Susanne spürte, dass Mattias einen Teil seiner natürlichen Autorität wiedergewonnen hatte – die Autorität, die ihm vor Gericht so viel Respekt einbrachte. Auch deshalb hatte sie sich damals in ihn verliebt. Plötzlich bereute sie, so schlecht von ihm gedacht zu haben. Es war doch kein Wunder, dass er Angst vorm Sterben gehabt hatte. Außerdem war er ein verantwortungsvoller Vater. Auch sie war nach und nach in Panik verfallen, nur hatte es eben ein bisschen länger gedauert als bei ihm. Im Grunde hatte er sich nicht verändert, er war immer noch derselbe Mann …

Jetzt nimm dich zusammen!, ermahnte sie sich. Wieder mal

konnte sie sich seiner Wirkung nicht entziehen. Dabei sollte er bald zum zweiten Mal Vater werden!

»Wie willst du das anstellen, Susanne?«, wiederholte er und lächelte.

»Ich, äh, muss wohl noch ein bisschen recherchieren. Aber vielleicht könntest du mir ja ein bisschen was über Anna Fernandez erzählen.«

Mattias trank einen Schluck Kaffee und betrachtete sie ausführlich. »Du vergisst, dass ich an meine Schweigepflicht gebunden bin.«

»Das ist mir bewusst, aber eines wundert mich doch. Damals bei der Rekonstruktion am Tatort hast du mir erzählt, Anna Fernandez sei so am Boden zerstört gewesen, dass sie keinen Ton herausgebracht hätte. Aber als ich am nächsten Tag bei ihr war, war sie sehr offen und kommunikativ.« Susanne hatte ihren professionellen Tonfall wiedergewonnen.

»Vielleicht hast du dich einfach geschickter angestellt.«

»Ach, komm schon. Findest du das nicht auch merkwürdig?«

Mattias zögerte. »Tut mir leid«, entgegnete er nach einer Weile. »Aber es wäre nicht im Interesse meiner Mandantin, diese Frage zu beantworten.«

*

»Hier ist Ihr Besucherausweis«, sagte der Mann vom Wachpersonal freundlich. »Finden Sie sich zurecht?«

»Nein, ich bin zum ersten Mal hier.«

Er erklärte ihr, sie würde die Aufzüge um die Ecke und durch die nächste Tür finden. Dort wartete sie geraume Zeit, bis sie endlich den Lift in den sechsten Stock nehmen konnte, wo der Beschriftung zufolge die Räume des Justizausschusses lagen. Am Ende des Flurs kam ihr Gerda Lundin entgegen. Sie war kleiner, als Susanne gedacht hatte.

»Kommen Sie, wir trinken einen Kaffee«, sagte Gerda und begleitete sie in einen Aufenthaltsraum eine halbe Treppe tiefer.

Was für eine eigenwillige Architektur, dachte Susanne.

»Der kommt hier leider nur aus dem Automaten«, fügte Gerda hinzu und stellte einen braunen Pappbecher unter die Düse. An einem runden Tisch saßen mehrere Personen, wahrscheinlich Ausschussmitglieder.

Sie nahmen die Becher mit in Gerdas Büro.

»Womit kann ich dienen?«, fragte die ehemalige Ministerin.

»Ich führe noch ein paar Nachermittlungen in den Mordfällen Fernandez und Pettersson durch.«

»Ich dachte, die wären aufgeklärt?«

»Wahrscheinlich, aber es gibt noch ein paar offene Fragen. Ich dachte, Sie könnten mir vielleicht etwas über Ihre verstorbenen Kollegen erzählen. Wie es zu ihrer Kampagne kam und wie Sie dazu standen. Hatten Sie in letzter Zeit irgendeine Veränderung an ihnen festgestellt?«

Gerda nickte ruhig. »Das Ganze fing mit unserer Reise nach London an. Wir saßen in einem Pub, und plötzlich fing Carlos an, von seiner Idee zu …«

»Moment, Moment. Am besten, Sie erzählen alles von Anfang an. Worüber haben Sie sich zuerst unterhalten?«

Also erzählte Gerda die ganze Geschichte. Wie Carlos sie gefragt hatte, ob sie mit in den Pub kommen wolle, wie sie über Tattoos gesprochen hatten und wie die Stimmung beinahe gekippt wäre. Schließlich hatten sie Gerda gefragt, ob sie ihre Antirassismus-Kampagne unterstützen wolle, doch sie war der Frage ausgewichen. Außerdem hatte sich Jan-Olov, mit dessen

Laune es ständig auf und ab gegangen war, ein paar Notizen gemacht.

»Warum haben Sie so ausweichend reagiert?«, wollte Susanne wissen.

Gerda dachte nach. »In der Politik sollte man sich so etwas sehr gut überlegen. Das ist eine Erfahrung, die man immer wieder macht.«

Susanne bat sie, zu berichten, was nach der Reise geschehen war, und Gerda erzählte von dem überwältigenden Erfolg der Initiative.

»Was für ein großartiges Gedächtnis Sie haben«, stellte Susanne nach einer halben Stunde fest. »Das muss für einen Politiker von großem Nutzen sein.«

Gerda zuckte die Schultern. »Leider werden in diesem Metier ganz andere Dinge honoriert.«

*

Auf dem Heimweg stand Mattias am Norr Mälarstrand im Stau.

Er hatte einen düsteren Tag in der Kanzlei hinter sich. Als er vom Mittagessen zurückgekehrt war, hatte die Polizei angerufen. Sein Mandant, dem man gerade erst ein uneingeschränktes Umgangsrecht bewilligt hatte, war wegen des Verdachts auf Vergewaltigung seiner Tochter festgenommen worden. Mattias hatte sich mit Verve dagegen verwahrt, hatte von all den Anzeigen der Mutter erzählt, von der Scheidung und dem Sorgerechtsstreit vor dem Amtsgericht. Schließlich hatte ihn der Polizist unterbrochen.

»Ich möchte Sie hiermit davon in Kenntnis setzen, dass Ihr Mandant die Tat bereits gestanden hat, nachdem sein Sperma auf der Unterhose der Tochter gefunden wurde. Meine Frage an Sie lautet nun, ob Sie ihn weiterhin vertreten wollen.«

Mattias hatte es die Sprache verschlagen, er brauchte sicher eine Minute, um sich zu sammeln. Später fiel ihm auf, wie selbstzufrieden der Beamte geklungen hatte. Viele Polizisten konnten Anwälte nicht leiden und genossen es daher sehr, seinesgleichen eins auswischen zu können.

Das schlechte Gewissen nagte an ihm. Hätte er sich nicht so vehement für das Umgangsrecht seines Mandanten eingesetzt, wäre es niemals zu der Vergewaltigung gekommen. Natürlich hatte letztendlich das Oberlandesgericht entschieden, doch erst nachdem er in Revision gegangen war.

Mattias kniff die Augen zusammen. Er wollte sich gar nicht vorstellen, was die Tochter durchgemacht hatte.

Er wusste nicht, ob er jemals wieder einen Sorgerechtsfall übernehmen konnte. Statistisch gesehen entsprachen viele Anzeigen nicht der Wahrheit, aber woher sollte man wissen, wann das Gegenteil zutraf?

Er hatte nach bestem Wissen und Gewissen gehandelt.

Konnte ein Anwalt mehr tun?

Aber wie stand es um sein Verantwortungsbewusstsein?

Schließlich gelang es ihm, seine Gedanken wieder auf Anna Fernandez zu richten, vor allem auf die neuen Informationen, die er von ihr erhalten hatte, auch wenn er lieber darauf verzichtet hätte. Für die Polizei wären diese Erkenntnisse von unschätzbarem Wert, und Susanne hatte ihn ja auch direkt nach Anna gefragt. Normalerweise hatte er kein Problem damit, solche Fragen mit dem Hinweis auf seine Schweigepflicht wegzuwischen, doch bei Susanne war ihm das extrem schwergefallen.

Überhaupt war es ein schwieriges Treffen gewesen. In den vergangenen Tagen hatten sie miteinander die verschiedensten

Situationen erlebt. Kein Wunder, dass die Gefühle da nicht hinterherkamen.

Als sie im Café aufgetaucht war, selbst als sie über die Morde gesprochen hatten, war sie sehr kühl gewesen. Ganz die professionelle Ermittlerin, die alles dem Erfolg ihrer Arbeit unterordnete. Erst als sie sich später über andere Dinge unterhalten hatten, hatte sie sich wieder mehr von ihrer privaten Seite gezeigt. Auch wenn sie jeden Augenkontakt vermieden hatte, war da eine gewisse Spannung gewesen. Glaubte er zumindest.

Beim Abschied hatten sie kurz gezögert, als läge ihnen beiden die Frage nach einem Wiedersehen auf der Zunge.

Doch im Gegensatz zu früher hatte die Vernunft gesiegt.

Bald ist es so weit, dachte Mattias, als er über die Liljeholmsbrücke fuhr. Bald werde ich zum zweiten Mal Vater.

51

Gerda zeigte Susanne, wo der Müll entsorgt wurde. Den Rundbau, in dem sich Jan-Olovs Büro befunden hatte, den sogenannten Cephalus, konnten sie nicht besuchen. Ohne Einladung kam kein Mitglied einer anderen Partei in die Parteizentrale der Sozialdemokraten. Natürlich hätte sich Susanne in ihrer Eigenschaft als Polizeibeamtin Zutritt verschaffen können, aber dafür war später noch Zeit genug.

Vor ihnen türmte sich jede Menge Gerümpel auf, Tische, Stühle und Aktenschränke, Holzreste und Rollwagen. Zur Linken parkten zwei Lastwagen hinter riesigen Schiebetüren, geradeaus ging es in ein Büro hinter einer großen Glasscheibe. Sieht aus wie eine Raumstation in irgendeiner Fernsehserie, dachte Susanne.

Gerda bat Susanne, kurz zu warten, und stieg die Stufen zum Büro hinauf. Wenige Minuten später kam sie in Begleitung eines Mannes um die fünfzig zurück.

»Berra«, stellte er sich vor und nickte in Richtung einer großen Maschine ein Stück weiter hinten. Sie folgten ihm. »Hier wird alles Papier zusammengepresst, das die Abgeordneten wegwerfen. Wir pressen sieben Tonnen die Woche, bei einem Regierungswechsel sieben Tonnen am Tag.«

Sie traten direkt an die große Maschine heran, die einem riesigen Container ähnelte.

»Das Papier kommt also nicht in den Reißwolf?«, fragte Susanne.

»Nein, wir pressen es nur zusammen und bringen es dann zur Wiederverwertung nach Solna.«

»Und das Papier sämtlicher Abgeordneter landet hier?«, Gerda zeigte auf die Plastiktonnen, die in einer Reihe an der Wand standen.

»Ja. Also was Bestimmtes zu finden, dürfte schwierig werden. Was suchen Sie denn?«

»Die Notizbücher des verstorbenen Abgeordneten Jan-Olov Pettersson.«

Berra machte ein ernstes Gesicht. »Ich verstehe … da könnten Sie Glück haben.« Er schob sich einen Tabakpriem unter die Oberlippe. »Wir haben gestern mit dem Papierabfall der Sozis von letzter Woche angefangen. Der ist noch nicht abgeholt worden.«

Susanne spürte, wie ihr Puls beschleunigte. »Der ist also noch in dieser Pressmaschine?«

»Im Komprimator«, verbesserte Berra. »Ja, aber wir haben heute schon zwei Durchgänge hinter uns, er liegt also nicht mehr ganz außen.«

Susanne blickte in den Schlund der Maschine. Papier über Papier. Auf der anderen Seite befand sich eine runde Stahlplatte. »Darf ich ein bisschen suchen?«

Berra zögerte einen Augenblick. »Einer Polizistin kann ich wohl nichts abschlagen.«

»Nicht dass die Maschine plötzlich anspringt.«

»Nein, nein, keine Sorge. Ich hole Ihnen eine Leiter.«

Wenige Minuten später stand Susanne auf der Trittleiter und riss und zerrte an den zusammengepressten Abfällen – Zeitungen, Protokolle, Aktennotizen, Briefe, auch das eine oder andere Buch. Was für eine Papierverschwendung, dachte sie. Nach fünfundvierzig Minuten, als sie schon aufgeben wollte, zuckte sie zusammen.

Da hinten, unter Tausenden zusammengepressten Blättern. Susanne quetschte ihren Arm hinein und hielt im nächsten Moment drei schwarze Notizbücher in der Hand.

Auf jedem stand in fein säuberlicher Handschrift: *Jan-Olov Pettersson.*

*

Eine Sekretärin half Susanne, sich zu orientieren, und nach zwanzig Minuten hatte sie gefunden, wonach sie suchte: Klasse 9a, Jahrgang 1986.

Sie war in der Björknäs-Schule in Nacka und blätterte in alten Jahresberichten.

Und sie wurde wieder fündig. Sie entdeckte den Sohn von Jan-Olov und auch das Mädchen namens Petronella, das Carlos erwähnt hatte, sowie eine weitere Person.

Susanne eilte aus dem Schulgebäude und rief Petra an.

»Bist du dir ganz sicher?«, fragte diese.

»Zu hundert Prozent. Oder glaubst du etwa, ich würde es drauf ankommen lassen?«

Das glaubte Petra natürlich nicht. »Die Talkshow heute Abend wäre die perfekte Gelegenheit.«

»Nein, das ist mir nicht seriös genug«, antwortete Susanne.

»Du bist doch immer seriös.«

Diese Bemerkung gab ihr einen kleinen Stich. Sie glaubte, einen kritischen Unterton herauszuhören. »Ich muss das erst mit Granath besprechen.«

»Dann wird er dich irgendwie ruhigstellen. Oder selbst die Bombe platzen lassen.«

»Aber hältst du es wirklich für klug, so was im Fernsehen öffentlich zu machen?«

»Bei einer Livesendung können sie dir wenigstens nicht den Mund verbieten oder etwas herausschneiden. Verlass dich auf mich, so was lernt man in der Politik.«

Susanne dachte lange nach. »Dann müssen wir das aber gemeinsam vorbereiten.«

»Wo bist du gerade?«

»In Nacka, aber ich muss vorher noch zur Arbeit, um mir ein paar Telefonverbindungen anzuschauen.«

»Welche meinst du?«

»Die von Anna Fernandez.«

*

Am Abend war Mattias todmüde. Obwohl er die letzten Nächte gut geschlafen hatte, war er immer noch extrem erschöpft. Vielleicht hätte er doch länger krankmachen sollen.

Zuvor hatte er an der Untersuchungsverhandlung seines Mandanten aus dem Sorgerechtsstreit teilgenommen. Die Gegenseite war nicht untätig geblieben. Schon am Vormittag war ihm ein Fax mit der Forderung ins Haus geflattert, dass dem Vater in Zukunft jeder Umgang mit seiner Tochter zu verwehren sei. Da sich dieser gegenwärtig in U-Haft befand, war die Frage eher akademischer Natur.

Zu Hause hatten sie einen gemütlichen Pizzaabend verbracht, und Rebecka war bald eingeschlafen. Lotta schmiegte sich auf dem Sofa an seine Schulter.

In wenigen Minuten sollte die Talkshow beginnen. Die Talkshow, an der weder er noch Susanne hatten teilnehmen wollen. Anna Fernandez hatte entgegen seinem Rat zugesagt.

»Irgendjemand muss meinen Vater doch verteidigen«, hatte sie gemeint, obwohl sie beide wussten, dass das nicht die ganze Wahrheit war. Anna hatte ihm Dinge erzählt, über die er gar nicht erst nachdenken wollte.

»Was denkst du«, fragte er seine Frau, »wenn du etwas schreibst, von dem du weißt, dass es nicht der Wahrheit entspricht?«

Sie streckte die Hand nach einem Stück Pizza aus. »Dann schreibe ich es gar nicht erst.«

Mattias setzte sich auf und leckte sich Tomatensoße vom Mittelfinger. »Ganz ehrlich, Lotta. Es kommt doch vor, dass ihr den Inhalt einer Nachricht so verfälscht, dass die Leser einen völlig falschen Eindruck bekommen.«

»Das machen doch nur die Boulevardzeitungen. Und von denen bin ich vorerst verschont geblieben.«

»Und was war mit Marjasin? Die Journalisten wussten doch, dass er sich nichts hatte zuschulden kommen lassen. Er war halt ein Pedant, daher diese angeblich gefälschten Quittungen. Gut, später wurde er freigesprochen, aber er hätte gar nicht erst angeklagt werden dürfen.«

»Da hat doch immerhin unser Rechtssystem gut funktioniert«, stellte Lotta fest. »Jetzt geht's gleich los.«

»Aber in den Köpfen der meisten Schweden hat sich festgesetzt, dass er ein Betrüger ist, und wer ist dafür verantwortlich?«

Statt zu antworten, starrte Lotta demonstrativ auf den Bildschirm.

*

Gerda war allein in ihrer Wohnung.

Wie üblich hatte sie sich in den Fernsehsessel gesetzt und eine Decke über ihre Beine gelegt. Auf dem Tisch neben ihr stand eine Tasse Tee.

Immerhin wusste sie jetzt, dass sie Christian Pedersen nie wieder trauen durfte. Die Frage war nur, wem sie überhaupt noch trauen konnte. Der Freund von heute war der Feind von morgen.

Aber vom größten Schock hatte sie sich inzwischen erholt.

Sie dachte an die sympathische Polizistin Susanne Dahlgren, mit der sie am Nachmittag gesprochen hatte. Die arbeitete inzwischen mit Petra zusammen, ihrer früheren Pressechefin. Seltsamerweise hielt sie Åke Ekström nicht für den Mörder von Jan-Olov Pettersson, die offizielle Version der Staatsanwaltschaft entsprach also möglicherweise nicht der Wahrheit. Das wäre eine Sensation.

Nur schade, dass Susanne Dahlgren nicht an der Talkshow teilnahm, die in wenigen Minuten beginnen sollte. Gerda hatte sofort Gefallen an ihr gefunden. Sie machte so einen vertrauenerweckenden Eindruck.

*

Aus dem Fernsehstudio im Magazin 7 des Freihafens übertrug TV4 unter anderem seine Preisverleihungen. Heute stand eine ganz andere Veranstaltung auf dem Programm.

Lindström hatte eine eigene Garderobe gefordert, die ihm schließlich auch bewilligt worden war.

Zu Beginn der Sendung stellte Moderatorin Malou von Sivers ihre Gäste vor. Außer Lindström waren die Justizministerin, Magnus Granath, Carl Struwe, Leif Silbersky, Anna Fernandez und Susanne Dahlgren erschienen.

»Was macht die denn da?«, rief Mattias unwillkürlich, als er Susanne entdeckte.

Lotta sah ihn an. »Was ist denn? Was regst du dich so auf?«

»Ich bin nur überrascht, dass sie dabei ist«, murmelte er, während Malou von Sivers auch die Zuschauer zu Hause begrüßte.

»Die erste Frage geht an die Justizministerin«, fuhr sie fort. »Wie fühlen Sie sich jetzt, da die Morde endlich aufgeklärt sind?«

Die Justizministerin setzte ihr gewinnendes Lächeln auf. »Normalerweise nehme ich nicht Stellung zu konkreten Ermittlungen, aber in diesem Fall möchte ich sowohl der Polizei als auch der Staatsanwaltschaft meinen größten Respekt aussprechen. Die Fälle wurden in beachtlicher Geschwindigkeit gelöst.«

Malou von Sivers legte den Kopf auf die Seite. »Was bedeutet das für die Regierung?«

»Dass wir uns in unserem Kurs bestätigt sehen, den schwedischen Justizapparat mit allen verfügbaren Mitteln zu unterstützen.«

»Und was sagt der Staatsanwalt dazu?«

Magnus Granath richtete sich auf. »Ich kann nur sagen, dass sich meine vorurteilsfreie und methodische Arbeit ausgezahlt hat.«

»Das hört sich ja fast an, als hätten Sie den Fall im Alleingang gelöst.« Malou von Sivers lächelte. »Frau Dahlgren, Sie haben die Ermittlungen aufseiten der Polizei geleitet. Wie lautet Ihr Fazit?«

»Nun, es ist vielleicht nicht alles so gelaufen, wie es momentan den Anschein hat.« In Susannes Blick lag ein leichtes Flackern.

Malou von Sivers musterte sie verwirrt. »Das müssen Sie uns genauer erklären.«

»Åke Ekström hat Jan-Olov Pettersson nicht getötet.«

»Was erlauben Sie sich?«, rief Magnus Granath.

Lindström wedelte mit den Armen. »Darf ich auch mal was sagen?«

Malou van Sivers machte eine abwehrende Handbewegung. »Zuerst möchte ich hören, was Susanne Dahlgren zu sagen hat.«

Susanne sammelte sich. Bestimmt merkte man ihr an, dass sie keine Erfahrung mit Livesendungen hatte, aber davon ließ sie sich nicht abhalten. »Als Beweis gegen Åke Ekström wurde angeführt, dass man in seiner Garage Chemikalien zum Bau einer Bombe gefunden hätte. Aber diese Chemikalien wurden erst im Nachhinein dort deponiert.«

»Wie zum Teufel kommen Sie darauf?« Fast wäre Granath aufgesprungen. »Das ist völlig aus der Luft gegriffen!«

Susanne blieb gelassen. »Als ich in der Garage gefangen gehalten wurde, waren die Chemikalien noch nicht da. Einen Tag später waren sie plötzlich da.«

Magnus Granath sah aus, als würde er jeden Moment explodieren.

»Die Beweise wurden fingiert«, wiederholte Susanne in aller Ruhe.

»Ich habe Sie gewarnt!«, schrie Granath.

Nun fühlte sich Malou von Sivers doch zum Einschreiten genötigt.

*

Als die Diskussion ihren Höhepunkt erreicht hatte, wurde sie durch einen Werbeblock unterbrochen.

Petra, die in einem Nebenraum des Studios saß, atmete tief durch und trank einen Schluck Kaffee.

Sie war positiv überrascht von ihrer Vorgesetzten – Susanne hatte ganz klar die Initiative ergriffen. Dabei war sie mehrmals drauf und dran gewesen, ihre Teilnahme abzusagen. Jedes Mal musste Petra sie lange bearbeiten, damit sie doch mitmachte.

Im Vorfeld war sie auch immer wieder auf ihren Vorschlag zurückgekommen, Magnus Granath zu warnen. Auch in diesem Punkt hatte Petra viel Geduld aufbringen müssen. Erst nach langen Diskussionen hatte Susanne eingesehen, dass er ihr sofort einen offiziellen Maulkorb verpassen würde, und dann wäre die Wahrheit vielleicht nie ans Licht gekommen.

Noch vor Beginn der Sendung hatte Susanne erfahren, dass die Ermittlungen in ihrer Selbstanzeige eingestellt worden waren. Nun hatte sie ein reines Gewissen, niemand würde ihr je vorwerfen können, etwas vertuscht zu haben. Sie hatte sich nur gewundert, dass es so schnell gegangen war.

Petra hatte ihr wohlweislich nicht erzählt, dass sie den Sachbearbeiter der internen Ermittlungen angerufen und sich als Journalistin vom *Aftonbladet* ausgegeben hatte. Daraufhin hatte sie sich darüber empört, dass ausgerechnet die Person, die nicht nur die beiden Mordfälle gelöst, sondern noch dazu einem Anwalt das Leben gerettet hatte, zum Gegenstand interner Ermittlungen geworden war. Der unglückliche Sachbearbeiter hatte sein vollstes Verständnis zum Ausdruck gebracht, aber auch darauf verwiesen, dass Susanne sich selbst angezeigt habe. Als Petra sich erkundigte, wie lange die Ermittlungen denn noch andauern würden, hatte er ihr versprochen, die Sache voranzutreiben. Und wenige Stunden später hatte Susanne die erfreuliche Nachricht erhalten.

Sie griff in die Schüssel und stopfte sich eine weitere Handvoll Süßigkeiten in den Mund.

52 Magnus Granath hatte sich kein bisschen beruhigt, als die Diskussion fortgesetzt wurde. »Ich fordere eine Entschuldigung von Frau Dahlgren«, polterte er, ehe Malou von Sivers das Wort ergreifen konnte.

»Wofür?«, fragte Susanne.

»Sie haben mir unterstellt, Beweise fingiert zu haben. Das ist Verleumdung!«

Susanne ließ sich nicht aus der Ruhe bringen. »Ich habe Ihnen gar nichts unterstellt.«

»Reden Sie keinen Schwachsinn! Alle haben gehört, was Sie gesagt haben!«

»Ja, das stimmt«, schaltete sich die Moderatorin ein. »Sie haben behauptet, dass Beweise fingiert wurden.«

»Das ist korrekt, aber ich habe nicht gesagt, dass Herr Granath Beweise fingiert hat.«

Alle Blicke waren auf Susanne gerichtet.

Malou von Sivers lächelte, wirkte aber etwas verunsichert. »Ich glaube, das müssen Sie uns genauer erklären.«

Susanne ließ sich Zeit. »Die einzige Person, die die Beweise fingiert haben kann, ist Anna Fernandez.«

Die Kamera zoomte Annas Gesicht heran. Offensichtlich war sie völlig perplex. »Ich … nein … warum hätte ich das tun sollen?«

»Das weiß ich nicht«, antwortete Susanne. »Aber als ich in der Garage war, waren dort noch keine Chemikalien zu sehen. Und die einzige Person, die Zugang zur Garage hatte, ehe die Polizei aufgetaucht ist, waren Sie. Als Laborantin an der Technischen Universität konnten Sie sich die Chemikalien problemlos beschaffen. Und was Sie brauchten, stand in der Zeitung.«

Ehe Anna reagieren konnte, fragte Malou von Sivers: »Stimmt es, was Susanne Dahlgren hier schildert?«

Anna waren Tränen in die Augen gestiegen, ihre Unterlippe zitterte. Aber sie musste antworten, ob sie wollte oder nicht.

Magnus Granath räusperte sich. »Reden Sie!«

Anna barg das Gesicht in den Händen. »Sie haben doch keine Ahnung, was ich durchgemacht habe!

Erneut wurde die Sendung unterbrochen.

*

»Was hat das zu bedeuten?« Schockiert richtete sich Lotta auf dem Sofa auf.

Mattias war erstarrt. »Ich weiß es nicht«, sagte er leise.

»Trägst du Rebecka rauf?«

Mattias stand auf, nahm seine Tochter auf die Arme und trug sie vorsichtig die Treppe hinauf in ihr Zimmer. Sie murmelte etwas im Schlaf, und er spürte, wie ungeheuer er sie liebte. Behutsam legte er sie in ihr Bett, deckte sie zu und drückte ihr ein Kuscheltier in den Arm.

»Ja, was hat das zu bedeuten?«, sprach er leise vor sich hin.

Seine Gedanken wanderten zu Susanne. Er hatte ein schlechtes Gewissen, aber er musste einfach an sie denken.

»Papa, weißt du, was ich morgen mache?« Plötzlich setzte sich Rebecka hellwach auf.

»Keine Ahnung, mein Liebling.«

»Ich auch nicht«, sagte sie und musste so lachen, dass ihr fast die Luft wegblieb. »Erzähl mir eine Geschichte. Eine mit einem Skelett.«

»Morgen, mein Schatz. Schlaf schön.« Mattias küsste sie auf die Stirn und deckte sie zu.

Als er nach unten kam, sah er, dass die Unterbrechung beendet war und die Talkshowgäste wieder ihre Plätze eingenommen hatten.

Er wagte gar nicht dran zu denken, was jetzt kommen sollte.

*

Die Werbepause war ungewöhnlich lang ausgefallen.

Anna hatte ihre Tränen getrocknet; jetzt wirkte sie regelrecht hochmütig.

»Fangen wir mit Susanne Dahlgrens Einschätzung der Geschehnisse an«, sagte Malou von Sivers.

»Tja«, begann Susanne. »Da Åke Ekström nicht mehr am Leben ist, gibt es nur eine Person, die möglicherweise mehr über Anna Fernandez weiß als wir alle, und das ist ihr Anwalt. Aber der ist an seine Schweigepflicht gebunden.«

Mattias war erstarrt. Lotta betrachtete ihn stumm von der Seite.

»Ein Fernsehstudio ist vielleicht nicht der richtige Ort für eine Mordanklage«, sagte Malou von Sivers, die zunehmend beunruhigt wirkte. Nach Sendeschluss würde sich vermutlich umgehend der Fernsehrat einschalten und Sanktionen gegen den Sender verhängen.

Susanne schüttelte den Kopf. »Ich habe nicht vor, Frau Fernandez eines Mordes zu beschuldigen. Vor seinem Tod hat mir

Åke Ekström versichert, dass er den Mord an seinem Schwiegersohn allein verübt hat. Und Anna Fernandez ist auch nicht in die Ermordung Jan-Olov Petterssons involviert.«

Viele Zuschauer im Studio blickten aufrichtig verwundert drein.

»Aber wer war es dann?«, fragte Malou von Sivers.

Plötzlich waren alle Blicke auf Carl Struwe gerichtet, der noch kein einziges Wort gesagt hatte. Offenbar wollte er sich möglichst unauffällig aus der Affäre ziehen.

»Dank der Vorsitzenden des Justizausschusses, Gerda Lundin, kann ich Ihnen berichten, wie alles zusammenhängt«, sagte Susanne.

»Nicht nötig!«, rief Struwe, riss sein Mikro herunter und hastete aus dem Studio, ehe ihn irgendjemand aufhalten konnte. »Fahrt doch alle zur Hölle!«, war das Letzte, was von ihm zu hören war.

»Ich sollte wohl besser die Ermittlungsgruppe verständigen.« Magnus Granath sprang auf und eilte ihm hinterher.

»Also so geht das doch nicht!«, protestierte Leif Silbersky. »Mein Mandant ist ein freier Mann, und neue Anklagepunkte können keinesfalls in einem Fernsehstudio erörtert werden!«

Trotz der dramatischen Entwicklungen traf man keine Anstalten, die Talkshow zu unterbrechen. Immerhin wurden zur besten Sendezeit am laufenden Band Sensationen enthüllt.

Malou von Sivers schien von den Ereignissen förmlich überrollt zu werden. Bevor sie das Heft wieder in die Hand nehmen konnte, räusperte sich Leif Silbersky.

»Dass mein Mandant das Studio verlassen hat, darf nicht als Schuldeingeständnis missverstanden werden. Wer sich mit falschen Vorwürfen konfrontiert sieht, kann schon mal den Kopf verlieren.«

Die anderen wirkten wenig beeindruckt.

Als Nächstes wurde wieder Susanne das Wort erteilt, die mittlerweile ein wenig erschöpft aussah, aber die Katze offensichtlich noch nicht aus dem Sack gelassen hatte. »Meinetwegen kann Herr Struwe gerne das Studio verlassen«, sagte sie. »Wir interessieren uns nicht mehr für ihn.«

»Ich glaube, es wird langsam Zeit, dass Sie den Zuschauern erzählen, was Sie herausgefunden haben«, mahnte Malou von Sivers.

Susanne ging kurz in sich. »Dann werde ich Ihnen jetzt sagen, wer Jan-Olov Pettersson ermordet hat.«

Die Moderatorin nickte. »Dafür wären wir Ihnen sehr dankbar.«

Ruhig und gelassen ließ Susanne den Blick über die Gesprächsteilnehmer schweifen.

*

Petra sprang vom Sofa auf. Damit hätte sie nie und nimmer gerechnet. Die korrekte und disziplinierte Susanne mutierte zum Fernsehstar! Sie ging aufs Ganze, als hätte sie ihr Leben lang nichts anderes getan, als in Talkshows zu sitzen!

Von einer wirklichen Diskussion konnte längst nicht mehr die Rede sein. Die Sendung hatte sich in eine reine Soloveranstaltung verwandelt. Petra stopfte sich noch mehr Süßigkeiten in den Mund, setzte sich hin und sprang wieder auf. Sie konnte einfach nicht stillsitzen.

Susanne wirkte zwar meist recht kühl, aber Petra wusste, dass sich hinter der perfekten Fassade ein leidenschaftlicher Mensch verbarg. Außerdem hatte sie bemerkt, dass Susanne stets eine spürbare Reaktion zeigte, wenn der Name Mattias

Berglund fiel, was in den vergangenen Tagen, als sie über die Vorfälle auf dem Campingplatz gesprochen hatten, öfter der Fall gewesen war. Sobald sie auf ihn zu sprechen kam, redete sie doppelt so schnell.

Was natürlich auch an den schrecklichen Erlebnissen liegen konnte, die sie gemeinsam durchgemacht hatten.

Trotzdem ahnte Petra, dass mehr dahintersteckte.

*

Susanne spürte Schweiß unter den Achseln. Da sie wusste, dass sie dazu neigte, wählte sie ihre Kleidung immer mit Bedacht aus. Bei ihr sollte niemand Schweißflecken entdecken.

Jetzt nahm sie ein letztes Mal Anlauf, um zu sagen, worauf alle warteten.

»Carlos Fernandez hat Jan-Olov Pettersson getötet.«

»Aber der war doch schon tot, als Pettersson ermordet wurde!«, platzte Malou von Sivers heraus.

Susanne nickte. »Eben. Wir haben uns alle von der Chronologie täuschen lassen.«

Im Studio war es mucksmäuschenstill geworden.

»Lassen Sie mich von vorne anfangen – im Jahr 1988. Damals wurde der Sohn von Jan-Olov Pettersson in Gamla Stan von Carlos Fernandez misshandelt und getötet. Carlos war damals siebzehn Jahre alt. Der Mord wurde nicht aufgeklärt, worüber Pettersson nie hinweggekommen ist. Als Carlos Fernandez Mitglied des Reichstags wurde, fiel es Pettersson wie Schuppen von den Augen. Das war doch dieser Typ, der mit seinem Sohn in eine Klasse gegangen war – und den er damals der Tat verdächtigt hatte! Darum suchte er Fernandez' Nähe, unter anderem indem er sich auf eine gemeinsame Antirassismus-Kampagne einließ. Nach einer Reise des Justizausschusses nach London hatte er endlich Gewissheit: Fernandez erzählte ihm, dass er ein Tattoo mit dem Namen Petronella trage – der Name des Mädchens, das er einst Petterssons Sohn ausgespannt hatte. Schon während der polizeilichen Vernehmung hatte Pettersson angedeutet, dass es einen dunklen Punkt in Fernandez' Vergangenheit gebe. Nur wollte er darauf nicht näher eingehen.«

Die Sendezeit war schon um mehrere Minuten überschritten, aber dafür interessierte sich jetzt niemand. Susanne konnte in Ruhe weitererzählen.

»Am Tag von Carlos Fernandez' Ermordung, einem Samstag, hat er sich mit Jan-Olov Pettersson im Reichstag getroffen. Aus Petterssons Notizbüchern geht hervor, dass er dem Mörder seines Sohnes damals im übertragenen Sinne die Pistole auf die Brust gesetzt hat – er forderte ein Geständnis, ansonsten würde er zur Polizei gehen. Die Warnung hat gewirkt. Fernandez war offenbar überzeugt davon, dass er es ernst meinte. Darum beschloss er, seinen Kollegen aus dem Weg zu räumen. Eine Bombe zu bauen, fiel ihm als Professor der Chemie nicht schwer. Höchstwahrscheinlich brachte er den Sprengsatz direkt nach ihrem Treffen im Reichstag unter Petterssons Wagen an. Unmittelbar darauf fuhr er nach Hause, wo er von seinem Schwiegervater ermordet wurde.«

Susanne blickte sich um. Die Moderatorin signalisierte ihr, sie solle fortfahren.

»Da Jan-Olov Pettersson an diesem Abend einiges getrunken hatte, benutzte er sein Auto erst am Montag wieder. Und als er den Motor anließ, explodierte die Bombe. Der Mörder starb also vor seinem Opfer.«

53

Susanne stand mit einem Glas Wein auf dem Balkon. Die Anleger lagen einsam und verlassen da, im Verlauf des Wochenendes waren die letzten Boote verschwunden.

Erst vor einer guten Woche hatte sie den Auftrag bekommen, den Mord an Carlos aufzuklären. Nun hatte sie sogar zwei Mordfälle gelöst.

Und warum? Weil sie es endlich einmal gewagt hatte, zu improvisieren und die Initiative zu ergreifen. Obwohl ihr Magnus Granath ausdrücklich untersagt hatte, die Ermittlungen weiterzuführen.

Sie warf einen Blick auf das dunkel schimmernde Wasser. Gedanken an den Tod von Åke Ekström bedrängten sie, doch sie schob sie beiseite. Es kostete sie einige Mühe, die Wasseroberfläche ohne beklemmende Assoziationen zu betrachten. Vielleicht dauert es noch ein bisschen, dachte sie, aber irgendwann werde ich die Aussicht auf das Wasser wieder genießen können.

Wie sehr sich ihr Verhalten in den letzten Tagen verändert hatte. Sie war es nicht gewohnt, ihren Gefühlen, ihrer Intuition zu folgen. Aber genau das hatte sie getan.

Vielleicht sollte sie das auch einmal außerhalb des Jobs versuchen.

Noch bevor sie den Gedanken zu Ende gedacht hatte, wusste sie, wohin er führen würde.

Sie leerte das Glas und ging rein, um ihr Handy zu holen.

*

Mattias saß allein auf dem Sofa. Lotta und Rebecka schliefen im ersten Stock.

Er war immer noch wie vom Donner gerührt.

Susanne hatte alle überrascht. Sie hatte den Fall quasi im Alleingang gelöst, niemand hatte sie aufhalten können. Das entsprach so gar nicht dem Bild, das er von ihr hatte.

Natürlich hatte sie damit einen enormen Erfolg gefeiert, und dennoch war ihre Analyse nicht ganz vollständig gewesen. Es stimmte, dass Anna Fernandez im Nachhinein Chemikalien in der Garage ihres Vaters deponiert hatte, um die Polizei glauben zu machen, der Fall sei abgeschlossen. Das hatte sie in seiner Kanzlei eingeräumt. Als Laborassistentin konnte sie sich die angeblichen Beweismittel tatsächlich problemlos besorgen. Außerdem hatte sie wirklich nichts mit dem Mord an Jan-Olov Pettersson zu tun; auch in diesem Punkt hatte Susanne Recht. Was den Mord an Carlos Fernandez anging, hatte sie allerdings Unrecht. Daran war Anna durchaus beteiligt gewesen, wie sie ihm selbst anvertraut hatte. Doch Åke hatte Susanne weisgemacht, er hätte das Verbrechen allein begangen – der letzte Gefallen, den er seiner Tochter tun konnte. Und er war ihm geglückt.

Dieses Geheimnis, das seine Tochter vor dem Gefängnis bewahrt hatte, war ihm in die Tiefe gefolgt. Der Einzige, der die volle Wahrheit kannte, war Mattias, und dabei sollte es auch bleiben.

Auf Beihilfe zum Mord standen mindestens zehn Jahre. Anna würde keinen einzigen Tag in der Zelle verbringen.

Stattdessen konnte sie sich weiter um ihre beiden Kinder kümmern und kassierte sogar ein Schmerzensgeld.

Er wollte seine Schweigepflicht nicht brechen. Trotzdem, es war nicht richtig, dass eine Person, die ein so schweres Verbrechen begangen hatte, ungeschoren davonkam.

Zumindest für die Kinder war es besser so, tröstete er sich. Nichts deutete darauf hin, dass Anna Fernandez eine schlechte Mutter war. Außerdem war sie jahrelang misshandelt worden. Und wo würden Sebastian und Robin landen, wenn sie ins Gefängnis müsste?

Aber die Sache ließ ihm einfach keine Ruhe. Im Moment bezahlten ihn die Steuerzahler dafür, dass er eine Mörderin deckte und einem Vergewaltiger freien Umgang mit seiner Tochter ermöglicht hatte.

Er schüttelte den Kopf. Was habe ich mir nur für einen Beruf ausgesucht?

Instinktiv rief er sich die andere Seite der Medaille ins Gedächtnis: Viel schlimmer wäre es, Angeklagten das Recht auf einen Verteidiger zu verwehren. Das war ein demokratisches Grundrecht.

Als sein Handy piepte, stand er schwerfällig auf.

Wer schickte ihm so spät noch eine SMS? Es war bereits nach zwölf.

Er zog das Handy aus der Tasche und warf einen Blick aufs Display.

Eine Nachricht von Susanne.

»Versuche dich zu vergessen. Klappt nicht. Können wir uns sehen? Lass die Krawatte zu Hause. S.«

Sein Puls stieg, ihm brach der Schweiß aus.

Er konnte jetzt gleich ein Taxi nehmen. Oder morgen Abend. Irgendwann.

Er tippte eine Antwort: »Ich rufe dich an. Bis bald.« Und löschte sie wieder. Er zögerte. So wenig war nötig. Nur ein Ja. Dann ein Ort und eine Zeit.

Er löschte ihre SMS und öffnete die Kontaktliste. Schnell, ehe er länger darüber nachdenken konnte, markierte er »SD« und löschte auch ihre Telefonnummer.

Dann ging er mit schweren Schritten die Treppe hinauf und legte sich zu seiner schlafenden Frau.

EPILOG

Gerda rutschte unruhig auf ihrem Stuhl hin und her. Der Fraktionsvorsitzende wirkte extrem verärgert.

Und wie üblich ärgerte er sich über sie. »Musstest du denn unbedingt Polizistin spielen, Gerda?«

»Aber die Wahrheit musste doch ans Licht kommen.« Sie betrachtete die Parteikollegen. Niemand rührte sich, niemand kam ihr zu Hilfe.

»Da bin ich mir nicht so sicher. Das Entscheidende ist immer, was politisch dabei herausspringt.«

Gerda schwieg. Natürlich war sie verunsichert, doch es gab eine Grenze – sie ließ sich nicht alles gefallen.

Schon am Morgen waren die ersten Vorwürfe laut geworden. In *Dagens Nyheter* hatte ein Staatswissenschaftler Anstoß an ihrem Verhalten genommen – sie hätte sich aktiv in Mordermittlungen eingemischt, ein klarer Bruch von Kap. 11, § 7 des Grundgesetzes.

Das Wichtigste ist ja wohl, dass der Mord aufgeklärt wurde, dachte Gerda.

Der Fraktionsvorsitzende schlug auf den Tisch. »Und jetzt sind wir wieder mal in der Schusslinie!«

Das Maß war voll. Warum sollte sie sich diese Anschuldigungen gefallen lassen? Gerda stand auf und schlenderte dem Ausgang entgegen.

Der Fraktionsvorsitzende folgte ihr mit den Augen. »Wo willst du hin? Wir sind noch nicht fertig!«

Gerda drehte sich um, schaute ihm ins Gesicht, ließ den Blick über die Parteikollegen schweifen. »Ich gehe.«

Auf der Västerlånggatan atmete sie tief durch.

Über den Straßen von Gamla Stan fiel der erste Schnee. Sie fühlte sich frei.

DANK

Elin Almquist, Analytikerin bei der Reichskriminalpolizei
Cecilia Bodström, Journalistin
Anders Eriksson, Kriminalinspektor
Shahan Lilja, Diplom-Ingenieur an der Königlich Technischen Universität
Eva Gedin, Verlegerin
Ulf Göranzon, Pressesprecher der Stockholmer Polizei und des Landeskriminalamts Stockholm
Sonja Jidenius, Büroleiterin
Daniel Kjellgren, Büroleiter des Kronjuristen
Janne Lindgren, Eigentümerin der Campinganlage Vita Grindarna (Weiße Pforten)
Liza Marklund, Journalistin und Autorin
Lars Nylén, Generaldirektor der nationalen Strafvollzugsbehörde
Magnus Oswald, Kriminalkommissar und Einsatzleiter beim Landeskriminalamt Stockholm
Linda Romanus, Pressesprecherin (Pressesekretärin)
Peter Schildt, Regisseur
Elin Sennerö, Redakteurin
Nicht zuletzt danke ich meiner Frau Helén.